Christiane Kördel

Seeblick kostet extra

Eine Bodensee Krimikomödie

W0338097

FSC
www.fsc.org
MIX
Papier aus verantwortungsvollen Quellen
Paper from responsible sources
FSC® C105338

Bibliografische Information der Deutschen Nationalbibliothek:
Die Deutsche Nationalbibliothek verzeichnet diese Publikation in der Deutschen Nationalbibliografie; detaillierte bibliografische Daten sind im Internet über http://dnb.dnb.de abrufbar.

© 2017 Christiane Kördel
kontakt@christiane-koerdel.de
Alpsteinweg 2
78464 Konstanz

Cover Design: Alex Scuta

Alle Rechte vorbehalten.
www.christiane-koerdel.de

Herstellung und Verlag:
BoD – Books on Demand, Norderstedt

ISBN 978-3-7448-4028-6

Für Mutti und Papi,
in Liebe und tiefer Dankbarkeit.

Ihr hattet viele gute Ideen. Eine war, nach Konstanz zu ziehen und mich dort in die Welt zu setzen.

Kapitel 1

„Nicht schuldig im Sinne der Anklage“, nuschelt der Richter und schiebt wiederholt seine Brille nach oben. Dabei zieht er ein Gesicht, als wäre ihm völlig unklar, was er da von sich gibt. Oder als wäre er nicht damit einverstanden?

Ein entsetzter Ruck geht durch das Publikum gepaart mit allerlei Lauten der Bestürzung. Mich trifft die Nachricht mit voller Wucht und setzt mich gleich mal außer Gefecht. Ich kann nicht mehr folgen, wieso, weshalb, warum das so sein soll und welchen bösen Paragrafen man die Schuld dafür in die Schuhe schiebt.

„Nein!“, kreische ich deutlich verzögert und springe auf. Das Getuschel im Saal verstummt. Alle Blicke richten sich auf mich. Ich schwanke wie bei leichtem Seegang und greife nach der Lehne vor mir. Etwas Verlässliches muss her! Wie bestellt legt sich eine Hand auf meinen Rücken. Sie bleibt, bis ich mich wieder neben Dr. Frieder auf die Bank sinken lasse. Rot bis in die Haarspitzen, war ja klar, aber das ist im Moment nebensächlich.

Das darf doch nicht wahr sein! Nach dem ersten Schock umklammert mich Fassungslosigkeit und droht mir die Luft abzuschnüren. Vor wenigen Minuten noch konnte ich kaum still sitzen. Nach Wochen im Gerichtssaal fieberte ich dem Urteil entgegen. Ich wollte den Drahtzieher der Ermordung meines Mitarbeiters Bernd Gerold endlich und für lange Zeit hinter Schloss und Riegel sehen. Jetzt möchte ich einfach der Schwerkraft nachgeben, loslassen, hinabgleiten und durch das alte Gemäuer fließen. Irgendwann käme ich in Neuseeland heraus, bei meinem Glück geradewegs unter einem Schaf während es ... Wenigstens ist dort Frühling.

Sein Blick hat meinen gefunden. Das blasse Gesicht des 28-Jährigen verzieht sich zu einem Lächeln. Von allem haben diese Gesichtszüge irgendwie zu viel: zu viel Stirn, zu viel Lippen und eine zu lange Nase. In einer charakteristischen Bewegung streicht er das dunkle Haar nach hinten, das er mit deutlich zu viel Gel an den Schädel gekleistert trägt. Kurz spukt mir durch den Kopf, wie er wohl seinen exzessiven Pomadenkonsum in der Untersuchungshaft gesichert hat.

Ich würde sein Lächeln als charmant auslegen. Ich würde ihn seiner markanten Gesichtszüge und hohen Wangenknochen wegen sogar als gut aussehend einstufen, wüsste ich nicht, wer und was er ist. Roger Merian. Die schmalen Schultern im italienischen Maßanzug morsen ‚war wohl nichts'. Soll das versöhnlich wirken? Dazu neigt er leicht den Kopf, was auch eher sympathisch rüberkommt. Wie ich das hasse!

Ganze fünf hochkarätige Anwälte hat er aufgefahren. Sie schütteln sich die Hände, klopfen sich auf die Schultern, begleiten ihren Sieg mit Gesten, die überall die gleichen sind. Aktenberge verschwinden in Koffern. Was keinen Platz findet, wird unter den Arm geklemmt.

Die Strafverteidiger haben ihre Hausaufgaben gemacht, das muss man ihnen lassen. Sie nahmen alles und jeden auseinander, mich eingeschlossen. Während der Verhandlung gab es Abende, an denen ich die zehntausend Puzzleteile meiner selbst wieder zusammensetzen musste. Dr. Frieders Hauptaufgabe bestand darin, mir meinen Bauplan zu zeigen. Er erinnerte mich, wer ich bin, und wer der Böse ist in diesem Spiel.

Spiel. Für Roger Merian ist alles ein Spiel. Je härter die Nuss, je höher das Risiko, desto größer der Kick. Das Lebenselixier dieses machthungrigen Schweizer Psychopathen: Unfreiwilligen Mitspielern kranke Spiele aufzwängen, die sie nur mit Müh und Not lösen können. Er setzt Menschen wie Schachfiguren, um seine Ziele zu erreichen.

Den Titel Psychopath verpasse ich ihm nicht leichtfertig. Tatsächlich erfüllt er die Kriterien der gebräuchlichen Checklisten. Aber ich bin hier natürlich nur Laie.

Als Roger Merian abgeführt wurde, war Schluss mit den Spielchen – dachte ich. Erstaunlich schnell wurde das Gerichtsverfahren begonnen und durchgezogen. Ganz im Interesse des mächtigen Angeklagten. Heute trifft es mich aus heiterem Himmel, dass die Anklage in allen Punkten abgeschmettert wurde. Habe ich es einfach nicht wahrhaben wollen?

„Was ist jetzt mit dem Tatbestand der Freiheitsberaubung?", flüstere ich und neige mich schräg zu Dr. Frieder, ohne Roger Merian aus den Augen zu lassen. Die Freiheitsberaubung bezieht sich auf meine Person.

Als ich keine Antwort erhalte, schaue ich Dr. Frieder ins Gesicht. Mein sonst so relaxter Norddeutscher wirkt angespannt. Hinter die Sonnenbräune unter dem Blondschopf hat sich Blässe geschlichen.

„So'n Schiet", sagt er tonlos.

„Du meinst, er ..." Ich schlucke, wage kaum, es auszusprechen, gebe mir aber schließlich einen Ruck. „Kommt er frei?"

Dr. Frieder vollführt ein einzelnes, sehr langsames Nicken.

Ich schaue mich um. Mein Blick trifft den von Arthur von Leisfall, seit Kurzem Kriminaloberkommissar. Stocksteif thront er in tadellosem grauen Zwirn. Zuletzt die rechte Hand von Kriminalhauptkommissar Michael Schroff, der die Ermittlungen im Mordfall führte, könnte er dessen Nachfolger werden, wenn man den Gerüchten Glauben schenken darf. Arthurs Pokerface zeigt keine Regung, es wäre auch das erste Mal. Wieso nur habe ich mir da Hoffnungen gemacht?

Auf der anderen Seite, zwischen ihren Journalistenkollegen, sehe ich Mama sitzen, wie aus dem Ei gepellt. Rot lackierte Fingernägel umklammern ein Notebook. Mama hält sich kerzengerade, wahrt die Fassung. Sie sieht mich an und presst die Lippen zusammen. Im Geiste höre ich sie sagen ‚Och, meine Kleine!'

Mir wird schlecht. Nun, es ist ja naheliegend, dass er freikommt, wenn er nicht verurteilt wird, weil er für nicht schuldig befunden wird. Nicht, dass ich zu dumm oder naiv wäre, das zu verstehen. Mein kopfscheuer Verstand braucht nur heute und hier eine gesonderte Belehrung: Ja, es ist auch heute und hier, wie es immer ist. Keine Ausnahme, sorry Ines. Nicht schuldig bedeutet, dass er freikommt.

Kapitel 2

„Schokokuchen?" Dr. Frieder hält mir wie einem Kleinkind eine Gabel vor den Mund, zu deren Ladung ich selten Nein sage. Lieblingsdroge.

Übrigens, mein Name ist Ines Fox. Ich wohne in Konstanz, der größten Kleinstadt am Bodensee. Beruflich bin ich Jungunternehmerin und Inhaberin von Foxinet Webdesigns. Privat leide ich an krankhafter Neugier und Einmischeritis. Gelegentlich, öfter als mir lieb ist, beweise ich Mut zu meinem eigenen Chaosstil. Rein äußerlich meine ich Ähnlichkeit mit einem Leuchtturm zu haben: rote Locken mit weißer Haut auf erhöhter Ebene.

Trotzig schüttle ich den Kopf, gehe ganz auf in der aktuell zugewiesenen Kleinkindrolle.

Dr. Frieder lächelt mich mit geneigtem Kopf an. „Das man ein ernstes Zeichen, ne. Kein Schokokuchen?" Schwer norddeutsch kommt das daher, von Herrn Doktor.

Der hat natürlich auch einen Vornamen, einen schönen sogar. Marc heißt er. Manche finden es befremdlich, dass ich den Vornamen meines Freundes kaum benutze. Aber Dr. Frieder sagt sich so nett und Marc könnte ja jeder heißen. Vielleicht liegt es auch mit daran, dass ich ihn vor etwa zwei Monaten in seinem beruflichen Umfeld als Herrn Dr. Frieder kennengelernt habe. Das war in der Pathologie des Konstanzer Klinikums in Gegenwart von Bernd Gerolds Leichnam. Der lag auf dem Seziertisch und ich wenig später ohnmächtig auf dem Boden daneben.

Heute sitzen wir auf der Terrasse hinter dem Mehrfamilienhaus, in dessen Erdgeschoss ich wohne. Objektiv betrachtet hat meine Zweizimmerwohnung wohl eine Sanierung nötig. Ich aber stehe auf ihre Altbaufabelhaftigkeit: Baujahr Anfang des 20. Jahrhunderts, hohe Decken, das Originalparkett knarzt. Und ich weiß zu schätzen, dass ich von hier aus in wenigen Schritten am See bin, genauer an der Seestraße, der Seepromenade, dem gediegenen Bereich des Konstanzer Seeufers.

Die Seestraße ist mit Parkbänken unter gestutzten Platanen bestückt, weitgehend autofrei und führt von der alten Rheinbrücke bis zum Yachthafen. Im ersten Abschnitt säumen alt ehrwürdige Residenzen ihren Verlauf, dicht an dicht, jede für sich ein Schmuckstück. Im Anschluss dann Radweg neben Fußgängerweg in Überbreite. Hier promenierte früher die Bürgerschaft im Sonntagsstaat. Heute ist man da praktischer veranlagt und sparsamer im Stoffverbrauch. Meine Zeitgenossen benutzen das gemauerte Ufer der Flaniermeile auch, um sich nach dem Schwimmen zu sonnen, lassen die Seele baumeln oder feiern Partys.

Auf der Seestraße gibt es auch sonst immer was zu sehen. Der See zeigt zu jeder Tages- und Jahreszeit andere Kombinationen von Licht und Farbe. Mal kräuselt er sich tiefblau und glitzert in der Sonne, dass es in den Augen schmerzt. Mal fließt die Wasseroberfläche seidig in den Horizont, silbergrau mit Spuren von Hellblau und Rosa. Mal springen vom Wind getriebene Wellen auf, hellgrün im Uferbereich, fast karibisch über den Sandbänken und in sattem Grün weiter draußen. Jeder Augenblick ist einzigartig, war so und wird so nie wieder sein. Zugegeben, das ist natürlich überall so. Aber der Bodensee zeigt es – unübersehbar.

Schräg gegenüber der Seestraße liegt das Inselhotel, strahlt weiß. Wenig weiter ist das Konzilgebäude an seinem Walmdach gut auszumachen. Davor die Imperia, das Wahrzeichen der Stadt. Schiffe der weißen Bodenseeflotte ziehen vorbei. Ihr Signal bei Hafenein-und ausfahrt weht herüber und verscheucht Tretboote und Wasservögel. Und es gibt jede Menge Wasservögel. Bald kommen Tausende gefiederte Wintergäste hinzu, erfüllen die große Bucht mit fremdländischem Geschnatter und verleihen ihr ein internationales Flair.

Aber dieses Jahr erweckt der Bodenseesommer den Anschein, als wolle er ewig währen. Ich liebe solche Septembertage. Von der Wärme her könnte man auf einen Tag im Juli schließen, nur steht die Sonne tiefer.

Ich schaue über mein überschaubares Reich aus Sitzplatz und Gärtchen, nein, nicht mit Blick auf den See, sondern in den beschaulichen Hinterhof. Letzte Gänseblümchen blühen in den Plattenfugen sonnenwarmen Sandsteins. Auch sie genießen die Sonnenstrahlen, die sich an den umstehenden alten Eichen und Buchen vorbeimogeln.

Mein Hund Santo, ein blonder Wuschel in Größe eines Labradors, döst mit Dr. Frieders Dalmatinerdame Fila zu unseren Füßen. Die Braungefleckte liegt genau genommen auf Dr. Frieders nackten Füßen. Die Vierbeiner mussten die letzten Wochen viel zu oft warten, ohne dass sie mitdurften. Daher die Strategie: Zweibeiner unter Beobachtung halten und sich auf ihre merkwürdigen Füße legen.

„Nich ma ein für Papi?“, scherzt Dr. Frieder, lässt die Schokoladung unbeirrt auf meinen Mund zufliegen und produziert Propellergeräusche eines alten Doppeldeckers, der nur auf elf seiner zwölf Töpfe läuft. Ob ich will oder nicht, ich muss lächeln und sperre brav das Mäulchen auf.

„Gut, ne?“, fragt er.

Ich nicke wenig enthusiastisch. Seit Monaten versuche ich meinem Normalgewicht wieder zu begegnen, das mir das Ende der Beziehung mit David verjagt hat. Zehn Kilo rauf und sieben Kilo runter ist es her, umgerechnet etwa dreieinhalb Jahre. Darauf angesprochen, warum ich an den paar Kilos immer noch herummache, ist mir bewusst geworden, dass ich das Ursprungsgewicht mit Wiederherstellung gleichsetze. Tabula rasa. Oder im Technikjargon: Reset. Mit dem alten Gewicht bekomme ich auch mein altes Ich wieder zurück. Dann, so die Theorie, habe ich diese Lebensphase endgültig überwunden, die immerhin den größten Teil meines Erwachsenenlebens ausmacht.

Dr. Frieders liebenswerte Neigung, mir regelmäßig die Lieblingsdroge zu kredenzen, durchkreuzt meine Pläne allerdings. Andere Aktivitäten mit ihm fördern sie, was sich in etwa die Waage hält. Das führt zu verqueren Gedankengängen unsere Beziehung betreffend. Sie lauten: Ist der Freund weg, brauchst du entweder ganz schnell einen neuen, oder du musst aufhören Schokokuchen zu essen, oder du nimmst zu. Such's dir aus!

Höre ich mir eigentlich mal zu beim Gedankenwirrwarr? Als wären die Aussichten auf eine Trennung nicht schon schlimm genug. Nein, nein, eine Trennung steht ja zum Glück nicht an. Nur eine Fernbeziehung. Viel besser!

Drei Monate, hieß es, als wir uns kennenlernten, wollte Dr. Frieder noch in Konstanz bleiben, um die erste Phase der Ausbildung zum Rechtsmediziner in der Pathologie zu absolvieren. Da kam das überraschende Angebot, er könne vier Wochen früher nach Freiburg wechseln. So schnurrte unsere Zeit zusammen. Aus Ende Oktober wurde Ende September. Und Ende September ist jetzt.

Dr. Frieder fährt mir durch die roten Locken und umfasst meinen Nacken. Ganz langsam zieht er mein Gesicht an seines. Blaue Augen funkeln mir entgegen. „Dat löpt sich allens torecht", flüstert er und küsst mich leidenschaftlich.

Danach muss ich ihn fragend anschauen. Vielleicht sollte ich mir doch endlich mal ein norddeutsches, respektive plattdeutsches Wörterbuch zulegen?

„Das wird schon", übersetzt er.

Damit hat bei ihm heute deutlich mehr Text die Freiheit erlangt, als bei mir. Das gibt mir zu denken. An normalen Tagen, nicht Tagen wie diesem, dürfte ich dreimal so viele Wörter in die Welt setzen wie er. Dürfte – das erweckt den falschen Anschein. Ich vermute, er würde gelegentlich ein paar meiner Wörter unterbinden, so das denn zur Disposition stünde.

„Vielleicht sollte ich mit dir nach Freiburg gehen", sage ich und sperre den Mund auf.

Wenn wir nun schon bei Schokokuchen angelangt sind, sollen doch seine aufmunternden Inhaltsstoffe zur Gänze wirken, schließlich habe ich es bitter nötig. Prompt kommt der nächste Schokobomber geflogen.

Ich beobachte mit Argusaugen, wie Dr. Frieder auf meinen Vorstoß reagiert.

„Mach!"

„Du hättest nichts dagegen?“

„Wieso, nee.“ Die Unbeschwertheit in Person.

„Da wäre ich sicherer vor Roger Merian als hier. Oder meinst du, ich muss mir keine Sorgen machen? Hat sich's ausgespielt? Oder hat er Entzugserscheinungen und legt jetzt erst richtig los mit seinen kranken Spielchen? Obwohl man so frisch aus dem Knast gekrochen erst mal unbehelligt duschen und was ‚Währschaftes‘ essen will. Ein Herr Merian möchte unter Umständen den Coiffeur, den Gelisten oder Pomadeur sowie eine Dame zur Maniküre kommen lassen.“

Gut, die Anzahl Wörter ist wieder im Lot.

„Gelisten oder Pomadeur?“ Er grinst und versorgt mich mit einem weiteren Bissen Schokokuchen. Dann tippt er sich auf die Nasenspitze, die leere Gabel abgespreizt. „Was meint dein Bauch?“

Ich runzle die Stirn. Das Gerichtsurteil hat mein Kopf-Bauch-Gefüge in totaler Konfusion hinterlassen. Selbst nach längerem Nachdenken komme ich zu keinem befriedigenden Ergebnis und zeige das durch ausgiebiges Achselzucken.

Als ich aus Gewohnheit das Handy anmache, erschrecke ich, welch fortgeschrittene Uhrzeit mir da entgegen leuchtet. „Oh, ich muss los“, rufe ich, springe auf und alles mit, was bisher in der Sonne gedöst hat, na außer den Gänseblümchen.

„Kommt ihr mit?“ Die Frage bringt beide Hunde auf Touren, sie laufen aufgeregt hin und her. Schnell suche ich alle sieben Sachen zusammen, muss noch mal umkehren, um nach dem Schlüsselbund zu hangeln. Und dann geht's los.

Auf der Straße verabschiedet Dr. Frieder sich mit einem seiner Wir-haben-alle-Zeit-der-Welt-Küsse. Mit den Händen tief in den Jeanstaschen schlendert er Richtung Klinikum davon, während ich mich mit den Hunden entgegengesetzt auf zur Seestraße mache.

Kurz überlege ich, ob ich überhaupt entspannt herumlaufen darf. Als Roger Merian weggesperrt war, lebte es sich dahin gehend so unkompliziert. Aber ich werde jetzt kaum mein Leben einstellen, nur, weil Roger Merian hinter dem nächsten Busch hervorspringen könnte. Vielleicht gilt es, sich explizit für die Normalität zu entscheiden. Wenn ich zulasse, dass die Bedrohung meine Freiheit einschränkt, hat er doch schon gewonnen, irgendwie ...

Auf der Seestraße krame ich nach der Sonnenbrille und lasse genüsslich den Blick über den glitzernden Konstanzer Trichter schweifen. Zwei Schwäne setzen zur Landung an. Immer wieder erstaunlich, dass diese massigen Körper überhaupt fliegen können.

Die Besucher, die Konstanz in der Sommersaison bevölkern und teilweise überrennen, geben See und Stadt ihren Einwohnern zurück. Die Atmosphäre ist leicht verschlafen, Nachsaison eben.

Zwei Jungs und ein Mädel sitzen mit aufgeklappten Büchern und Notebooks auf den unteren Stufen einer Treppe direkt am Wasser und diskutieren.

Ein paar Meter weiter zieht ein Stand-up-Paddler in Shorts und T-Shirt vorbei. Ein paar Blesshühner suchen laut trötend das Weite. Vor lauter Schreck verliert der Wassersportler das Gleichgewicht und sein Board kippelt gefährlich. Ich bleibe stehen. Den Platscher will man ja nicht verpassen. Er fängt sich gerade noch so. Ich lächle ihm zu, wische mir theatralisch mit dem Handrücken über die Stirn und schüttle den imaginären Schweiß ab. Er grinst und nickt.

Santo und Fila laufen voraus, warten allerdings artig am unteren Ende der Treppe, die zur alten Rheinbrücke hinaufführt. Es ist Zeit, Fila anzuleinen, bevor ihr einfällt, ihrem Hobby zu frönen, Züge über die Brücke zu jagen.

Seite an Seite überqueren Fahrbahn, Schienen und Fußgängerweg den Seerhein und wir drei mit.

Die bunten Flaggen auf der Rheinbrücke flattern verhalten in der Brise. Sie wirken etwas abgeschlafft. Haben sie sich doch den ganzen Sommer lang mächtig ins Zeug gelegt, um auf Touristenfotos die Farbtupfer beizusteuern, die den postkartenwürdigen Blick zur digitalen Kunst befördern. Die Farben sind ausgeblichen, die frei wehenden Kanten ausgefranst, Nachsaisonlook im Shabby Chic. Bald werden sie abgehängt, im Frühjahr gibt es Neue. Was passiert wohl mit diesen hier? Altflaggensack?

In der Mitte der Brücke bleibe ich einen Moment stehen und genieße den Blick auf den See. Ich seufze. Sollen die letzten Wochen alle für die Katz gewesen sein? Ich will mich nicht daran gewöhnen, dass Roger Merian ungeschoren davonkommt. Irgendwie muss er doch noch zu kriegen sein.

Kapitel 3

Das Foxinet Büro liegt in der Altstadt gegenüber dem Bahnhof. Auch heute bietet sich wieder ein umwerfender Blick aus dem Fenster über Bahnhofsgebäude, Gleise, Biergärten und Hafen hinweg auf den See. Einzelne Boote lüften ihre Segel. Wind ist da nicht, also ist das auch kein Segeln, was die da machen.

Links ist die Seestraße zu sehen, rechts das Schweizer Ufer. Wenn das östliche Ende wie heute im Dunst verschwindet, male ich mir bisweilen aus, der Bodensee sei ein Fjord. Hinter dem Horizont läge dann nicht Österreich, sondern das offene Meer. Der Zugang zur ganzen Welt. Die Vorstellung verschafft mir die Illusion von Freiheit. Sie lässt mich das liebenswert beschauliche, zuweilen aber beengende Kleinstadtleben leichter ertragen.

Wir bei Foxinet machen in Webdesign, will heißen wir beraten Unternehmen, planen und realisieren ihre Internetauftritte und verschaffen ihnen so Öffentlichkeit. Wir sind neun. Da sind Evi, Lisa, Mehmet, Jan, Luca, Julia, Philipp und ich. Bernds Stelle hat inzwischen Charles eingenommen.

Erst zwei Monate sind seit Bernds Tod vergangen? Kaum zu glauben.

Es fühlt sich an, als wäre es ein anderes Leben, ein anderes Ich, das daran beteiligt war. Die Erfahrungen haben mich verändert und werfen noch immer ihre Schatten. Ich wünschte, ich könnte den Sommer noch einmal von vorne beginnen, ohne Mord und Cybercrime diesmal.

In einem ganz normalen, unbeschwerten Bodenseesommer würden Dr. Frieder, die Hunde und ich in den Tag hineinleben, abwechselnd arbeiten, schwimmen und am See in der Sonne liegen. Mittagessen in der Eisdiele, abends wird gegrillt, sonntags gibt es Schokokuchen. Also gut, nicht nur sonntags. Das Hauptaugenmerk läge nicht auf den Ermittlungen und dem anschließenden Gerichtsverfahren, im Mittelpunkt stünde ein reguläres und geregeltes Arbeitsleben, das nur eine unausgeglichene Work-Life-Balance zu beklagen hätte.

Aber der Sommer ist so gut wie um und Zurückspulen geht nicht. Also wäre ich schon dankbar, wenn mir wieder eine gewisse Leichtigkeit gelingen würde. Wie vorher eben. Ich wage zu bezweifeln, dass die Freilassung von Roger Merian da förderlich ist.

Keinen Zweifel gibt es allerdings daran, dass Bernd von Franz Krüger erstochen wurde. Dieser hatte in den 1970ern mit Rogers Großvater René Merian den Consultingkonzern Krüger & Merian gegründet, der heute weltweit 4 000 Mitarbeiter zählt. Der Enkel ist nur nebenberuflich Psychopath. Hauptberuflich sitzt er im Vorstand von Krüger & Merian.

Kein unüblicher Posten für so einen Menschen heißt es. Es gibt Schätzungen, wonach etwa sechs Prozent der Führungspositionen mit psychopathischen Persönlichkeiten besetzt sind, während ihr Anteil in der Gesamtbevölkerung nur ein bis zwei Prozent beträgt. Das muss man sich mal vorstellen: Von hundert Menschen, die man so kennt, sind ein bis zwei oder gar sechs Psychopathen. Und man hat in der Regel keinen Schimmer.

Machthungrig, gefühlskalt und frei von Angst, Risiko- und Schuldgefühlen lässt sich's mit dieser Persönlichkeitsstörung unbeschwert über Leichen gehen und trotzdem charmant und redegewandt wirken. Weil sie so gut im Lügen, Betrügen und in der Manipulation ihrer Mitmenschen sind, bekommt oft niemand etwas mit. Sie sind unauffällig. Da kann man sich gut ausmalen, dass hochgesteckte Ziele bereits in jungen Jahren erreicht werden. Ziele, für die andere Jahrzehnte benötigen. Bei Roger Merian gilt das umso mehr, da an seiner Startlinie ‚Konzernerbe' steht.

Für Roger Merian war die Vorstandsetage die beste Ausgangsposition, um den labilen Franz Krüger nach allen Regeln der Kunst zu manipulieren – über Jahre. Eine seiner Machenschaften war es, Franz Krügers Tochter Yata zu verunglimpfen. Sie erzählte mir, ihr Vater wäre dem Intrigenspiel gefolgt. Er wollte den Konzern nach seinem Ableben in guten Händen wissen, mithin nicht in denen seiner vermeintlich schizophrenen Tochter. Also änderte er sein Testament zu Yatas Nachteil und zugunsten von, dreimal darfst du raten, Roger Merian.

Yata ist übrigens meine neue Nachbarin, inzwischen Freundin und meiner Ansicht nach genauso schizophren wie ich. Bevor Missverständnisse entstehen: Ich bin nicht schizophren.

Yata ist quasi mit Roger Merian aufgewachsen. Ihr ist es zu verdanken, dass ich überhaupt erfahren habe, dass er ein Psychopath ist. Ob ich das allein bemerkt hätte? Keine Ahnung. Wenn, dann vermutlich zu spät. Das Tückische ist ja eben gerade, dass diese Menschen so normal wirken.

Yatas Vater brachte zuerst ihren Freund Bernd um und dann sich selbst. Da es einen ordnungsgemäßen Abschiedsbrief gab, in dem er seine Tat gestand, war für die Offiziellen der Fall schnell klar und geschlossen. Ich aber weiß: Roger Merian war der eigentlich Verantwortliche, der Drahtzieher hinter Bernds Ermordung. Dahin gehend war er zwar mir gegenüber so gut wie geständig, vor Gericht konnte es ihm jedoch nicht zweifelsfrei nachgewiesen werden.

Letztendlich war alles ein Spiel für ihn, aus dem er als Gewinner hervorging. Im Ergebnis erhielt er mehr Aktienanteile am Konzern und übernahm den frei gewordenen Posten des Vorstandsvorsitzenden. Vor allem aber ahndete er mit der Todesstrafe, dass Bernd es gewagt hatte, mit seinem Lieblingsspielzeug Yata zu spielen. Roger Merian hatte kranke Besitzansprüche entwickelt und konnte Yatas Beziehung mit Bernd nicht ertragen. Und das alles war erst vor zwei Monaten? Kaum zu glauben.

Nach seinem Tod ließen wir Bernds Schreibtisch unangetastet im Büro der Webentwicklung stehen. Daneben entstand ein neuer Arbeitsplatz für Charles. Jetzt sitzen Philipp und Charles in einem Büro mit einem Geistertisch, was gespenstisch klingt, weil es auch irgendwie gespenstisch ist. Aber so war es einstimmig beschlossen worden.

Es ist nicht einfach, wird jemand gewaltsam aus einem Team gerissen. Wir haben noch immer daran zu knabbern, jeder auf seine Weise. Wenn eine Bernd-Erinnerungsstätte uns dabei hilft, ist das in Ordnung, ob sie nun gespenstisch ist oder nicht.

Als ich den Fuß über die Schwelle zum Büro setze, merke ich, hier herrscht dicke Luft. Evi hat ihre hohe Stimme im Einsatz, die sich unangenehm überschlägt und die nur herausdarf, wenn sie auf 180 ist und sich Luft machen muss. Das kommt selten vor.

„Hi Chief." Charles steht in den Türrahmen zur Teeküche gelehnt. Sie zuckt lässig mit einer Achsel, lässt ihre Vorderzähne mit dem Zungenpiercing spielen und fährt ungerührt fort, einen Teebeutel zu baden. Charles heißt eigentlich Charlotte Ortburg, der ich endlich mal sagen muss, dass sie dieses ‚Chief' lassen soll. Das kommt davon, wenn man meint, für den internationalen Gebrauch auch ‚Chief Executive Officer' auf die Visitenkarte schreiben zu müssen.

Als Evi mich sieht, stoppt sie abrupt, presst die Lippen zusammen, macht auf dem Absatz kehrt und stürmt davon. Mein Verdacht der letzten Tage bestätigt sich: Die Eingewöhnungsphase von Charles ist, gelinde gesagt, teamseitig noch nicht ganz abgeschlossen. Bevor ich etwas sagen kann, klingelt mein Handy.

„Ein Toter", sagt Dr. Frieder.

„Bitte was?", muss ich erst mal fragen.

„Eine Leiche."

Habe ich doch richtig gehört. „Wer, äh, warum ..." Ich sollte wirklich langsam lernen, in überraschenden Situationen meine Sätze zu beenden. Was macht denn das für einen Eindruck? Unbeteiligte Beobachter könnten denken, ich sei etwas verpeilt oder gar trottelig. Das kratzt böse am Renommee.

„Schroff."

„Nein!", hauche ich und taste blindlings hinter mich. Irgendein Sitzmöbel muss her. Ich finde keines und lasse mich auf den Boden gleiten. Schon besser.

„Wie, ich meine, wo und ..." Mist, das nächste Satzwrack.

„Unklar. Zu Hause. Liegt jetzt hier. War nicht vor Ort, Dr. Meschle war."

Dr. Meschle ist Dr. Frieders Vorgesetzter und Leiter der Pathologie im Klinikum Konstanz.

„Bin gleich da", sage ich, bevor ich auflege.

Als ich mich auf die Füße stelle, baumelt ein Schlüssel an schwarz lackierten Fingernägeln in meinem Gesichtsfeld.

„Brauchst du einen fahrbaren Untersatz, Chief?", fragt Charles. Ihr Zungenpiercing verursacht ein leichtes Lispeln.

Wie kann man ... nein, lassen wir das. Nein, lassen wir nicht! Wie kann man sich ein Metallteil in die Zunge jagen und sich damit einen Sprachfehler einhandeln? Vor allem, wenn man das merkt – und es ist definitiv nicht zu überhören – wie muss man drauf sein, das Piercing drin zu lassen?

Ich stutze kurz, nicht wegen des subjektiven Schmuckstücks, das fällt in die Rubrik ‚jedem Tierchen sein Pläsierchen'. Nein, wegen des Angebots.

„Ich bin ewig nicht Motorrad gefahren", gebe ich zu. „Fährst du mich?"

„Skandalös", sagt sie.

Natürlich gibt es nur einen Helm und natürlich trage ich den. Es braucht etwas Zeit, bis ich meine Lockenmähne unter den Kopfschutz gestopft habe, was Charles geduldig abwartet. Wie sich herausstellt, kann der Fahrtwind ihrem raspelkurzen, hellgrau, fast weiß gefärbten Haar nichts anhaben. Ich bin bemüht, die Tätowierung an ihrem Hals nicht so genau zu betrachten. Sie erinnert mich an die Stammes-Tattoos der Maori. Es fühlt sich indiskret, fast intim an, ihren Hals aus dieser geringen Entfernung zu betrachten.

Charles bringt mich in Nullkommanichts zum Klinikum, braucht für die regulären sechs Minuten kaum vier. Dennoch habe ich keinen Moment an unserer Sicherheit gezweifelt.

„Danke, du fährst echt gut." Ich bin abgestiegen und reiche ihr den Helm.

„Ich weiß, Chief." Das kommt nicht großspurig daher. Sie zieht den Helm über und ist schon wieder davongebraust.

Schroff ist tot. Roger Merian ist erst seit wenigen Stunden auf freiem Fuß und schon ist Schroff tot. Was einem da durch den Kopf schießt, ist doch klar: Das kann kein Zufall sein!

Kapitel 4

Schroff heißt Kriminalhauptkommissar mit erstem Vornamen, zumindest hieß er das bis zu dem Ermittlungsverfahren, das gegen ihn eröffnet wurde. Meine letzte Information ist, dass er suspendiert wurde. Er hatte in Bernds Mordfall auch gegen mich ermittelt. Lange war ich unsicher, was ich von ihm halten sollte. Dann war der Fall für mich klar: Er war korrupt und stand in Roger Merians Diensten. Woher ich das wusste? Frag nicht! Ich kann heute noch nicht mit jedem darüber reden. Die Gefahr liegt bei etwa 98,5 Prozent, für total durchgeknallt, esoterisch abgedriftet oder doch schizophren gehalten zu werden. Und ich weiß nicht, was schlimmer ist.

Es folgte zwar die offizielle Fassung, Schroff hätte den Korrupten nur gemimt, um im Rahmen einer verdeckten Ermittlung an Insiderinformationen in einem Cybercrime-Fall zu gelangen, damit konnte ich mich aber nie so recht anfreunden.

Die Untersuchungen halten bis heute an. Inzwischen ging der Fall sogar an das European Cybercrime Centre von Europol in Den Haag. Nachdem das Bundeskriminalamt in Wiesbaden samt meinem Ex über zwei Jahre maßgeblich damit betraut gewesen war, arbeitet das BKA jetzt nur noch zu. Man könnte es getrost als Degradierung bezeichnen und mutmaßen, der Fall wäre nach oben wegbefördert worden, ließ David verlauten. Auch, dass die Ermittlungen nun dem Einfluss von Politik und Wirtschaft unterlägen, weit mehr, als der Sache guttäte.

„Da hat einer den Bock zum Gärtner gemacht", war Davids verbitterter Kommentar.

Die digitalen Hintertüren wurden inzwischen offiziell geschlossen. Das organisierte Verbrechen mutmaßlich russischen Ursprungs, das sich der Zugänge in Unternehmensnetzwerke bediente und Forschungsdaten auf Bestellung beschaffte und verkaufte, tummelt sich heute in anderen lukrativen Bereichen. Man ist ja flexibel und kreativ, der Cyberspace weit und bunt. Roger Merian ist Teil dieser Organisation. Ob ein kleiner oder großer Fisch, muss noch geklärt werden.

Da stehe ich also wieder einmal vor dieser Tür. Pathologie. Die Buchstaben führen sogleich einen Bauchtanz auf. Ich stütze mich am Türrahmen ab, atme zweimal tief ein und aus, öffne die Tür und trete auf Puddingbeinen ein. Beim letzten Mal hatte ich mir geschworen, keinen Fuß mehr über diese Schwelle zu setzen. Da sieht man mal, was von meinen Schwüren zu halten ist.

„Was ich nich alles anstell'n muss, damit du mich ma auf Arbeit besuchst", grinst Dr. Frieder mir entgegen. Es ist mir ein Rätsel, wie er sich in diesem Gruselkabinett wohlfühlen kann. Schon die Wandfliesen in Deprigrün ziehen dermaßen runter, dass ich kurz davorstehe, um Stimmungsaufheller zu bitten. Ja, Schokolade täte es auch, aber welches halbwegs empfindsame Wesen könnte hier etwas essen? Es riecht undefinierbar, es riecht furchtbar, es stinkt.

„Wollte dich unbedingt in sexy Ultramarinblau sehen. Steht dir unverschämt gut", versuche ich mich im Scherzen, merke aber, dass meine Stimme für eine gelungene Wirkung zu sehr zittert.

Dr. Frieder zieht mich in seine Arme und hält mich einfach fest.

„Bist du sicher?", fragt er leise in mein Ohr. Er weiß, dass es mich Überwindung kostet, überhaupt hier zu sein.

Ich nicke, denn ich bin mir sicher – eigentlich. Dann halte ich inne. „Nur, wenn er nicht zu schlimm ..."

„Nee, würde dich gar nich reinlassen."

Wir treten an einen der Edelstahltische. Das Wort Seziertisch geistert mir durch den Kopf. Schon werden meine Knie wieder weich. Jetzt nur nicht umkippen!

„Atmen, ruhig atmen", sagt Dr. Frieder.

Ich atme ein, ich atme aus, und wieder ein, und wieder aus.

„Wie ist er gestorben?" Ich kann beim besten Willen nichts entdecken, ohne allzu nah an ihn heranzutreten oder ihn zu berühren, versteht sich. Schroff sieht aus, als würde er schlafen. Weder Blut noch Wunde, nur blass und etwas zerknittert wirkt er.

„Keine äußere Gewalteinwirkung erkennbar", sagt dann auch Dr. Frieder. „Im Gartenhaus aufgefunden. Könnte alles sein: plötzlicher Herztod infolge von Herzrhythmusstörungen mit anschließendem Kammerflimmern, gegebenenfalls auch Commotio Cordis. Nicht auszuschließen sind aktuell Myokardinfarkt, also Herzinfarkt, Schlaganfall, Intoxikation und elektrischer Strom, wobei ich keine Strommarken entdeckt habe. Darf ihn nicht anrühren. Er wird gleich abgeholt, kommt in die Rechtsmedizin Freiburg zur baldigen Obduktion. Bei dem Hintergrund stringent, ne?"

„Herzinfarkt? Nie und nimmer. Er lief Halbmarathon. Der war doch fit wie ein ..." Ich hinterlasse den Satz unbeendet. Der Turnschuhvergleich kommt mir im Moment pietätslos vor. „Commotio was?"

„Commotio Cordis, eine Herzerschütterung zum Beispiel durch stumpfe Gewalteinwirkung."

„Juckt dich schon in den Fingern, ihn genauer zu untersuchen, oder?" Geschmäcker sind eben verschieden.

„Jou", antwortet er, der ja Rechtsmediziner werden will. In Freiburg. Drohende Fernbeziehung. Aber ich habe nicht vor, jetzt daran zu denken.

„Voraussichtlicher Todeszeitpunkt?" Das klingt schwer nach der ermittelnden Beamtin in einem 2B-Fernsehkrimi.

Dr. Frieder sieht mich denn auch schräg von der Seite an. „Vor etwa zwei Stunden, Frau Kommissarin." Ganz klar spöttischer Unterton.

Ich versuche ihm ein schelmisches Grinsen zu schenken, was mir nicht so recht gelingen will. „War Roger Merian da schon auf freiem Fuß?" Das ist die naheliegende Frage. Das kommt mir doch alles recht knapp vor.

Dr. Frieder zuckt die Achseln.

„Wer hat ihn gefunden?"

„Seine Frau. Sie hat sofort die 112 gerufen."

„Oh, Gott, die Arme!" Jetzt steigen mir doch Tränen in die Augen. Ich mochte Schroff nie besonders. Nein, ich mochte ihn nicht. Zu keiner Zeit. Wenn wir präzise sein wollen: Ich konnte ihn nicht ausstehen. Punkt. Aber auch so einer hinterlässt Menschen, die ihn geliebt haben. Und selbst wenn man jemanden kaum ertragen kann, wünscht man ihm nicht den Tod, oder? Na gut, ich kann hier wohl nur für mich sprechen.

„Und Mama", hauche ich und muss schwer schlucken. Schroffs Frau Susanne ist seit Jahrzehnten die beste Freundin meiner Mutter.

Mama und ich sind uns erst neulich in die Haare geraten, auf welcher Seite des Gesetzes sich Schroff denn nun befand. Als Freundin verteidigte Mama ihn, meinte, wir müssten die Untersuchungen abwarten, bevor wir ihn verurteilen. Wo sie technisch, juristisch und allem voran moralisch recht hatte, war mein Bauch anderer Meinung. Und er ist es noch. An Schroff war etwas oberfaul, schon immer. Seine pure Anwesenheit bewirkte, dass sich mir die Nackenhaare aufstellten.

„Und nun?", frage ich.

Dr. Frieder zuckt mit den Achseln. „Abwarten, was die Jungs in Freiburg herausfinden, ne?"

Ich nicke. „Wenn Roger Merian für Schroffs Tod verantwortlich sein sollte, hat er vielleicht herausgefunden, dass der vorrangig nicht für ihn tätig war, sondern vorrangig verdeckt ermittelt hat. Dann wäre Schroff doch besser gewesen, als ich ihm immer nachgesagt habe. Oder Schroff verfügte über Informationen, die er mit ins Grab nehmen sollte. Oder Schroff hat sich etwas geleistet, was er sich als Roger Merians Scherge besser nicht hätte leisten sollen." Ich lege eine kleine Pause ein. „Rein theoretisch könnte es sich auch um einen natürlichen Tod handeln." Ich mache erneut ein Päuschen und schaue Dr. Frieder an. Er wiederum sieht mich abwartend an.

„Näh!", sagen wir beide dann im Chor. Das wäre dann doch ein sehr merkwürdiger Zufall.

Kapitel 5

„Mama, es tut mir so leid", sage ich leise ins Handy. Aus den Katakomben aufgestiegen bin ich zurück in Licht und Leben und gehe vom Haupteingang des Klinikums durch den Park.

Schroffs Frau hat erst die 112 und anschließend Mama angerufen, wie man das eben macht mit der besten Freundin.

„Susanne ist natürlich am Boden zerstört. Wie entsetzlich!" Mama klingt erstaunlich gefasst. Selbstbeherrschung ist eine ihrer Stärken, keine meiner. „Ich bin gerade auf dem Weg zu ihr, bin so gut wie dort."

Mit dem Handy am Ohr marschiere ich nach Hause, das nur ein paar Minuten vom Klinikum entfernt ist. Dort steht mein alter Kombi vor der Tür.

„Ines, ich bin da. Ich muss auflegen."

„Ich komme auch!", rufe ich und wechsle in leichten Trab. Der Septembertag hat noch genug zu bieten, sodass mir nach kurzer Zeit warm wird. Erst auf der Hälfte der Strecke fällt mir ein, im Büro Bescheid zu geben, dass ich länger brauche, jemand meinen Telefontermin absagen und sich um die Hunde kümmern möge.

Dann rufe ich Dr. Frieder an. „Ich fahre zu Susanne Schroff. Mama ist bereits dort", stoße ich hervor, während ich Atem schöpfe.

„Was los?", fragt mein Leibarzt.

„Ich renne halt", schnaufe ich. „Kommst du auch? Du könntest ihr die medizinischen Fragen stellen, auf die ich nicht komme. Vielleicht lässt sich die Todesursache eingrenzen."

„Wohin?"

Ich nenne ihm die Straße, die Hausnummer kenne ich nicht. Allerdings ist er, da erst kürzlich zugezogen, mit den Konstanzer Straßennamen nicht firm. Nach der fünften verneinten Weißt-du-wo-Frage fällt mir eine Kneipe als Referenz ein. Funktioniert immer, so auch hier, obwohl die

Kneipendichte im Stadtteil Staad weit unterdurchschnittlich ist.

„Wär schneller mit Google Maps, ne?“, bemerkt Dr. Frieder trocken.

„Jaja“, sage ich.

„Du musst übrigens das Rad nehmen“, informiert er.

„Wieso?“

„Na, dein Kombi ist doch liegen geblieben.“

„Stimmt ja“, stöhne ich.

Mein Auto ist in die Jahre gekommen und wollte nicht anspringen. Das war vor ein paar Tagen. Also gut, vor wenigen Wochen. Nicht weiter wild, da wir wenn, dann mit Dr. Frieders liebevoll restauriertem, türkis-weißem VW-Bus T1 alias Bulli durch die Gegend knattern. Meist bin ich allerdings in der Innenstadt zu Fuß und mit dem Rad schneller unterwegs. Das Gerichtsverfahren belegte mich mit Beschlag, so landete das Werkstattthema auf einem hinteren Platz.

Mein Rad steht an die Hauswand gelehnt, direkt neben dem Schild ‚Hier keine Fahrräder abstellen‘. Die Tasche landet im Fahrradkorb. Ich krame den Schlüssel hervor, schwinge mich auf den Sattel und stelle fest: Die Reifen verlangen nach mehr Luft. Luftpumpe? Fehlanzeige. Mein Handy klingelt.

„Weißt du es schon?“, fragt Arthur.

„Ja.“

„Ich werde den Fall vermutlich nicht bearbeiten dürfen, sollte sich herausstellen …“ Er beendet den Satz nicht. Auch für Arthur dürfte ein natürlicher Tod unvorstellbar sein. Dessen ungeachtet klammert er sich im Moment an das Unwahrscheinliche.

„Ja klar. Kommst du trotzdem mit zu Susanne Schroff? Ich bin auf dem Weg dahin.“

„In Ordnung.“

Ich trete kräftig in die Pedale. Hätte ich Zeit, würde ich die längere Route über die Seestraße wählen und den Blick auf den See genießen. Heute aber fädle ich auf den Radweg der Mainaustraße ein. Sie ist eine der Hauptverkehrsadern und schlängelt sich von der alten Rheinbrücke bis fast zur Blumeninsel Mainau. Ganz so weit will ich zwar nicht, aber bis zum Stadtteil Staad ist es auch ein Stück. Entschlossen radele ich erst mal am Klinikum vorbei und strample schnaufend den Salzberg hinauf, der entgegen seines Namens nur ein Hügel ist. Neben mir brodelt der Verkehr. Ich fluche leise vor mich hin. Die nahezu platten Reifen machen es beschwerlicher, als es sein müsste. Nun bin ich bereits gelaufen und fahre Rad, ich will nicht hoffen, dass ich noch schwimmen muss. Der Babytriathlon wäre komplett.

In Schroffs Straße kommt mir ein Rettungsfahrzeug entgegen. Kurz fühle ich Unruhe aufsteigen, da sehe ich meinen Norddeutschen lässig an eine Straßenlaterne gelehnt stehen.

„Du hast dich vom Rettungswagen herbringen lassen?"

„Die waren auf dem Weg zu einem Krankentransport. Ressourcen sparende Mobilität." Grinsend betrachtet er mich und mein Rad. „Büschn wenig Luft, ne?"

„Das Rad oder ich?", hechle ich.

„Beide."

Schroffs wohnen auf einem der wenigen Grundstücke dieser Straße, die nicht nachverdichtet wurden. Wo in den 1950ern kleine Einfamilienhäuser mit großzügigen Bauerngärten entstanden, reihen sich heute Mehrfamilienhäuser.

Als Kind bezeichnete ich das Haus der Schroffs als Hexenhäuschen. Alles daran war unterdimensioniert und spitzwinklig. Der unheilvolle Eindruck aber entstand durch die Fassade, die mit dunklem Holz verschalt ist. Dieser Immobilie ist es mit zu verdanken, dass mir Michael Schroff seit jeher suspekt war. Ich meine, man kann einem Kind nicht Märchen erzählen, bei denen böse Menschen in düsteren Häuschen wohnen, und dann erwarten, dass es von düsteren Häuschen nicht auf böse Menschen schließt.

Kapitel 6

Wir treten durch eine kleine Pforte, zu deren Klinke ich mich hinunterbeugen muss. Der Direktimport aus dem Auenland öffnet sich quietschend in einen altmodischen Vorgarten: Liebevoll angelegt mit knorrigen Rosenstöcken, die voller Hagebutten hängen, dazwischen blitzen ein paar späte Rosenblüten. Bemooste Steine trennen fein säuberlich den mit Wildkräutern durchsetzten Rasen von Beeten, aus denen verwelkte Stiele ragen.

Mama öffnet die Tür. Für Mitte fünfzig ist sie gut in Form und in der Regel der Inbegriff von Vitalität. Heute aber wirkt sie zerbrechlich. Ein grauer Schleier liegt über dem ganzjährig sonnengebräunten Teint. Trotzdem hält sie sich kerzengerade. Wie so oft wahrt sie Haltung, weil sie meint, dass das im Moment von ihr erwartet wird. Nur wer sie kennt, entdeckt den Schmerz in ihren Augen. Sie streicht sich eine Strähne der rotblonden Kurzhaarfrisur zurecht, die keiner zusätzlichen Ordnung bedarf, bewegt ihre Brille am Bügel auf und ab, als würde sie stören. Ich nehme sie in den Arm, was sie zwar zulässt, aber frühzeitig abbricht.

Wortlos führt sie Dr. Frieder und mich ins Wohnzimmer. Hinter geöffneten Fenstern zügelt ein ausgestellter Rollladen aus Holz das Lichtspiel der tief stehenden Herbstsonne.

Susanne Schroff sitzt zusammengesunken und verloren in der Ecke eines geradlinigen grauen Sofas. Sie umklammert ein Spitzentaschentuch. Unwillkürlich will man das Häuflein Elend in einen geblümten Ohrensessel umsetzen, der sie zu umfangen und ihr Trost zu spenden vermag.

Es muss zehn Jahre her sein, seit ich sie das letzte Mal gesehen habe. Sie scheint um das Doppelte gealtert. Dass Mama und sie annähernd dem gleichen Jahrgang angehören, mag man kaum glauben.

Ich setze mich neben sie und lege eine Hand auf ihre. „Es tut mir unendlich leid, Susanne. Mein herzliches Beileid."

Sie nickt kraftlos, den Blick gesenkt. Dann sieht sie auf und ihre Augen verengen sich zu Schlitzen. Ich erwarte, dass sie anfängt zu weinen, stattdessen blitzt sie mich zornig an und umklammert meine Hand mit festem Griff.

„Du hosch mein Michael doch nie möge! Du hosch ihm doch des Untersuchungsverfahre eibrockt! Und er hot's auslöffle müesse. Er hot sich müesse mit dem Merian eilosse und mit dem Krüger und dem seinere Tochter." Sie schnaubt verächtlich.

Mir ist früher nie aufgefallen, dass Susanne Schroff trotz zierlicher Gestalt eine eher grobe Person ist. Sie hat meine Hand noch immer am Wickel und quetscht sie. Ich möchte laut aufschreien, halte es aber für unangebracht. Als ich versuche, ihr meine Finger zu entziehen, hält sie diese eisern fest. Unglaublich, wie stark das Häuflein Elend ist. Ich erhebe mich und ziehe mit aller Kraft an meiner Hand, schließlich gehört die mir und ich will sie jetzt mal wiederhaben. Allerdings lupfe ich Susanne Schroff damit nur vom Sofa. Sie kommt vor mir zu stehen und blickt zornig zu mir hoch. Sie tritt sogar noch näher an mich heran und stellt sich auf die Zehenspitzen, um ihr Gesicht so nah wie möglich an meines zu bringen.

„Du wagsches hier ufztauche? Du bisch doch schuld an allem! Hosch müesse dei Nas neistecke!" Ihre Stimme zittert in Rage. Beim letzten Satz sind etliche Spucketropfen zu mir geflogen.

Sie ist in tiefer Trauer und hat einen Schock. Womöglich ist sie nicht ganz bei Sinnen vor Schmerz. Ich entscheide mich, zu ignorieren, dass meine Hand gewürgt wird, und ertrage es stoisch. Schließlich durchleidet Susanne gerade das Tausendfache dessen, da sollte ich mich mal nicht so anstellen.

„Susanne komm, wir setzen uns wieder", ertönt sanft Mamas Stimme. Sie legt ihrer Freundin den Arm um die Schultern, die sogleich in einem Weinkrampf zu zucken beginnen. Ohne Widerstand lässt Schroffs Witwe meine Hand los und sich auf das Sofa manövrieren.

Auch ich werde bei der Schulter gefasst. „Ich komme nach", flüstert Dr. Frieder, nachdem er mich auf die Tür ausgerichtet hat, um unmissverständlich klar zu machen, dass ich da jetzt hindurchzugehen habe. Dass er mir keinen Klaps auf den Po gibt und ‚lauf!', sagt, ist alles.

Ich murmle flüchtig, „Tut mir leid", und verlasse die überschaubare Trauergesellschaft.

Zurück bei den knorrigen Rosenstöcken hocke ich mich auf die Beetkante und reibe meine strangulierte Hand.

„Alles in Ordnung?", fragt Arthur, als er durch die kleine Pforte tritt.

„Ja, alles Okay." Ich schenke ihm ein mildes Lächeln und erhebe mich.

Auch Arthur von Leisfall wirkt um Jahre älter als das letzte Mal, als ich ihn gesehen habe, und das war heute Vormittag. Er hat seinen üblichen grauen Anzug gegen einen schwarzen eingetauscht. Auch der sitzt wie angegossen. Ist er doch tatsächlich nach Hause gefahren, um sich dem Anlass entsprechend zu kleiden, bevor er die Witwe aufsucht? Adel verpflichtet.

Ich will ihn instinktiv in den Arm nehmen, schließlich hat sich in den letzten Wochen so etwas wie Freundschaft entwickelt. Allerdings strahlt Arthur trotz des Schmerzes viel Würde aus. Das rührt auch daher, dass sich der kompakte Mann mit etwas zu kurzen Armen immer sehr gerade hält. So wage ich nur, ihm linkisch die Hand entgegenzustrecken, die er ergreift und drückt.

„Mein aufrichtiges Beileid, Arthur. Ja ich weiß, ich mochte ihn nicht besonders, aber du musst mir glauben, dass ..." Ich habe keine Ahnung, wie ich den Satz laut ausgesprochen beenden könnte, hoffe aber, dass Arthur mich versteht.

„Selbstverständlich." Ein minimalistischer Diener. Nicht zum ersten Mal denke ich, dass er an Spock erinnert. Es fällt schwer, diese Mimik zu deuten und ihr eine Gefühlsregung zu entnehmen. Damit befindet er sich so ziemlich am entgegengesetzten Ende der Gefühl-o-Meter-Skala wie ich. Fehlt ein Gefühlsausdruck, bin ich oft versucht, auf die Abwesenheit von Emotionen zu schließen, auch wenn mir eigentlich bewusst ist, dass es oft nur eine Mauer ist, die jemand hochgezogen hat. So wie Arthur. Selbstbeherrschtes Auftreten ist ihm wichtig. Obwohl etwa in meinem Alter, hat er im Umgang mit anderen Menschen etwas Altmodisches, eine Aura wie aus einem Schwarz-Weiß-Film der fünfziger Jahre, unterstützt durch einen formellen Kleidungsstil und eine sehr aufrechte Haltung. Irgendwie beneidenswert.

„Susanne ist stinkwütend auf mich."

Er nickt verständnisvoll und schreitet an mir vorbei auf die Haustür zu.

„Was denkst du, ist passiert?", rufe ich ihm hinterher.

Er dreht sich halb um, zögert und blickt mich dann einen Augenblick unverwandt an. „Du kannst davon ausgehen, dass wir das Gleiche annehmen, Ines." Seine Stimme klingt gepresst. Er wendet sich ab, um endlich sein Vorhaben in die Tat umzusetzen, durch diese Tür zu gehen.

„Wir kriegen ihn, Arthur", sage ich bestimmt. „Diesmal kriegen wir ihn!"

Ein letzter Blick trifft mich, den ich auch diesmal nicht ansatzweise deuten kann. Arthur nickt minimalistisch und öffnet die Haustür. Kurz stutze ich, weil die Tür für mich verschlossen ausgesehen hat. Aber natürlich weiß jemand, der tagtäglich eng mit Schroff zusammengearbeitet hat und hier oft verkehrt sein muss, dass die Tür nur aufgedrückt zu werden braucht.

Statt meine Kehrseite wieder auf die Beetkante zu balancieren, schleiche ich um das Haus herum. Wenig anmutig kauere ich mich unter das offene Fenster zwischen Lavendel und Rosmarin. Ich kann nicht verhindern, dass ich eine Duftwolke lostrete, an der ich unter anderen Umständen vielleicht Gefallen gefunden hätte.

„... in ärztlicher Behandlung?", höre ich Dr. Frieder fragen.

Keine Antwort.

„Wann war die letzte Untersuchung?" Er hat seinen sanften Medizinertonfall angeschlagen, bei dem ich mich immer frage, ob der an medizinischen Hochschulen in Rollenspielen eingeübt wird. Und ist der Dozent ein Medizinprofessor, ein Psychologieprofessor oder ein Schauspieler?

„I wosses itte“, antwortet Susanne Schroff kläglich.

„Vor einem halben Jahr? Vor einem Jahr? Vor zwei Jahren oder länger?“

Keine Antwort.

„Kein Routinecheck?“

„I wosses wirklich itte.“

„Wer ist sein Hausarzt?“ Dr. Frieders Stimme bleibt gleichbleibend freundlich und geduldig.

„Ich meine, er ging stets zu Dr. Meschle“, antwortet Arthur an Susannes statt.

„Sein Hausarzt war ein Pathologe?“ Dr. Frieder ist erstaunt.

Ich auch. Mein gegenwärtiger Hausarzt ist auch ein Pathologe. Ist das befremdlich? Darüber habe ich mir bisher keine Gedanken gemacht.

„Seit ich ihn kenne, war er keinen Tag krank“, bemerkt Arthur.

„Aha“, kommentiert Dr. Frieder.

„Zweimal Halbmarathon dieses Jahr, Marc“, ergänzt Arthur mit Nachdruck.

„Also gesund und fit“, fasst Dr. Frieder zusammen.

Im Anschluss richtet er ein paar einfühlsame Worte an die Witwe und bietet ihr an, sie könne sich jederzeit bei ihm oder Dr. Meschle melden.

Auch wenn Dr. Frieder in Kürze aus der anderen Seite des Hauses heraustreten und sich fragen wird, wo ich stecke, entscheide ich mich, den Lauschangriff auszudehnen. Man kann getrost davon ausgehen, dass Dr. Frieder zu jeder Zeit ohne jemanden klarkommt.

„Ich mache uns erst mal Tee.“ Mama klappert ihre Absätze über den Fliesenboden. Anschließend sind entfernte Küchengeräusche zu hören.

„Nochmals mein herzliches Beileid, Susanne“, sagt Arthur.

„Danke, Arthur. De Michael hot immer große Stück auf dich ghalte.“

„Vermutlich werde ich die offiziellen Ermittlungen nicht führen dürfen. Darf ich dir ungeachtet dessen ein paar Fragen stellen? Wie und wo hast du Michael gefunden?"

Sie scheint zu zögern. Vielleicht muss sie sich auch sammeln, bevor sie sprechen kann. Das ist der Nachteil eines Hörspiels. Es gilt, sich einiges zusammenzureimen.

„Er isch im Schopf am Bode glege", schluchzt sie. Kein Wunder angesichts dessen, dass sie sich den vermutlich schlimmsten Moment ihres Lebens erneut vor Augen führt.

„Ist dir etwas Ungewöhnliches aufgefallen? Hat ihn jemand besucht?" Arthur ist die Selbstbeherrschung in Person.

Susanne Schroff versucht sich zu fassen und flüstert dann mit tränenerstickter Stimme, fast unverständlich für mich, sodass ich den Atem anhalten muss: „De Merian hot'n bsucht, aber nu kurz."

„Hier?" Arthur wird laut. „Wann?"

Dr. Frieders Kopf erscheint an der Hausecke. Er grinst, als er mich da so bar jeglicher Anmut hocken sieht.

Ich führe den Zeigefinger an die Lippen, woraufhin er sich geduckt zu mir schleicht und im Schneidersitz vor dem Rosmarin Stellung bezieht.

„Wann war Roger Merian hier?", wiederholt Arthur eindringlich.

Lautes Schluchzen. „So ä halb Stund vorher? I wosses itte."

Wo sind eigentlich die offiziell Ermittelnden? Müssten sie nicht jetzt, und zwar zackig, der Witwe genau diese Fragen stellen? Meine innere Unke sieht Roger Merian schon in einem Learjet das Weite suchen.

„Susanne, nimm einen Schluck Tee, der wird dir guttun." Mama schaltet sich ein. Obwohl dieses Schauspiel das Bild zum Ton missen lässt, kann ich zweifelsfrei an ihrer Stimme erkennen, welch strafenden Blick sie Arthur zuwirft.

Ein drittes Opfer auf der Liste des Roger Merian, vielmehr auf dem Auszug der Liste, der mir bekannt ist. Natürlich hat er seine Finger auch hier drin, in diesem Spiel. So gesehen kommt seine Anwesenheit wenig überraschend. Ich weiß, er empfindet keine Angst und liebt das Risiko. Dass er sich aber am helllichten Tag von einer Zeugin sehen lässt, sieht ihm nicht ähnlich.

Die Türklingel schrillt und Mama klappert zur Tür. Arthurs Gesicht erscheint am Fenster. Er blickt auf uns hinunter und schüttelt unmerklich den Kopf. In der nächsten Sekunde ist er katzengleich unter dem schräg ausgestellten Rollladen ins Kräuterbeet abgestiegen. Nun hockt er neben uns. Die zuständigen Kollegen sind wohl erschienen und Arthur meint, sich heraushalten zu müssen, weil er nicht zuständig ist.

Die Sonne ist vor wenigen Minuten untergegangen. Kälte kriecht hoch und meldet, dass der Sommer vorbei ist. Das heute war nur die Show eines Septembers, der vorgab, ein Juli zu sein. Dieser September schminkt sich gerade ab und zeigt sein wahres Gesicht. Mich fröstelt.

Mit hochgezogenen Augenbrauen und Schultern frage ich Dr. Frieder stumm: was jetzt? Als Antwort erhalte ich eine Kopfbewegung zur Hausecke, woraufhin wir wie drei Entlein dorthin watscheln. Bestimmt ein sehr publikumswirksames Bild, wenn auch ohne Publikum, wie ich hoffe. Am Ziel wagen wir, uns aufzurichten. Das Fenster des Lauschangriffs wird mit Nachdruck geschlossen. Auch drinnen wird es wohl kühl.

Ich sehe an mir hinunter. Die Aktion war bestens geeignet, diverse Gartensubstanzen an Kleidung und Händen zu hinterlassen. Dr. Frieder grinst, klaubt ein paar Rosmarinnadeln aus meinem Haar und schnuppert an mir. Einparfümiert wie Omas Wäscheschublade.

Ich verdrehe die Augen.

Kapitel 7

Auf der Straße sehen wir drei uns fragend an.

„Bevor er über alle Berge ist, sollten wir da nicht …", beginne ich.

„Merian muss aufgehalten werden!", platzt Arthur heraus. Das klang schwer nach einem von Schroffs Sätzen. Ist das Behördenpassiv jetzt an Schroffs Nachfolger übergegangen? Ich sende ein Stoßgebet, dass uns das erspart bleiben möge. Welche Prioritäten ich mal wieder setze! Als gäbe es nichts Wichtigeres.

„Wollen wir hoffen, dass Susanne deinen Kollegen ebenfalls berichtet, dass sie ihn gesehen hat. Dann werden die schon … Oder nicht?", frage ich.

Arthur sieht mich kurz an, bemerkt wohl meinen leisen Zweifel, sieht auf seine Uhr, zückt sein Smartphone und dreht uns wortlos den Rücken zu. Die nächsten Minuten stehen Dr. Frieder und ich tatenlos auf der Straße herum, über die eine nebelfeuchte Dämmerung hereinbricht. Wir beobachten, wie der Kriminaloberkommissar in einiger Entfernung im Stechschritt auf- und abmarschiert und eine Reihe von Telefonaten führt.

„Du zitterst ja." Dr. Frieder zieht mich in seine Arme.

Schön warm ist es da. Mein Norddeutscher, wie das bei Norddeutschen üblich zu sein scheint, friert so gut wie nie. Zugegeben, Winterdaten habe ich noch nicht erhoben. Werde ich das je? Den negativen Gedanken an unsere Zukunft schiebe ich gleich mal beiseite. Das wird schon alles, hat er gesagt.

Ich seufze und ernte einen fragenden Blick, worauf ich mit den Achseln zucke und ihm ein leicht gequältes Lächeln schenke. Und was macht er? Er küsst mich.

Ein Räuspern. Arthur hat seine Telefonate beendet und hat sich eine Armlänge von uns entfernt aufgebaut. „Die Schweizer Kollegen sind informiert, ebenso die Kollegen vom Zoll und Skyguide, der Flugsicherung, die den Schweizer Luftraum überwacht. Roger Merians Learjet steht aktuell in Kloten. Darüber hinaus habe ich veranlasst, dass seine

Limousine zur Fahndung ausgeschrieben wird. Halboffiziell läuft bereits die Fahndung nach ihm."

Recht viele Wörter für einen Arthur von Leisfall. Halboffiziell? Ist das ein offizielles Kriminalistenwort?

„Er hat tatsächlich einen Learjet in Kloten stehen?" Ich staune, dass meine Fantasie der Realität so nahekommt. „Wo würde ich hingehen, wenn ich Roger Merian wäre?", frage ich mehr mich selbst, als die anderen. „Nicht in meine Villa, nicht in mein Büro, nicht in eine der vielen Niederlassungen von Krüger & Merian, das ist schon mal klar. Ich hätte vermutlich Zugriff auf ein geheimes Chalet irgendwo im Nirgendwo."

„Chalet?", fragt Dr. Frieder.

„Ein Schweizer Ferienhaus in den Bergen in traditioneller Holzbauweise. Die Nobelausgabe einer einfachen Berghütte. Very romantic", erkläre ich dem Flachländer.

Dr. Frieder zwinkert mir zu und fährt sich mit der Hand durch die blonden Haare.

„Auf wen könnte das Chalet laufen? Sicher nicht auf Yata, die würde mich zum Teufel jagen. Auf meinen Großvater? Zu naheliegend. Auf meine Mutter? Sie ist ganz in ihre Kunstwelt eingetaucht, dort ist kein Platz für mich. Beim Prozess hat sie mit Abwesenheit geglänzt. Oder krieche ich besser bei meinem Onkel im Sanatorium unter? Wäre auf jeden Fall nicht der erste Ort, an dem gesucht würde. Ist aber irgendwie stillos und meiner nicht würdig. Was für Optionen habe ich noch? Wen gibt es, auf den das Chalet laufen könnte?" Laut denkt sich's einfach gut.

Dr. Frieder und Arthur stehen da und folgen meinem Geplapper erstaunlich geduldig.

„Natalia Saizew", sagt Arthur wie aus der Pistole geschossen.

Mein Zeigefinger pikst begeistert in seine Richtung. „Fabel-haft, Herr von Leisfall!", rufe ich.

Als Roger Merians Sekretärin könnte Natalia Saizew mit dem organisierten Verbrechen zusammenhängen, womöglich eine Art Bindeglied zur russischen Mafia darstellen. Ihre Rolle ist undurchsichtig.

„Vielleicht kann David Neues vom Cybercrime-Fall in Bezug auf Natalia beisteuern. Ich rufe ihn gleich mal an."

Arthur bedenkt mich mit einem strengen Blick und zückt selbst das Handy.

„Was denn?", frage ich und stecke mein Handy wieder ein.

Arthur kann David nicht erreichen, was ein leicht mulmiges Gefühl in meiner Magengegend verursacht. David ist immer zu erreichen. Bereits mehrmals hatte ich den Eindruck, dass er einen Anruf auf dem stillen Örtchen entgegengenommen hat, das seinen Namen dann nicht mehr so recht verdiente.

„Unvorstellbar", sage ich daher. „Probier's bei seinem Bruder Jens im BKA!"

Arthur hat bereits das nächste Telefonat begonnen und entfernt sich wieder ein paar Schritte. Man ist ja diskret. „David hat Urlaub und ist verreist", meldet er wenig später.

„Echt? Das erklärt, warum er zur Urteilsverkündung nicht erschienen ist. Wo ist er denn?" Ich bin um einen beiläufigen Ton bemüht.

„Auf Zypern."

Ein Laut zwischen heller Verzückung und purem Neid entweicht meinem Mund. Das ideale Reiseziel für diese Jahreszeit. Der zypriotische September kann den mitteleuropäischen Juli locker toppen.

In Gedanken sehe ich David in Shorts und Flipflops in einer Taverne direkt am Mittelmeer sitzen. Über ihm ein Schilfdach, das Sonnenstreifen auf seine Haut malt, einen ortsüblichen Brandy Sour in der einen Hand, die andere in einer Schüssel Oliven. Wer sitzt wohl neben ihm am blank gescheuerten Holztisch? Obwohl vom Typ her Marke einsamer Wolf, kann ich mir David schwer solo im Urlaub vorstellen.

„He!", Dr. Frieder stupst mich an, „schwärm nicht so!" Er hat einen strengen Tonfall angeschlagen, schaut aber verschmitzt. Er hat sich noch nie und wird sich wohl nie darüber Sorgen machen, dass seine Freundin Interesse an einem anderen Mann bekundet. Das liegt nicht in seiner Natur.

„Nur wegen Zypern, nur wegen Zypern“, versichere ich und wedle übertrieben mit den Händen, als hätte er allen Grund, sich Sorgen zu machen.

„Zum Thema“, sagt Arthur ungeduldig. „Jens selbst hat keine neuen Erkenntnisse in Bezug auf die Person Natalia Saizew. Er wird um Amtshilfe bei Europol ersuchen und sagte zu, sich wieder zu melden.“

Ich google nach der Sekretärin. Das ist so gut wie nie verkehrt.

„Das ist sie, oder?“, frage ich kurz darauf und halte Arthur ein Bild unter die Nase. Als sie ihre Aussage vor Gericht machte, habe ich sie das erste und einzige Mal gesehen. Im Bild eine aufgebrezelte Blondine, bei der nicht nur die Haarfarbe unecht ist. Mit der mehrfach beringten Hand hält sie ein Champagnerglas, mit der anderen einen weißen Chihuahua auf dem Schoß. Befinden sich doch im Hintergrund tatsächlich die Holzfassade und der Giebel eines alten Chalets samt Butzenscheiben? Unglaublich!

„Die Hunde!“, fällt mir siedend heiß beim Anblick des Chihuahuas ein. Das Bild von zwei fiependen und hungrigen Hundenasen drängt sich in meinen Kopf. Schon bin ich ein paar Schritte zu meinem Rad unterwegs, das an einer Straßenlaterne lehnt.

„Zeich ma.“ Dr. Frieder nimmt mir während des Gehens das Handy ab. Er deutet auf die Berge im Hintergrund, einen kleinen und einen größeren. „Schon mal gesehen?“

„Nee, du? Müsste aber herauszukriegen sein. Vielleicht hilft auch erst mal das Schweizer Grundbuchamt? Wie ich die Eidgenossen kenne, sind Liegenschaften vermutlich Aufgabe der Kantone“, sage ich etwas lauter in Arthurs Richtung.

Der hat erneut sein Handy am Ohr und hält mir die Hand als Stoppschild entgegen.

Ich krame nach dem Fahrradschlüssel, genauer suche ich meinen Schlüsselbund, mithin die gebündelten Zutrittsberechtigungen für Wohnung, Büro & Co. Schon zum dritten Mal klopfe ich alle Taschen ab. Nichts. Ein Blick zurück zum Haus gepaart mit einem Seufzer, so richtig von unten heraus. Es ist nicht das erste Mal, dass sich diese Schlüssel absetzen. Sie scheinen sehr freiheitsliebend.

Als ich vom Vorgarten den Weg um das Gebäude herum einschlagen will, öffnet sich die Haustür und Mama erscheint, Handtasche geschultert.

„Ines was machst du denn noch hier?", fragt sie argwöhnisch.

„Schlüssel verloren."

Sie folgt mir und bestirnrunzelt, wie ich geduckt das Kräuterbeet absuche.

„Ines?"

„Äh gleich. Da ist er." Ich halte den Schlüsselbund in die Höhe und vergesse über die Finderfreude meine Deckung.

Prompt geht das Fenster auf und ein Polizeibeamter in Uniform schenkt mir einen jener gestrengen Blicke, der keiner weiteren Formulierung bedarf. Ich fühle mich so gut wie verhaftet.

„Wat'n jetzte los! Wat machen Se da?", blafft er. „Des isch een mutmaßlicha Tatort." Er deutet auf das polizeiliche Absperrband, das sich verschämt in der hintersten Ecke des großen Gartens zwischen bunten Herbststauden und Sträuchern einreiht. Ist mir bisher entgangen, auch, dass hinter dem Bewuchs rund um das Gartenhäuschen Leute bei der Arbeit sind.

„Nur Schüssel verloren, bin sofort wieder weg", trällere ich und will davonmarschieren.

„Se rührn sich it vom Fleck!", schnauzt er.

Ich bleibe wie angewurzelt stehen. Mir schwant Übles.

Der Polizeibeamte verschwindet vom Fenster. Ich erwarte ihn in Kürze und Lebensgröße im Garten. Na ganz prima.

„Ines?", wiederholt Mama.

„Ja, ich habe gelauscht, na und? War recht unergiebig. Hast du noch was rausgekriegt?"

Sie schüttelt missbilligend den Kopf. Meint sie das jetzt ernst? Schließlich stammt meine krankhafte Neugier von ihr. Darf sie mir überhaupt einen Vorwurf machen, wenn sie mich dermaßen mit folgenschweren Genen vollgepumpt hat? Mit Neugiergenen?

Mama seufzt. „Kurzfassung: Michael war kerngesund und fit. Soweit sie weiß, ging es ihm gut. Susanne und ich sind ja erst gestern Abend spät von Sylt zurückgekehrt."

„Stimmt ja", fällt mir ein. Die Freundinnen haben den Wellnessurlaub auf Sylt nachgeholt, den sie im Sommer wegen der Todesfälle abgebrochen hatten.

„Susanne hat Herrn Merian kurz vor Michaels Tod gesehen. Die beiden haben einen Meinungsaustausch gehabt, bei dem Herr Merian laut geworden ist und Michael beschimpft hat. Michael hat wohl sehr beherrscht reagiert. Was ist?", fährt Mama fort.

„Da stimmt doch was nicht", sage ich entschieden. „Roger Merian ist kontrolliert und beherrscht, verliert so gut wie nie die Fassung, bleibt immer höflich. Michael ist doch der Choleriker, der laut wird und dessen Kopf rot anläuft, inklusive pulsierender Ader."

„Ines!", tadelt Mama in eisigem Tonfall. „Du sprichst von einem Verstorbenen, der zudem ein guter Freund war. Etwas mehr Respekt, bitte!"

„Entschuldige", sage ich zerknirscht.

„Se rührn sich it vom Fleck!", wiederholt die Uniform von der Hausecke her.

„Ach Godehard, jetzt stell dich mal nicht so an. Das ist nur Ines, meine Tochter."

„Ebbe drum", kontert der. „Ick wes ja, was dem Schmied Helmut zuletzt passiert isch. Der hat sich von Euch einwickle lasse und darf jetzte schön Knöllchen vateilen." Er spricht eine lustige Mischung aus Berliner und Konstanzer Dialekt, könnte glatt als eigene Sprache durchgehen.

Godehard? Ich muss mich beherrschen.

„I zeig der glei wie's isch, wenn i was verteil, Hardy", motzt Helmut Schmied hinter der Absperrung über einen Busch hinweg. Sein Kinn vollführt eine herausfordernde Vorwärtsbewegung.

Godehard ignoriert den Zwischenruf und tritt näher an mich heran. „Wat tun Se hia?" Sein Namensschild weist ihn als Gruber aus. Er hat enorme Hände. Als wären die in seiner Größe ausgegangen und man hätte improvisieren müssen.

Godehard Gruber. Mein inneres Kind gluckst albern aber verschämt vor sich hin. Das wäre nun wirklich taktlos, jetzt und hier zu kichern.

„Gibt es ein Problem, Godehard?" Arthur erscheint an der Hausecke.

„Die Spusi isch vor Ort und die Frau Fox hiea trampelt uff de Spuren rum", ereifert sich Gruber.

„Aber abgesperrt ist doch erst da hinten", maule ich.

„Bloß ma kieken, wa?", sagt Gruber.

„Warum wurde der erste Angriff überhaupt unterbrochen?" Erneut muss ich feststellen, dass Arthurs Formulierungen und Tonfall sich denen Schroffs anzugleichen scheinen. Erster Angriff? Wer oder was soll hier angegriffen werden?

„Zuständichkeitn", antwortet Gruber lapidar. „Aber det Jartenhäuschen isch fascht fertich."

„Dann weiter damit. Der Fall wurde nun mir übertragen." Arthur deutet mit einer Handbewegung, ich möge ihm folgen. „Auf ein Wort, Ines."

Mama bleibt unwillig zurück.

„Die Ermittlungen nach einem Grundbucheintrag in der Schweiz auf Natalia Saizew laufen, ebenso auf Krüger & Merian Niederlassungen, Tochterunternehmen und deren Geschäftsführung. Merians Familie wird kontaktiert, auch der Onkel im Sanatorium. Wir müssen nun ein Auge darauf haben, dass die Kollegen nicht behindert oder gar verärgert werden."

„Botschaft angekommen", bestätige ich und verkneife es mir, zu salutieren.

Er nickt und lässt mich stehen.

„Ermittelst du jetzt doch?“, rufe ich ihm hinterher.

Ohne sich umzusehen oder seinen Arbeitsschritt zu verlangsamen hebt er die Hand und nickt.

Vielleicht war die Entscheidung, ihm die Leitung zu übertragen, eine Frage fehlender Alternativen. So viele Kriminalbeamte, die gut in den Fall Roger Merian eingearbeitet sind und den passenden Rang haben, werden kaum verfügbar sein. Vielleicht war es auch eine Frage der Beharrlichkeit oder der Beziehungen ...

Kapitel 8

In einer romantischen Sommerkomödie sollen zwei Komparsen auf einem Rad durchs Bild fahren, um die Leichtigkeit des Seins darzustellen, auch wenn es der Regisseur angesichts des Todesfalls damit an Feingefühl missen lässt.

Ich sitze im Damensitz auf dem Gepäckträger, den Fahrradkorb in der Hand, und lasse mich von Dr. Frieder bergab zum Foxinet Büro radeln. Um die Szene zu vollenden, bräuchte es Sommertemperaturen und ein kurzes Blümchenkleid, das über nackten Beinen im Fahrtwind flattert. Fahrtwind gibt es, allerdings ist der frisch und an meiner Jeans flattert nichts. Die Nebelfeuchte will mit Gewalt in jede meiner Zellen kriechen, vermutlich, um sich dort aufzuwärmen.

Dr. Frieder pfeift seiner Statistenbeschreibung folgend fröhlich ein Liedchen. Das ist ansteckend. So ist die Fahrt trotz der Umstände ein kurzweiliges Vergnügen. Ich muss kaum Anstrengung beisteuern, außer die Füße der Straßendecke fernzuhalten. Gelegentlich gibt die Felge eine Bodenwelle an meinen Po weiter, bei dem ich mich bedanke, dass er genug Substanz beweist, den Stoß nicht direkt ans Steißbein weiterzureichen.

Wir fahren ins Büro, um die Hunde zu erlösen, die sich schier umbringen vor Freude. Nur für den unwahrscheinlichen Fall, dass es jemand nicht wissen sollte: Das äußert sich darin, dass sie wie die Bekloppten herumtanzen und uns wild beschnüffeln. Wahrscheinlich um herauszubekommen, wo um Himmels willen wir so lange gesteckt haben, und was uns denn Übles zugestoßen ist. Anders ist die Abwesenheit vom Rudel schwer für sie zu erklären.

„Du hast tatsächlich hier ausgeharrt? Das ist aber lieb“, rufe ich Evi zu, die im Dunkel geradezu in den Bildschirm hineinzukriechen scheint. Ihr Gesicht ist in ein gespenstiges Blau getaucht. „Da hast du was gut“, sage ich.

Evi tut es mit einer Handbewegung ab und hat es verständlicherweise eilig, endlich nach Hause zu kommen. Wenig später ist sie schon durch die Tür verschwunden.

Dr. Frieder und ich sehen uns fragend an.

„Essen?“, fragt er.

Ich nicke. „Aber lass mich erst kurz was checken“, sage ich schon auf dem Weg in mein Büro.

Er folgt mir, öffnet die unterste Schublade des Rollcontainers und kredenzt den Hunden je einen Keks in Übergröße. Dann lässt er sich auf das Bürosofa fallen und nimmt seine Lieblingshaltung ein: fläzend, Beine v-förmig von sich gestreckt.

Ich meine mich zu erinnern, dass es Apps gibt, die bei der Identifizierung von Alpengipfeln helfen. Schnell werde ich fündig. Allerdings wird davon ausgegangen, dass Wandersmann unterwegs ist oder den Standort kennt. Der charakteristische Umriss eines Berges, der je nach Blickwinkel ein anderer sein dürfte, reicht nicht. Irgendwie naheliegend.

Als Nächstes lande ich auf einer Liste aller Schweizer Berggipfel mitsamt dem 360°-Panoramablick, den man von ihnen genießen kann. Sehr schön, aber falsch herum.

Ich seufze.

Dr. Frieder schaut fragend von einer Zeitschrift auf.

„Ich versuche, die Gipfel zu finden.“

„Geht nicht?“

Ich schüttle den Kopf.

Der nächste Link führt zu einer Tabelle aller Schweizer Gipfel, samt Standort und Miniaturbild. Mächtig viele, also mächtig viel Arbeit, die alle durchzugucken.

Und wie es so ist, funktioniert das menschliche Gehirn in solchen Fällen wie folgt. Also gut, mein Gehirn funktioniert da wie folgt. Wenn die Aufgabe sich in vollem Umfang zeigt, sucht mein Gehirn nach Abkürzungen. Findet es die auf Anhieb nicht, sieht es sich nach schlüssigen Begründungen um, warum das Vorhaben zum Scheitern verurteilt sein wird, und es ergo wenig Sinn ergäbe, es überhaupt in Angriff zu nehmen. Schließlich geht es um Kosten-Nutzen-Verhältnisse und die knappen Ressourcen Zeit und Nerven.

Im konkreten Fall müsste es doch ein sehr großer Zufall sein, wenn die Lage des Chalets, vor dem Natalia Saizew auf dem Bild zu sehen ist, genau die charakteristische Schokoladenseite der beiden Gipfel zeigen würde, die man für die Abbildung einer solchen Liste hernähme, oder nicht? Eben.

Erneut betrachte ich das Foto. „Zwei Berge, ein hoher und ein niedriger. Ein Bergpaar sozusagen. Wie oft gibt es die Konstellation wohl in der Schweiz?"

„Ernsthaft? Du befragst mich zur Schweizer Bergwelt?", fragt er spöttisch.

„Bin ich da falsch beim Flachlandindianer?" Ich grinse ihn an.

Auf dem Monitor ist deutlich mehr zu erkennen, als auf dem Smartphone zuvor. Im rechten Bereich läuft ein Schriftzug in Spiegelschrift auf weißem Grund von unten nach oben.

Ich neige den Kopf. „Mythenforum. Was zum Henker ist ein Mythenforum?", murmele ich, während ich danach google. Die Bildersuche präsentiert ein modernes Veranstaltungsgebäude mit Restaurant. Daneben das Chalet mitsamt Butzenscheiben. Kein ganz herkömmliches Gebäude.

„Ha! Schwyz!", schmettere ich und strahle. Ja, ein bisschen stolz bin ich schon auf meinen Fund.

„Schweiz?", fragt Dr. Frieder.

„Nein, Schwyz in der Innerschweiz. Sehr geschichtsträchtig und mit Sicherheit eines Roger Merians würdig. Schwyz gehört zu den Urkantonen, die Wiege der Eidgenossenschaft. Das Bergpaar besteht aus dem großen und dem kleinen Mythen. Fahren wir hin?"

Er sieht auf die Uhr. „Jetzt? Wie weit?"

„So ein bis zwei Stunden."

„Lass sehen." Er stellt sich neben mich und begutachtet die Bilder. „Ein Restaurant?"

„Ja?"

„Sie könnte nur einen Ausflug dahin gemacht haben. Wie kommst du darauf, dass die Kate ..."

„Das Chalet", korrigiere ich.

„Wie kommst du darauf, dass es ihres oder seines ist?"

Ich runzle die Stirn. Ein Zusammenhang ist doch so was

von naheliegend!

„Kürzlich einen Echttraum gehabt?“

„Nee!“ In meiner Stimme schwingen Entsetzen und pure Abwehr mit. „Alles sauber recherchiert. Wieso nur traut mir keiner zu, dass ich auch ohne Echttraum was herauskriegen kann?“

Dr. Frieder hebt in einer Abwehrgeste die Hände und sagt nichts.

Fakten. Da müssen mehr Fakten her. Also suche ich danach.

„Ha! Hier steht, es handelt sich um das Bethlehem Haus, das älteste Holzhaus der Schweiz, sogar ganz Europas. Baujahr 1287. Kann man das glauben? Tiefstes Mittelalter! Und das Holz wurde von keinem Holzwurm, keiner Termite irgendwie angenagt, ist weder verschimmelt noch verfault. Die müssen sich damals mit Chemie bestens ausgekannt haben. Alter Schweizer.“

„Haus, ja? Kein Chalet?“, feixt er.

Ich ziehe eine Grimasse. „Also für mich ist dieses Haus“, ich betone Haus unnatürlich, verkneife mir aber Luftanführungszeichen, denn ehrlich, damit bin ich so was von durch, „das Pendant zum Schweizerdolch.“

Mit dem Schweizerdolch, einem antiquarischen Dolch, 450 Jahre alt, erstach Franz Krüger den armen Bernd. Nicht nur der Mord, auch die Wahl der Tatwaffe, davon bin ich überzeugt, geht auf Roger Merians Konto und ist von symbolischer Bedeutung.

„Roger Merian hat schwer was für einzigartige Antiquitäten übrig, die Zeitzeugen der eidgenössischen Geschichte sind. Hier steht: Kritische Stimmen aus der Gemeinde betonen, dass es sich beim Haus Bethlehem, einem ehemaligen Herrenhaus, um das älteste noch intakte Holzhaus Europas handele, das kurz vor der Zeit errichtet worden sein muss, als die drei Urkantone sich zusammenschlossen und damit den Grundstein für die heutige Eidgenossenschaft legten. Selbst bei einem derart über alle Maßen großzügig bemessenen Geldtransfer sollte die Gemeinde Schwyz alles daransetzen, den Übergang des Bethlehem aus der Stiftung in den Privatbesitz eines Einzelnen zu verhindern, zumal dieser nicht Bürger von Schwyz ist", lese ich vor. „Hundertpro hat Roger Merian das Haus Bethlehem gekauft oder kaufen lassen. Wenn der etwas haben will, schafft er sämtliche Hindernisse aus dem Weg." Ich verschränke die Arme und blicke Dr. Frieder angriffslustig an.

Er sagt noch immer nichts. Ein kleines Lächeln umspielt seine Lippen.

„Komm schon! Ach, komm schon!"

Keine Reaktion.

Kurz überlege ich, ob ich mich alleine auf den Weg mache. Könnte ich. Aber wer will das. Zu zweit wäre das kurzweiliger und sicherer. Und da wäre noch die Frage des Vehikels. Mein Auto ist kaputt.

Dr. Frieder sitzt es aus.

„Dann ruf ich halt Arthur an", sage ich folgerichtig und werde das leise Gefühl nicht los, dass genau das sein Ziel war.

Wie sich herausstellt, ist Arthur weitaus zugänglicher für die Botschaft und verspricht, es gleich morgen früh überprüfen zu lassen. „Gute Arbeit Ines", sagt er doch glatt.

Ich traue meinen Ohren kaum. Werde ich gelobt? Da setze ich mich doch gleich mal gerade hin.

„Eine Anfrage nach einer konkreten Liegenschaft in einer bestimmten Schweizer Gemeinde ist sicher eher von Erfolg gekrönt", schließt Arthur.

Durch sein Lob zu übermenschlicher Leistung angestachelt, suche ich weiter. „Zuständig ist übrigens das Notariat Schwyz. Willst du die Nummer?" Ich nenne sie ihm. „Morgen ab 8 Uhr, nach dem Zmorge und vor dem Znüni können Sie uns gerne anrufen, Herr Oberkommissär", flöte ich die kundenfreundliche Stimme einer Mitarbeiterin der Telefonzentrale imitierend.

„Danke Ines", sagt Arthur und beendet das Gespräch. Ich meine, das geringfügige Zucken seiner Mundwinkel klinge nach.

„Zufrieden?", frage ich in Richtung Dr. Frieder. „Dann kriegst du jetzt Abendessen. Aber ich sage dir: Wenn das Bethlehem Haus Roger Merian oder jemandem aus seinem Dunstkreis gehört, dann machen wir morgen eine Ausfahrt. Dann zeigen wir dir Flachlandindianer Schwyz, samt kleinem und großem Mythen."

„Der riesengroße Mythos sitzt doch direkt vor mir", grinst er mich an. „Ist Schwyz nun ein Kanton oder ein Ort?"

„Beides, sonst wär's ja zu einfach."

Kapitel 9

Wir pilgern nach Hause: am Bahnhof vorbei, durch die Marktstättenunterführung an den See, am Konzil vorbei und in einem Schlenker durch den Stadtgarten, der ausgestorben daliegt. Santo und Fila erwecken ihn kurzzeitig zum Leben und jagen einander über den Rasen, um die Konzertmuschel und einige Rabatten herum. Alles streng verboten versteht sich. Wir schlendern am Inselhotel vorbei, einem ehemaligen Dominikanerkloster, heute eine Luxusherberge, die, wie unschwer zu erraten, auf einer Insel steht. Schließlich überqueren wir die alte Rheinbrücke. Auch hier sind kaum Leute unterwegs.

Die Flaggen hängen traurig herab und signalisieren mit jeder zermürbten Textilfaser: „Jetzt hängt uns doch ab! Der Sommer ist um, Herrgott noch mal!“

Leichter Nebel steigt auf und wabert über die schwarze Seeoberfläche. Verhaltene Geräusche von Wasservögeln. Als würden sie sich nicht recht trauen, so ohne Sonne und Wärme. Ich wickle die Strickjacke fest um mich, die ich irgendwann am Haken hinter meiner Bürotür vergessen habe. Mitunter ist Schlamperei ein Segen.

Der Balanceakt, der nötig ist, damit Dr. Frieder meinem gemächlichen Schritttempo angepasst auf dem Rad neben mir herfahren kann, ohne umzukippen, scheint ihm Spaß zu machen. Er schlenkert übertrieben den Lenker hin und her, um dann doch mit einem Fuß auf der Erde nach Gleichgewicht zu suchen. Die Hunde laufen geschäftig voraus. Sie sind auf Mission. Es gibt eine Menge Posts zu liken.

Bei mir stellt sich der Zustand des Realisierens ein. Ich beobachte, wie die Erkenntnis mit allerlei Gluckergeräuschen in mein Bewusstsein sickert, nachdem sie zuvor darauf stehen geblieben ist, wie Wasser auf ausgedörrter Blumenerde.

Es ist nicht vorbei. Mein Gott, es ist nicht vorbei! Im Gegenteil. Es geht von vorne los. Roger Merian hat erneut ein Opfer gefordert. Unwillkürlich schüttle ich mich.

„Kalt?“, fragt Dr. Frieder.

„Auch. Ich denke gerade daran, wie viele Leben Roger Merian in seiner Laufbahn bisher ausgelöscht hat. Dürfte eine lange Liste sein. Warum heute Schroff?"

Dr. Frieder schweigt, hält es aber für angebracht, die Gleichgewichtsübungen zu beenden und abzusteigen. Seine Rechte hält den Lenker, seine Linke legt sich um meine Schulter. So laufen wir schweigend nebeneinander her, lassen unsere Blicke und Gedanken wandern, aneinander gekuschelt und jeder für sich.

„Pizza?", fragt er nach einer Weile aus heiterem Himmel.

Ich nicke reflexartig, woraufhin er sich wortlos wieder aufs Rad schwingt und einen Bogen um eine Laterne fährt, um hinter der nächsten Hausecke zu verschwinden.

„Und Wein!", rufe ich ihm hinterher. „Ja, Wein brauchen wir unbedingt", sage ich leise zu Santo, der mich fragend anschaut, ob mein Rufen bedeutet, dass er etwas falsch gemacht hat.

Den Rest des Weges nutze ich, um meine Nachrichten auf dem Smartphone im Telegrammstil zu beantworten. Die Geduld des Kunden, dessen Telefontermin heute verschoben werden musste, scheint erschöpft. Sein Projekt hat die letzten Wochen ziemlich leiden müssen. Entsprechend harsch sind die Formulierungen. „Spring mir jetzt bloß nicht ab", murmle ich, während meine Daumen über das Display tanzen.

Die Turbulenzen rund um Bernds Tod und meine lückenhafte Anwesenheit haben einige Kundenbeziehungen strapaziert. Ich kann es ihnen nicht übelnehmen. Obwohl das Team bestens ohne mich arbeitet, fühlen sich manche Kunden degradiert, wenn sie erst mit der Chefin zu tun hatten und dann von einem Mitarbeiter betreut werden, mag der auch in Sachthemen höher qualifiziert sein.

Dann rufe ich Mama an.

„Wie geht's Susanne?"

„Den Umständen entsprechend", sagt sie ausweichend. Ihre Stimme klingt kühl.

„Ich konnte ja nicht ahnen ..."

„Ines. Wieder einmal lässt du es an Fingerspitzengefühl missen. Susanne hat die Liebe ihres Lebens verloren und du denkst nur daran, Herrn Merian hinter Gitter zu bringen. Es gibt manchmal Wichtigeres.“

„Ich hatte wirklich nur die besten Absichten“, entgegne ich und spüre, wie Tränen aufsteigen. Eine Standpauke von Mama hat noch nie ihre Wirkung verfehlt. Schwuppdiwupp ist selbst die ausgewachsene Unternehmerin wieder Schulkind.

„Nun, dann ist es mit deinen besten Absichten offensichtlich nicht weit her“, entgegnet sie frostig.

„Das ist unfair!“

„Im Leben ist einiges unfair. Gewöhn dich daran. Mit dreißig solltest du das langsam wissen. Entschuldige mich jetzt bitte. Ich koche für Susanne.“

Zu Hause angekommen will ich die Haustür aufschließen, da knurrt Fila und fixiert etwas hinter mir. Ich fahre herum, nur um lebhaft zu erfahren, wie mein Herz ins Höschen rutscht.

Nein, nein, nein, nein, nein! Nicht schon wieder!

Kapitel 10

„Gueten Abig, Frau Fox!"

Ich schlucke. „Geht's jetzt weiter?", spreche ich aus, was mir spontan durch den Kopf schießt.

Wieso habe ich völlig versäumt, im Vorfeld zu überlegen, was zu tun ist, wenn er auftaucht? Nach dem Selbstvorwurf raubt mir der folgende Gedanke den Atem: ‚Bin ich die Nächste?' Da mein Herz bereits in der Hose ist, sucht es verzweifelt einen Ort, wo es noch hinrutschen könnte. In eine Socke vielleicht?

Mein gestresstes Gehirn wirbelt weiter. Wenig logisch, wenig hilfreich. Es ist alles dabei. Fantasien zu Racheakten, schließlich bin nicht ganz unbeteiligt, dass er vor Gericht gelandet ist. Nur nichts konsumieren, es könnte vergiftet sein. Oder will er mich erwürgen, erschießen, erstechen? Was sonst will er hier? Mich verklagen?

Alles hochspekulativ. Nur in einem bin ich mir sicher: Ich habe nichts dazugelernt. Laufe ich sorglos mutterseelenallein herum, als könnte mir keiner was, als wäre ich Superwoman.

Wo steckt eigentlich Dr. Frieder mit unserem Abendessen? Okay, auf Pizza und Wein lege ich vorübergehend wenig Wert.

Ich blicke Roger Merian direkt an und versuche gleichzeitig den Hintergrund nach Dr. Frieder zu scannen. Ein Stoßgebet flattert in den Abendhimmel. Ich bete, dass Dr. Frieder nicht von Antonio, dem Pizzabäcker, zu einem Grappa eingeladen wurde. Dessen Cousin betreibt ein Restaurant in Nebel auf Amrum, Dr. Frieders Heimatort, weswegen er für den Pizzabäcker zur Familie gehört. È chiaro!

„Pardon?", fragt Roger Merian mitten in mein Gedankenwirwarr hinein. Hat er etwas an Charme eingebüßt? Selbst bei ihm hinterlassen Untersuchungshaft und Gerichtsverfahren anscheinend ihre Spuren.

„Die Roger-Merian-Spielchen. Gehen die jetzt weiter?", frage ich leicht genervt, da er das Offensichtliche nicht verstehen will. In erster Linie bin ich aber sauer auf mich selbst. Ich habe die Gefahr, die für mich selbst von ihm ausgeht, kurz angedacht, aber die falschen Schlussfolgerungen gezogen.

Roger Merian neigt leicht den Kopf und blickt mich für ein Weilchen unverwandt an. Er ist bemüht, das übliche selbstsichere Lächeln zu zeigen.

Fila sitzt zwischen uns und beobachtet ihn argwöhnisch. Mein blonder Wuschel hingegen klebt schier an seinem Hosenbein und wedelt ihn an. Er geht bei allen Begegnungen vom Besten aus, also von einem Wurstbrötchen in der Tasche des Passanten.

„Wie geht es Ihnen Frau Fox?" Roger Merian lässt die Beantwortung meiner Frage aus.

Mir liegt, ‚gut, außer einer gewissen Übelkeit, die mich immer befällt, wenn ich Sie sehe' auf der Zunge. Stattdessen werfe ich die Kardinalsfrage ins Spiel: „Warum haben Sie Michael Schroff umgebracht?"

„Das habe ich nicht im Entferntesten."

„Woher wissen Sie dann schon davon?"

„Bitte, Frau Fox", sagt er in einem Tonfall, irgendwo zwischen herablassend und vorwurfsvoll.

„Ein Roger Merian weiß so was eben?", frage ich spöttisch.

Er nickt und lächelt. Ich scheine mal wieder einen gewissen Unterhaltungswert zu bieten.

Schlagartig wird er ernst. „Ich habe mit Herrn Schroffs Tod nichts zu tun. Deswegen bin ich hier."

Ich reiße die Augen auf. Das sieht vermutlich wenig intelligent aus. Was er sagt, ist aber auch zum Glupschen.

„Ich möchte, dass Sie Kriminaloberkommissar von Leisfall darüber informieren", führt er aus.

„Worüber?"

„Bitte, Frau Fox", wiederholt er, diesmal eine Spur ungehalten.

„Ich glaube Ihnen kein Wort", kann ich da nur erwidern. „Schicken Sie ihm doch eine Mail." Er hat schon mal mehr Fingerfertigkeit beim Manipulieren bewiesen. Ist er eingerostet? Oder ist gerade das der Trick?

„Ach, Frau Fox, das hat mir gefehlt“, seufzt er, was bei anderen Menschen eine verbindende Wirkung hätte. Erneut wird er schlagartig ernst. „Freiheitsentzug ist durchaus etwas, das man zu vermeiden sucht. Die Faszination des Neuen hält nur kurz an.“

„Kann ich mir vorstellen. Aber was tut das zur Sache?“

„Informieren Sie Herrn von Leisfall, er möge bei seinen Ermittlungen berücksichtigen, dass ich mit Herrn Schroffs Tod nichts zu tun habe. Das wäre dann alles“, spricht's und wendet sich ohne ein weiteres Wort ab. Mit dem letzten Satz würde er wohl auch seine Haushälterin für den Abend entlassen.

Nachdem er einige Schritte die Straße hinuntergegangen ist, kommt eine schwarze Limousine aus der Seitenstraße und gabelt ihn auf. Das Auto beschleunigt und ist bald auf meinem Sichtfeld gefahren.

Meine Hände zittern. Das Handy weigert sich vehement, die schützende Tasche zu verlassen.

„Roger Merian vor meinem Haus! Er fährt gerade in seiner Limousine weg. Ich soll dir ausrichten, er sei unschuldig am Tod von Michael. Du sollst das bei deinen Ermittlungen berücksichtigen. Was auch immer das heißen soll. Vielleicht kriegt ihr ihn noch an der Grenze.“

„Alles in Ordnung mit dir?“, fragt Arthur.

„Ja. Nur mein Herz ist in der Socke.“

„Bitte?“

„Egal. Alles Okay.

„Was wollte er?“

„Außer zu beobachten, wie ich den pokernden Angsthasen gebe? Ich denke tatsächlich, er wollte die Info loswerden, dass er für Michaels Tod nicht verantwortlich ist.“

„Glaubst du ihm?“, fragt er.

„Nee, du?“

„Selbstverständlich nicht.“

Rechtzeitig für die Aufräumarbeiten in Gemütsdingen kommt Dr. Frieder dahergeradelt, zwei Pizzakartons in der Hand, eine Flasche Wein unter den Arm geklemmt. Er grinst und wirkt quietschfidel, radelt übertriebene Schlangenlinien. Aha, Antonios Grappa. Dr. Frieder macht eine verheißungsvolle Kopfbewegung Richtung Fahrradkorb, in dem eine Schachtel unbekannten Inhalts fröhlich von rechts nach links rutscht. In normalem Zustand hätte ich sofort erraten oder erschnüffelt, was das ist, aber von Sinnen klappt nichts Derartiges. Als er näherkommt, ändert sich sein Gesichtsausdruck. Nicht, dass er jetzt zutiefst beunruhigt wäre, aber er hat erkannt, dass etwas vorgefallen sein muss.

Ich wage es kaum zu sagen, aber so ist es nun mal: Ich breche ungehemmt in Tränen aus. Trotz kalter Nebelnässe sinke ich auf den Asphalt, Rücken an der Hauswand, und wimmere würdelos vor mich hin. Dieser Tag will es wirklich von mir wissen. Ich habe weder die Kraft noch die Lust, ihm weiter die Stirn zu bieten. Soll der Tag doch gewinnen, wenn er unbedingt will.

Santo schnuppert an mir, was das zu bedeuten hat. Fila ignoriert mich und freut sich über die Rückkehr ihres Herrchens. Unklar ist, wie viel Freude ihm, wie viel der Fracht gilt.

Dr. Frieder stellt in Ruhe das Rad ab, setzt sich im Schneidersitz zu mir auf den Boden. Er öffnet einen Pizzakarton und reißt mit bloßen Fingern ein Stück ab, das er mir vor den Mund hält. Für den Fall, dass ich nicht wissen sollte, was jetzt zu tun ist, macht er es pantomimisch deutlich. Dazu nickt er nachdrücklich, ich möge es ihm gleichtun. Als auch das nichts hilft, weil ich noch zu sehr mit Schluchzen beschäftigt bin, beißt er selbst ein Stück ab. Er zieht den Käse genussvoll in die Länge, Kopf im Nacken, und verdreht übertrieben die Augen. Dann schmatzt er laut und hält mir die Pizza erneut vor die Nase. Diesmal beiße ich zu. Und tatsächlich, es hilft.

Ich wische mir die Tränen mit dem Handrücken ab und hickse etwas vor mich hin, während Dr. Frieder uns abwechselnd ein Stück Pizza in den Mund schiebt. Den Rand teilt er gerecht zwischen den Hunden auf, die brav vor uns sitzen.

Noch immer haben wir kein Wort gewechselt. Norddeutscher Zuspruch sieht Sprechen nicht zwangsläufig vor.

So sitzt unsere kleine Patchworkfamilie bei unter zehn Grad auf dem blanken nebelnassen Teer beim Picknick. Die zweite Pizza lassen wir uns im Anschluss drinnen auf dem Sofa schmecken, aber nur, weil Dr. Frieders Taschenmesser einen Korkenzieher missen lässt. Die Feststellung verwundert ihn sichtlich.

Der Karton im Fahrradkorb enthielt, was jeder auf der Stelle erraten kann: Tiramisu. Es hat durch den Transport an Schönheit, nicht jedoch an Geschmack eingebüßt.

Irgendwann erzähle ich Dr. Frieder von der Horrorbegegnung mit Roger Merian. Er ruft sofort Arthur an. Ich bekomme nicht mehr mit, was da besprochen wird, denn ich liege bereits zusammengekringelt auf dem Sofa und bin eingeschlafen.

Kapitel 11

Ich sehe auf mich hinunter, wie ich schlafend neben Santo auf dem Sofa liege, eine Hand in sein Nackenfell vergraben. Fila ruht auf dem Boden und beobachtet Dr. Frieder, der im Flur auf und ab tigert, das Handy am Ohr. Er telefoniert wohl noch mit Arthur.

Mit dem ersten Bewusstsein, was passiert, habe ich automatisch begonnen, still bis zwölf zu zählen. So viele Sekunden verweile ich über mir, dann fühle ich, wie ich weggezogen und beschleunigt werde. Es ist dunkel, wie immer, aber überdurchschnittlich lange diesmal. Ich kann mich nicht erinnern, dass die Hinreise jemals zuvor so viel Zeit in Anspruch genommen hätte. Die Reisedauer, das weiß ich inzwischen, ist linear zur Entfernung zwischen Start- und Zielort.

Endlich klart die Sicht auf. Ich bin versucht, mir die Augen zu reiben. Sandstrand? Cool! Ein zahmes Meer plätschert leise im Dunkeln, Lichter spiegeln sich im Wasser, flackernder Schimmer, vielleicht von Kerzen oder Fackeln, taucht den Strandabschnitt in Gold. Entfernt ist griechische Musik zu hören, gelegentlich fliegt Lachen herüber. Etwa zwei Meter unter mir sitzt David allein auf dem Sand. Aufgrund seines Vollbarts habe ich ihn nicht gleich erkannt. Steht ihm. In Shorts, T-Shirt und Flipflops, die schlaksigen Beine angezogen, die Hände darüber verschränkt, schaut er aufs Meer. Ist das ein versonnener oder eher grüblerischer Gesichtsausdruck?

Davids Aussicht sowie der Blick auf alles Drumherum ist mir verwehrt.

War ja klar: ein Echttraum.

Seit Bernds Tod habe ich außerkörperliche Erfahrungen. Ich habe sie Echtträume genannt. Es ist, wie im Traum, nur, dass sich alles verblüffend real anfühlt und als echt erweist. Weder kann ich etwas dafür, noch etwas dagegen. Es passiert mir einfach. Ich weiß nicht, wie es funktioniert und ich habe keinen blassen Schimmer, was das Ganze soll.

Zu Anfang dachte ich, ich verlöre den Verstand. Ich meinte, durch die Stressauslöser rund um Mord und Cybercrime wäre ich total durchgeknallt, reif für die Klapsmühle. Denn mal ehrlich, Out of body experience? Das ist doch esoterischer Kram. An so was glaubt man doch nicht. Also ich glaube an so was nicht. Und ich stecke mittendrin. Eines kann ich versichern: In etwas zu stecken, an das man nicht glaubt, ist ätzend.

Selbstredend gehst du damit ungern hausieren, willst du verhindern, stehenden Fußes in eine Gummizelle verfrachtet zu werden, nachdem sie die Schnallen deiner Zwangsjacke festgezurrt haben. Insofern wird jeder auf Anhieb verstehen: absolute Diskretion.

Dr. Frieder allerdings weiß Bescheid. Die letzten Wochen haben wir Untersuchungen angestellt, allesamt mit dem Ziel, das Problem einzugrenzen, um es langfristig loszuwerden. Ich bin zum medizinischen Forschungsprojekt meines Freundes geworden. Gelegentlich fühle ich mich wie eine Laborratte. Eine etwas gefräßige und widerspenstige, aber niedliche, rote Laborratte, meint der Forscher.

Ja, ich weiß, es klingt verlockend. Menschliche Spionagedrohne spielen und Dinge erfahren, auf die ich sonst keinen Zugriff hätte? Nett. Außerdem halfen die Echtträume bei der Aufklärung von Bernds Ermordung. Gleichzeitig bin ich aber sehr fremdbestimmt. Weder kann ich mir aussuchen, wann ich wohin gerate, noch wen oder was ich zu sehen und zu hören bekomme. Da war enorm Unnützes, teilweise Ekliges dabei.

Der Hauptknackpunkt aber ist: Echtträume verbrauchen viel Energie. Klingt doch gut, ein Stück Schokokuchen mehr, was jammert sie? Nun, der enorme Energiebedarf äußert sich darin, dass mir unsäglich kalt ist, wenn ich wieder aufwache.

Unsere Messreihen ergaben dann auch, dass meine Temperatur je nach Länge der Reise auf 32 Grad absinkt. Das entspräche einer milden bis mittelgradigen Hypothermie, also einer echten Unterkühlung, wie mich mein hauseigener Mediziner aufklärte. Und das, so dozierte er, stelle auf Dauer ein gesundheitliches Risiko dar und müsse abgestellt werden. Damit nicht genug könnten mit einer Unterkühlung Gefühle von Euphorie und Hitze einhergehen, die mich Kleidung ablegen lassen. Kälteidiotie nennt sich das. Ich weiß nicht, wie andere das sehen, aber alles in Sachen unkontrollierter Kleiderablage und Idiotie möchte ich persönlich vermeiden.

Kurz: Das mit den Echtträumen alias außerkörperliche Erfahrungen alias OBE alias Out of Body Experience muss aufhören. Punkt.

Der Wissenschaftler an meiner Seite stellte gewisse Parallelen zu einer Infektion fest. Echtträume häufen sich unter Stress. Andere bekommen einen Schnupfen, ich bekomme außerkörperliche Erfahrungen. Also lag die Vermutung nahe: Habe ich mich womöglich damit angesteckt? Wären meine Echtträume damit kein esoterischer Kram, sondern eine Krankheit?

„Dies ist eine These, die es nun zu beweisen gilt", meinte Dr. Frieder.

Es folgten Bluttests, die er in Kooperation mit einem Laborspezi anstellte. Sie führten zu keinem greifbaren Ergebnis, außer einer leicht erhöhten Anzahl weißer Blutkörperchen, was für eine Infektion spräche. Außerdem empfahl der Kollege aus dem Labor, Dr. Frieder möge die Patientin von den gesättigten Fetten herunterholen, und zwar schleunigst. Die Folge: einige Tage Schokokuchenentzug, der jedoch während der Dauer der Gerichtsverhandlung ausgesetzt wurde. Ich glaube, mein Leibarzt fürchtete um seine Sicherheit, in jedem Fall um seinen Seelenfrieden.

Kein irdischer Erreger im Blut zu entdecken, auch kein außerirdischer oder esoterischer. Das führte mich zu der Doktorfrage: Kann man etwas finden, wenn man nicht weiß, wonach man sucht?

Dr. Frieder blieb bei der These, es handle sich um eine Infektion irgendeiner Art, wenn auch keiner bekannten Art. So begaben wir uns auf die Suche, wo ich mich bei einer angenommenen Inkubationszeit von bis zu fünf Tagen vor dem ersten Echttraum angesteckt haben könnte.

Wer schon mal versucht hat, sich daran zu erinnern, was er Dienstag vor zwei Wochen zum Mittagessen hatte, kann sich vorstellen, wie aussichtsreich dieses Unterfangen war. In Ermangelung anderer Daten konzentrierten wir uns auf das Einzige, das mir im Gedächtnis geblieben war, weil es am Tag von Bernds Ermordung stattgefunden hatte: Yatas Katze Felin hatte mich gekratzt. Am folgenden Tag, etwa 24 Stunden danach, steckte ich in meinem ersten Echttraum.

Dr. Frieder hing an meinen Lippen, als ich ihm die Geschichte erzählte, wie es dazu kam, dass Felin mir ihre Krallen ins Fleisch gehauen hatte.

„Du meinst, es ist nicht unwahrscheinlich, dass Felin einen Erreger auf mich übertragen hat?", fragte ich.

Er nickte zwar, befand sich aber tief in seiner Forschungsprojektwelt ohne wirkliche Verbindung zur Außenwelt.

„Dann nennen wir das Teil doch mal OETE für ominösen Echttraumerreger", plapperte ich. „So eine Katze putzt sich ja ständig, also im Gegensatz zu Santo, der nur mal eben schnell an den essenziellen Stellen ... Könnte sich der Erreger an ihren Krallen befunden haben, wohin er im Rahmen der Katzenwäsche gelangt ist? Oder ist sie in etwas reingetreten und zack, hat sie mir den OETE fein säuberlich eingeritzt? Na, wohl eher unsäuberlich."

Ich begeisterte mich für eine Theorie, die nichts weiter war als eben das, reine Theorie. Aber es war deutlich mehr, als wir bisher hatten, ergo Anlass zu Hoffnung, ergo Anlass zu guter Stimmung.

„Yata hat auch Echtträume", sagte Dr. Frieder.

„Ja, genau!", jubelte ich. „Yata hat auch Echtträume. Ha! Durchaus wahrscheinlich, dass Felin auch sie irgendwann mal gekratzt hat, oder nicht?"

„Seit wann ist Felin bei dir und seit wann reist du?", fragte ich daraufhin Yata bei einem ihrer seltenen Aufenthalte in Konstanz.

Seit dem Selbstmord ihres Vaters und Roger Merians Verhaftung hielt sie sich seltener in Konstanz auf. Sie versuchte, mehr schlecht als recht den Weltkonzern Krüger & Merian zu führen. Rogers Großvater half ihr dabei, wollte sich aber eigentlich schon aus dem Arbeitsleben zurückgezogen haben. Yata hetzte von einer Niederlassung zur anderen, jettete durch die Weltgeschichte. Wenn sie sich in Konstanz aufhielt, dann wegen der Gerichtsverhandlung. Meist kam sie auf einen Schwatz vorbei und um zu missionieren. Sie hatte sich irgendwie darauf versteift, ich müsse zur veganen Ernährung bekehrt werden.

Yata dachte über meine Frage nach und zwirbelte eine ihrer langen weißblonden Haarsträhnen. Zwischen den blaugrünen Mandelaugen zeigte sich eine Linie, die in letzter Zeit tiefer geworden war. Yata ist eine Ausnahmeerscheinung. Sie hat etwas Elfenartiges. Eine zierliche Gestalt, gertenschlank, ein Meter fünfzig groß. Das Haar reicht ihr bis zur Taille. Doch der erste Eindruck täuscht. Sie wirkt zerbrechlicher, als sie ist.

Da ich immer noch keine Antwort bekommen hatte, fragte ich mal nach: „Wie alt ist Felin eigentlich?"

Auch Yata taucht gern mal aus weit entfernten Gedankenwelten auf. Sie sah mich in blankem Erstaunen an. „I werd narrisch, des passt! I war sechzehn, als meine Oma mir Felin gschenkt hat. Sie is von einem Bauernhof in Oberbayern und jetzt etwa elf Jahre alt. Mir sind da hingfahrn und eine andere Katze auf dem Hof hat mich gekratzt. Nicht Felin, eine andere. Mit sechzehn hatte ich auch meine erste Außerkörperliche. I werd narrisch!" Wenn Yata sich erregt, schleichen sich nette bayerische Elemente ein, während sie sonst ein eher geziertes Hochdeutsch spricht.

Da war er also, der mögliche Zusammenhang, auch wenn da jetzt eine zweite Katze im Spiel war. Doch die Weißkittel im Labor konnten weder in Yatas Blut noch in Felins Speichel oder Blut etwas entdecken, das da ungewöhnlich wäre.

„Ein rätselhafter Erreger mit einer Katze als Wirt", sagte Dr. Frieder schmunzelnd. Das OETE-Forschungsprojekt hat ihn bis heute am Haken. Ungern möchte ich so weit gehen, zu behaupten, dass er davon besessen wäre. Aber viel fehlt nicht.

„War ja klar“, meinte ich. „Alles andere hätte nicht zu mir gepasst. Ob Felin auch außerkörperliche Erfahrungen hat? Und wenn ja, reist sie zu anderen Samtpfoten oder zu anderen Menschen? Die Arme! Ich habe ja schon gedacht, ich dreh durch. Wie muss es einer Katze ergehen, die nicht mal nach außerkörperlicher Erfahrung googeln kann?“

„Hmm“, machte Dr. Frieder.

„Die Welt ist nicht nur sonderbarer, als wir sie uns vorstellen, sie ist auch sonderbarer, als wir sie uns vorstellen können“, murmelte ich vor mich hin. Mein Haus- und Hofarzt war offensichtlich wieder mit den Gedanken woanders.

Erstaunt schaute er auf. „Du zitierst Haldane?“

„Bitte?“

„Was du gerade gesagt hast. Das ist ein Zitat von Haldane, einem Biologen und Genetiker.“

Ich zuckte verständnislos die Achseln.

„Wie geht denn der Forschende nun weiter vor, der auf der Jagd nach dem Nobelpreis medizinisches Neuland beschreitet?“, fragte ich nach einer Weile.

Um es kurz zu machen: Dr. Frieder wollte sich von Felin kratzen lassen.

Natürlich war ich dagegen. Und natürlich halfen alle Argumente nichts. Ich fand es unverantwortlich, geradezu dumm, er ließ sich aber nicht davon abbringen.

Was mir ein Leichtes war, entpuppte sich bei ihm als zeitraubendes Unterprojekt. Felin wollte ihm partout nicht die Krallen ins Fleisch hauen, sie liebt ihn. Er kann so ziemlich alles mit ihr anstellen, ohne dass sie sich zur Wehr setzt. Letztendlich musste ich noch mal ran und er hielt schnell die Hand dazwischen. Das klappte. Ein spannender Augenblick.

Die Stunden, die folgten, waren vergleichsweise ermüdend. Dr. Frieder war darauf aus, die Inkubationszeit einzugrenzen. Das bedeutete, dass er regelmäßig dem ersten

Echttraum die Möglichkeit geben wollte, aktiv zu werden. Und das hieß: Anberaumte Schlaftermine einhalten. Viele anberaumte Schlaftermine einhalten.

„Ich hau mich noch mal aufs Ohr“, vermeldete er erneut.

Ein Nickerchen am helllichten Tag ist eines Dr. Frieders Ding nicht, außer im Falle starker Übermüdung. Als vorausschauend planender Akademiker hatte er dafür gesorgt, dass wir die Nacht zuvor mit Freunden auf dem Konstanzer Oktoberfest einen draufmachten, bis die Festhallen schlossen, und dann um die Häuser zogen.

Wie sich herausstellte, sollte es sein erstes Oktoberfest überhaupt werden. Er weigerte sich strikt, seinen norddeutschen Astralkörper in süddeutsche Krachlederne zu packen.

Meine Argumentation, „Wirklich keiner geht heute mehr ohne zum Oktoberfest. Jeans sind total altmodisch“, schlug er in den Wind. Mit einer kurzen Vorführung meines Dirndls konnte ich ihn wortlos überzeugen. Ohne falsche Bescheidenheit muss ich zugeben, dass das grüne Trachtenkleid sehr gut zu meinem roten Haar passt und meine, nun, Vorzüge zur Geltung bringt. Das ist nichts Besonderes, das ist nicht zu viel verlangt, schließlich sind Dirndl in erster Linie genau dazu da.

„So dann gucken wir mal, ne? Muss üben, damit ich das knüll auch noch aufbringe.“ Grinsend fummelte er an der Schnürung herum.

„Besser is das“, bestätigte ich, was sein Grinsen noch breiter werden ließ. Dr. Frieder freut sich immer, wenn ich ihn norddeutsch zitiere.

So kam es, dass ich an einem sonnigen Septembersonntag, nachdem Felin Dr. Frieder nach durchzechter Nacht in Dirndl und Krachlederner endlich gekratzt hatte, beim fünften Nickerchen feststellen musste: „Dir fehlt der nötige Stress.“

„Is so“, sagte er achselzuckend.

„Kann man nichts machen, bei dir“, stellte ich fest. „Oder soll ich dich ein bisschen anschreien? Ich könnte dir eine Szene machen, die sich gewaschen hat. Was nimmt eigentlich der Tiefenentspannung eines Dr. Frieders die Tiefe?"

Erneutes Achselzucken.

Inzwischen hatte mein Forscher ein ansehnliches Onlinedossier angelegt. Darüber brütete er regelmäßig, nur wollte nichts aus dem Ei schlüpfen.

„Vielleicht geht das nur mit Mädels?", quasselte ich ein paar Tage später gedankenverloren vor mich hin, während ich den heiligen Morgenkaffee zubereitete. Ich hatte nicht im Entferntesten daran gedacht, was mein unachtsames Geplapper für Folgen haben könnte.

Dr. Frieder sah mich erst erstaunt an, dann verzog sich sein Gesicht zu einem breiten Grinsen. „Wir brauchen eine Probandin."

„Nein, nein, nein, das war nur so dahergeschwätzt! Das machen wir nicht. Wir ziehen da nicht noch jemanden mit hinein. Das ist nicht so lustig, wie es von außen aussieht."

Nach einer Weile will ich dann doch wissen: „Du meinst ernsthaft, es könnte am Geschlecht liegen? Eher als am Stresslevel?"

Achselzucken seinerseits.

„Ist das jetzt noch streng wissenschaftlich?", nahm ich mir heraus.

Achselzucken. „Jede Forschung muss Rückschläge hinnehmen. In jedem Projekt gilt es, etwas auszuprobieren, umso mehr, wenn wir medizinisches Neuland beschreiten." Für seine Verhältnisse ein überaus ausführliches Statement.

„Aber wer ist so verrückt und lässt sich darauf ein? Außer Charles fällt mir da keine ein. Und ist nicht der Menschenversuch etwas zutiefst Unethisches und Amoralisches? Ich meine, ich bin ja schon gegen Tierversuche. Ein Wissenschaftler, der sich dem Risiko seiner eigenen Forschung aussetzt, das hat Tradition. Aber Menschenversuche? Zugegeben, auch die haben eine unschöne Tradition, was es nicht besser macht. Aber da sind wir doch heute weiter. Ich bin nicht der Meinung, dass es das wert ist. Du etwa?"

„Ernsthaft? Du willst eine Diskussion über Versuchsreihen und Tierversuche mit einem Mediziner und Pathologen vom Zaun brechen?"

„Ja, klar! Wenn man Zwangsversuche an Menschen ablehnt, und davon gehe ich jetzt mal aus, und zwar egal, welcher Hautfarbe, Religion, geistiger und körperlicher Gesundheit, egal welchen Bildungsstandes, welcher sozialen Schicht, welchen Alters oder Freiheitsgrades, dann ist es doch nur ein winziger Schritt, dass man Zwangsversuche an Tieren ebenfalls ablehnt. Schließlich geht es nicht ums Denken, sondern ums Fühlen. Ich rede jetzt nicht davon, dass man seinem Hund drei Sorten Hundefutter hinstellt und er sich aussuchen darf, was ihm am besten schmeckt. Das wäre in meinen Augen so ziemlich der einzig ethisch vertretbare Tierversuch."

Es stellte sich heraus, dass Dr. Frieder jegliche Diskussion darüber ablehnte. Damit war das Thema vom Tisch.

Nun hänge ich also in einem weiteren Echttraum fest. Ich stecke in einer außerkörperlichen Erfahrung, die, wie es den Anschein hat, keine verwertbaren Informationen für mich bereithält. Denn während ich über den aktuellen Forschungsstand in Sachen Forschungsprojekt sinniere und mir Dr. Frieder in Lederhosen ins Gedächtnis rufe, passiert an diesem zypriotischen Strand so rein gar nichts. David sitzt unverändert im Sand und stiert starr oder grübelt betrübt oder philosophiert fanatisch über die Zukunft der Menschheit. Sein Gesicht liegt im Halbschatten bei sowieso dürftiger Beleuchtung. Allein aufgrund von Haltung und Dauer der Versunkenheit schließe ich mit meiner jahrelangen, wenn auch nicht mehr taufrischen Daviderfahrung eher auf Schwermütiges denn auf Heiteres.

Ich versuche abzuschätzen, wie lange ich hier bereits abhänge und entscheide aus gesundheitlichen Gründen, die Reise abzubrechen. Es mag sein, dass noch etwas passieren wird, aber dann eben normal, will heißen ohne mich in der zypriotischen Luft.

Ich halte mir die Nase zu, wie von Yata vor ein paar Wochen das erste Mal empfohlen. Schon im nächsten Augenblick fühle ich mich weggezogen und in die Dunkelheit beschleunigt. Dann darf ich wieder zwölf Sekunden auf mich selbst hinunterschauen, wie ich schlummernd auf dem Sofa liege, Santo neben mir. Fila auf dem Boden sind ebenfalls die Augen zugefallen. Dr. Frieder steht mit verschränkten Armen in den Türrahmen gelehnt und betrachtet die Szenerie mit leisem Lächeln.

Als ich aufwache, hat mich diese Eiseskälte wieder fest am Wickel. Inzwischen habe ich mich etwas daran gewöhnt, wie man sich an so vieles gewöhnt, wenn man dazu gezwungen ist. Zudem war die Reise nicht sehr lang, sodass meine Körpertemperatur nicht zu stark abgerutscht sein dürfte. Dr. Frieder verlässt seinen Posten an der Tür und kommt mit dem Fieberthermometer wieder. 35,2 Grad.

„Teewasser ist schon aufgestellt, Badewasser läuft ein“, meldet er und notiert die Temperatur im Smartphone. „Gefühlte Aufenthaltsdauer und Reiseentfernung?“

„Entfernung bis nach Zypern. Was werden das sein? 2 000 bis 3 000 Kilometer? Allein die Anreise dauerte 20 Sekunden. Aufenthaltsdauer vielleicht sieben Minuten.“

Den esoterischen Kram mit wissenschaftlichen Abläufen zu verkleiden, hilft etwas, sich weniger verrückt vorzukommen.

„Zypern, ja? Was Interessantes?“

„Nö.“

Dr. Frieder neigt leicht den Kopf und schaut mich prüfend an. Ihm dürfte aufgefallen sein, dass ich ausnehmend still bin. In der Regel überschütte ich ihn nach der Rückkehr mit Details, ob von Interesse oder nicht, ob er sie wissen will, oder nicht.

„Oha!“, kommentiert er schwer norddeutsch.

Ich enthalte mich jeden Statements. Stattdessen lasse ich ihm einen Luftkuss zufliegen, werfe in einer überzogen koketten Bewegung meine roten Locken nach hinten und mache mich mit viel Hüftschwung auf in Richtung Badewanne.

Aus dem Augenwinkel sehe ich, wie Dr. Frieder mir grinsend folgt.

Kapitel 12

Am nächsten Morgen fühle ich es mit geballter Macht über mich rollen. Die untrüglichen Anzeichen: Kratzen im Hals, Kitzeln in der Nase, schmale Augen und dicker Kopf. Eine Erkältung ist im Anmarsch, im Schweinsgalopp und mit Siebenmeilenstiefeln. Bis jetzt geht es mir nicht sterbenselend, aber die Symptome beunruhigen.

Mein Leibarzt pumpt mich mit allem voll, was die Abwehrkräfte steigern soll und sich in diesem Haushalt findet. Einiges davon ist auf nüchternen Magen nur schwer zu verkraften. Ich kann gerade noch abwehren, dass er meinen heiligen Morgenkaffee mit Zitrone versetzt. Unmissverständlich halte ich eine schützende Hand über die Tasse und blicke ihn missmutig an.

„Wehr dich!", sagt er und boxt mich spielerisch auf den Oberarm.

Ich stöhne und will die Nase in die Kaffeetasse stecken, am liebsten ganz hineinspringen und ein Kaffeevollbad nehmen. Hat das schon Mal jemand ausprobiert?

„Kann ich nicht brauchen", murre ich und meine sowohl die Erkältung wie Dr. Frieders grausam gute Laune.

„Offensichtlich kannst du durchaus noch einen grippalen Infekt bekommen. Interessant ist nun, wie es sich mit den außerkörperlichen Erfahrungen verhält", philosophiert der Herr Wissenschaftler vergnügt und ergänzt eine Notiz im Dossier.

Ah, es geht weiter in Sachen heiß geliebtes Forschungsprojekt. Ich bin versucht, es nerviges Forschungsprojekt zu nennen.

Jetzt misst er Fieber. „37,9 Grad, erhöhte Temperatur." Er tippt beharrlich auf seinem Smartphone herum.

Ich stöhne.

Mein Handy dudelt mich penetrant von der Seite an. Ich linse auf die Uhr und kriege gleich mal einen Schreck. Schon nach acht.

„Arthur?"

„Wir haben Merian gestern Abend nicht ergreifen können. Den Überwachungsaufnahmen am Zoll zufolge war er bereits über die Grenze. Die Schweizer Kollegen sind hinzugezogen, die Fahndung läuft. Wie du das machst, ist mir ein Rätsel, aber das Haus in Schwyz ist tatsächlich auf Natalia Saizew eingetragen. Die örtliche Polizei hat ein wachsames Auge darauf."

„Gute alte Recherche und Kombinationsgabe", sage ich nicht ohne Stolz. Da geht's mir doch gleich besser. „Wenn ich mich recht erinnere, hast im Übrigen du ihren Namen ins Spiel gebracht. Sonstige Erkenntnisse?"

Er zögert kurz, entscheidet dann zu meinen Gunsten. „Der Bericht der Rechtsmedizin aus Freiburg steht noch aus. Wenn wir über die Todesursache Kenntnis erlangen, gibt es einen neuen Ansatzpunkt. Darauf setze ich. Die Spuren in und um das Gartenhaus sind dürftig. Keine Fingerabdrücke, die nicht zu erwarten waren. Die DNA-Spuren werden noch ausgewertet." Das klingt etwas verloren, natürlich nur ein bisschen, schließlich wird ein Arthur von Leisfall zu jeder Zeit eine gewisse Souveränität ausstrahlen.

Ich kann mir lebhaft vorstellen, wie schwer es sein muss, im Todesfall des direkten Vorgesetzten zu ermitteln, dem Menschen, mit dem er die letzten Jahre täglich eng zusammengearbeitet hat, der vermutlich sein Mentor war. Gleichzeitig nimmt Arthur dem Team gegenüber eine neue Führungsposition ein, die Rolle des leitenden Ermittlungsbeamten, Schroffs bisherige Rolle. Ungeplant. Unvorbereitet.

„Ich bin überzeugt, du machst das ganz hervorragend und alles wird sich finden." Er kann jetzt jede Bestärkung brauchen, die er kriegen kann.

„Danke Ines. Wir hören uns."

Nach dem Telefonat gilt es, sich trotz Unpässlichkeiten in Windeseile ins Büro zu begeben. Weitere Abwesenheit kann ich mir nicht leisten.

„Vielleicht möchtest du deine Connections nutzen, ich meine, zu den Jungs in Freiburg, wie du sie immer nennst?", gebe ich Dr. Frieder noch mit, bevor ich mich mit Santo und

Fila im Schlepptau auf den Weg durch einen grauen Herbstmorgen mache, den Schal dreimal fest um den eingezogenen Hals gewickelt.

Wie immer biege ich auf die Seestraße ein, die Hunde fröhlich vorneweg. Das Bild, das sich mir heute bietet, ist allerdings alles andere als alltäglich. Die natürliche Strömung aus Radfahrern, Joggern und Fußgängern wirkt verklumpt und ins Stocken geraten, kleine und größere Knäuel die komplette Seestraße entlang.

Die Sturmwarnung blinkt über die trübe Bucht. Die orangefarbenen Blinklichter stehen rund um den Bodensee, sodass aus jeder Position zu jeder Zeit mindestens ein Signal zu sehen ist. Wassersportler auf dem See werden so vor Starkwind oder Sturm gewarnt und aufgefordert, den nächstmöglichen Hafen anzulaufen.

Die Menschen hier an Land diskutieren lebhaft, gestikulieren Richtung alte Rheinbrücke. Mein Blick folgt den allgemeinen Armbewegungen. Im diffusen Tageslicht ist zu erkennen: Die alte Rheinbrücke trägt Schwarz. Jemand hat die weißen, gelben, grünen, blauen, türkis- und pinkfarbenen Flaggen der Saison über Nacht gegen schwarze ausgetauscht. Unheilschwanger wehen sie in nebelgrauer Brise. Das rastlose Warnlicht der Sturmwarnung trägt nicht eben zur Entspannung bei.

Für mich signalisieren die schwarzen Flaggen weniger Trauer denn Grauen und Unterdrückung. Sie haben etwas Böses. ‚Wir haben jetzt das Sagen, gewöhnt euch dran! Schwarz ist das neue Bunt'.

Darbietung und Temperatur verpassen mir spontan eine Gänsehaut. Der Wechsel von bunt auf Schwarz, bei menschlicher Garderobe zu dieser Jahreszeit die Regel, wirkt bei Brückenbekleidung befremdlich. Hier wirkt nichts stylisch, künstlerisch oder cool. Wer immer mit dieser Aktion Angst einflößen wollte, erzielt Wirkung.

Folgerichtig drücken die Mienen der Augenzeugen Besorgnis aus. Man ist sich sicher und betont es wiederholt: So etwas hätte es noch nie gegeben. Ob jemand Wichtiges gestorben sei? Ist ein Volkstrauertag eingeführt worden, oder ein Unglück passiert? Terroranschlag? Amoklauf? Im heutigen Südkurier, der lokalen Tageszeitung, würde nichts von einem Anschlag stehen. Die Stadt müsste doch informieren, wenn sie Derartiges plane, damit die Bürger am Morgen nicht aus allen Wolken fallen. Das könne man ja wohl erwarten. Da bekäme man ja einen Schreck. Umso mehr, als dies zufällig mit einem aufziehenden Sturm zusammenfiele. Oder sei das ein vorgezogener Halloweenscherz?

Ich hingegen frage mich, wie das rein technisch klappen konnte. Es sind lange Spezialstangen nötig, um die Flaggen auf- und abzuhängen. Diese Maßnahme war nötig, nachdem früher die Nationalflaggen, die die alte Rheinbrücke zierten, regelmäßig geklaut wurden. Als Erster war immer der Union Jack weg.

Ich beschleunige meine Schritte, laufe Slalom durch Grüppchen von Schaulustigen und überquere die Gruselbrücke. Der Autoverkehr ist so gut wie zum Erliegen gekommen. Kurz frage ich mich, ob sie noch sicher ist, unsere alte Rheinbrücke, schiebe den absurden Gedanken aber gleich von mir und werfe ihn übers Geländer. Er platscht ins kalte Nass, das sich heute bleigrau gibt, passend zur Brückengarderobe. Nur, weil da schwarze Tücher hängen, ist die Brücke doch nicht unsicher geworden, so ein Quatsch!

Im Stadtgarten treibe ich die Hunde zur Eile an. Das Spiel über den Rasen muss heute ausfallen. Noch wenige Meter und ich sehe, was ich bereits geahnt habe.

Kapitel 13

Die Imperia, das neun Meter hohe Wahrzeichen aus Beton, trägt ebenfalls Schwarz.

Die üppige Kurtisane wurde vom Halsansatz bis zum Knöchel in eine schwarze Robe gehüllt. So züchtig bedeckt war sie ihr ganzes Leben noch nicht. Sonst verbirgt ihr halb offenstehender Umhang den Busen nur ansatzweise. Selbstbewusst streckt sie ihn jedem Ankömmling entgegen. Der schwarze Talar, den man ihr nun übergeworfen hat, verlangt eigentlich nach der zugehörigen Kopfbedeckung. Doch ein Doktorhut hätte auf ihrem mehrstöckigen Kopfschmuck wohl keinen Halt gefunden.

Auf ihren erhobenen Handflächen kauern zwei Männlein, zwei Gaukler, einer mit Königskrone, einer mit der Tiara des Papstes. Die beiden sind so nackt wie eh und je. Der Bildhauer hatte ihnen nur Kopfbedeckung und Schuhe zugestanden, der Verhüllungskünstler hat sie ausgespart. Im Kontrast zur schwarz Bekleideten wirken sie noch kümmerlicher als sonst. Angesichts der Temperaturen möchte man den hutzeligen Kleinen ein paar Wollpullis überstreifen.

Als ich mich im Laufschritt der Statue nähere, die sich alle vier Minuten einmal um sich selbst dreht, mache ich im fahlen Morgenlicht eine Blutspur aus. Sie zieht sich von ihrer Stirn aus über eine Seite des Gesichts und entstellt das süffisante Lächeln. Nun, es soll aussehen wie Blut. Ich gehe davon aus, dass es rote Farbe ist. Es ist doch nur Farbe?

Gespenstisch, wie die Szene phasenweise vom orangefarbenen Warnblinken des Leuchtfeuers erhellt wird, das nur wenige Meter entfernt auf dem Molenhaus thront.

Ich will mir das Ganze aus nächster Nähe ansehen. Also weiter auf den Steg, der zu dem Häuschen führt, auf dessen Dach die Dame sich dreht. Auch hier stehen Menschen in Grüppchen zusammen. Kopf im Nacken diskutieren sie lebhaft die Freveltat. Im Gegensatz zu den Schaulustigen auf der Seestraße ist man hier allerdings davon überzeugt, dass die Aktion kaum von offizieller Seite veranlasst worden sein kann.

Hier war ein Kletter- und Malkünstler am Werk. Das Blut respektive die Farbe scheint täuschend echt einem klaffenden Loch in der Stirn zu entspringen.

Als hätte ein fieser Koloss der Imperia eine übergezogen. Kurz flattert mir das Bild eines Zyklopen durch den Kopf, der auf sie eindrischt, während sie ihn wüst beschimpft. Denn natürlich ist unsere Imperia keine, die sich schnell unterkriegen lässt oder um Gnade winselt. Dafür ist sie viel zu stolz. Wäre sie allerdings ein Mensch aus Fleisch und Blut, würde sie nicht mehr unter uns weilen.

Das Wahrzeichen der Stadt Konstanz wurde ermordet!

Wie konnte das klappen? So ohne Aufsehen zu erregen? Die Imperia wird nachts angestrahlt und ist in mindestens einem halben Dutzend Webcams zu sehen.

Und wie in aller Welt ist der Verhüllungskünstler da hinaufgelangt? Kletternd? Mit einer Leiter? Mit einem Kran? Ganz zu schweigen von der Schwierigkeit, eine überdimensionale Steinpuppe anzuziehen, wenn der Täter nicht besagter einäugige Riese ist, zwanzig Meter groß, der sich mal eben ins seichte Hafenwasser stellt, um der Imperia das Gewand überzustülpen.

Als ich da so hinaufstarre, wie alle anderen neben mir, schnappe ich auf, wie jemand meint, einen Schriftzug auf der Robe entdeckt zu haben. Die Imperia dreht mir langsam wieder ihren Rücken zu. So kann ich erkennen, dass da etwas geschrieben steht. Schwer zu entziffern, weil kontrastarm Rot auf Schwarz.

Verdammt seist Du Ines Fox!
Verflucht sei Konstanz, Deine Heimatstadt!

Mir klappt der Unterkiefer herunter. Fassungslos starre ich auf den Schriftzug. Irgendwie erwarte ich, dass er sich ändert oder verschwindet. Als das nicht der Fall ist, und die Statue die Nachricht weggedreht hat, sammle ich kopflos die Hunde ein und haste aus dem Menschenauflauf.

Arthur hat meinen Anruf gerade angenommen, als mir ein Streifenwagen aus der Unterführung zur Markstätte entgegen und vor mir zum Stehen kommt. Arthur steigt aus, Handy am Ohr.

Ich versuche krampfhaft, der Panik nicht zu gestatten, mein System zu übernehmen.

Schon mehrfach habe ich Roger Merian von Angesicht zu Angesicht gegenübergestanden, gegenübergesessen, mit ihm Eis gegessen, Kaffee getrunken, habe mit ihm telefoniert und bin neben ihm auf Krücken gehopshumpelt. Bei keiner Gelegenheit war ich völlig entspannt. Immer fühlte ich etwas zwischen Beklemmung und Angst. Noch nie aber hatte ich dermaßen Muffensausen wie in diesem Moment. Dabei hat er mir heute nur eine Nachricht geschrieben. Also ich gehe schwer davon aus, dass nur Roger Merian hinter dem hier stecken kann.

Ich stürze auf Arthur zu, schreie sowohl ins Handy als auch ihm entgegen: „Das musst du dir anschauen, das stinkt zum Himmel! Der hat sie doch nicht mehr alle!"

Er legt mir beruhigend eine Hand auf den Arm und geht wortlos mit mir zurück auf den Steg. Die bedauernswerten Hunde rennen planlos hinter mir her, mitten durch das Menschengewühl.

„Du musst warten, bis du den Rücken siehst." Ungeduldig wechsle ich von einem Fuß auf den anderen. Vier entsetzlich lange Minuten dauert eine Umdrehung.

Arthur hat noch immer kein Wort gesagt, was sich auch nicht ändert, nachdem er die Nachricht gelesen hat. Ruhig gibt er den Uniformierten, die aus weiteren Einsatzfahrzeugen springen, ein Zeichen. Sie beginnen, den Steg zu räumen. Die Menschen aber wollen sich nicht wie Schnee räumen lassen. Sie möchten wissen, was das soll, bombardieren die Beamten mit Fragen, die diese nicht beantworten können. Wie denn auch. Es kommt zum Tumult.

„Das kann Roger Merian auf keinen Fall selbst gemacht haben. Oder wann habt ihr ihn über den Zoll fahren sehen?", quassele ich auf Arthur ein.

Mir wird schwindlig und ich halte mich an seinem Anzugärmel fest. Ich muss vergessen haben, ordnungsgemäß zu atmen. Vielleicht liegt es auch an diesem vermaledeiten Infekt.

Arthur führt mich zur nächsten Bank und setzt sich neben mich. „Ruhig durchatmen, Ines."

Ich schüttle den Kopf. Normale Körperfunktionen sind für den Moment außer Kraft gesetzt.

„Hättest du die Möglichkeit, für eine Weile die Stadt zu verlassen?", fragt er mich doch glatt.

„Was?", kläffe ich.

Er zuckt geringfügig zusammen „Ich würde es für angeraten halten, wenn du aus der Schusslinie gehst", wiederholt er mit ausgesucht sanfter Stimme. „Nur bis sich die Lage etwas beruhigt hat."

„Das ist nicht dein Ernst!", rufe ich und springe auf.

„Wir werden nicht für deine Sicherheit garantieren können, es sei denn, wir nehmen dich in Schutzgewahrsam. Roger Merian findet immer Mittel und Wege, um mit dir in Kontakt zu treten." Arthur ist ruhig sitzen geblieben. Offensichtlich geht auch er davon aus, dass nur einer dahinterstecken kann.

Ich starre auf ihn hinunter. „Ihr könnt nicht?", hauche ich in Ermangelung von Luft und Elan. Besser ich setze mich wieder, um Kraft für eine logische Argumentation zu schöpfen. „Siehst du denn nicht, dass das genau sein Ziel ist? Das gehört doch zu seinem kranken Spiel", bringe ich erstaunlich geordnet hervor.

In mir allerdings tobt es. Alles wehrt sich dagegen, vor Roger Merian zu flüchten. Es wehrt sich, dass es schmerzt. Obwohl ich selbst erst gestern überlegt habe, Dr. Frieder nach Freiburg zu begleiten, empfinde ich es heute als falsch. Er hätte gesiegt. Welch perfiden Plan auch immer dieses kranke Hirn ausgeheckt hat, ich werde nicht wegen einer Verdammungsnachricht das Weite suchen.

Und das ist es. Es ist nur eine Nachricht, eine analoge SMS. Ja, aufgrund der Inszenierung bekommt man es mit der Angst zu tun. Verdammt. Verflucht. Das klingt unheilvoll. Ja, die Imperia ist sinnbildlich ermordet worden, ob an meiner statt oder symbolisch für die Stadt, sei dahingestellt. Ja, hier wurde auf Urängste gezielt und getroffen. Aber es ist und bleibt nur eine Kurznachricht. Kein tätlicher Angriff, kein Mordversuch.

„Soll ich ihm kampflos das Feld überlassen?“, frage ich.

Arthur sieht mich nachdenklich an. Die ihm eigene Ernsthaftigkeit in den Augen hat binnen der letzten Stunden zugenommen. Er neigt fragend den Kopf. „Du hast keine Angst?“

„Oh doch, und wie! Aber ich weiß, das ist genau, was er will. Er zielt darauf ab, dass ich die Hosen gestrichen voll habe und kampflos das Feld räume. Er hat immer einen Plan, immer, hörst du, Arthur? Er will mich aus dem Weg haben, will, dass ich Reißaus nehme, also ...“

„Also tust du es nicht?“

„Also tue ich es nicht.“

Nur damit das klar ist: Ich mache ihm hier was vor. Denn natürlich würde ein vernünftiger Mensch – wofür ich mich anderslautender Stimmen zum Trotz durchaus halte – zumindest in Erwägung ziehen, vor der unbekannten Gefahr zu fliehen.

„Okay“, sagt er nickend, „dann Personenschutz. Und bitte ziehe so lange zu Marc oder deiner Mutter.“

Ich hebe meinen Blick in den grau verhangenen Herbsthimmel, der angesichts der Sturmwarnung noch etwas für uns bereithalten dürfte. „Bei Dr. Frieder darf es nicht regnen.“

Der Eigentümer eines stark sanierungsbedürftigen Häuschens hat Dr. Frieder erlaubt, sechs Monate mietfrei darin zu wohnen, wenn er einige Arbeiten am Haus erledigt und den Garten pflegt. Letztendlich soll Dr. Frieder das Gebäude daran hindern, in sich zusammenzufallen, während er drinsitzt. Wir haben es Bruchbude getauft.

„Kauf ein paar Eimer“, empfiehlt Arthur trocken.

„So viele Eimer sind käuflich gar nicht zu erwerben, wie für die Bruchbude nötig wären“, grummle ich, nicke aber. Besser geflutet bei Dr. Frieder als trockengelegt bei Mama. Nur um Missverständnissen vorzubauen, ich liebe meine Mutter, allerdings sind wir inkompatibel. Eine von uns bliebe auf der Strecke und die Chancen stünden gut, dass ich das wäre.

Arthur weist einen uniformierten Polizeibeamten an, mich ins Büro zu begleiten und fürs Erste nicht von meiner Seite zu weichen. Der Zufall will es, ich sicher nicht, dass es sich dabei um Godehard Gruber handelt, den ich bereits im Schroffschen Garten kennengelernt habe. Er nickt, scheint aber wenig begeistert von seinem Auftrag. Wer spielt schon gerne den Babysitter einer ruhelosen Rothaarigen, die ihre Nase in alles steckt, was sie nichts angeht? Zudem eine, die den Ruf weghat, dass ihr Personenschutz gefährlich lebt? Meine vorletzte Eskorte landete im Krankenhaus ein paar Zimmer neben mir.

Kapitel 14

Im Foxinet Büro gibt es nur ein Thema. Alle suchen nach Webcams und deren Archiven. Als Wahrzeichen in prominenter Lage gibt die Imperia die Hauptdarstellerin in etlichen Kameras. Auch Foxinet besitzt eine Webcam, allerdings ohne Imperia im Fokus. Schade. Das wäre zur Abwechslung mal erfreulich einfach gewesen.

„Die Webcam der Bodensee-Schifffahrtsbetriebe präsentieren öffentlich die Archivdateien der letzten Stunden. Wie Sie sehen, sehen Sie nix", meldet Evi eifrig.

Lisa, Mehmet, Jan, Luca und Philipp stehen hinter Evis Schreibtisch und schicken sie mal hierhin, mal dorthin. Ja, es wäre wohl effizienter, hätten sie sich die Webcams aufgeteilt. So aber kommt Gruppendynamik auf. Man muss so etwas auch immer als Teambuilding begreifen. Andere buchen teure Seminare, in denen Mitarbeiter sich gegenseitig durch ein Netz bugsieren oder mit Hängen und Würgen über ein Hindernis bringen.

Julia nebendran hängt am Telefon und bequatscht jemanden des Konstanzer Hotels Viva Sky, den sie kennt. „Nur einen ganz kurzen Blick auf die Archivdaten der letzten Nacht ... Ach, das ist gar nicht eure Webcam?"

Schade. Das Hotel ist deutlich höher als unser Gebäude und verfügt über eine Live-Streaming-Kamera, um 360 Grad schwenkbar und mit Zoomfunktion.

Charles hat sich der Teamdynamik entzogen. So wird das nichts mit der Integration.

„Drohung gelesen, Chief?", fragt sie geradeheraus. Sie lehnt erneut im Türrahmen unserer Teeküche und lässt einen der vielen Teebeutel auf- und abtanzen, die sie heute im Laufe des Tages baden wird.

Ich drücke mich an ihr vorbei zur Kaffeemaschine.

Tee, egal welcher, sei wichtig für ihr Wohlbefinden und ihre Leistung. Deshalb nehme sie eine Menge davon zu sich, dessen müsse ich mir bewusst sein, wenn ich sie einstellen wolle. So in etwa ihr Vorstellungsgespräch. Ich dachte, was wohl jeder gedacht hätte: Wie viel Tee kann das schon sein?

Und wie soll eine so nebensächliche Sache wie Teetrinken Auswirkung auf die Arbeit haben? Ich hatte ja keine Vorstellung! Charles Hände sind entweder mit ihrer Tastatur beschäftigt oder mit einem Teebeutel. Dabei scheint das Trinken selbst weniger von Bedeutung. Sie meinte, es ginge mehr ‚um das meditative zugleich dynamische Ziehenlassen des Teebeutels in einer gleichförmigen Auf- und Abbewegung.'

Ich nicke ernst.

„Schiss?"

Wieder nicke ich.

„Natürlich hast du Schiss, Chief. So gut wie jeder hätte das." Sie lässt ihre Zähne mit dem Zungenpiercing spielen.

Mit Kaffee und Leibwächter bewaffnet sitze ich wenig später am Schreibtisch. Ich versuche, die aktuellen Geschehnisse gedanklich beiseitezuschieben und mich meiner Arbeit zu widmen. Die hat es nämlich dringend nötig, dass sich ihr jemand widmet, so ganz und gar, mit Haut und Haar.

Godehard Gruber hat es sich auf dem Sofa in meinem Büro bequem gemacht und ist mit seinem Smartphone beschäftigt.

Ich räuspere mich.

Er schaut fragend auf.

„Ich müsste in Ruhe ein vertrauliches Telefonat führen", sage ich.

„Jut", sagt er und blickt wieder auf sein Smartphone.

„In Ruhe."

„Ick bin mucksmäuschenstill."

„Allein." Ich betone das Wörtchen unmissverständlich.

„Alleene?"

Ich nicke.

„Is nich drin. Arthur hat jesagt, ick darf Ihne it von dea Seite weichn."

Ich seufze.

Die kommende Stunde verbringe ich mit Telefonaten, unter anderem auch mit Herrn Plattenhardt, dessen Telefontermin ich gestern verschieben musste. Ich erkläre die

Situation und setze auf sein Verständnis. Die meisten Menschen sind verständig, wenn man ihnen sagt, wie es ist. Ich gehe den Projektstatus durch, fasse zusammen, was bisher umgesetzt wurde, was noch zu tun ist und wann das Projekt abgeschlossen sein wird. Ich signalisiere: Wir haben alles im Griff.

Er kämpft mit sich und will sich gerade durchringen, uns noch eine Chance zu geben, da platzt Evi in mein Büro.

„Das musst du dir ansehen!“

„Sch!“, zischt Gruber mit dem Zeigefinger vor dem Mund.

„Frau Fox?“, fragt Herr Plattenhardt.

Evi blickt erst Godehard Gruber dann mich irritiert an.

Ich schenke ihr einen grimmigen Blick und wedele sie zurück vor die Tür.

„Was ist denn nun schon wieder bei Ihnen los?“ Herr Plattenhardt ist ungehalten. „Frau Fox, ich bin nicht mehr bereit, bei Ihren Sperenzchen zuzusehen und unser Projekt erneut hintanzustellen. Wir werden uns nach einem neuen Dienstleister umsehen müssen.“

„Ich kann Sie verstehen, Herr Plattenhardt. Sie haben sicher auch schon in Phasen gesteckt, in denen äußere Umstände, höhere Gewalt, es Ihnen schwer gemacht haben. Ich verstehe, dass es Ihre Aufgabe ist, zu schauen, wo Ihr Unternehmen bleibt, und dass die Umsetzung Ihres neuen Internetauftritts wie geplant stattfindet. Lassen Sie mich einen Vorschlag machen.“

Es soll für beide Seiten attraktiv bleiben, aber wir werden von unserem Scheibchen etwas abgeben müssen.

„Die dritte Phase des Projekts ginge komplett auf uns. Wenn Sie danach immer noch der Meinung sind, dass Sie nicht mehr mit uns zusammenarbeiten möchten, dann haben Sie zwar eine weitere Woche investiert, allerdings mit der Chance, insgesamt ...“, ich tippe einige Zahlen in meine Tastatur, „8 Prozent des Projektvolumens einzusparen. Wie klingt das für Sie? Wenn Sie jetzt einen neuen Dienstleister hinzuziehen, müssten Sie ganz von vorne beginnen. Die abgeschlossenen Phasen eins und zwei wären für die Katz und

Sie hätten mit einer erneuten zeitlichen Verzögerung des Projekts zu kalkulieren."

Natürlich muss er sich noch etwas zieren, willigt aber schließlich ein.

„Dit war jut. Ick meene, it schlecht", meint Godehard Gruber nach Beendigung des Telefonats.

Ich lächle, einmal als Ausdruck der Freude über sein Kompliment, und weil er sein Berlinerisch ins Konstanzerische teilübersetzt. Dann bin ich schon auf dem Weg zu Evi, denn natürlich zerreißt es mich fast vor Neugier.

Sie sitzt hippelig und mit roten Wangen vor ihrem Computer, die Foxinets als Traube hinter sich versammelt. Selbst Charles hat sich dazugesellt. Spannende Zeiten schweißen zusammen.

„Da!" Auf dem Bildschirm ist ein überbelichtetes Bild zu sehen. Als hätte jemand munter in die Sonne fotografiert, nur in Grün.

„Äh ich verstehe nicht?" Ich kann beim besten Willen nichts erkennen.

„Das ist ein Archivbild der Webcam auf dem Konzil. Die beste Position für Aufnahmen von der Imperia, wie wir inzwischen herausgefunden haben. Ich kenne da jemanden ..."

„Ja, und?", unterbreche ich.

„Jemand hat ganz gezielt Kameras mit einem Laser geblendet."

„Mit einem Laser?", frage ich.

„Mit einem Laser", wiederholen alle Foxinets im Chor.

„Es scheint, die wesentlichen Webcams wurden so außer Funktion gesetzt", erläutert Philipp.

„Von langer Hand penibel geplant", sage ich nachdenklich. „Das passt zu ihm."

„Zu ihm?", fragt Charles.

„Zu Roger Merian", sagt Evi düster.

Ich muss niesen, ganze fünfmal und krame nach einem Taschentuch.

„Jesundheit", sagt Gruber.

Ich zucke zusammen, habe ich doch nicht mitbekommen,

dass er sich schattengleich zu uns gesellt hat.

„Das ist ein Verdacht, aber kein Beweis. Keine Ahnung, wieso er so was Groteskes abzieht. Der Mord an Schroff war doch schon schlimm genug."

„Schroff wurde ermordet?", schreien mindestens drei Personen im Raum.

Ich spüre, wie leichte Röte mein Gesicht erklimmt. Habe ich doch glatt was versäumt. „Sorry, ganz vergessen." Ich lasse alle an meinem aktuellen Kenntnisstand teilhaben, der leider so berühmt nicht ist.

„Krass", meint Charles.

Da kann ich nur nicken. Das trifft's.

Als ich wieder am Schreibtisch sitze, mit Godehard Gruber auf dem Sofa, und eine um die andere Mail beantworte, komme ich doch tatsächlich etwas vorwärts, trotz wummernder Kopfschmerzen und schniefender Nase, die inzwischen merklich zugeschwollen ist …

Kapitel 15

Gegen Mittag brauche ich ein Update. Kein Software- aber ein Infoupdate. Möglichst ohne Publikum. Es kostet mich meine ganze Überredungskunst, Godehard Gruber dazu zu bringen, das Sofa in meinem Büro mit dem Sofa vor meinem Büro zu tauschen.

Ich rufe bei Arthur durch. Er zeigt sich zugeknöpft.

„Ist es wahr, dass ihr nicht das Geringste ermitteln konntet?“, frage ich nach ein paar Ausweichmanövern.

„Der Ermittlungsstand ist in der Tat nicht, wie er sein sollte.“

„Höre ich da etwas Missmut?“

„In der Tat.“

„Keine Zeugen, die Roger Merian gesehen haben? Was ist mit der Obduktion? Keine Spuren irgendwelcher Art irgendwo? Was ist mit den schwarzen Tüchern? Nichts?“

„Ines, du bist zwar involviert, was dir aber nicht die Berechtigung erteilt, über alles informiert zu werden. Im Grunde solltest du über gar nichts informiert werden.“

Nach dem wenig ergiebigen Telefonat mit dem frischgebackenen Ermittlungsleiter rufe ich Dr. Frieder an. „Gibt's schon Neues von den Jungs aus Freiburg?“, frage ich ohne Vorgeplänkel.

„Jou, mir geht's gut. Wenig zu tun. Wie geht's dir?“, sagt er und ich kann hören, wie er grinst.

„Gut danke. Geht's dir nicht immer gut?“

„Jou.“

„Wieso also sollte ich das abfragen?“, kontere ich.

„Die Jungs in Freiburg erwarten mich übermorgen.“

Das habe ich glatt vergessen. Man muss nur ordentlich viele Probleme aufhäufen, die gelöst werden wollen, schon hat man die beste Ablenkung von Herzensangelegenheiten. Ich weiß nicht, ob das bei jedem funktioniert, bei mir tut es das. Vermutlich ist ein Hang zur Verdrängung förderlich.

„Oh!“

„Vier Wochen früher, du erinnerst dich?“ Nach einer kleinen Pause ergänzt er: „Kommst du mit?“

„Nach Freiburg?“

„Sonst fahre ich nirgends hin.“

„Fahren wir lieber ans Meer“, erlaube ich mir für ein paar Herzschläge zu träumen.

„Kann ich nicht mit dienen. Freiburg oder Konstanz, ne“, sagt er. „Ich schlage vor, Freiburg, wegen der neuen Entwicklungen.“

Er weiß davon. Natürlich. Ich kämpfe mit mir. Ernsthaft. Entgegen der kategorischen Ablehnung Arthur gegenüber kämpfe ich mit mir, ist es doch zu verlockend. Ich wäre bei Dr. Frieder. Ich müsste vorerst nicht in die Fernbeziehung steigen. Ich wäre sicher. Okay, wer ist schon irgendwo sicher, aber ich wäre sicherer als hier. Arbeiten ließe sich auch per Fernzugriff, weniger effizient, aber für ein paar Tage ginge es.

„Und?“, fragt er.

„Ich kann nicht“, jammere ich.

„Natürlich kannst du.“

„Ich kann nicht davonlaufen. Das will der doch.“

„Der ist verrückt, schon vergessen? Folglich solltest du weder danach gehen, was er will, noch was er nicht will. Entscheide vernünftig“, formuliert er sorgfältig. Es liegt nicht in seinem Naturell, mich überzeugen oder gar überreden zu wollen. Er projiziert die ihm eigene Freiheitsliebe auf sein Umfeld, was ihn zu einem angenehmen Zeitgenossen macht. Wenig invasiv, in der Regel. Wenn er so auf mich einwirkt, scheint es ihm wichtig zu sein.

„Ich kann die Foxinets unmöglich alleinlassen.“

„Natürlich kannst du. Die sind alle erwachsen.“

Es entsteht eine Pause.

„Wer weiß, was ihm einfällt. Ist vielleicht auch für die Konstanzer besser, wenn du gehst und ihm keinen Anlass gibst, etwas zu inszenieren.“

„Hmm“, mache ich. Da ist was dran. Ich gefährde womöglich nicht nur mich selbst, sondern auch meine Heimatstadt, wenngleich ich mir im Moment nur schwer vorstellen kann, wie Konstanz gefährdet werden könnte. Aber vielleicht habe ich einfach zu wenig Schurkenfantasie, wie der Fluch aussehen könnte.

„Und?"

„Ich kann nicht."

„Musst du wissen", sagt er.

Eine erneute, irgendwie ungute Pause.

„Es ist nicht, dass ich nicht ...", starte ich einen Versuch der Erklärung. „Es ist nicht, dass ich nicht bei dir sein würde wollen", gelingt es mir etwas zu sehr im Konjunktiv.

„Versteh schon", sagt er und ich meine, es schwingt ein leises Lächeln mit.

„Ich finde sogar toll, dass du das willst", sage ich leise und merke, wie mir das Blut in den Kopf steigt.

Ganz prima, wirklich. Da hat sich die Natur etwas ausgedacht, damit Mitmenschen erkennen können, dass jemandem etwas peinlich ist. Das ist eine sachdienliche Information, auf die das Umfeld entsprechend reagieren kann. Wie Lächeln und Stirnrunzeln gibt es eben auch Erröten. Wieso aber werde ich am Telefon rot? Weiß mein Gesicht nicht, dass mein Gesprächspartner mich nicht sehen kann?

„Bist du rot geworden?", fragt er.

Ich stöhne.

Er lacht auf. „Überleg's dir."

„Mach ich."

Wir wissen alle, dass ich das nicht tun werde. Wenn sich meine Meinung ändern sollte, dann spontan und unüberlegt.

„Und was sagen die Jungs in Freiburg so?"

„Er war stark dehydriert. Seinem Tod ist offensichtlich eine akute Gastroenteritis vorausgegangen."

„Was ist das noch mal, Brechdurchfall? Eine Magen-Darm-Grippe?"

„Brechdurchfall, ja. Ob durch eine Virus- oder Bakterieninfektion ausgelöst, ist unklar. Es könnte auch eine Intoxikation vorliegen."

„Kann man an einer Magen-Darm-Infektion sterben?"

„Ein gesunder Mann wie Schroff eher nicht, es sei denn, es kommen andere Faktoren hinzu."

„Das klingt, als würdest du eine Infektion eher ausschließen. Gibt es eine Vermutung?"

„Vermutet wird in Freiburg in keinster Weise."

„Natürlich nicht. Alles streng wissenschaftlich. Aber ich meine, die haben doch schon viele Tote gesehen mit mindestens ebenso vielen Todesursachen, da entwickelt man doch ein Bauchgefühl."

„Entwickelt man dort in keinster Weise."

„Und da willst du hin? So ganz ohne Bauchgefühl?"

Dr. Frieder schweigt.

„Dafür bin weiterhin ich zuständig?", tippe ich.

„So is das."

„Also eher vergiftet? Mal was Neues. Als Roger Merian hat man ja ganz gerne mal was Neues, schließlich ist es das Gegenteil von Langeweile. Wobei ich gedacht hätte, dass er nach den Ausflügen in Untersuchungshaft und Gerichtssaal in Sachen Abwechslung erst mal bedient ist", rede ich so vor mich hin.

Wir schweigen uns für ein paar Augenblicke durch die Handys an, nicht ungut diesmal. Jeder hängt halt seinen Gedanken nach und knobelt am aktuellen Rätsel.

„Und du? Was meinst du denn?", frage ich.

„Hmm?"

„Versuch's mal mit Bauchgefühl. Noch darfst du. Noch bist du keiner von den Jungs in Freiburg."

„Sollten nicht andere Faktoren zutage treten, die erklären, warum ein gut Fünfzigjähriger, im Grunde kerngesunder Mann nach einer akuten Gastroenteritis an plötzlichem Herz- und Kreislaufversagen verstirbt, tippe ich persönlich auf eine Vergiftung."

„Hui! Und so was Ausgearbeitetes gibst du preis, wenn ich beharrlich nachbohre? Das heißt, das muss ich öfter tun."

„Is wohl so", meint er trocken.

„Die eigentliche Todesursache ist plötzliches Herz- und Kreislaufversagen?"

„Jou."

Wir schweigen. Keiner von uns möchte das Gespräch beenden.

„Siehst du Roger Merian als Giftmischer?", frage ich.

„Weniger. Aber, was du sagst, wer weiß das schon bei dem."

„Susanne Schroff hat ja Roger Merian gesehen, wenig bevor ihr Mann starb. Daher käme wohl ein eher schnell wirkendes Gift infrage." Während ich das noch so vor mich hinsage, suche ich im Internet nach Giften und ihren Wirkungsweisen. Das ist ein Gebiet, in dem ich mich ja nun gar nicht auskenne.

„Eher. Ist ein weites Feld." Dr. Frieder kommt damit zum gleichen Ergebnis wie ich mit meiner dürftigen Recherche.

„Relevant sind die Toxizität des konkreten Giftes, die Dosis, die Exposition, die Aufnahme, also ob inhaliert, oral oder durch Hautkontakt aufgenommen, womöglich intravenös oder intramuskulär injiziert", doziert er.

„Aha", kommentiere ich. „Einigermaßen schnell ginge es mit Schierling. Den Schierlingsbecher gibt es gut und gerne seit Sokrates. Das wäre ein Gift, das zu Roger Merians Stil passen würde, wenn auch ohne Bezug zur Schweiz", philosophiere ich mal so ins Blaue.

„Conium Maculatum, der gefleckte Schierling mit dem Alkaloid Coniin", trägt Dr. Frieder bei.

„Da hat aber einer in der Schule aufgepasst", hänsle ich.

„Auch andere können googeln. In der Schweiz wird das Kraut auch Teufelspeterling genannt, steht hier."

„Wie passend. In Ostfriesland auch Düllkrut, steht hier."

„Ostfriesland? Inwieweit ist das von Interesse?"

„Bist du nicht ...?", frage ich leicht verunsichert.

„Nordfriesland, Ines, Nordfriesland." Seine Stimme hat sich geringfügig erhoben.

„Oh Pardon", kichere ich. „Sollte ich entdeckt haben, wie man der Tiefenentspannung eines Herrn Doktor Marc Frieder etwas den Tiefgang nehmen kann?"

Schweigen am anderen Ende.

Nach einer Pause sagt er: „Alles in allem fischen wir im Trüben."

„Wohl wahr. Am liebsten würdest du sofort bei der Truppe in Freiburg mitmachen, stimmt's?"

„Jou."

„Nur so eine Idee: Frag doch, ob du noch früher anfangen kannst."

Bin ich noch bei Trost? Vertreibe ich meinen einzigen Rettungsanker? Außerdem den Mann, der mir in kühlen Herbstnächten das Bett wärmt? Jeder Tag, den wir zusammen sein können und keine Fernbeziehung führen müssen, ist doch unschätzbar wertvoll. Und wo wohne ich, wenn die Bruchbude vorzeitig an den Bruchbudenbesitzer zurückgeht?

„Hmm."

„Ich möchte dich natürlich nicht früher loswerden, als unbedingt nötig." Ein stümperhafter Versuch, zurückzurudern. „Nur, dass hier kein falscher Eindruck entsteht. Ich dachte nur, es würde dir Spaß machen, was immer die da jetzt so anstellen." Ich will mir nicht im Entferntesten ausmalen, was die da jetzt alles mit Schroffs Körper anstellen. Das will nicht so recht klappen, weshalb ich mich kurz schütteln muss. Ist mir Schroff tot womöglich noch unheimlicher, als er es lebendig gewesen ist?

„Ist ein Gedanke", sagt Dr. Frieder in meine Umnachtung hinein. „Deine Sicherheit?"

Fürwahr ein Thema. Ich habe keine Lösung für dieses Thema.

„Zu Mama ziehen?", werfe ich zur allseitigen Beruhigung in den Äther.

„Du könntest auch ohne mich ein paar Tage in der Bruchbude bleiben, samt Personenschutz."

Wir schaffen es, das Telefonat zu beenden, ohne zu weiteren Erkenntnissen zu gelangen.

Kapitel 16

Nach dem Auflegen vergleiche ich die Bilder in meinem Kopf. Godehard Gruber und ich, die wir Eimer um Eimer in der Bruchbude platzieren und trotzdem pitschnass werden oder am Küchentisch bei Mama, die mir eine Standpauke nach der anderen hält, während Godehard dabeisitzt. In etwa unentschieden, denke ich. Alternativen?

Wie zuletzt im Sommer sind die Möglichkeiten, wo ich Unterschlupf finden könnte, recht endlich. Wenig verwunderlich, da ich entweder bis über beide Ohren in Arbeit oder bis über beide Ohren in einem Kriminalfall stecke. Beide Aktivitäten erweitern den Freundes- und Bekanntenkreis nicht, bei der zweiten ist sogar eine abnehmende Tendenz zu beobachten.

Der ein oder die andere bei Foxinet würde sich bestimmt bereit erklären, mich zu beherbergen. Der ein oder die andere könnte sich allerdings auch genötigt sehen, der Chefin keine Absage zu erteilen, auch wenn das der eigentliche Wunsch wäre. Das alles will man nicht.

Wohin also? Letztes Mal bin ich bei David untergekrochen, was zu einem beschämenden Augenblick der Schwäche führte.

Wie das so ist mit Assoziationen, rufe ich gleich mal bei David durch.

„Na? Wie urlaubt es sich auf Zypern so?“, schmettere ich ins Telefon.

„Na, ganz hervorragend“, dröhnt David, sein Lächeln strahlt durchs Handy. Da freut sich einer über meinen Anruf, wer hätte es gedacht.

„Du klingst richtig gut“, stelle ich fest.

„Hast du was anderes erwartet?“

Ich reagiere den Bruchteil einer Sekunde zu langsam.

„Was ist los?“

„Ich habe dich in einem Echttraum am Strand sitzen und grübelnd aufs Meer gucken sehen“, lege ich die Karten auf den Tavernentisch. Er kennt das schon.

„Ah was“, sagt er. „Bist du erkältet?“

„Ja, blöd. Und?“

„Was und?“

„Was gibt's zu grübeln?“

Er spielt schwer von Begriff, schindet Zeit, seufzt und schweigt sich aus. Das macht er oft. Das kann er gut.

„Also, bis du dich entschieden hast, ob du es mir erzählen willst: Bist du über die aktuellen Entwicklungen informiert?“

„Welche Entwicklungen?“

„Na Roger Merian ist auf freiem Fuß und Schroff ist tot?“, fasse ich das Wesentliche zusammen.

„Nee!“

„Ich dachte, dein Bruder Jens hält dich auf dem Laufenden? Redet ihr nicht mehr miteinander?“

„Schroff ist tot? Wann und wie?“

„Gestern, kurz, nachdem Roger Merian entlassen wurde. Natürlicher Tod unwahrscheinlich, aber nicht auszuschließen. Vielleicht vergiftet meint Dr. Frieder.“

„Ah was. Meint dein Dr. Frieder das. Ist er bereits in Freiburg?“

„Nein.“

Es entsteht eine Pause.

„Das ist ja ...“, sagt er.

„Ja, oder? Und Roger Merian hat mich mal wieder aufgesucht. Zur Abwechslung gibt es mal wieder eine Drohung, wohl eher einen Fluch gegen mich und für ganz Konstanz gleich mit“, schwatze ich.

Eine weitere kurze Pause.

„Du musst die Stadt verlassen!“, befiehlt er. „So schnell wie möglich.“

„Davonlaufen?“

„Ja, genau, davonlaufen. Das ist nichts Ehrrühriges. Wer überlebt, hat gewonnen.“

„So habe ich das noch gar nicht gesehen.“

„Musst du nur Onkel David fragen“, scherzt er. Schroffs Tod scheint ihn kaum mitzunehmen. „Unfassbar, dass dein Dr. Frieder dich noch nicht aus der Stadt geschafft hat.“

„Er ist weniger, nun, invasiv“, formuliere ich mit Bedacht.

„Diskutiert haben wir es. Und er ist nicht mein Dr. Frieder. Er gehört sich selbst."

„Manchmal muss man auf die Menschen hören, denen man wichtig ist, Ines. Sei nicht dumm und geh!"

Das lasse ich erst mal sacken. „Was ist nun bei dir?", frage ich nach einer kurzen Pause.

„Einiges, worüber ich nachzudenken habe."

„Zum Beispiel?"

„Nicht von Bedeutung", schwindelt er.

„Ja klar", sage ich spöttisch. „Manchmal muss man Menschen was erzählen, denen man wichtig ist, David", zitiere ich ihn spontan, bevor mir bewusst wird, was ich da von mir gebe. Auf die Zunge könnte ich mir beißen.

„Ich bin dir wichtig?", kommt prompt.

Nach kurzem Zögern entscheide ich mich für: „Ja klar."

„Ah was."

Kurze Pause.

„Wer ermittelt?"

„Arthur."

„Ungewöhnlich."

„Finde ich auch. Ich glaube, er ist etwas überfordert, was ja nicht verwunderlich ist."

„Jeder wäre das."

„Meine Rede", sage ich.

„Ich nehme den nächsten Flieger. Und du, du machst, dass du aus der Schusslinie kommst!"

Nachdenklich lege ich auf. Nach diesem denkwürdigen Telefonat, das ganz anders verlaufen ist, als ich mir das ausgemalt hatte, starre ich für ein paar Momente die Wand an. Wie konnte ich je denken, Dr. Frieder und David hätten etwas gemeinsam? Grundverschieden sind die!

Im Anschluss sinniere ich eine Weile darüber, ob Roger Merian seinen Schergen oder Ex-Schergen oder Pseudo-Schergen Schroff vergiftet haben könnte. Das ist eine Vorstellung, mit der sich meine Gehirnwindungen erst einmal anfreunden müssen. Auf den ersten Blick fällt das aus dem für Roger Merian typischen Rahmen. Bisher hat er nie selbst

Hand angelegt, sondern machen lassen. Und Gift? Die Symbolik spielt eine tragende Rolle. Womöglich hat er einen Giftstoff ausgegraben, der in der Schweiz traditionell für Verräter verwendet wird. Obwohl nur so dahergesponnen, ist mir der Gedanke es wert, das Internet dahin gehend anzuzapfen. Ich komme zur Erkenntnis: Was Gift angeht, scheinen die Eidgenossen nicht anders zu ticken, als die Deutschen.

Nachdem ich mich wieder eine Weile meiner hauptberuflichen Aufgabe als Inhaberin und Geschäftsführerin von Foxinet gewidmet habe, fällt es mir zunehmend schwerer, mich zu konzentrieren. Zu viele Gedanken flattern mir durch den Kopf, zu viele offene Fragen, die nach Antworten verlangen. Die beginnende Erkältung hilft nicht.

Kurzerhand schnappe ich die Hunde und will das Büro verlassen, als Godehard Gruber aus dem Sofa vor meiner Bürotür springt und mir hinterhereilt. Komplett vergessen. Wie kann ich das, wenn ich mir vor wenigen Minuten Gedanken über meine Sicherheit gemacht habe? Zuweilen muss ich mich fragen ...

Ich stecke in einem Dilemma. Einerseits möchte ich weiterhin den Schutz, den mir Godehard Grubers Begleitung bietet. Andererseits würde ich gern tun und lassen, wonach mir der Sinn steht, ohne dass mir ein Uniformierter auf die Finger schaut. Womöglich errege ich mit ihm sogar mehr Aufmerksamkeit. Ich wäge ab und entscheide: Sicherheit und Schutz stehen hoch im Kurs, allemal, nachdem mir David die Leviten gelesen hat, obwohl es nicht mehr seine Aufgabe ist. So bedeute ich denn Godehard Gruber, er möge mitkommen.

„Was is hier der Plan?“, fragt er.

„Bäcker, Apotheke, Bus, Staad.“

„Se wolln einfach so rumloofen?“

Ich nicke.

Das veranlasst ihn, mit Arthur Rücksprache zu halten.

„Okay“, sagt er danach.

Kapitel 17

Wir gehen zum Bäcker für einen, wie Yata es nennen würde, ‚völlig sinnlosen, weil die Sinne vernebelnden und den Blutzucker nach oben treibenden Mittagssnack auf Basis von Weizenmehl, Zucker, gesättigtem Fett und – noch schlimmer – Transfetten.' Der marktübliche Name dafür ist Schokocroissants. Wie das oft so ist, hatte ich sie deutlich leckerer in Erinnerung, und wirkungsvoller in ihrer aufmöbelnden Wirkung. Vielleicht hätte ich auch die Dosis von drei noch erhöhen müssen.

In der Apotheke will ich mir Erleichterung in Sachen aufkommender Erkältung verschaffen. Die Dame hinter dem Tresen, deren Vitalität mir aus jeder der feinen Poren ihrer makellosen Haut entgegensprüht, rät mir von allem ab. Da ich keinen wirklich schlimmen grippalen Infekt zu haben scheine – offensichtlich kann sie mir in den Kopf gucken – solle ich meine Nase über einen Topf mit kochendem Salzwasser hängen und mich tüchtig ausschlafen. Hinter ihr türmt sich eine unüberschaubare Anzahl von bunten Schächtelchen gegen Husten, Reizhusten, Halsweh, Rachenentzündung, verstopfte Nase, Nebenhöhlenentzündung, mittelstarke Kopfschmerzen, starke Kopfschmerzen, schwache Abwehrkräfte & Co. Sie hier ist ein ausgesucht geschäftsuntüchtiges Exemplar ihrer Zunft. Ich kann ihr zumindest ein Meerwassernasenspray abquatschen, womit ich wieder etwas Luft bekomme. Vielleicht hat sie recht und das reicht fürs Erste. Weniger ist mehr bei Chemie, meint Mama immer.

So ausgerüstet machen wir vier uns auf zur Bushaltestelle Konzilstraße. Den Passanten ist anzusehen, dass wir ein eigenwilliges Gespann abgeben: eine große Rothaarige mit einem blonden Wuschelhund, der in die andere Richtung zieht als der braun getupfte Dalmatiner. In dynamischem Wechsel mal vorneweg, mal nebendran, mal hinterher ein todernst guckender Polizeibeamter, dem übergroße Hände aus den Uniformärmeln baumeln.

Mit dem geschwungenen Dach einer Pagode wirkt die Bushaltestelle in der Konzilstraße wie aus einer anderen Welt. Das liegt daran, dass sie das ist. Sie stammt aus China und ist ein Geschenk der Stadt Suzhou im Rahmen einer Städtefreundschaft. Eine Plakette informiert darüber. Wartet man hier auf den Bus, fühlt man sich ein klein wenig wie auf großer Fahrt. Nächster Stopp: Peking.

Ich steige in den Bus der Linie 1, der uns leider nur bis nach Staad chauffiert, und löse für mich und zwei Hunde. Godehard Gruber zückt seinen Ausweis und raunt dem Busfahrer leicht verschwörerisch zu: „Im Einsatz." Praktisch so ein Dienstausweis.

Ja, ich will zum Tatort, zumindest in dessen Nähe. Bisher habe ich mich nicht entschieden, ob ich es wagen soll, erneut das Gespräch mit Susanne Schroff, dem Schraubstock, zu suchen. Weniger aus Angst vor ihr als davor, was Mama mir erzählen würde, wenn sie davon erführe.

Als ich noch etwas unentschlossen auf der Straße stehe, in der sich Schroffs Häuschen befindet, tritt eine Frau aus dem Mehrfamilienhaus schräg gegenüber. Sie trägt eine geblümte Kittelschürze, darüber einen schlohweißen, glatt frisierten, klassischen Bob und in der Hand einen Reisbesen. Wer sich fragt: Bei einem klassischen Bob handelt es sich um eine Frisur, bei der die Haare kinnlang in horizontaler gerade Linie geschnitten werden, als hätte jemand eine Wasserwaage bemüht. Nicht zu verwechseln ist der klassische Bob mit einem Bob mit Pony, aber ehrlich, das würde jetzt zu weit führen. Wichtig zu wissen ist: Diese Haartracht erlaubt keine Nachlässigkeit, weder seitens des Friseurs, noch bei der täglichen Pflege.

Der Blümchenkittel mit tipptopp Bob macht sich daran, den Weg zum Haus zu kehren, der für mich blitzsauber aussieht. Aber wer Kehrwoche hat, muss Kehrwoche machen, da hilft nichts.

„Hallo, haben Sie Michael Schroff gekannt?", frage ich einfach mal drauflos und werfe Godehard Gruber einen prüfenden Blick zu. Was er wohl darüber denkt, mir bei meinen privaten Ermittlungen als Offizieller zur Seite zu stehen? Er blickt etwas verwundert aus dem gestärkten Hemdkragen, hält sich aber raus.

Blümchenkittel wirft ebenfalls einen Blick auf die Uniform und lässt sofort Kehrwoche Kehrwoche sein. Sie tritt an den Gartenzaun, stützt sich auf den Reisbesen und neigt den Kopf verschwörerisch zu mir herüber. Na, da habe ich ja ausgesprochenes Glück.

„Aber natürlich. Ich wohne schon fast zwanzig Jahre hier. Ich kenne die Schroffs sehr gut. Frau Schroff und ich trinken gelegentlich ein Tässchen Tee zusammen. Ganz furchtbar, das mit Herrn Schroff, ganz fruchtbar." Blümchenkittel spricht näselnd und schüttelt bedauernd den Kopf. „Die arme Frau Schroff. Er war so ein fleißiger, tüchtiger Mann. Und so sportlich. Er hat viel trainiert, wissen Sie. Und dann so was. Und nun ist die arme Frau Schroff allein. Keine Kinder wissen Sie."

„Ja, das ist ganz furchtbar", stimme ich zu und nicke kräftig. „Haben Sie gestern irgendetwas mitgekriegt?"

„Das Polizeiaufgebot war ja ganz enorm. War es ein Herzinfarkt? Bestimmt war es ein Herzinfarkt. Ich konnte Frau Schroff noch nicht mein Beileid aussprechen. Die arme Frau, was für eine Tragödie!"

„Ja, das ist es. Die Todesursache ist derzeit noch ungeklärt. Ich meinte, haben Sie etwas Verdächtiges gesehen? Das ist ja eine ruhige Wohngegend, da fallen Leute, die nicht hergehören, vielleicht auf", bohre ich weiter.

„Sie denken, es könnte jemand …? Das wäre ja furchtbar, ganz furchtbar." Sie legt die flache Hand auf die geblümte Brust und reißt in blankem Entsetzen die Augen auf. Langsam schüttelt sie den Kopf und runzelt nachdenklich die Stirn. „Nein, das kann ich nicht sagen, dass ich jemanden gesehen hätte, der hier nicht hergehört. Eine Freundin von Frau Schroff kam." Das wird Mama gewesen sein. „Polizei in Zivil, auch der junge Kollege von Herrn Schroff, der öfter hier ist. Er ist immer so adrett gekleidet und grüßt so nett." Das war Arthur. „Und ein blonder junger Mann, der nicht gut gekleidet war.“ Dr. Frieder? „Und eine rothaarige Frau.“ Sie blickt mich prüfend an. „Das waren ja Sie!“

Bemüht, mir den kleinen Schreck nicht anmerken zu lassen, nicke ich. „Ja, das stimmt.“ Angesichts von Godehard Grubers Gegenwart kann ich es dabei belassen. Wie überaus praktisch.

Sie nickt verständig.

Einer Eingebung folgend halte ich ihr mein Smartphone mit einem Bild aus dem Internetauftritt von Krüger & Merian unter die Nase. „Haben Sie gestern diesen Mann gesehen?“

Yata mit ihrem verstorbenen Vater und Roger mit seinem Großvater sind zu sehen. Alle vier haben dunkelblaue Businessoutfits an und signalisieren mit Mimik und Körperhaltung, wir sind Gewinner, wir sind nicht zu schlagen. Die Bildunterschrift wurde angepasst: Hinter dem Namen Franz Krüger steht ein dezentes Kreuz.

Blümchenkittel kramt eine Brille aus der Kitteltasche, beguckt sich die Aufnahme und schüttelt langsam den Kopf. „Den jungen Mann habe ich noch nie gesehen. Er ist schon recht auffällig. Und diese Frisur.“

Ich will ihr das Smartphone gerade entziehen, da tippt sie auf das Display. „Aber die junge Dame mit den langen blonden Haaren habe ich in letzter Zeit öfter hier gesehen. Sie fährt einen dieser modernen Wagen, die sehr leise sind.“

Mir verschlägt es die Sprache. „Sind Sie sicher?“

„Aber natürlich bin ich mir sicher“, entgegnet Blümchenkittel leicht gekränkt. „Wissen Sie, ich habe ein ausgezeichnetes Gedächtnis und ein sehr gutes Sehvermögen. Die Brille brauche ich nur zum Lesen.“

„Ich war nur erstaunt, weil ich die Dame hier nicht vermutet hätte.“

Sie nickt gnädig.

Was in aller Welt soll Yata in ihrem Tesla S hier zu tun gehabt haben? „Wann haben Sie sie zuletzt gesehen?“

Sie legt ihre Hand ans Kinn. „Ich denke, das war in jedem Fall diese Woche. Vielleicht vor drei, vier Tagen? Aber wissen

Sie, ich bin ja nicht immer hier und habe nicht immer die Zeit."

„Ja natürlich. Wie oft, meinen Sie, hat die Dame Schroffs besucht, wenn Sie es zufällig gesehen haben?"

„Aber nein, die Dame hat Schroffs nicht besucht. Ich habe sie nie ins Haus gehen sehen. Sie ist immer mit ihrem Wagen in die Parallelstraße gefahren und Herr Schroff ist eingestiegen. Mein Balkon geht nach hinten raus, wissen Sie?"

Was, um Himmels willen, hatte Yata mit Schroff zu schaffen, sodass sie ihn mehrmals eine Straße weiter abgeholt hat? „Meinen Sie, das war fünfmal, zehnmal, mehr als zehnmal?"

„Vielleicht viermal, fünfmal?"

„Vielen Dank Frau ...?", sage ich leicht blümerant.

„Werner. Annegret Werner", sagt sie beflissen, wirft einen Blick Richtung Godehard Gruber und starrt auf mein Smartphone. „Wollen Sie das nicht notieren?"

„Oh, natürlich." Ich tue ihr den Gefallen und lege einen neuen Kontakt an. „Ob Sie mir netter Weise Ihre Telefonnummer hätten? Falls noch Fragen auftauchen."

Sie nennt sie mir nicht ohne Stolz. Für sie ist der Status ‚registrierte Informantin der Polizei' offensichtlich eine positive Sache.

„Werner ist kein seltener Name, aber sind Sie zufällig verwandt mit Elisabeth Werner? Sie wohnt bei mir im Haus."

Ihre Nase zeigt ein winziges Rümpfen. „Das ist vermutlich meine Schwester."

„Ich dachte doch, da ist eine gewisse Ähnlichkeit", freue ich mich.

„Meine deutlich ältere Schwester."

Kapitel 18

Nachdem wir uns von Blümchenkittel Werner verabschiedet und ein Stück die Straße entlanggegangen sind, sagt Godehard Gruber: „Mir isch unwohl."

„Mir auch. Drei Schokocroissants schmecken nicht so schlecht, wie einem davon wird", sage ich. „Tut mir leid, dass ich Sie da mit hineingezogen habe, in die Bäckerei meine ich."

„Nee, dit war für'n hohlen Zahn. Mir isch unwohl, dass Se hiea ne polizeiliche Befragung durchführn, und icke steh danebe."

„Ach?", frage ich arglos. „Aber das war doch nur Small Talk mit einer Nachbarin."

„Die denkt, Se sind von der Polizei."

„Dafür kann ich doch nichts."

„Der Schmied Helmut hat mich jewarnt." Godehard Gruber blickt mich finster an.

„Ich muss doch was tun. Wenn ich nur abwarte, was passiert und nichts tue, werde ich noch wahnsinnig." Ich vollführe fahrige Handbewegungen, um pantomimisch zu unterstreichen, wie es in mir aussieht.

„Dit is mir schnurz piep ejal!", schnauzt er.

„Hopsa!" Ich trete einen Schritt zurück. Fila unterbricht das Schnüffeln, schaut vorbei und lässt fragen, ob ihr Eingreifen von Nöten sei. Da ich den Kopf schüttle, zieht sie von dannen.

„Is doch wahr", mault er leiser.

„Wie wäre das: Sie rufen Arthur an und erzählen es ihm."

„Wat."

„Na, dass Yata Krüger etwas mit Michael Schroff zu schaffen hatte. Vielleicht bedeutet das ja nichts, aber vielleicht sollte man dem nachgehen. Davor würde ich allerdings gerne Yata anrufen. Sie ist eine Freundin", begründe ich mit einer Handbewegung und zücke das Handy.

„Hast du einen Moment?", frage ich, denn nicht zum ersten Mal scheint Yata im Zentrum eines Tohuwabohus, das sich gewaschen hat. So könnte ich nicht arbeiten. Vermutlich kann sie so auch nicht arbeiten, hat aber keine Wahl. Sie muss da jetzt irgendwie durch.

Der Tod ihres Vaters und die Verhaftung von Roger Merian haben ein Vakuum in der Vorstandsetage von Krüger & Merian erzeugt, das sie mit aller Kraft auszugleichen versucht. Sie sieht sich, das hat sie mehrfach betont, völlig überfordert.

„Eher nicht", antwortet sie denn auch.

„Ist wichtig. Kannst du dir ein ruhiges Eckchen suchen?"

„Du klingst ausgesprochen ernst", sagt sie, während ihre High Heels eilig vom Chaos wegstöckeln.

Ich hole tief Luft, denn natürlich ist das keine leichte Frage. „Kannst du mir erklären, warum du Michael Schroff mit dem Wagen von zu Hause abgeholt hast, und zwar mehrmals?"

Stille am anderen Ende.

„Yata?"

Unverändert Stille.

„Yata, die Ermittlungen zu Schroffs Tod laufen auf Hochtouren, das wird ..." Weiter komme ich nicht.

„Michael ist tot?", haucht sie.

Oh Mann! Wie blöd kann man denn sein? Ich ziehe eine üble Grimasse, klatsche mir kräftig mit der flachen Hand an die Stirn und fahre nach unten über meine Augen, die sich plötzlich sehr, sehr müde anfühlen. Godehard Gruber erhält einen verzweifelten Blick.

Er schüttelt minimal den Kopf, verdreht die Augen, presst die Lippen zusammen, als wolle er sagen ‚Mädchen, Mädchen.' Wo er recht hat ...

„Oh", sage ich zu Yata. „Es tut mir leid. Ich dachte, du wüsstest es bereits."

Schweigen.

„Wann?", kommt dann leise.

Ich gebe ihr einen kurzen Abriss, erwähne auch meine Begegnung mit Roger Merian.

„Hast du Roger gesprochen, seit er auf freiem Fuß ist?" Damit wähle ich absichtlich einen Nebenschauplatz.

„Er hat mich gestern angerufen und angekündigt, er würde in Kürze die Geschäfte wieder übernehmen. Er hätte noch etwas ...", sie stockt und schluckt hörbar, „abzuwickeln".

Mir wird flau. So also nennt man es, wenn man einen korrupten Kriminalbeamten beseitigt, der sich als nicht ganz so korrupt herausgestellt hat, wie man das gerne gesehen hätte?

Schließlich traue ich mich, meine eigentliche Frage zu stellen: „Du und Michael?"

Mir fällt schmerzlich auf, dass ich ihr vor ein paar Wochen eine ähnliche Frage stellte. Damals lautete sie: du und Bernd? Yata hatte sich berechnend mit Bernd eingelassen, um mehr im Cybercrime Fall zu erfahren, sich dann aber in ihn verliebt. Nachdem es zwar kein klassisches Happy End gab, aber doch eine wahre Liebesbeziehung daraus entstanden war, bevor Bernd zu Tode kam, schaute ich Yata zwar schief an, nahm es aber hin. Nun habe ich ein Déjà-vu sondergleichen.

Sie seufzt tief. „Wir hatten eine Affäre."

„Yata!", schreie ich so laut, dass Godehard Gruber zusammenzuckt.

„Ja ich weiß. Ich hatte etwas viel getrunken. Es ist einfach passiert." Das klingt wie aus einem schlechten Film. Nein, das kann man so nicht sagen. Das kommt in den besten Filmen vor.

„Anders ist das ja auch nicht zu erklären. Nur im Vollsuff ..." Ich klinge extrem abfällig. Das ist ja aber auch!

„Er hat mir bereits länger Avancen gemacht." Nur Yata kann dem Anrüchigen durch eine schlichte Formulierung einen Hauch von Glamour verleihen.

Mir geht durch den Kopf, dass ich vor ein paar Wochen in einem Echttraum in Yatas Loft schwebte und sie mit Schroff sah. Er befragte sie zu meiner Entführung, war verbal recht grob zu ihr. Yata spürte meine Gegenwart und entledigte sich nach und nach ihres Business Outfits, um sich zu erden, wie sie sagte. Schroff stand regungslos daneben und sah zu.

Bevor er ging, warf er Yata ein feines Lächeln zu, das ich weder davor noch danach je wieder bei ihm gesehen habe. Es huschte über sein Gesicht wie Sonnenreflexe in einem fernen Fenster, das geöffnet wird. Im Anschluss verabschiedete er sich mit der Andeutung eines Dieners. Das kam mir damals bemerkenswert vor, ich wusste es aber nicht zu deuten. Wer dachte denn an so was.

„Wann?", frage ich.

„Was weiß ich. Ein paar Tage, nachdem ich die Führung von Krüger & Merian übernehmen musste." Yata spielt es herunter. Soll ich ihr abnehmen, dass es nur eine Lappalie war?

„Hast du ihn geliebt?" Auch das habe ich schon einmal von ihr wissen wollen.

„Herrgott nein, Ines!" Die Antwort ist in Wortwahl und Betonung unmissverständlich.

„Warum dann? Ich versuche, es zu verstehen."

„Er war einfach da. Bei ihm war ich ausreichend so, wie ich war. Er wollte nicht mehr von mir, nicht mehr Leistung. Ich war gut so, wie ich war."

„Hat er dich geliebt?"

„Ich weiß nicht." Pause. „Vermutlich schon."

„Wusste Susanne Schroff davon?"

„Nein, ich denke nicht. Er war immer sehr bedacht ..."

Eine Weile schweigen wir. Was soll man auch daraufhin sagen. Ein einziger Schlamassel ist das.

Ich werfe Godehard Gruber einen Blick zu. Obwohl er nur die hiesige Hälfte des Telefonats gehört hat, drückt seine Mimik volles Verständnis aus. Er vollführt eine hilflose Geste mit den großen Händen.

Ich seufze. „Yata, ich muss es Arthur sagen."

„Warum?"

„Na, weil das der Grund sein könnte, warum Roger Michael umgebracht hat."

„Wieso?"

Stellt sie sich hier gerade dumm, oder hat sie wirklich noch keine Parallele festgestellt?

„Darf ich dich daran erinnern, dass Roger deinen Vater dazu gebracht hat, Bernd umzubringen, weil er dein Freund war? Weil ihr ein Paar wart? Weil Bernd es gewagt hatte, mit Rogers Lieblingsspielzeug zu spielen? Weil du es gewagt hattest, dich mit einem anderen Mann einzulassen?“

Mir schießt Dante durch den Kopf: ‚Es ist lästig, bei offenkundigen Dingen noch Beweise beizubringen.‘ Aber so was von.

„Das war doch völlig anders gelagert.“

„Hä? Was ist denn daran völlig anders gelagert? Das ist tupfengleich, aber wirklich tu-pfen-gleich!“ Meine Stimme ist deutlich lauter geworden.

Ich kann das ihr eigene einseitige Achselzucken geradezu vor mir sehen, das sie vermutlich gerade fabriziert.

„Tu, was du nicht lassen kannst.“ Sagt's und legt auf.

„Ja so was“, sage ich zu Godehard Gruber.

„Einfach uffjelegt?“

Ich nicke und sehe ihn fragend an. „Jetzt Sie?“

Er zückt sein Handy.

Natürlich muss ich ihm dazwischenreden, einfach, weil er nicht alles so berichtet, wie er es müsste, wichtige Punkte ausgelassen hätte und so weiter. Aber alles in allem macht er seine Sache gut. Nach dem Telefonat lächelt Godehard Gruber mich doch tatsächlich an. Ich wusste gar nicht, dass er das kann. Sieht nett aus.

„Das sollten Sie öfter tun“, sage ich.

„Wat, Arthur anrufen?“

„Nee, lächeln.“

Er macht eine abfällige Großhandbewegung.

Kapitel 19

Der Godehard und ich haben beschlossen, uns zu duzen. Wenn ich ehrlich bin, wollte vor allem ich das, um sagen zu können, ‚Du, Godehard?', und dann entweder albern loszukichern oder mich selbst dabei zu beobachten, wie ich mich zusammenreißen muss, es nicht zu tun. Ja, falls das noch nicht klar geworden sein sollte, ich bin eine kindische Person. Natürlich gefiel mir der Nebeneffekt, dass es weniger förmlich zugeht zwischen uns, sieht es doch so aus, als ob wir einige Zeit zusammen verbringen werden.

Nach dem Gespräch mit Annegret Blümchenkittel Werner und Arthur von und zu Leisfall klingeln Godehard und ich an ein paar Türen in der Schroffschen Straße und stellen Fragen. Mal darf er, mal darf ich.

Wenn man von den beiden Personen absieht, die die Gerichtsverhandlung verfolgt haben, erkennt keiner der Nachbarn Roger Merian.

Von zwei Anwohnern wird ein eher grobschlächtiger Mann beschrieben, der sich gestern in der Straße herumgedrückt haben soll. Godehard gibt das an Arthur weiter, der sich darum kümmern will.

„Grobschlächtig", sage ich so vor mich hin. „Du Godehard? Was ist für dich grobschlächtig?" Ich kann ein Grinsen nicht unterdrücken.

Er zuckt mit den Achseln. Godehard zeigt sich recht unempfindlich, was seinen Namen oder seine Handschuhgröße angeht. So steht zu befürchten, dass ich schnell den Spaß an meinen Neckereien verlieren werde. Schade eigentlich.

„Du Godehard? Wirst du später abgelöst?", frage ich, als wir im Bus der Linie 1 sitzen und in die Stadt fahren. Dazu muss man sagen, dass wir genau genommen bereits in der Stadt sind. Im Konstanzer Sprachgebrauch ist allerdings mit Stadt die Innenstadt gemeint, womit Staad zwar zur Stadt gehört, aber auch wieder nicht.

„Is anzunehmen."

Es war ein sehr kurzweiliger Nachmittag, auch wenn wir wenig mehr herausgefunden haben, was über die Affäre zwischen Yata und Schroff hinausgeht.

„Eh da", sage ich zu Godehard.

„Wat?"

„Das waren jetzt Eh-da-Kosten. In so einem Fall sollte man nicht die realen Kosten ansetzen, sondern muss sich eingestehen, dass wir sonst heute Nachmittag vielleicht einen Spaziergang in Staad gemacht hätten. Vor allem du hättest ja ohnehin für meinen Schutz gesorgt, da konntest du auch Fragen stellen, die kosten nichts extra, weil eh da", doziere ich.

Er sieht mich kopfschüttelnd an. „Mahn, hör uff mit dit Jeseire."

Ich breche in Gelächter aus. An Godehard ist ein Komiker verloren gegangen und er scheint es nicht mal zu ahnen.

Ich schiebe die Entscheidung vor mir her, wo ich ab heute Abend wohnen werde. In Konstanz, Freiburg oder sonst wo? Bei Mama, in der Bruchbude oder sonst wo? Vielleicht bleibe ich einfach zu Hause und harre der Dinge, die da kommen mögen. Es wird nicht besser, wenn ich den Entschluss aufschiebe. Ich weiß das und tue es trotzdem.

Der Mensch ist ein seltsames Tier. Jedes normale Tier hätte in Nullkommanichts entschieden, ob das eine Kampf- oder Fluchtsituation ist. Zwar könnte sich bei einem normalen Tier die Entscheidung für den Kampf als falsch herausstellen, während der bereits in vollem Gange ist. Dann würde sich so ein Tier eben kurzerpfote oder kurzerhuf umentscheiden und den Fluchtweg einschlagen. Mit Sicherheit würde es nicht stundenlang darauf herumdenken, was das jetzt für eine Situation ist. Es könnte sich auch tot stellen. Diese Alternative sollte ich mir mal durch den Kopf gehen lassen.

Ich seufze über mich. Einmal wieder. So richtig von unten herauf.

Godehard erhält einen Anruf.

„Hmm hmm."

„Und?“

„Ick bring dia uffs Präsidium“.

„Sagt wer?“

„Arthur.“

So kommt es, dass zwei Hunde und ich im Konstanzer Polizeipräsidiums sitzen und warten, bis der kriminalistische Adel beliebt, zur Audienz zu empfangen.

„Wir haben Hunger“, rufe ich eine Stunde, nachdem uns Godehard verlassen hat und leicht beschwingt in den wohlverdienten Feierabend getrabt ist.

Zumindest kann das Warten meine Pläne für den Abend nicht durchkreuzen, denn, oh Wunder, ich habe noch keine. Es ist zum Heulen.

Arthur hält mir eine Packung Salzstangen unter die Nase. Ich greife kräftig zu, verteile auch an die hungrige Fangemeinde, nachdem ich halbwegs fürsorglich das Salz von den Stangen gepult habe.

Erwartungsfroh kauend blicke ich Arthur an. Dabei muss ich ab und zu durch den Mund Luft holen, weil meine Nase zugeschwollen ist. Sieht sicher nicht hübsch aus. Das ist mir im Moment aber so was von egal, passt es doch ganz hervorragend zu meinem bummernden Kopf und den Halsschmerzen, die das Stadium des Kratzens deutlich überschritten haben.

Arthur nimmt sich eine einzelne Salzstange. Vermutlich ist das die von Knigge empfohlene Art, Salzstangen zu konsumieren, einzeln, wie ein Kaninchen auf Diät.

„Man halte ein einzelnes Exemplar der gelaugten und gesalzenen Stängel am äußersten Ende zwischen Daumen und Zeigefinger. Dabei widerstehe man dem Drang, den kleinen Finger abzuspreizen“, plappere ich vor mich hin und grinse ihn an.

„Es kann kein Kollege für deine Sicherheit abgestellt werden“, eröffnet Arthur mir im Gegenzug.

Ich starre ihn an und brauche kurz, um das zu verarbeiten. „Hast du mir gerade gesagt, dass meine Sicherheit weniger wichtig ist als alles andere, was ihr zu tun habt?“

Er vollführt ein einzelnes Nicken, besinnt sich dann aber und zuckt mit den Schultern. „Michaels Tod, die Drohungen gegen die Stadt, die Ermittlungen erfordern viel Personal. Ergänzend müssen wir im öffentlichen Raum vermehrt Präsenz zeigen, um die Bevölkerung zu beruhigen."

„Ach müsst ihr das", sage ich spöttisch. „Will heißen?"

„Ich habe mit Marc gesprochen. Er ..."

Ich funkele ihn zornig an.

Der Satz bleibt ihm im Halse stecken.

„Nur zu. Was habt ihr starken Männer über die kleine Ines besprochen?"

Arthur zögert kurz, fährt dann aber fort: „Er meinte, er würde dich gerne mit nach Freiburg nehmen, du hättest dies jedoch abgelehnt. Ines, es wäre in der Tat das Beste. Ich gebe dir hiermit die offizielle Anordnung, die Stadt zu verlassen."

Und plötzlich habe ich mich entschieden. Zugegeben, es ist alles andere als eine vernünftige Entscheidung, dafür meine höchsteigene über mein höchsteigenes Leben.

„Das könnt ihr vergessen!", schnauze ich, erhebe mich und greife noch mal kräftig in die Salzstangen. „Im Übrigen habe ich erheblichen Zweifel, ob du selbst in der aktuellen Situation derart über mein Leben bestimmen darfst." Ich schnalze mit der Zunge und rausche, die Hunde im Fahrwasser, durch die Tür, nicht ohne Arthur in einer dramatischen Geste die komplette Packung aus der Hand zu reißen.

„Ines!", bellt er mir hinterher.

Im Eingangsbereich des Präsidiums stellen sich mir zwei uniformierte Beamte in den Weg. Jeder ergreift einen meiner Arme und hindert mich wirksam daran, das Gebäude zu verlassen.

Fila knurrt.

„Ines", sagt Arthur, ausgesucht sanft diesmal, „sei doch vernünftig." Er ist mir gefolgt und bedeutet den Polizisten, sie mögen meine Arme loslassen.

Ich halte ihm demonstrativ meine Handgelenke hin. „Du musst mich schon festnehmen, wenn du mich daran hindern willst, durch diese Tür zu gehen." Es ist wie ein Zwang. Wie lange habe ich mir schon vorgestellt, das so oder ähnlich zu sagen?

Er seufzt und schüttelt bedauernd den Kopf.

Ich warte noch einen Augenblick, drehe mich betont langsam dem Ausgang zu und schreite erhobenen Hauptes auf die Tür zu, während zwei Polizisten Spalier stehen.

„Du lässt mir keine Wahl, Ines. Ich muss dich wegen des Verdachts auf Amtsanmaßung vorläufig festnehmen." Er hat einen offiziellen Ton angeschlagen.

Ich blicke ihn fassungslos an. „Das ist ein Scherz."

Arthur schüttelt den Kopf, ganz langsam diesmal.

„Ich habe nie gesagt, ich sei Polizistin. Die Fragen hätte jeder stellen können. Godehard stand halt zufällig daneben. Das kannst du doch nicht mir anlasten!", rufe ich völlig außer mir.

Einer der Polizeibeamten fasst mich sanft aber bestimmt an der Schulter und schiebt mich Richtung Treppenhaus.

„Die Hunde?", frage ich Arthur über meine Schulter hinweg.

„Kommen so lange in einen Diensthundezwinger."

„Das ist total unfair! Die wissen doch gar nicht, wie ihnen geschieht. Ruf gefälligst deinen Kumpel Marc an, er soll sie sofort abholen!"

Arthur nickt und überlässt mich dem Uniformierten. Der führt mich in den Keller und nimmt mir alles ab, was sich als nützlich erweisen könnte, einschließlich der Salzstangen.

Entfernt höre ich, wie Santo winselt, Fila einstimmt, und die beiden sich dann darauf verständigen, die leisen Töne zu verlassen und den Laden zusammenzubellen, dass die Wände wackeln. Die Armen werden in Sippenhaft genommen.

Laut fällt die Stahltür hinter mir ins Schloss.

Die Tränen laufen mir nur so herunter. Meine eigene Situation ist dabei nicht das Schlimmste. Ich verstehe ja wenigstens halbwegs, was hier vorgeht, wenn es auch für mich nur schwer nachzuvollziehen ist, wie Arthur mir und den Hunden das antun kann. Und ich habe gedacht, in den letzten Wochen hat sich so etwas wie Freundschaft entwickelt.

Ein Teil von mir will ihn verteidigen. Schließlich hat er derzeit viel um die Ohren, ist überfordert und will mich in Sicherheit wissen. Der beherrschende Teil aber schreit den mickrigen Verteidiger nieder, er könne anführen, was er wolle, das sei alles keine Entschuldigung dafür, unschuldige Wesen ihrer Freiheit zu berauben.

Ich fühle mich wütend und hilflos zugleich. Einmal zusammengebracht blähen sich die Gefühle auf wie die zwei Komponenten eines Montageschaums. Sie wachsen auf das Fünfundzwanzigfache ihres Volumens an und quellen in allen Richtungen aus mir heraus, haben gerade noch so in dieser Zelle Platz. Ganz bewusst präge ich mir ein, wie sich das anfühlt. Nie möchte ich vergessen, wie sich das anfühlt. Ich mache eine Gefühlskopie und archiviere sie auf zwei getrennten Speichermedien, im Kopf und im Herz. Und ich schwöre mir, den Verursachern nie zu verzeihen.

So ist das also in einer Arrestzelle. Sie sieht genauso aus, wie man erwarten darf. Deutschen Kriminalfernsehserien sei Dank, war ich bestens darauf vorbereitet. Ich lasse mich auf die Pritsche fallen und wische mir notdürftig die Tränen ab. Taschentücher wären eine gute Investition gewesen, als ich in der Apotheke war. Aber auch die hätte man mir wahrscheinlich abgenommen.

Ich weiß nicht, wie lange ich da so jämmerlich auf der Pritschenkante gekauert habe. Irgendwann kippe ich seitwärts in die Horizontale, peinlichst darauf bedacht, mein Gesicht allen hiesigen Materialien fernzuhalten …

Kapitel 20

Ich sehe auf mich hinunter, wie ich seitlich zusammengekrümmt auf der Pritsche liege, Kopf auf dem angewinkelten Arm, Mund geöffnet.

Ich schlafe tief und fest und verabscheue mich dafür. Ganze zwölf Sekunden lang schaue ich auf mich hinunter und verabscheue mich. Eine stärkere, eine stolzere Frau wäre hellwach. Sie stünde senkrecht im Raum, hätte vermutlich schon einen Weg gefunden, aus der Zelle zu gelangen und ihre vierbeinigen Familienmitglieder zu befreien. Sie würde strategisch und taktisch denken, kämpfen oder verhandeln, was immer erfolgsversprechender wäre, stets ihr Ziel vor Augen, anstatt in Embryohaltung in Selbstmitleid zu zerfließen.

Ich spüre, wie ich beschleunigt werde. Trotz aller Selbstvorwürfe war ich noch nie so froh, von einem Ort weggezogen zu werden, wie in diesem Augenblick. Ich wünschte, jede meiner Zellen könnte diese Arrestzelle verlassen.

Die Reise ist äußerst kurz. Als die Sicht aufklart, sehe ich Dr. Frieder, der einen blonden Wuschel und eine Braungefleckte durch die seitliche Schiebetür seines Bullis springen lässt, beleuchtet von der Straßenlaterne auf dem Parkplatz des Polizeipräsidiums. Im nächsten Moment ist es dunkel, dann sehe ich auf die Inhaftierte hinunter, verabscheue sie für zwölf Sekunden und erwache.

Das war der flüchtigste Echttraum aller Zeiten. Dementsprechend verspüre ich keine Kälte, nur eine leichte Benommenheit.

Santo und Fila sind raus aus der Sippenhaft, welche Erleichterung! Gleichzeitig schmerzt es, dass Dr. Frieder mich Arthur nicht abschwatzen konnte. Oder hat er es gar nicht versucht? Weil ich abgelehnt hatte, mitzukommen? Weil ich in seinen Augen nur hier sicher bin?

Verächtlich sehe ich auf das Baby auf der Pritsche hinunter. Ist es wohl wieder eingeschlafen.

Der Echttraum ist so kurz, wie der zuvor, erneut die nächtliche Straße vor dem Präsidium. Dr. Frieders VW-Bus fährt los und biegt um die Ecke. Und – plopp – bin ich in die Dunkelheit abgetaucht, sehe von oben auf mich herab und erwache.

Ja so was! Reisen kann man das nicht nennen, das sind eher kleine Hupfer. Immerhin bleibt mir bei der Kürze das Frieren erspart.

Und wieder dasselbe Bild und – plopp – bin ich zurück.

Ich wache auf und muss tief Luft holen, durch den Mund. Meine Nase ... ist zu! Mir dämmert: Die einzig mir bekannte Methode, einen Echttraum aktiv abzubrechen, ist, sich die Nase zuzuhalten. Mein Schnupfen scheint das Gleiche zu bewirken.

Wie verrückt ist das denn! Als wäre ein Echttraum nicht absurd genug, nun ist das Teil quasi noch kaputt und hat Fehlzündungen? Na, das kann ja heiter werden.

Kurz überlege ich, wie ich mich wachhalte, um nicht unkontrolliert in Kurzechtträume rein und raus zu hüpfen, da schaue ich schon wieder stöhnend auf mich hinunter.

Der Zielort ist so langweilig wie zuvor. Ich sehe jemanden aus einem Taxi steigen, und – plopp – bin ich zurück. Zu kurz, um zu erkennen, wer das war.

Nun wird mir doch langsam kalt und ich ziehe in Erwägung, mir die zweifelhafte Decke überzulegen. Mein Ekel entscheidet sich dagegen.

Der nächste Hupfer, der gleiche Schauplatz, den der Taxipassagier mit einer Reisetasche verlässt. Er betritt das Polizeipräsidium, dreht mir den Rücken zu, kommt mir aber seltsam bekannt vor. Bevor mir klar geworden ist, wessen Kehrseite das ist, bin ich – plopp – zurück und ziehe mir die unappetitliche Decke über.

Ich bin geschafft. Wie sich herausstellt, summieren sich mehrere Hüpfer durchaus zu einer Belastung.

Kapitel 21

Laute Stimmen auf dem Gang vor der Zellentür. Die Tür wird entriegelt und in die Öffnung treten der Uniformierte, Arthur und David. Die Letzteren sind stinkwütend, was unschwer an ihren roten Köpfen und den ausladenden Bewegungen zu erkennen ist. Der Uniformierte steht Kaugummi kauend daneben, als wäre er medikamentös ruhiggestellt. Mit dem Kaugummi?

„Du hast sie doch nicht mehr alle!“, schreit David.

„Nicht im Mindesten. Was hättest du denn getan? Hier ist sie zumindest sicher“, kontert Arthur genauso laut.

„Aber nicht gegen ihren Willen, Mann!“, brüllt David.

„Du kannst gerne den Versuch wagen, Madame mit Argumenten zu überzeugen. Als rede man gegen eine Wand, David, gegen eine beschissene Wand!“

Vier Leute erschrecken ob des ungewohnt derben Sprachgebrauchs unseres Herrn von Leisfalls, er selbst am meisten.

„Ich bitte um Verzeihung“, sagt er sogleich, deutet einen minimalistischen Diener an, macht auf den Hacken seiner blank geputzten Schuhe kehrt und schreitet von dannen.

Ich kauere wie bisher auf der Seite unter der zweifelhaften Decke und schaue matt zu David und dem Uniformierten hoch.

„Nehmet Se se mit, oder it?“, fragt die Uniform mürrisch an David gewandt.

Der reicht mir die Hand und hilft mir auf, was sehr galant rüberkommt. Die Uniform gibt mir meine Sachen und wenig später sind David und ich vor der Tür, wo er uns ein Taxi ruft. Wortlos warten wir auf einer Bank.

Es ist eine jener Konstanzer Parkbänke, bei denen ich mir versuche auszumalen, wer sich warum daraufsetzt, denn hier gibt es nichts zu sehen. Na außer der Hauswand gegenüber. Man könnte mittags mit dem polizeilichen Pausenbrot ein Sonnenbad nehmen, die Hecke im Rücken. Womöglich ist die Bank nur eine Requisite, die Entspannung im Anblick der gänzlich unentspannten Stätte signalisieren soll.

David kramt in seiner Tasche und legt mir eine zerknitterte Jacke über die Schultern. „Nicht mehr taufrisch", sagt er.

Ich lächle. „Danke", und lege so viel Ausdruck hinein, wie mir in meinem gegenwärtigen Zustand möglich ist.

„Sollen wir einen Blick auf dein Handy werfen?"

Ich nicke und überreiche es ihm. Im Sommer hatte Roger Merian mich einige Male über mein Handy aufgespürt.

Ich beobachte David, wie er eine Weile darauf herumtippt. Auch aus der Nähe betrachtet steht der neue Bart ihm. Er passt gut zu den kurzen Haaren und seiner Standardkluft aus schwarzer Jeans, schwarzem Shirt und schwarzen Sneakern. David wirkt extrem vital, so frisch aus dem Urlaub, durchtrainiert und etwas schlaksig.

„Sauber", meint er schließlich, was mich regelrecht zusammenzucken lässt.

„Danke." Ich schalte es aus.

Es ist deutlich milder, als am Vorabend. Der alte Sommer bäumt sich auf, hat die Oberhand über den noch unerfahrenen Herbst, hat den Jungen zurückgedrängt, etwas Zeit geschunden. Die Wärme des Spätsommertages steckt unter der Wolkendecke fest wie unter einer Plane, die der Bademeister über den Pool gerollt hat.

Ich kann nicht verstehen, was David dem Taxifahrer mitteilt und ich frage nicht, wohin wir fahren. Allerdings frage ich mich kurz, warum ich David vertraue. Als ich das letzte Mal auf ihn baute, hinterging er mich. Voll Vertrauen hatte ich ihm von den Echtträumen erzählt, berichtet, dass ich überzeugt davon war, dass Schroff korrupt war und gemeinsame Sache mit Roger Merian machte. David rief seinen Bruder Jens, seinen Vorgesetzten bei BKA Cybercrime. Daraufhin tauchten die Brüder mit Schroff auf, was mir den größten Schrecken meines Lebens einjagte. Denn natürlich musste ich davon ausgehen, dass David mit den Bösen unter einer Decke steckte. Wenig später klärten sie mich auf, Schroff hätte den Korrupten nur gemimt, um Informationen zu sammeln.

Und trotz alldem frage ich David nicht, was unser Ziel ist.

Mein Blick schweift in die Nacht. Wir fahren über die alte Rheinbrücke, deren Flaggenmasten nackt in den wolkigen Abendhimmel staken. Auch die Imperia wird inzwischen entkleidet worden sein. Hat man die blutrote Farbe abbekommen, oder trägt die Dame von zweifelhaftem Ruf einen Verband? Die Warnung blinkt noch immer, der Sturm aber lässt auf sich warten.

Wir umrunden die Innenstadt über die Laube, lassen die Altstadt hinter uns und das Döbele rechts liegen, fahren an Wohnmobilen vorbei, die dort Seite an Seite zur Übernachtung stehen. Dann überqueren wir den verwaisten Autobahnzoll in die Schweiz, fahren weiter Richtung Westen durch Tägerwilen hindurch. Zu unserer Rechten öffnet sich der sensationelle Blick auf Untersee und Reichenau samt Damm und Ried. Der Schilfgürtel, der unter Naturschutz steht, schmiegt sich in stiller Perfektion ans Ufer. Nur wenige Lichter spiegeln sich in der wellenlosen Oberfläche des Sees. Es folgt der Ortseingang von Triboltingen, mit alten Fachwerkhäusern wie hingewürfelt.

Ein Flair von Frieden. Als wäre nun, da wir Konstanz verlassen haben, die Welt wieder in Ordnung. Ich öffne das Fenster einen Spaltbreit und lasse milde Luft hereinfließen, atme tief ein, fülle meine Lungen mit unverdorbener Heile-Welt-Luft.

Als die Vorstellung sich wohlig um mich gelegt hat, wir würden die ganze Nacht fahren, durch verschlafene Schweizer Ortschaften, erst am Untersee dann am Rhein entlang, hält der Wagen im nächsten Ort, in Ermatingen am Bahnhof. Wir steigen aus. Noch bevor das Taxi weggefahren ist, haben wir festgestellt, dass die rostrote Eingangstür verschlossen ist, und sind um das Gebäude herum auf den Bahnsteig gelangt. Am Automaten lösen wir Tickets nach Schaffhausen und besteigen wenig später den Regionalzug.

Nächster Halt: Mannenbach-Salenstein. Zu meiner Verwunderung steigen wir schon wieder aus und warten auf dem Bahnsteig, bis der Zug weitergefahren ist. Dann setzen wir uns in Bewegung, gelangen auf den Seeuferweg zurück Richtung Ermatingen.

Der Abstand zu dem, was war, hat meine Batterien erstaunlich schnell aufgeladen. Oder waren es die Salzstangen? Oder das zerfledderte Nickerchen? Oder David?

Ohne Eile gehen wir nebeneinander her, wortlos, jeder in seinen Gedanken. Er trägt die Reisetasche geschultert. Meine Schritte sind leicht, fast beschwingt. Keine Beleuchtung. An unübersichtlichen Stellen bemühen wir unsere Handys, sonst gehen wir im Dunkeln.

Noch immer weiß ich nicht, wo es hingeht. Freiwillig wird er es mir nicht sagen und ich frage nicht.

Über uns ist der Umriss von Schloss Arenenberg mehr zu erahnen als zu sehen, kein Licht, keine Gäste heute. Ob man das danebenliegende Schloss Salenstein von hier unten sehen kann?

Rechts die Bahnlinie, links der Untersee. Kleine Sommer- und Badehäuschen am Ufer aufgereiht, allesamt verrammelt und verlassen. Verhaltene Töne von Wasservögeln schwingen herüber, gelegentlich raschelt es im Schilf und plätschert. Auf der Reichenau hupt ein Auto.

Wir gelangen zum Strandbad Ermatingen, modern, mit großer Sandkiste für Volleyballer und einem Steg, der weit in den See hinausführt, um den morastigen Uferbereich zu überbrücken. Direkt danach biegen wir seewärts auf einen Holzsteg ein.

Kapitel 22

Schilfhalme in den Ritzen zwischen den Planken des Steges. Auch bei Tage neugierigen Blicken durch ein Birkenwäldchen verborgen, halb eingehüllt in eine Trauerweide, steht ein verwunschenes Badehäuschen. Seine Holzlatten schimmern grünlich. Es ist winzig, vielleicht zwei Meter breit, hat eine Tür und zwei kleine Fenster. Ein Puppenhaus auf Stelzen, einer Bodenseenixe würdig. Die Dachtraufe schwingt sich leicht auf, als trüge das Häuschen eine Föhnfrisur. So was baut man heute nicht mehr.

David schließt auf, drinnen ist es dunkel und muffig. Der Eingangstür gegenüber eine zweite Tür, die sich auf ein kleines Holzdeck öffnet, Abstieg ins Wasser inklusive. Zwei Deckstühle erwecken den Anschein, als würden sie auf uns warten.

Typischerweise hätte ich längst eine ganze Salve von Kommentaren des Entzückens abgefeuert, denn dieser Ort ist bezaubernd. Heute aber habe ich das Gefühl, mit dem Schweigen würde auch die Seifenblase platzen, in der wir uns befinden. So gelingt es mir zur Abwechslung mal, den Schnabel zu halten. Ja, ich bin selbst überrascht.

David nimmt eine Petroleumlampe von einem Bord und setzt sie in Gang. Das Hüttchen bietet gerade so Platz für einen Tisch und zwei Pritschen. Darunter passende Holzkisten, die jeden Zentimeter ausnutzen, wie aus dem Ikea-Ratgeber für kleinste Wohnräume. Borde und Kleiderhaken darüber und fertig ist das Badehaus. In Gedanken erkläre ich den heutigen Tag zum Pritschentag. Der umbaute Raum ist kaum größer als die Zelle des Polizeipräsidiums. Und doch fühlt sich dieser Ort ganz anders an. Trotz Enge fühle ich Freiheit in jeder Faser, denn ich bin aus freien Stücken hier.

Aus einer Kiste fördert David Decken und Kissen zutage.

Dann kann ich mir ein Hui doch nicht verkneifen, als er je eine Flasche Wasser und Merlot, zwei Becher, eine Packung Cracker und eine Tafel dunkler Schokolade zum Vorschein bringt. Um präzise zu sein: Es ist eine Ragusa Noir, meine absolute Lieblingsschokolade, dazu ein Wein, den ich nur im äußersten Notfall ablehnen würde.

Jemand hat dieses Hüttchen für mich vorbereitet. Oder der Geschmack des Inhabers ist überraschend deckungsgleich mit meinem. Oder es ist ein riesengroßer Zufall. Ein Schauer jagt mir über den Rücken, und zwar kein wohliger. Das ist wohl immer der Fall, wenn wir uns als Figur in einem Schachspiel wähnen oder die Alternative darin besteht, dass eingetreten ist, wogegen jede Wahrscheinlichkeit spricht. Mein Gefühl von Freiheit bekommt einen gehörigen Knacks.

Trotz schummriger Beleuchtung und des Bartes, der einen Teil seines Gesichts versteckt, meine ich zu erkennen, dass Davids Urlaubsteint eine Nuance dunkler ist als zuvor.

„Die Standardausrüstung", sagt er leicht verlegen.

Ich blicke ihn aus zusammengekniffenen Augen an.

„Die auch bei dir nicht verkehrt ist", relativiert er.

Kurz warte ich, ob da noch was kommt, dann schwingt mein Appetit das Zepter. „Jetzt mach schon auf! Wein und Cracker, davor ein Glas Alibiwasser, Schokolade zum Dessert", ordere ich, um jeglichen anderen Gefühlen vorzubauen. Dann beobachte ich, wie er auf beschränktem Raum mit den kulinarischen Zutaten einer romantischen Badehäuschennacht hantiert. Was zum Henker hat der Mann vor?

Sein Gesicht kommt mir spitzer vor, trotz des dunklen Bartes. Der gibt ihm etwas Tragisches. Oder eher Verwegenes? Aber warum ist er kantiger als zuletzt? Schlechtes Essen auf Zypern? Krankheit? Kummer?

In einer typischen Geste fährt er sich durchs dunkle Haar, auch wenn es da nicht viel gibt, durch das sich zu fahren lohnt. Sein Haar könnte kaum kürzer sein. Nicht, dass das nachteilig aussähe. Es passt gut zu ihm. Vor Jahren hatte er eine rechte Mähne, daher die Geste, die ohne die zugehörige Haarfülle nun ins Leere läuft.

Wenig später sitzen wir in Decken gehüllt draußen und blicken versonnen auf den See und die Reichenau. Wer bei der Aussicht nicht versonnen schaut, wäre mir nicht geheuer. Keine Sterne, kein Mond, nur eine tief hängende Wolkendecke, der wir dankbar sein müssen. Ohne sie wären unsere Wolldecken zu dünn. Der Untersee plätschert leise an die Pfähle. Ein Reiher fliegt schimpfend vorbei. Vermutlich haben wir seinen Jagdsitz besetzt.

David räuspert sich.

Ich schaue ihn fragend an.

Er druckst herum. „Ich muss eine Entscheidung treffen."

Keine Erkundigung nach dem, was vorgefallen ist? Vermutlich hat Arthur ihn informiert.

Ich warte ein Weilchen und frage dann, wie wohl von mir erwartet: „Welche?"

„Meine berufliche und private Zukunft betreffend."

Pause.

Ich seufze, aber nur innerlich. Hörbar würde es die Stimmung stören, was ich vermeiden möchte, also reiße ich mich zusammen. „Wie meinst du?"

„Ich muss weg aus der Gruppe von Jens. Es haben sich drei Möglichkeiten aufgetan."

„Drei gleich? Das ist ja toll", begeistere ich mich. „Mit dem älteren Bruder als direktem Vorgesetzten zusammenzuarbeiten ist sicher auf Dauer nicht das Gelbe." Ich verschweige, dass ich das seit jeher für eine Schnapsidee hielt.

Er nickt. „Eine Führungsposition in der Gruppe Cybercrime beim Landeskriminalamt in Stuttgart. Mitarbeit beim Aufbau einer Untergruppe Cybercrime beim BKA in Berlin, dann allerdings weiterhin in Zusammenarbeit mit Jens. Oder die Fachrichtung wechseln. Hier in Konstanz ist eine Stelle der passenden Besoldungsgruppe ausgeschrieben. Mein Vater ist krank."

„Oh, das tut mir leid. Schwer?"

Er nickt.

„Oje! Du überlegst, deswegen zurück nach Konstanz zu ziehen?"

„Meine Mutter sähe das gern."

„Verständlich. In jedem Fall weg von Wiesbaden?"

„In jedem Fall weg von Wiesbaden."

Wir schweigen eine Weile.

„Das sind in der Tat folgenschwere Entscheidungen. Hast du einen Favoriten?“

Er schüttelt den Kopf und nimmt einen Schluck Wein, als erhoffe er sich von ihm Unterstützung.

Ich picke mir einen Cracker aus der Packung. „Wie lange machst du schon daran rum?“

„Etwa drei Wochen, wieso?“

„Sieht man dir an.“

„Echt?“

Ich nicke. „Das ist zwar eine wichtige Entscheidung, aber vielleicht sollte man so was trotzdem nicht zu lange mit sich herumschleppen. Das zehrt.“ Ich muss lachen. „Das sagt die Richtige. Ich habe heute stundenlang an der Wahl zwischen Flucht oder Kampf herumgebastelt. Letztendlich hat Arthur mir die Entscheidung abgenommen. Soviel dazu.“

David lächelt.

„Was?“

„Gut, mit dir zu quatschen.“

„Jederzeit. Und, eine Tendenz?“

Er nimmt einen Schluck Wein und einen Cracker.

Der Reiher fliegt erneut vorbei und schimpft. Von links nach rechts diesmal.

„Berlin ist am unattraktivsten vom Team her, aber die Stadt würde mich reizen.“

„Eher als Stuttgart nehme ich an, auch wenn deutlich näher an Konstanz. Ist die Frage, ob du von der Stadt überhaupt viel hast. Wiesbaden hat wohl bisher nicht viel von dir gesehen, oder?“

„Stimmt. Aber Stuttgart?“

Ich lache. „Ich weiß. Als eingefleischter Südbadener in wievielter Generation?“

Er zuckt mit den Achseln.

„Wem aus deiner Familie gehört eigentlich dieses entzückende Badehäuschen?“

„Meinem Onkel beziehungsweise seiner zweiten Frau aus Ermatingen. Kennst du nicht.“

„Wie oft tun sich wohl im Bereich Cybercrime interessante Stellen auf? Wenn du jetzt zur Kripo Konstanz gehen würdest, damit du für deine Eltern da sein kannst und später …“

„Dann bin ich vermutlich weg vom Fenster, was den Cybercrime Bereich angeht.“

„Nicht leicht.“

„Meine Rede.“ Er erhebt das Glas und schenkt mir eines der Halblächeln, bei denen ich früher regelmäßig schwach wurde. Spinnt der?

„Was?“, frage ich eine Spur zu pampig.

„Konstanz hat einen Pluspunkt.“

Ich kann mich nicht erinnern, jemals als Pluspunkt bezeichnet worden zu sein. Unruhig rutsche ich auf meinem Stuhl herum und zupfe die Decke zurecht. Ich sehe ihn an und unsere Blicke treffen sich. Hui! Das ging tief.

Das muss der Wein sein. Nachdem ich im Sommer beinahe einen Moment der Schwäche hatte, war das Kapitel David abgeschlossen. Zum zweiten Mal so was von ein für alle Mal abgeschlossen. Dass er mich hinters Licht geführt hatte, packte zusätzlich einen dicken Wälzer obenauf. Ich beschwor den Stapel, dass dieses Kapitel nie wieder aufgehen möge. Nun gucken wir uns einmal in die Augen und rütteln am Wälzer. Aber der hält.

„David“, sage ich mit einem Unterton, den mein Gegenüber hoffentlich versteht, ohne dass ich etwas explizit aussprechen muss.

Er hebt eine Hand. „Schon klar. Rein platonisch.“

„Du warst zu lange bei den Griechen“, sage ich, um die Situation zu entspannen.

Er gießt Wein nach. „Zyprioten. Hätte dir gefallen.“

Ich nicke. Bestimmt hätte es das.

„Und wie ist dein Plan?“, fragt er.

Ich blicke ihn erstaunt an.

„Flucht oder Kampf? Konstanz oder Freiburg?“, erklärt er.

„Ein Teil von mir möchte bleiben, Roger Merian die Stirn bieten, ihn für Schroffs Tod drankriegen, stark sein und kämpfen. Ein Teil möchte davonlaufen, hat genug von alledem, will, dass es endlich aufhört und in Sicherheit sein. Kurz: Ich bin hin- und hergerissen. Die Gewichtung ändert sich gefühlt alle paar Minuten."

„Das zehrt", zitiert er. „Er weiß nicht, dass du hier bist."

Ich nicke.

„Mich an seiner Stelle würde das wahnsinnig machen."

Ich blicke ihn erstaunt an. „Dr. Frieder ist da anders."

„Ah was."

Die ganzen Jahre, die wir zusammen waren, habe ich nie gesichert bestimmen können, was Davids Ah-was bedeutet. Irgendwann bin ich zu dem Schluss gekommen, dass es sich um einen Joker handeln muss, der jederzeit etwas anderes heißen kann. Zur Auswahl stehen, wenn ich noch alles zusammenkriege: Interessant, wirklich erstaunlich, nicht nachzuvollziehen, glaube ich dir nicht sowie interessiert mich nicht, aber das musst du ja nicht wissen. Keine Ahnung, was im Moment zutrifft.

Ich denke, Dr. Frieder genügt die Information, dass David mich aus dem Polizeipräsidium geholt hat, und ich in Sicherheit bin. Er wird ahnen, dass die konspirative Aktion, die außer Acht ließ, wie meine Meinung zu dieser, meiner Angelegenheit war, kaum dazu beitragen dürfte, dass ich mit ihm nach Freiburg fahren will. Ja, sein Motiv war liebevoller Natur, ich sollte außerhalb der Gefahrenzone geparkt werden. Aber der Zweck heiligt die Mittel eben nicht. Nicht für mich. Und das weiß er.

„Wann fährt er?", fragt David in meine Gedanken hinein.

„Noch unklar", geht mir da auf und ich denke an Santo, der im Moment bei Dr. Frieder und Fila ist. Womöglich haben wir da ein Problem und ich wäre selbst schuld daran. Schließlich habe ich Dr. Frieder den Floh ins Ohr gesetzt, früher in Freiburg anzutreten.

„Santo?", fragt David.

Beängstigend, im gleichen Moment dasselbe zu denken.

Er sieht auf die Uhr. „Ich mache einen Spaziergang und rufe Arthur an, er soll das mit Marc klären", informiert David. Er erhebt sich bereits, schält sich aus der Decke und legt sie mir auf den Schoß.

Kurz wundere ich mich, warum er nicht fragt, ob ich Dr. Frieder von seinem Handy aus anrufen oder mitkommen will. Und wieso will er Arthur und nicht Dr. Frieder anrufen? Im Moment bin ich aber zu träge, sein Vorhaben infrage zu stellen. Ich lasse ihn machen.

„Lass mir noch Wein übrig", scherzt er.

So sitze ich denn allein auf dem Deck und blicke auf den Untersee. Ich beobachte mehrmals Herrn oder Frau Reiher, der oder die nicht aufgibt, mich durch sein oder ihr Gemotze von seinem oder ihrem Jagdsitz verjagen zu wollen. Ich entscheide spontan, dass Lautstärke und Dominanzgebaren auf ein männliches Exemplar schließen lassen. Außerdem geht mir die politisch korrekte Ausfomuliererei auf den Geist.

Wie der meine ist auch der Tagesablauf von Herrn Reiher durch Fremdeinwirkung aus dem Lot. Auch bei ihm hat das Auswirkungen auf das Abendessen. Unter einem Steg soll es besonders viele Fische geben, die dort Schutz suchen. Vermutlich findet sich hier der leckerste Schweizer Badehäuschenfisch weit und breit. Und wir vermasseln ihm die Tour.

„Tut mir leid, Herr Reiher!"

Kapitel 23

Ich sehe auf mich hinunter, wie ich in eine Wolldecke gehüllt auf dem Deck des Badehäuschens sitze, Kopf leicht nach vorne gekippt, Mund geöffnet.

Ganz prima, wirklich.

Ich teste vorsichtig die Lufteinlassquote meiner Nase: immer noch zu. Ein wirkungsvolles Nasenspray wäre gut gewesen. Wir hätten an einer Apotheke mit einer geschäftstüchtigen Verkaufskraft halten können. Ja, zwölf Sekunden, die ich auf mich hinunterstarre, sind ausreichend Zeit, um sich eine Reihe von Selbstvorwürfen um die Ohren zu hauen.

Nach einem Wimpernschlag in Dunkelheit sehe ich auf David hinunter, wie er in beachtlichem Schritttempo eine Serpentine hinaufmarschiert. Und – plopp – bin ich zurück und starre kopfschüttelnd auf mich hinunter, bevor ich erwache. Ein weiterer unsinniger Kurztrip.

Ehe ich mich aufraffen kann, aufzustehen, um nicht wieder einzuschlafen, bin ich genau das.

Erneut David auf der Serpentine. Ich vermute, die Straße führt zum Schloss Arenenberg, dem Napoleon Museum samt Park und angeschlossenem Bildungszentrum. Er bleibt stehen, zückt sein Handy und ich höre gerade noch, wie er sagt: „Ja, hat geklappt." Und – plopp – bin ich zurück und im nächsten Augenblick aufgesprungen.

Was hat geklappt? Das klingt nicht gut, das klingt gar nicht gut. Bei mir schrillen sämtliche Alarmglocken. Mein ungerechtfertigtes Vertrauen vermag sich noch weniger zu rechtfertigen. Ich muss mehr wissen, Plopppträume und drohende Unterkühlung hin oder her. Ich lasse mich auf den Terrassenstuhl zurücksinken, wickle beide Decken fest um mich und schließe die Augen. Schlaf ein, schlaf ein, jetzt schlaf endlich ein!

Es dauert etwas, doch dann bin ich zurück in einem Echttraum, der vielleicht nur eine Krankheit ist, die durch eine andere Krankheit funktionsgestört ist und die mir womöglich eine rot getigerte Katze angedreht hat. Eine erkrankte Krankheit. Das glaubt einem doch keiner.

David telefoniert noch immer. „Vergiftet? Womit?“, fragt er.

„Herz- und Kreislaufversagen in Folge …“ und – plopp – bin ich zurück. Mist. Gerade wurde es interessant.

Ich atme durch und schließe die Augen. Es will nicht klappen mit dem Einschlafen. Besser im Liegen? Schnell auf das andere Ruhemöbel ins Hüttchen gewechselt und gewickelt wie eine Kohlroulade. Wenig später blicke ich auf mich hinunter, wie meine Umrisse im Dunkeln des Badehäuschens auf der Pritsche liegen.

Ich lande in einem Echttraum, jedoch nicht bei David, wie gehofft. Hätte ich vorher gewusst, wohin die Reise geht, ich hätte mich vor dem Landeplatz gegruselt. Ich schwebe über Roger Merian in dessen Limousine, wo der reguläre Abstand von etwa zwei Metern ortsbedingt nicht eingehalten werden kann. Somit klebe ich gleichsam unter dem Himmel der Limousine, Roger Merians Gesicht keine fünfzig Zentimeter von meinem entfernt. Ich muss einen Ekel ausgelösten Würgereflex unterdrücken.

Er hat ein Handy am Ohr und lauscht. „Da da“, und – plopp – bin ich der widerwärtigen Lage entsprungen.

Aus naheliegenden Gründen muss ich nach Luft schnappen und mich schütteln. Nichtsdestotrotz! Ich taste nach meinem Handy, öffne die App für Sprachmemos und tippe auf den roten Button. Dann schließe ich die Augen und versuche mich durch tiefes Atmen zu beruhigen, um schnell wieder einzuschlafen.

Und tatsächlich lande ich wieder bei Roger Merian, was wegen des fehlenden Überraschungseffekts beim zweiten Mal erträglich ist. Er spricht Russisch. Ich verstehe mal wieder kein Wort, bin aber diesmal vorbereitet. Das ist der erste Versuch, einen Gegenstand mit in einen Echttraum zu nehmen, und so bin ich so was von aufgeregt, ob das funktionieren wird. Während ich konzentriert den Zähler der App beobachte, der wacker nach oben zählt, zupft es an meinem Kohlwickel, äh Deckenwickel. Ich zucke zusammen vor Schreck.

Eine andere menschliche Drohne klebt unter dem Limousinenhimmel. Yata strahlt mich an und fängt hemmungslos an zu kichern. „Hey, Ines, das ist ja cool", lallt sie. Da hat jemand mächtig einen im Tee.

„Roger ich zeig dir mal, was ich von dir halte", stammelt sie.

Und ehe ich mich's versehe, streift sie den Rock ihres Business Kostüms hoch und den Slip runter, um Roger Merian ihre Kehrseite zu zeigen.

„Kiss my ass, Roger", lallt sie und kichert hemmungslos.

Und – plopp – bin ich der verstörenden Situation entsprungen.

Ich werde wahnsinnig! Ach, machen wir uns nichts vor, ich bin es bereits, seit geraumer Zeit schon. Da meint man, dass es irrwitziger nicht werden kann, und dann das: gemeinsame außerkörperliche Erfahrungen mit einer sturzbetrunkenen Yata, die Roger ihren nackten Hintern präsentiert.

Abgesehen davon fröstelt mich jetzt gehörig. Mit zitternden Fingern versuche ich, meinem Smartphone die Aufnahme zu entlocken. Viel Rauschen, darüber sphärische Klänge, darunter Gebrumme und ganz, ganz entfernt und leise Roger Merians Stimme, die russisch spricht. Yay! Ja, Yatas Ausspruch ist dann auch noch drauf.

Nix wie zurück. Es hilft nichts, ich kann das später bereuen, und das werde ich. Denn wie soll ich hier draußen je wieder warm werden? Während das Wort Kälteidiotie durch mein verwirrtes Hirn geistert, starte ich eine neue Aufnahme. „Es funktioniert, es funktioniert", frohlocke ich und habe mit Sicherheit ein dümmliches Grinsen im Gesicht.

Ich sehe mich bereits mit allerlei Gerätschaften um den Hals zu Bett gehen. Vielleicht lege ich mir eine jener grässlichen Anglerwesten zu, die mit einem Dutzend Taschen ausgestattet sind. Die könnte ich mit allem vollstopfen, was ein MacGyver aus dem Nichts zaubert. Ein Fernglas hatte ich mir schon mal gewünscht, damals, als ich unter dem Gewölbe des Weinkellers von Yatas Vater hing, unten auf dem Tisch sein Abschiedsbrief, den ich nicht entziffern konnte.

Jetzt aber Konzentration und zurück zum Bösewicht in dessen Limousine. Bevor ich die Augen schließe, schwöre ich mich darauf ein, einen Blick aus dem Fenster und auf das Navi zu werfen. Es wäre äußerst hilfreich zu wissen, wo sich Roger Merian gerade aufhält, um Arthur Bescheid zu geben.

Yata wird vielleicht noch da sein. Mache ich mich also auf alles gefasst.

Doch ich bin dermaßen aufgeputscht, dass alles Schäfchenzählen nicht hilft. Ich höre die Stimme meines Leibarztes im Ohr, der mir rät, die Länge der Reisen zu begrenzen, um keine ernsthaften gesundheitlichen Schäden davon zu tragen. Als Antwort bekomme ich einen Niesanfall. An Schlaf und weitere OBE-Erkenntnisse ist nicht mehr zu denken.

Also aufgestanden und raus aufs Deck. Dabei verscheuche ich Herrn Reiher, der seinen Jagdsitz kurzzeitig zurückerobert hat. Ich entschuldige mich erneut bei ihm, bevor ich herumhüpfe, die Arme schwinge, insgesamt meinen Körper in Bewegung bringe, um Wärme zu produzieren. Das darf man, wurde von Medizinerseite her doziert, nur machen, so eine gewisse Körpertemperatur nicht unterschritten wurde und die Extremitäten nicht … Den Rest habe ich vergessen.

„Was machst du denn da?“, ertönt Davids Stimme von der Tür her, als er mich wie eine Bekloppte auf- und abspringen sieht.

„Muss warm werden“, keuche ich.

„Echttraum?“

„Jou.“ Das norddeutsche Wörtchen versetzt mir einen kleinen Stich.

„Was hat geklappt?“, frage ich unverblümt.

David blickt mich erstaunt an.

„Tja, nicht so einfach mit einer, die jederzeit Überwachungsdrohne spielen kann“, spotte ich, ergreife mein Weinglas und nehme einen ordentlichen Schluck.

Ja, ich weiß, Unterkühlung und Alkohol, sollte ich lassen, Gefäße weiten sich und ich verliere noch mehr Wärme. Ja, ja, blabla.

„Und?"

David schindet Zeit, lässt sich auf den Stuhl fallen und verleibt sich ebenfalls einen Schluck Wein ein. Dann kommt ein aufrichtiger Blick auf mich zu, ganz direkt, ohne Maskerade. „Ja, ich habe vorher mit Arthur gesprochen. Er hat mit Marc ausgeheckt, dass du nur aus der Schusslinie gehen würdest, wenn du davon überzeugt wärst, dass es deine eigene Entscheidung ist. Und ich habe mitgemacht."

Ich spüre eine Stinkwut in mir aufsteigen. Sie kocht nur so hoch.

„Bevor du jetzt explodierst. Ich war erst dagegen. Mir ist allerdings keine Alternative eingefallen, wie wir das hätten umgehen können. Es tut mir leid, dass das abgekartete Spiel nötig war, aber ich würde es wieder tun." Er blickt mich an, einen leicht trotzigen Zug um den bärtigen Mund. „Ich würde es wieder tun", wiederholt er, nickt und nimmt einen Schluck Wein, um sich gegen das zu wappnen, was gleich über ihn hereinbrechen wird: der Wutausbruch einer rot flammenden Furie. Eine Ines Fox, die fuchsteufelswild wird.

Meine Hände haben sich geballt, ich öffne sie unter Kraftanstrengung. Dann kichere ich, erst leise und albern, dann packt es mich total und ich bekomme einen veritablen Lachkrampf, werde durchschüttelt, bis mir die Tränen herunterlaufen.

„Du und Arthur, wie ihr euch angeschrien habt, das war nur Show?", pruste ich.

David grinst und nickt.

Doch schlagartig ist es vorbei mit der Belustigung. Als wäre ein Schalter umgelegt worden. Die Erinnerung an das Zweikomponentengefühl aus Wut und Hilflosigkeit wird wach. Das Gefühl, das aufging wie Montageschaum, und das ich fein säuberlich auf zwei getrennten Speichermedien archiviert habe.

„Das war ein Scheißgefühl“, sage ich leise und wische mir eine Träne weg. Stammt sie noch vom Lachanfall oder ist sie frisch?

David erhebt sich und kommt auf mich zu. Ich wehre ihn ab. Er ignoriert es. Ich boxe auf seine Brustmuskeln ein. Natürlich weiß ich, dass es unsinnig ist, gerade dort hinzuschlagen, das ist so ziemlich der robusteste Teil eines Mannes. Es ist auch mehr symbolisch gemeint. Hier kann ich ihn mit Fäusten bearbeiten und meiner Wut Ausdruck verleihen, ohne Schaden anzurichten.

Seine Arme umschlingen mich, halten mich fest. „Es tut mir so leid.“ Seine Stimme ist ganz nah. Ich höre ihr an, dass auch David mit den Tränen kämpft.

„Ich habe mir geschworen, dem nie zu verzeihen, der mir das angetan hat und der Santo und Fila eingesperrt hat.“ Wir wissen ja bereits, was von meinen Schwüren zu halten ist. Ich sollte langsam davon absehen, etwas zu geloben. „Oder sollten Santo und Fila etwa gar nicht eingesperrt werden?“

Er schüttelt den Kopf. „Marc stand schon so gut wie vor der Tür.“

„Na wenigstens.“

Wir schweigen einen Moment. Das muss ich erst mal alles verdauen.

„Wann fährt er?“, frage ich.

„Morgen Mittag.“

Es ist behaglich in Davids Armen. Das also ist die Methode, um hier wieder warm zu werden. Wir stehen eine ganze Zeit lang still auf dem Deck. Unter uns plätschert das Wasser sacht an die Pfähle. David produziert Wärme für zwei. Irgendwann bemerke ich, wie seine Nase mein Haar berührt.

„Schnüffelst du an meinen Haaren?“

„Ja“, sagt er und belässt die Nase, wo sie ist.

Ich lasse ihn.

Als seine Hand mein Haar zu Seite schiebt und seine Lippen meinen Hals berühren, ganz sacht, sodass ich mir hätte einreden können, es wäre nicht wahr, schießt mir das Bild des geschlossenen Kapitels durch den Kopf. Der dicke Wälzer, mit dem es gesichert ist, wackelt gehörig.

Als Davids Lippen meine finden, gerät der Wälzer ins Rutschen. Er gleitet erst langsam, dann unaufhaltsam, bis er mit lautem Getöse vom Tisch fällt. Das Kapitel schlägt auf

Kapitel 24

„Machen wir uns nichts vor, es ist schaurig unbequem", sage ich.

Eins führte zum anderen. Obwohl die kleine Stimme meinte, ich sollte das besser lassen, und ob ich denn nichts dazu gelernt hätte, die gleiche Litanei, die sie im Sommer über mir ausgeschüttet hatte, wurde sie gnadenlos niedergebrüllt. Meine Gefühle waren dermaßen in Hochform, da hatte die Vernunft keine Chance, die Spielverderberin zu sein. Die Stimme fragte zwar zaghaft an, was mit Dr. Frieder sei, er hätte mich schließlich genauso viel oder wenig hintergangen wie dieser hier, letztendlich hatte sie aber nichts zu melden. Da spielte auch die Ungerechtigkeit keine Rolle, dass David den Trumpf im Ärmel hatte, sich vor Ort erklären zu können während Dr. Frieder in der Ferne nicht angehört wurde.

Im Nachhinein ist festzustellen: Es war überfällig. Wie das oft so ist, wenn wir etwas vor uns und der Welt rechtfertigen, nachdem es passiert ist. Hinterher ist man immer schlauer? Stimmt nicht! Hinterher macht man sich immer schlauer. Wir ziehen nachträglich logische Schlüsse, wo keine sind.

Gute Güte, wem mache ich hier was vor?

Ich liege in Davids Arm gekuschelt, was sich bequemer anhört, als es ist. Ein Pritschendoppelbett ist eine rundweg unbequeme Kiste.

Ich kichere. Er bemüht sich, es mir so gemütlich wie möglich zu machen, setzt Decken, Kissen und Körperteile ein, was in heillosem Verwurschteln endet. Als Krönung versucht er mich zu küssen, was angesichts der Verknotung nicht gehen sollte. Er schafft es trotzdem.

„Alles eine Frage der Motivation, was?"

Er nickt und grinst. Dann blickt er mir direkt in die Augen und sieht unbeschreiblich glücklich aus. Eine seiner Hände erscheint aus der Verbauung und streicht eine rote Locke aus meinem Gesicht.

„Das Petroleumlicht schmeichelt", scherze ich. Warum ich das gerade nicht aushalten kann? Keine Ahnung.

„Bereust du es?", fragt er prompt. „Immerhin …"

Er kann den Satz unbeendet lassen, wir wissen beide, was kommen würde. Immerhin bin ich in einer Beziehung mit einem anderen Mann. Wer macht hier wem Vorwürfe, weil er oder sie hintergangen wurde? Eine Heuchlerin bin ich, eine elende Heuchlerin.

Ich schüttle den Kopf, ohne nachzudenken, und stelle fest, dass ich meine, was ich schüttle. Da ist keine Reue. Ich bin eine glückliche Heuchlerin. So ist das wohl meist mit denen.

Das mit David hier fühlt sich neu und vertraut zugleich an. Wie wenn man den Lieblingsfilm jahrelang nicht gesehen hat und erstaunt feststellt, wie sehr er erneut zu überwältigen vermag. Nur besser natürlich. Es treibt mir Tränen der Rührung in die Augen.

Da David erschrocken dreinblickt, muss ich entschieden den Kopf schütteln. „So schön", presse ich hervor.

Er lächelt und seufzt erleichtert, übertrieben theatralisch. Auch er kann nicht alles aushalten, was es gerade auszuhalten gibt.

Ich entknote ihn, damit die Unbequemlichkeiten ausgeglichen sind. Jeder Körperteil, der aufgedröselt wird, erhält einen Kuss.

Als ich ihm danach ins Gesicht blicke, ist er es, der feuchte Augen hat, mich jedoch ohne Mühe selig anstrahlt. Habe ich doch tatsächlich dieses Strahlen vergessen, das mich komplett auszuleuchten vermag. Wie konnte ich das aus dem Gedächtnis löschen? Meisterhafte Verdrängung?

Quasi zum Ausgleich schenke ich ihm das glücklichste Lächeln, das ich angesichts des Wissens um meine Scheinheiligkeit zustande bringe.

Mein Magen knurrt. Cracker und Wein waren nicht nachhaltig.

„Wir haben die Schokolade vergessen", stellt David fest und dreht den Kopf in alle Richtungen, um das Dessert zu lokalisieren. Es ist auf ein Bord gewandert, ganz nach oben, spärlich beleuchtet durch die Petroleumlampe, unerreichbar ohne aufzustehen.

„Brauch ich nicht, du?“

Er sieht mich erstaunt an und schüttelt langsam den Kopf.

Wir schliefen nicht viel in dieser Nacht.

Von der Sonne wachgeküsst komme ich aus einem traumlosen Schlaf an die Oberfläche, leicht verdattert zwar, aber erstaunlich erholt und unverschnupft. Die Tür zum Deck steht offen und lässt die Strahlen der tief stehenden Morgensonne herein. Der Platz neben mir ist leer, von draußen ist leises Plätschern zu hören.

Ich wickle die Decke um mich und trete barfuß hinaus. Die Planken sind mit Morgenlicht geflutet und Tauperlen bestickt. Das ist fast zu viel Kitsch. Der alte Sommer hat den jungen Herbst einen weiteren Tag zurückgetrieben, zieht alle Register und zeigt, was er kann.

Die Seeoberfläche glitzert kaum, weil ohne Wind und glatt. Um mich herum das pralle Bodenseeleben. Herr Reiher motzt in alter Manier, Blesshühner tröten sich Unflätiges zu und eine Gang halbstarker Enten zieht ums Schilf. Weiter draußen rast ein Fischerboot vorbei. In Folge tanzen ein paar Lichtreflexe auf den Wellen. Wie aufgeputschte Glühwürmchen, die auf den Kämmen surfen, blitzen sie mal hier mal da auf, kommen näher.

David krault gemächlich auf eine Jolle mit knallblauer Persenning zu, die weiter draußen an einer Boje liegt.

Die Decke fest um mich gewickelt klettere ich die Leiter hinunter und stecke den großen Zeh ins Wasser. Frisch aber wärmer, als vermutet. Die Decke gleitet aufs Deck und mein Leib ins Wasser. Das verbliebene Bisschen Müdigkeit ist schlagartig aus den Gliedern gewaschen. Ich tauche. Nicht, weil es da unten viel zu sehen gäbe, sondern weil das komplette Eintauchen in den See unvergleichlich ist, auch wenn es hinterher gilt, das Wasser aus den Ohren und die Haare trocken zu kriegen.

Und es doch etwas zu sehen. Am unteren Ende einer Kette, die den betongefüllten Autoreifen mit der orangefarbenen Boje an der Wasseroberfläche verbindet, hängt ein Einkaufsnetz mit Flaschen. Der improvisierte Getränkekühler ist wohl abgerutscht und hat sich in der Strömung mehrmals um sich selbst gedreht. Ich mache Bier, Mineralwasser, Orangensaft und eine Flasche Champagner aus.

Dann schwimme ich David hinterher. Er wirft einen Blick zurück, entdeckt mich, winkt, macht kehrt und krault auf mich zu. Ich schwimme ihm entgegen.

Balzende Haubentaucher kommen mir in den Sinn. Sie paddeln voneinander weg, als würden sie sich nicht mehr füreinander interessieren, nur um unter lauten Rufen wieder aufeinander zueilen zu können. Hochromantische Wasservögel sind das.

Das glückselige Strahlen, das David nun zeigt, beherrscht selbst der romantischste Haubentaucher nicht. Er nimmt mich in den Arm, so das schwimmenderweise gerade geht, küsst meinen Hals und ein paar andere Stellen.

Seite an Seite trödeln wir zurück zum Badehäuschen, mit viel Gespritze, Getunke und Gelächter. Bei der Getränkeboje tauchen wir ab. Ich zeige ihm meinen Fund und wir zerren gemeinsam daran. Ohne Erfolg. Also kein zur Champagnerlaune passendes Frühstück.

David kramt Handtücher aus einer Kiste und wir legen uns trocken, rubbeln uns gegenseitig warm.

Wenig später haben wir abgeschlossen und befinden uns auf dem Steg zurück zum Festland. Ich werfe einen sehnsüchtigen Blick zurück. Egal, was jetzt kommt, wir haben immer das Badehäuschen.

Kapitel 25

Auf geht es zum ortseigenen Bäcker, wo wir in den Genuss von Kaffee Creme und Schweizer Buttergipfeli am Stehtisch kommen.

Zu verschiedenen Gelegenheiten bereits habe ich meine Fähigkeit zur Verdrängung ergründet. Nicht, dass ich mir meines aktuellen Fehlverhaltens nicht bewusst wäre, ich habe es vorerst einfach zur Seite geschoben. Darin bin ich gut. Die Bewertung dessen, was ich getan habe, und die Konsequenzen, die das nach sich ziehen wird, habe ich hintangestellt. Soll sich eine zukünftige, hoffentlich weisere Ines überlegen, wie sie damit umgehen möchte.

Ja, auch für mich ist hier ein Muster zu erkennen. Meine Aufschieberitis gestern beim Versuch, mich zwischen meinen Alternativen zu entscheiden, geht in die gleiche Richtung. Wir sind uns einig: Das ist keine positive Eigenschaft. Gelegentlich überholen die Umstände den Entschluss, machen ihn überflüssig. Schon hat die Prokrastination, faul und verschlagen von Natur aus, ein kleines Erfolgserlebnis vorzuweisen und argumentiert: Gut, du bist noch unentschieden und schiebst es auf die lange Bank. Das solltest du öfter tun, damit kannst du dir einiges ersparen, wie du siehst.

Jetzt aber, bei Licht betrachtet, muss ein Plan her, wie ich weiter vorgehe. Es hilft alles nichts.

„So nachdenklich?“, fragt David, als wir zum Bahnhof schlendern, an Eiswaffeln schlotzend.

Einmal mehr verfluche ich mein Gefühl-o-Meter, das ich dort öffentlich zur Schau stelle, wo andere ihre Miene im Griff haben. Jeder Dahergelaufene kann darin lesen. Kennt mich jemand wie David, habe ich keine Chance, auch nur irgendetwas für mich zu behalten.

Mir und meiner Aufschieberitis kommt ein Anruf auf Davids Handy zu Hilfe. Er drückt mir sein Eis in die Hand, ich möge es so lange im Zaum halten.

„Ah Arthur“, sprüht David vor guter Laune. Würde mich nicht wundern, wenn der andere den Braten röche.

David muss zuhören, was erstaunlich ist, weil Arthur ja kein Mann großer Worte ist. Da Davids Mund derweil arbeitslos ist, halte ich ihm zwischendurch das Eis hin. Er grinst und schleckt. Das sieht nett aus. Ich ertappe mich dabei, wie ich den Typen hier gerade so was von anschmachte, dass es mir peinlich sein müsste. Ist es aber nicht.

„Also es sieht so aus", sagt er nach dem Telefonat. „Merian ist in einem Haus in Schwyz von ..."

„Ist nicht wahr!", rufe ich so begeistert, dass mir beinahe das Eis aus der Hand rutscht. „Ich lag richtig?"

David nickt lächelnd und bewahrt sein Eis davor, davon zu fließen, indem er es kurzerhand komplett in den Mund steckt. Er kaut und schluckt.

„Aua! Da tun mir vom bloßen Zusehen Kopf und Zähne weh", jammere ich, „von der ungeheuren Verschwendung mal ganz abgesehen. Genussmittel, David, Genussmittel!"

„Die Schweizer Kollegen haben Roger Merian vorläufig festgenommen", schmatzt David betont ordinär. „Das Auslieferungsgesuch läuft. Die erste Zusammenarbeit mit diesem hochrangigen Schweizer Bürger gestaltet sich laut Arthur allerdings hakelig. Den dortigen Kollegen ist die Beweislage für eine Auslieferung deutlich zu dünn. Merian wird vorerst in der Schweiz befragt."

„Immerhin ist er erst mal weg von der Straße. Da kann ich mich ja so gut wie sicher fühlen. Weißt du, als eine, die verflucht wurde, will man so was."

„Ganz so ...", beginnt er, „Wir müssen davon ausgehen, dass Merian Helfer hat und er bereits etwas in Auftrag gegeben hat, was deine Person betrifft." Ganz klar professioneller Ton.

Ich nicke nachdenklich. „Weiß eigentlich Arthur von deiner anstehenden Entscheidung?"

David nickt. „Er hat mich auf die offene Stelle aufmerksam gemacht. Hätte mich gern an Bord."

„Ah was", sage ich und grinse.

„Du benutzt meine Worte? Soweit sind wir schon?", scherzt er und nutzt es aus, dass er beide Hände frei hat und ich bei meinem Eis ein akutes, mehrschichtiges Problem in Sachen Übergang vom festen zum flüssigen Aggregatszustand habe. David knabbert an meinen Ohrläppchen, und ich muss handgreiflich werden, um ihn daran zu hindern, weiter zu gehen.

„He, wir sind hier im historischen Kern einer gesitteten Thurgauer Gemeinde", gluckse ich.

Wie es aussieht, entfernen wir uns umgehend von den ernsten Themen, weil wir einfach die Finger nicht voneinander lassen können.

„Es müssen noch Tests durchgeführt werden, aber die Wahrscheinlichkeit ist groß, dass ... Wie hieß das noch?"

„Du hast den Namen des Gifts vergessen? Ich bin entsetzt." Gerade noch so kann ich mir den Kommentar verkneifen, dass Dr. Frieder mit Sicherheit den vollständigen Sachverhalt geschildert hätte, wenn auch mit wenigen Worten.

Nebenbei informiert David mich, dass der angehende Rechtsmediziner gedenke, in ein bis zwei Stunden gen Freiburg abzufahren.

„Äh", sage ich wenig geistreich.

„Problem?" David rollt das R betont kanakisch und klaut mir den letzten Happen Eis. Um die Schwere der Missetat deutlich zu machen: Er mopst mir den unteren Zipfel der Eiswaffel, mithin die vollendete Eiswaffelschokospitze, auf die man sich ab dem Auspacken freut.

„Äh", wiederhole ich und kichere albern, denn er knabbert schon wieder an mir herum. Um ihn davon abzuhalten, küsse ich ihn mal eben. Das funktioniert.

Hinter mir höre ich ein Schulkind sagen. „Lueg amol Mammi. Dürfet die da?"

David nimmt mich an die Hand und wir rennen lachend davon. So was von albern aber auch. Nicht gesellschaftsfähig.

Völlig außer Atem kommen wir am Bahnhof Ermatingen an. David googelt nach Verbindungen. „Umsteigen in Kreuzlingen, entweder in den Bus oder in einen weiteren Zug, alle 30 Minuten. Wird eng."

Ich muss mich mit Dr. Frieder verabreden, dazu ist ein Telefonat nötig. Bei aller Aufschieberitis, um ein Gespräch mit ihm komme ich heute nicht herum, das schlägt mir auf den Magen. Eis als Frühstücksnachtisch mag da nicht ganz unbeteiligt sein.

„Zug nach Kreuzlingen und ab da ein Taxi? Ich sollte allein mit Dr. Frieder reden." Der letzte Satz klingt jämmerlicher, als ich ihn gesagt habe.

David schaut mir tief in die Augen, bringt sein Gesicht an meines, bis sich unsere Nasen berühren. Das Problem hat sich soeben in Luft aufgelöst. Gab es überhaupt eines? Welches Problem denn?

„Krieg ich hin", sage ich mit ausgesucht fester Stimme und kruschtle nach meinem Handy.

Er hält die Hand darauf und reicht mir seines.

„Jou, David?", meldet sich Dr. Frieder.

„Hey, ich bin's. Wie ich gehört habe, fährst du in Kürze?", versuche ich es im Plauderton.

„Is so." Ich höre ihn lächeln. „Du kommst nicht mit." Keine Frage, eine Feststellung.

„Nein. Aber ich würde gerne Santo holen und", ich suche nach der richtigen Formulierung, „mich verabschieden." Das ist gut, das ist unverfänglich.

Er sagt zu, in der Bruchbude zu warten.

Kurz darauf sitzen David und ich im Zug, schweigend, nein eher sprachlos darüber, welchen Weg wir eingeschlagen haben. Ich stelle nichts infrage, wundere mich aber über mich selbst. Als wäre mir die unbekannt, die da in meiner Haut steckt. Als wäre es eine andere, die das alles fabriziert.

„Wir sind verrückt", sagt David unvermittelt. Ich erschrecke leicht, bis ich sein Gesicht sehe. Es zeigt das Strahlen, das mich bis in den letzten Winkel ausleuchtet. Aber natürlich hat er die gleiche Geschichte mitgemacht, wie ich. Damals. Es funktionierte nicht mit uns. Nicht nur das, es endete in einer Katastrophe, von der wir beide uns lange erholen mussten. Monatelang. Jahrelang. Wir sind verrückt, es noch mal zu probieren.

„Ja das sind wir." Ich hoffe, dass auch mein Lächeln ihn etwas auszuleuchten vermag.

Am Kreuzlinger Bahnhof herrscht ein einziges Gewimmel. Eine viel zu große Reisegruppe in Wanderkluft samt Rucksäcken, Taschen und Stöcken versucht sich in einen vergleichsweise kleinen Waggon zu quetschen. Ich erwarte unwillkürlich, dass der Zug Beulen zeigt. Wir wollen uns gerade vorbeischieben, da fällt uns eine unübersehbare, weil schreiend bunte Plakatwerbung auf. Da steht:

Konstanz, die Stadt zum See, lädt die Schweizer Nachbarn anlässlich des 165. Jahrestages des Schweizer Frankens ein. Alle Produkte zum halben Preis! Die eidgenössische Zollverwaltung hat die geltenden Zollbestimmungen für diesen Tag außer Kraft gesetzt, die Grenzen für Lebensmittel, Tabak und Alkohol sind aufgehoben. Keine Dienstleistungen. Nur im teilnehmenden Einzelhandel.

Darunter jede Menge Kleingedrucktes. Das Datum des kommenden Samstags ist genannt. Und der ist morgen.

„Spinnen die?", frage ich.

Dazu muss man wissen, dass Konstanz nicht darüber klagen kann, dass die Schweizer Nachbarn den hiesigen Einzelhandel meiden würden. Den Geschäften am Ort geht es vergleichsweise fantastisch, weil viele Schweizer gerne von den attraktiveren Preisen und der Rückerstattung der Mehrwertsteuer profitieren. Gerade ein Samstag bedarf keiner Förderung. Um einem falschen Eindruck vorzubauen: Wäre die Situation andersherum, würden die Deutschen das wohl locker überbieten. Schließlich sind meine Landsleute die besten Schnäppchenjäger vor dem Herrn.

Kopfschüttelnd über so viel fehlgeleiteten Geschäftssinn machen wir uns auf zum Taxistand.

Dann geht alles schnell, viel zu schnell für meinen Geschmack. Ruckzuck sind wir auf der alten Rheinbrücke und stellen fest, dass die Sturmwarnung weiterhin schlechtes Wetter ankündigt.

David steigt beim Präsidium aus und ich fahre weiter nach Allmannsdorf zur Bruchbude. Wenig erstaunlich, dass die Zeit zusammenschnurrt, wenn ich das Unerquickliche gerne noch hinausgeschoben hätte.

Kapitel 26

Dr. Frieder kommt mir an der Haustür in seiner Standardkluft entgegen: verwaschene Jeans, weißes T-Shirt, aus dem braune, drahtige Arme ragen, nackte Füße unten, ein Blondschopf von der Sommersonne ausgeblichen oben. Kaum ein Frauenherz, das bei dem Anblick nicht höherschlagen würde. Mir allerdings wird das Herz schwer und es schnürt mir die Kehle zu, alles gleichzeitig. Weit breitet er die Arme aus, was er gerne tut, um mich zur Begrüßung herumzuwirbeln. Die Hunde drücken sich an ihm vorbei und stürzen mir entgegen. Dieses Familienidyll werde ich gleich brutal zerstören. Will ich das?

Mir kommen die Tränen.

Dr. Frieder schaut leicht verdutzt, küsst mich dann in aller Ausführlichkeit. Ich kann einen seiner Wir-haben-alle-Zeit-der-Welt-Küsse nicht verhindern, dabei ist unsere Zeit abgelaufen. Ich habe das Verfallsdatum mal eben auf heute gesetzt. Das Wort Heuchlerin geistert mir erneut durch den Kopf.

Wir setzen uns auf die Stufen der Vordertreppe. Ich sehe ihn ernst an.

„Au weh", sagt er und lächelt.

„Ja, au weh." Ich nicke und wische mir eine Träne weg. „Es tut mir so leid." Auf der kurzen Fahrt habe ich mir zurechtgelegt, was ich ihm sagen würde. Nun ist mein Kopf wie leer gefegt.

„Lass hören." Selbst mein unübersehbar aufgewühlter Zustand bringt seine Tiefenentspannung nicht zum Schwächeln. Ein toller Mann, völlig in sich gefestigt, gibt er auch anderen Halt. Eigentlich der Richtige für ein kapriziöses Ding wie mich. Weiß ich, was ich hier tue? Weiß ich wirklich, was ich hier tue?

Bilder von uns flattern vorbei. Wie wir nach Roger Merians Verhaftung auf dem Gnadensee in den Sonnenuntergang ruderten. Unser erster Grillabend auf meiner Terrasse, bei dem uns Yata dazwischenfunkte. Wie er mit mir in der Notaufnahme im Krankenhaus wartete. Dr. Frieder akzeptierte meine Echtträume in null Komma nichts und analysierte sie wissenschaftlich. Er war immer für mich da, obwohl die letzten Wochen alles andere als leicht waren. Trotz aller Widrigkeiten hatten wir eine schöne Zeit, wollten bald in seinem alten Bulli gen Norden knattern und ein paar Tage am wilden Meer verbringen.

„Nu ma los."

Ich nicke und seufze. „David und ich", bringe ich nur hervor sowie jede Menge Tränen, die mir in Bächen über die Wangen laufen. Zärtlich wischt er sie ab und betrachtet mich, als sei ich diejenige, der hier übel mitgespielt wird.

„Hab ich mir schon gedacht." Sein Lächeln hat einen Haarriss bekommen. „Nu isses so."

Ich mache große Augen. Das ist alles? Nu isses so?

Er zuckt mit den Achseln. „War zu erwarten, ne?"

War es das? Also ich habe das nicht erwartet. Hat das sonst jemand erwartet?

Eine Weile blicke ich ihn prüfend an, ob das sein Ernst ist. Seine Gelassenheit stellt mich regelrecht ruhig, als sie zu mir herüberschwappt. „Du bist ein wahrhaft weiser Mann, Dr. Frieder."

„Jou." Sein Lächeln bekommt eine gequälte Note. „Is nich immer von Vorteil. Noch 'n Schokokuchen zum Abschied?"

Ich fasse es nicht! Und ich dachte, das Absurdeste, was mir das Leben derzeit zu bieten hätte, sei eine erkrankte Krankheit, außerkörperliche Erfahrungen mit Fehlzündungen, in denen ich mich in der Limousine von Roger Merian wiederfinde, dem die sturzbetrunkene Yata ihr nacktes Hinterteil präsentiert. Wie sich herausstellt, toppt der Mann hier das mit Leichtigkeit.

Bei Kaffee und Schokokuchen im halb verwilderten Garten der Bruchbude quatschen wir – unglaublich aber wahr – wie alte Freunde. Mr. Absurd macht's möglich. Fast unheimlich. Jede andere Entwicklung hätte ich für wahrscheinlicher gehalten als diese. Zwischendurch meine ich, kleine Schatten über sein Gesicht huschen zu sehen, ich kann sie mir aber auch einbilden. Gelegentlich muss ich mich mächtig zusammenreißen, nicht zu weinen, seine Gelassenheit hilft mir dabei.

Als meinen amtierenden Hausarzt bringe ich Dr. Frieder auf den aktuellen Stand, was die erkrankte Erkrankung angeht. Sieht aus, als hätte ich damit das richtige Thema gewählt, um ihn aufzumuntern, so er das denn nötig hätte. Sofort ist er Feuer und Flamme und zückt das Smartphone, um Notizen zu machen. Es fasziniert ihn, dass eine verstopfte Nase zu automatischen Reiseabbrüchen führt. Seine Augen leuchten. Ganz klar, er wäre gerne dabei gewesen.

„Müssen wir das Projekt abbrechen?“, fragt er traurig und schaut wie Santo.

Ich muss lachen. „Hundeblick? Wusste gar nicht, dass du den draufhast.“

„War bis jetzt unnötig.“

„Ja?“

Er nickt, grinst und vollführt eine ausladende Bewegung um seinen ganzen Körper herum.

Ich muss erneut lachen und mir gleichzeitig eine Träne verkneifen. Er ist ein selten süßes Kerlchen. Ich werde ihn vermissen. Aber man muss tun, was das Herz will, richtig? Und mein Herz will David, hat vermutlich nie aufgehört, ihn zu wollen.

Kurz überlege ich, David um Erlaubnis zu bitten, ob Dr. Frieder das Projekt OETE alias ominöser Echttraumerreger weiter betreuen darf. Schließlich wäre ansonsten die Hoffnung dahin, dass wir noch ein Gegenmittel finden und ich die absurde Geschichte in absehbarer Zeit loswerde. Aber halt, damit will ich gar nicht erst anfangen. Um Erlaubnis bitten? Pah, wo kämen wir denn da hin!

„Wäre schön blöd, wenn wir da nicht weitermachen würden. Ich sehe nicht, was dagegenspricht, dass du als professionell agierender Mediziner das Forschungsprojekt weiterhin professionell leitest.“

Dr. Frieder freut sich. Mir kommt der Verdacht, dass er sich über das Ende des OETE-Projekts mehr gegrämt hätte als über das Ende unserer Beziehung. Das ist mit Sicherheit ein falscher Eindruck.

„Ich würde dir gerne Blut abnehmen und mir die Leukos anschauen, okay?“

Inzwischen weiß ich, Leukos sind Leukozyten mithin weiße Blutkörperchen. Ist der Wert erhöht, ist eine Infektion oder Entzündung im Gange. Als ich meine Zustimmung nicke, schlendert er ins Haus und kommt mit seiner Arzttasche zurück. Einmal tupf, einmal piks, einmal saug und Tupfer drauf. Das können wir inzwischen im Schlaf.

“Jetzt hast du die ersten Ermittlungen in Freiburg verpasst“, wechsle ich das Thema, während er die Blutprobe verpackt.

Er zuckt mit den Achseln.

„Mit Gift lagst du schon mal goldrichtig. Welches eigentlich?“

„Colchicin.“

„Aha.“

„Ein traditionelles Mittel gegen Gicht. Heute nur noch wenig eingesetzt. Das Gift der Herbstzeitlose.“

„Aha.“

„Ist eine Pflanze.“

„Dachte ich mir. Nicht Schierling? Schade eigentlich. Wie kommt das Gift wohl in Schroff?“

„Oral.“

„Ist das frei erhältlich, das ...“

„Colchicin. In der Regel auf Verschreibung. Die Pflanze steht überall rum.“

„Aha“, kann ich wieder nur sagen. In meinem Kopf blubbert es. „Da will doch gleich noch Susanne auf der Verdächtigenliste landen, oder nicht? Frauen vergiften gerne mal ihre Männer. “

Dr. Frieder nickt.

„Ich versuche mir gerade vorzustellen, wie Roger Merian mit dem Körbchen im Wald wandelt und Pflanzenteile sammelt, um daraufhin in seinem Kupferkesselchen einen Trank zu brauen. Befremdlich. Er ginge wohl eher zum Arzt oder Dealer seines Vertrauens.“ Ich zücke mein Smartphone.

„Gibt's auch ohne Rezept", sage ich.

Dr. Frieder blickt auf das dargebotene Handy und nickt. „Sehr schwach dosiert. Bräuchte man 'ne Menge von."

„Also entweder, Roger Merian trägt dem gesichteten Grobschlächtigen auf: Erledige das und schau, dass es nicht nach uns aussieht. Der Handlanger googelt, stößt auf Colchicin und kriegt das irgendwie in Schroff. Aber wie? Zwangsernährung? Das würde Susanne weitaus leichter fallen. Sie ist die Köchin im Hause. Wie ist das eigentlich zeitlich? Wie schnell wirkt das Zeug?"

Dr. Frieder zückt nun seinerseits das Smartphone. Und so gleicht das Bild für ein paar Momente dem typischen Kaffeetisch eines hochmodernen Paares, nur, dass wir keines mehr sind. Witzig, denn als wir es noch waren, hat man uns nie so gesehen.

„Zwischen vierundzwanzig und achtundvierzig Stunden. Vorausgesetzt, die Intoxikation bleibt unbehandelt."

„Dann fällt Susanne aus. Da war sie noch mit Mama auf Sylt. Puh, was für ein Glück! Das wäre sehr unschön geworden, so familiär gesehen. Also doch Roger Merian. Das ist mir auch lieber." Ich gönne mir einen Moment. „Vielleicht ist der Grobschlächtige noch mal vorbeigekommen, um den Erfolg der Arbeit des Vortages zu kontrollieren und seinem Chef einen Bildbeweis zu liefern?" Ich verkneife mir Luftanführungszeichen bei Arbeit, auch wenn da definitiv welche hingehören.

„Alles möglich", meint er. „Werde ich vermissen", kommt hinterher, wieder mit einem leicht gequälten Lächeln. Sieh mal an! So cool, wie er zunächst getan hat, scheint er nicht durch und durch zu sein.

„Soll ich gehen?"

„Nee! Gewöhn ich mich halt dran." Pragmatismus pur.

Ein Moment des Schweigens, in dem wir beide ins Leere starren, um uns dann wieder den Handys zuzuwenden.

„Wird im Frühjahr gerne mit Bärlauch verwechselt", murmle ich. „Sieht hübsch ..." Ich springe auf und stoße mir den Oberschenkel am wackligen Gartentisch, dass die Kaffeetassen nur so klirren. „Das sind Herbstzeitlose? Sehen aus wie Krokusse. Ich habe mich immer gewundert, dass die im Herbst blühen."

Ich setze mich wieder und reibe mein Bein. Auf den Schreck brauche ich ein weiteres Stück Schokokuchen. Ich bediene mich und verleibe mir einen großen Bissen ein. Dann schaue ich Dr. Frieder auf beiden Backen kauend an. „Dreimal darfst du raten, wo die Dinger zuhauf zu finden sind", gebe ich schmatzend und nicht ohne Triumph von mir.

Ich lasse ihn einen Augenblick zappeln, bis er auffordernd grinsend die Augenbrauen hebt. Auch das werde ich vermissen.

„In Schroffs Garten!", schmettere ich.

Kapitel 27

Nun könnte man sagen, was macht sie denn, das geht doch nicht, sie soll den armen Mann jetzt endlich mal in Ruhe lassen, sie soll machen, dass sie da wegkommt. Und recht hätte man, uneingeschränkt. Spazieren Dr. Frieder und ich samt Hunden doch noch bei Schroffs vorbei? Wir waren uns gleich einig, dass der Garten eines zweiten Blickes bedarf. Es ist nicht weit und die Vierbeiner müssen sowieso mal raus.

In der Schroffschen Straße angekommen linsen wir über den Zaun. Der hintere Teil des Gartens ist uneinsehbar. Wir bauen dem Quietschen vor und steigen über das Gartentörchen aus dem Auenland hinweg, verhalten uns insgesamt minimalinvasiv. Vergebliche Liebesmüh. Die Rollläden sind heruntergelassen. Ausgeflogen. Wohin fliegt man denn als frischgebackene, trauernde Witwe? Soll uns jetzt egal sein, ihr Ausflug ist unser Glück, und ich laufe keine Gefahr, mir erneut ihren Zorn zuzuziehen. Diesmal hätte sie allen Grund dazu, schließlich ist es Hausfriedensbruch, was wir hier machen, Gartenfriedensbruch eigentlich.

Habe ich mich doch recht erinnert: Im schattigeren Eck des Gartens ist der Rasen über und über mit Blumen in einem hellen Violett übersät. Mein ungeübtes Auge ist der Meinung: Herbstzeitlose.

Hübsch, wenn man nicht wüsste, wie giftig die Biester sind. Die trichterförmigen Blüten stehen ohne Blattbegleitung in Grüppchen zusammen. Die Blätter, so ergibt die Recherche, treten nur im Frühjahr zutage und werden der Ähnlichkeit wegen, und weil die Pflanzen vergleichbare Standorte mögen, leicht mit Bärlauch verwechselt. Das kann tödlich enden und tut es gelegentlich auch. Die Angst vor den ebenfalls ähnlichen und giftigen Maiglöckchenblättern ist da schon eher gegeben. Über die Giftigkeit von Herbstzeitlosen herrscht ziemliche Unwissenheit.

Ich vergleiche mit dem Bild online und halte es Dr. Frieder unter die Nase. Wir nicken beide wild. Okay, ich wild, er einmal sparsam. Dafür zieht er eine Plastiktüte aus der Jeanstasche, in die er ein paar abgerupfte Blüten stopft. Bei einigen kommen die Wurzeln mit aus der Erde.

„Zwiebeln?"

Das war mir bei der Recherche entgangen und pflanzt neue Mittel und Wege in mein Hirn. Bisher meinte ich, will ein Selbstmörder oder Mörder Herbstzeitlose als Giftquelle nutzen, müsste er einen Sud aus den Blüten herstellen oder sich respektive dem Opfer die Blüten als Salat zu Gemüte führen. Ich rupfe ein Pflänzchen samt Zwiebel aus der Erde und schaue sie mir genauer an. Im Anschluss halte ich es Dr. Frieder provokativ vor die Nase. „Weißt du, wie das aussieht?"

„Schalotte", kommt prompt.

„Ob sie auch so ähnlich schmeckt?"

„Eher bitter. Toxisches ist meist bitter."

„Na egal. Sollte der Grobschlächtige sich auskennen, oder der, der ihn beauftragt hat, musste er keine Tatwaffe mitführen. Alles vor Ort, was er brauchte. Ob der Grobschlächtige tags zuvor auch gesichtet wurde?"

Dr. Frieder sieht mich nachdenklich an.

„Was auf den ersten Blick praktisch erscheint, ist bei genauerem Hinsehen womöglich weltfremd", plappere ich weiter. „Welcher Mörder reist an, um Blumenzwiebeln aus dem Garten des Opfers zu reißen und sie ihm in den Rachen zu stopfen? Vielleicht ein durchgeknallter, psychotischer Mörder, der stinksauer auf sein Opfer ist? Im Film käme die Szene gut. Der Regisseur würde der Leiche noch ein paar Blüten aus dem Mund ragen lassen, rein des Effekts wegen." Ich schüttle mich. Hier geht eindeutig die Fantasie mit mir durch.

„Wäre effektvoll aber schlecht recherchiert. Der Vergiftete hat zunächst wie schon erwähnt eine Gastroenteritis."

„Brechdurchfall war das, richtig?", frage ich nach.

„Jou. Viele Patienten begeben sich zu spät in Behandlung, weil sie es als Magen-Darm-Virus abtun. Wenn im weiteren Verlauf Blut dabei ist, geht so gut wie jeder zum Arzt."

„Schroff war nicht jeder, sondern ein harter Knochen. Sähe ihm doch ähnlich, es ohne Onkel Doktor schaffen zu wollen."

Ich erhebe mich und schaue mir die Standorte der Herbstzeitlosen genauer an. Als ich auf allen Vieren auf dem Erdboden herumkrieche, sehen sich Santo und Fila veranlasst, mal schnüffeln zu kommen, was es hier Interessantes gibt. Ich muss Santo lachend wegstoßen. Er ist mit seiner Nase deutlich zu nah an meiner.

Dr. Frieder ist auf der Beetkante sitzen geblieben und betrachtet uns Vierbeiner grinsend.

„Wenn hier jemand in nennenswerter Menge Herbstzeitlose samt Zwiebeln herausgerupft hat, dann hat er sich Mühe gegeben, alles wieder schön anzudrücken. Ich kann zumindest keine Löcher sehen. Vielleicht doch eher Colchicin aus der Apotheke? Der moderne Mensch tendiert ja zum Fertiggericht und ..."

Mein Handy bimmelt dazwischen. Entgegen Davids Empfehlung hatte ich es eingeschaltet, weil ich meinte, auf der ach so langen Taxifahrt noch ein paar Mails beantworten zu können. Immerhin habe ich eine im Büro abgesetzt, man müsse mich heute zum wiederholten Male entschuldigen.

„David", säusle ich. Wir haben jetzt klare Verhältnisse, alles ist gut. Vielleicht flöte ich einen Tick übertrieben ins Telefon, aber so ist das eben mit über beide Ohren Wiederverliebten.

Dr. Frieder entfernt sich demonstrativ ein paar Schritte, als wolle er unsere Privatsphäre wahren. Sofort tut mir mein Gesäusel leid. Mama hat schon recht, ich lasse es gelegentlich schmerzlich an Fingerspitzengefühl missen.

„Du hast dein Handy an?", werde ich gleich mal angerüffelt. Hopsa! Das Liebesgeflüster ist einem Kasernenhofton gewichen.

„Ja, vergessen."

„Von wegen vergessen, du hast es aktiv angeschaltet."

„Ja, ich wollte Mails checken und habe vergessen, es wieder auszuschalten."

„Ines!“

„Ja, sorry. Roger Merian ist doch vorerst in Haft.“

„Das hatten wir doch schon. Das bedeutet nicht, dass du in Sicherheit bist. Wo bist du?“

Ich zögere kurz. „In Schroffs Garten.“

„Was zum Henker machst du da?“

„Colchicin heißt das Gift, das dir nicht eingefallen ist. Das Gift der Herbstzeitlose. Ich habe mich erinnert, hier so hellli-la Blümchen gesehen zu haben. Nun wollten wir noch mal schauen und Proben nehmen. Stell dir vor, die Dinger …“, plappere ich.

„Wir?“

„Äh ja.“

„Wer wir?“

„Äh, Dr. Frieder und ich?“

Stille.

Dr. Frieder dreht mir den Rücken zu, geht noch ein paar Schritte und zückt ebenfalls sein Handy.

„Ah was“, kommt von David.

Ich klappere kurz die möglichen Bedeutungen ab. Keine der Bekannten will zum Kontext passen, eine Neue muss her. So was wie ‚komm du mir nur nach Hause‘ oder ‚den knöpf ich mir vor‘ vielleicht? So zumindest fühlt sich das an.

„Du kannst beruhigt sein, ich habe es ihm gesagt.“

„Was?“

Ist der schwer von Begriff? Wie lautet noch mal die Meldung des Tages? Normalerweise hätte ich etwas Flapsiges erwidert, worauf ich angesichts seiner gereizten Stimmung aber verzichte. Ist das der gleiche Mann von heute Morgen, der gleiche von letzter Nacht?

„Na das von dir und mir“, sage ich mit einem sachten Lächeln, von dem ich hoffe, dass es durchs Telefon strömt, ihn betört und alles ändert.

„Ah was.“

Grr! Was heißt das denn jetzt? Ich glaube dir nicht oder interessant? Wirklich ausschließen kann ich nur: Interessiert mich nicht, aber das musst du ja nicht wissen.

„Gut gell?"

Keine Reaktion.

„Was ist denn los mit dir?", frage ich dann doch mal nach.

„Für wie bescheuert hältst du mich eigentlich? Ich soll dir abkaufen, dass du gerade mit Marc Schluss gemacht hast, und ihr beiden jetzt munter Ermittlungen zusammen anstellt? Als Nächstes willst du mir auftischen, ihr würdet bei Kaffee und Kuchen sitzen."

Ja so gesehen ... Das kann schon eine Spur unglaubwürdig wirken. Ihn wird nur eines überzeugen. Also marschiere ich zu Dr. Frieder, tippe ihm auf die Schulter und halte ihm mein Handy hin. „David glaubt mir nicht. Könntest du bitte bestätigen, dass ich es dir gesagt habe?"

Ja, wir sind uns einig, das kann man nur mit Dr. Frieder machen. Jeder andere würde mir den Scheibenwischer zeigen, den Vogel oder Derberes.

Er indes ist wenig erstaunt, schenkt mir ein Lächeln und sagt unbekümmert: „David, Alter! Alles klar, ich weiß Bescheid. Du und Ines, was?"

Versteh einer die Männer.

Als ich mein Handy wieder in Händen halte, will ich wissen, warum David mich eigentlich angerufen hat, obwohl er dachte, dass ich unerreichbar sein müsste. Kontrolle?

„Ich bin auf dem Präsidium. Ausnahmezustand. Zu den Alles-zum-halben-Preis-Plakaten gibt es Anzeigen in der Thurgauer Zeitung, der Neuen Zürcher Zeitung und dem St. Galler Tagblatt." Er ist um einen freundlicheren Ton bemüht, was ich ihm auch geraten haben will. An Liebesgeflüster kommt das jedoch bei Weitem nicht heran, eher an einen sachlichen Bericht. „Nun steht zu befürchten, dass die Stadt morgen im Chaos versinkt. Ich wurde kurzer Hand rekrutiert."

„Ist nicht wahr!", rufe ich. „Wer hat sich denn das ausgedacht, der Einzelhandelsverband?"

„Keine offiziellen Stellen, die infrage kämen. Es gibt noch keine Erkenntnisse, wer das lanciert hat."

Ich spüre ein leicht mulmiges Gefühl aufsteigen „Macht doch einfach die Grenzen dicht."

„In Konstanz selbst ja, wir können aber kaum alle Grenzübergänge zwischen der Schweiz und Deutschland schließen. Für so ein Angebot nehmen die Leute weite Umwege in Kauf. Schon jetzt kampieren sie vor einzelnen Geschäften, um morgen früh die Ersten bei etwas zu sein, das nicht stattfinden wird. Der Einzelhandel ist ahnungslos. Die Parkhäuser sind so gut wie belegt, es wird wild geparkt, Kreuzlingen ist schon völlig zu." Kreuzlingen schließt auf der Schweizer Seite direkt an Konstanz an.

„Das ist Verarsche?"

„So sieht's aus. Ich bin im Einsatz. Wir versuchen, über die Onlineausgaben der Schweizer Zeitungen, Radiosender und die sozialen Medien etwas zu erreichen. Wir können uns heute nicht mehr sehen."

„Oh!" Die Enttäuschung flutet mich. Keine Ahnung, was ich für eine Vorstellung hatte. An und für sich war mir schon klar, dass wir fürderhin kaum im Badehäuschen wohnen und ein unbeschwertes Sommerleben führen würden, nachts wenig schlafen und morgens im See schwimmen. Abgesehen davon natürlich, dass angesichts des herangaloppierenden Herbstes die Badehäuschentage gezählt sein dürften. Dass uns aber gleich am zweiten Abend die Pflicht dazwischenfunkt ...

„Hast du nicht noch Urlaub?"

„Muss weg!", ruft er und das eigenartige Telefonat ist beendet.

„Alles klar?", fragt Dr. Frieder.

„Na ja."

„Schon Ärger im Paradies?"

Ich winke ab. Nichts, was hierhergehört. Fingerspitzengefühl, Ines, Fingerspitzengefühl! Dr. Frieder mag zwar gute Miene zum bösen Spiel machen, ich sollte es aber tunlichst unterlassen, Ballast bei ihm abzuwerfen, selbst, wenn er mich in seiner Trennungsabsurdität explizit dazu auffordert.

So versuche ich, mein Augenmerk wieder auf die Herbstzeitlosen zu richten. „Wo waren wir stehen geblieben?" Mein Po landet auf einer gemauerten Beetkante, ich blinzle in die Sonne und begucke mir den Garten. Der Inbegriff eines Traumgartens: Eingewachsen, fast verwunschen, mit alten Obst- und Nussbäumen, die mit Moos bewachsen sind. Stauden und Büsche sind auf natürliche Weise arrangiert und gepflegt, ohne dass sie dressiert wirken. Hier könnte ich es aushalten.

Der hintere Teil, in dem das Gartenhäuschen steht, ist noch immer mit rot-weißem Polizeiabsperrband abgetrennt. Das nostalgische Hüttchen, dessen verwittertes Rot einen schönen Kontrast zum frischen Weiß der Fensterrahmen bildet, könnte auch in Skandinavien stehen.

Dr. Frieders Blick folgt meinem. „Nette Kate", wertet er und setzt sich neben mich.

Die Hunde residieren vor uns auf dem Rasen. Köpfe erhoben lesen sie die Luft und erfahren aus erster Nase, was so los ist in der Nachbarschaft.

Dem heiteren Tanz des Absperrbandes in der Brise nach zu urteilen, ist dies ein vergleichbar lauschiges Plätzchen. Ich möchte mir nicht ausmalen, an welch furchtbaren Orten man sonst als Polizeiabsperrung abhängen muss. Auch das Band hat keine Wahl, wo es hingehängt wird und was es zu sehen bekommt. Und das arme Ding kann nicht mal die Augen schließen oder sich die Nase zuhalten, um dem zu entfliehen. Eins zu null im Gruseln für das Absperrband.

Jetzt aber mal wieder Konzentration, Frau Fox!

„Fassen wir zusammen. Roger Merian kann Schroff vom Timing her unmöglich selbst vergiftet haben. Auch wenn ich schon latent gehofft habe, dass er endlich zu überführen wäre, weil er persönlich Hand angelegt hat, muss ich zugeben, dass das nicht zu ihm gepasst hätte. Kein Do-it-yourself-Typ."

„Vierundzwanzig bis achtundvierzig Stunden vor dem Todeszeitpunkt war Merian noch in Haft", bestätigt Dr. Frieder.

„Also entweder er hat jemanden beauftragt, einen seiner

Kleiderschränke zum Beispiel, oder er hat jemanden manipuliert. Beides würde zu ihm passen. Für wie wahrscheinlich hältst du, dass Schroff sich selbst vergiftet hat?"

„Wenig wahrscheinlich."

Ich sehe Dr. Frieder nachdenklich an. Inzwischen fällt es mir nicht mal mehr schwer, ihm ungezwungen in die blauen Augen zu schauen. Das muss daran liegen, dass er mir kein schlechtes Gewissen macht, obwohl er allen Grund dazu hätte. Könnte ich das an seiner Stelle? Kaum.

„Wattn?", fragt er lächelnd.

„Ich denke nach." Das ist geschwindelt, aber auch wieder nicht. Ich bin noch recht durcheinander vom Männerwechsel.

„Denn man to."

„Ich hätte gerne diese kleinen blauen Blümchen im Garten. Wie heißen die? Die Zwiebeln müssen im Herbst in die Erde. Vielleicht gilt das auch für Herbstzeitlose? Dann könnten die Zwiebeln herumgelegen haben und wurden mit Schalotten verwechselt."

Dr. Frieder legt den Kopf schief und lächelt. „Blausternchen."

Mein Zeigefinger pikst begeistert in seine Richtung. „Blausternchen!", rufe ich und erinnere mich, dass wir darüber schon einmal gesprochen haben.

Ich zücke mein Smartphone und melde: „Juli bis November soll man die setzen."

„Stecken."

„Bitte?"

„Blumenzwiebeln steckt man."

„Aha."

„Fazit: Verwechslung Herbstzeitlosenzwiebeln mit Schalotten nicht ganz auszuschließen aber höchst unwahrscheinlich", sagt der Wissenschaftler. „Haben ja auch schon ne Menge von, ne?"

„Da ist was dran. Sie werden sich kaum weitere gekauft haben."

„Alles wenig hilfreich", bringt er es auf den Punkt.

„Ja. Und dann haben wir das Problem, dass das Gift nicht richtig zum Ablauf passen will."

„Nicht ganz. Wir wissen, dass Schroffs Körper eindeutige Anzeichen einer Dehydrierung aufwies, die Folge einer akuten Gastroenteritis und damit Colchicinintoxikation."

„Trotzdem ist diese ganze Giftgeschichte für mich nicht stimmig. Oder es fehlen Informationen, dass die Sache rund wird. Wie du sagst, das Zeug würde man kaum zur Selbsttötung einsetzen, bei der Tortur und so übel lange, wie das dauert", murmle ich vor mich hin. „Völlig abwegig, dass man eine Giftpflanze aus eigenem Anbau hernimmt und aufwendig zubereitet. Da wirft man eher Tabletten aus der Apotheke ein. Instantgift statt Vollwertgift."

Dr. Frieder nickt. „Es gibt viele effektivere, weniger qualvolle Methoden als Colchicin. Kein Mittel für Suizidenten."

„Gift passt auch nicht zu Schroff. Selbst wenn er manipuliert worden wäre, Suizid zu begehen, wäre er mehr der Typ Dienstwaffe."

Bilder von Yatas totem Vater geistern mir durch den Kopf, schließlich hatte Roger Merian ihn erfolgreich dazu gebracht, sich mit Zyankali zu vergiften. Quelle unbekannt.

„Schroff war nicht suizidgefährdet", sagt Dr. Frieder im Brustton der Überzeugung. „Die Person muss psychisch äußerst labil, bereits suizidal sein, damit eine Manipulation greift."

„Also schließen wir Selbstmord aus?"

„Schließen wir."

„Was bleibt dann?"

Dr. Frieder zählt an einer Hand ab. „Eine Person im Auftrag Roger Merians, eine bekannte oder unbekannte andere Person oder, wenn auch unwahrscheinlich, eine Verwechslung mit Schalotten."

„Also jeder und keiner", seufze ich.

„Jou."

"Musst du nicht langsam los?"

Dr. Frieder blickt auf sein Handy und erhebt sich in aller Ruhe. Eile und Hektik sind nicht Teil seiner Persönlichkeit.

„Fährst du mit?“, fragt er.

Unglaublich aber wahr, in einem hinteren Gehirnwinkel überlege ich für eine Nanosekunde, ob es im Bereich des Möglichen läge, dass es sich um eine gute Idee handeln könnte. Natürlich nur, bis der Rest meines Verstandes dem Gedanken einen Vogel zeigt und das Hirngespinst kategorisch ablehnt. Folgerichtig schüttle ich den Kopf.

„Nur zu deiner Wohnung.“

Ich fühle, wie ich erröte. Oh Mann! Er hat nur angeboten, mich zuhause abzusetzen, und ich dachte, er wolle mit mir nach Freiburg fahren.

Dr. Frieder grinst. „Hast kurz überlegt, ne?“

Kapitel 28

Zu Hause erinnert mein alter Kombi vor der Tür daran, dass mit Dr. Frieder auch sein VW-Bus verschwindet, und ich mich dringend um einen Werkstatttermin bemühen muss.

Santo und ich sehen Dr. Frieder und Fila hinterher, bis sie um die nächste Ecke geknattert sind. Mein blonder Wuschel produziert einen kläglichen Fiepton und schaut ausgesprochen betrübt aus dem Fell. Oder bilde ich mir das nur ein?

Dr. Frieder hat mich zum Abschied in den Arm genommen, wie man das unter guten Freunden macht. Alles ganz in Ordnung, alles ganz platonisch. Vielleicht hat er mich einen Atemzug zu lange und einen Tick zu festgehalten. Vielleicht hat er mich auch ein kleines bisschen zu stark hochgezogen, sodass meine Füße fast den Boden verlassen haben. Ich musste mich zusammenreißen, keine Träne zu vergießen. Das wäre nicht fair gewesen. Fingerspitzengefühl, Ines, Fingerspitzengefühl! Darin werde ich Meisterin – irgendwann.

Jetzt aber ist er weg und ich darf. Die Umgebung beginnt, hinter einem Schleier zu verschwimmen, halb blind taste ich nach meinem Schlüssel. So kann ich nur erahnen, wer mich da anspricht, als sich die Sonne verdunkelt. Mir fährt ein gehöriger Schreck in die Glieder, der Schlüssel fällt auf den Boden, das ganze wohlbekannte Programm. Ja, das geht auch mir inzwischen auf die Nerven.

Das muss aufhören! Das muss endlich aufhören mit diesen Schreckensmomenten an irgendwelchen Haustüren, weil ich zu dumm bin, endlich zu begreifen, dass das kein Ort ist, an dem man sich unbeschwert aufhalten darf. Schon gar nicht, wenn die Haustür die meine ist.

Ich wische mir über die Augen und unterdrücke ein Schluchzen.

„Frau Fox", wiederholt die Fistelstimme, die in starkem Kontrast zum optischen Eindruck steht. Denn dieser Kleiderschrank hier – und ich bin sofort davon überzeugt, dass es sich um einen aus Roger Merians Kleiderschranksortiment handeln muss – ist gewaltig. Wenn er derjenige sein sollte, der in Schroffs Straße gesichtet wurde, ist grobschlächtig maßlos untertrieben. Anders als seine Vorgänger ist er nicht der durchtrainierte Bodybuildertyp, der vor Kraft nicht laufen kann, sondern der Sumoringer, der vor Masse nicht laufen kann. Ob er dieses windelartige Ding drunter trägt? Die Frisur allerdings hat wenig Fernöstliches und ähnelt dem Bürstenhaarschnitt der übrigen Kleiderschränke. Womöglich vom gleichen Friseur, vom Boss befohlen, der einen anderen Stil als seine Jünger pflegt, um sich deutlich von ihnen abzuheben.

Sumos Verbindung von Körperbau und Stimmlage ballert mir sofort das Wort Eunuch durchs Gehirn. Ich kann ja auch nichts dafür.

Völlig unfähig, zu reagieren, stehe ich da wie ein paralysiertes Kaninchen, Kopf im Nacken, Blickrichtung Oberkante Koloss. Dessen Augen verschwinden hinter den Schlitzen, die seine Pausbäckchen Platz lassen.

„Frau Fox ich möchte Sie bitten, mich auf eine Unterredung zu begleiten", fistelt er und macht eine ausladende Armbewegung auf die andere Straßenseite, wo ein roter Kleinwagen parkt. Das praktische Stadtautole scheint für diesen Zeitgenossen eindeutig zu eng. Gibt es Schuhlöffel für Autos? Autolöffel?

Während mein Gehirn allerlei Unsinn produziert, was es gerne tut, wenn es überfordert ist, wie wir wissen, steht mein Körper einfach untätig da. Stand-by.

„Frau Fox?"

Keine Reaktion. Ich habe nicht mal geblinzelt.

Santo scharwenzelt um mein Gegenüber herum. Die Strategie meines vierbeinigen Sonnyboys, jedem Dahergelaufenen Vorschussfreundlichkeit entgegen zu bringen, ist bisher aufgegangen. Warum also etwas ändern?

„Frau Fox? Alles in Ordnung?", fragt Sumo. Man könnte eine Prise Besorgnis erahnen. Was ergibt denn das für einen Sinn? Legt man als Mörder Wert auf ein unbeschädigtes Exemplar, weil es sonst keinen Spaß macht? Werden Sie erst mal gesund, ehe ich Sie umbringe?

Nach dem anfänglichen Schock bin ich endlich in der Lage, meine Möglichkeiten auszuloten. Bevor ich damit richtig begonnen habe, ducke ich mich unvermittelt, lasse die Tasche samt aller Habseligkeiten plumpsen, schlage einen Haken und spurte los. „Santooo!", schreie ich und hoffe auf das Geräusch von Hundekrallen auf Asphalt, das nicht lange auf sich warten lässt.

„Machen Sie doch keinen Unsinn, Frau Fox", fistelt es mir hinterher. Ich schaue mich kurz um. Sumo ist bereits bei seinem Wagen. Leider muss ich mir entgehen lassen, wie er sich da hineinbringt. Wegrennen macht sich besser mit Sicht auf den Fluchtweg.

Ich habe keine Zeit darauf verwendet zu entscheiden, welche Route die beste wäre, bin instinktiv meiner letzten Blickrichtung gefolgt, also Dr. Frieders Bulli hinterher. Ich bin in der falschen Richtung unterwegs, wie mir nach ein paar keuchenden Atemzügen aufgeht. Eine Route, die weniger den Autoverkehr bevorzugt, wäre sinnvoller. Santo läuft jetzt vorneweg, mitten auf der Straße, zum Glück kommt gerade nichts. Für ihn heißt das Spiel ‚Dr. Frieder und Fila einholen'. Entsprechend engagiert ist er bei der Sache.

Als ich einen Blick zurückwerfe, hat das rote Autole ausgeparkt und fährt mir hinterher. Wenig überraschend eigentlich.

„Santo, hier lang!", schnaufe ich und drücke mich durch Automobile hindurch, die jeden freien Platz zugeparkt haben. Ich will wenigstens ein paar Lagen Blech zwischen das sumogesteuerte Fahrzeug und uns bringen.

Endlich kommt mir die glorreiche Idee, einfach umzudrehen, und zurück zu rennen. In die Richtung hätte ich gleich laufen sollen: Zum Abschnitt der Seestraße, auf der keine Autos fahren dürfen, es sei denn, sie gehören zum Aufnahmeteam eines Tatorts und man möchte den Fernsehzuschauern vorgaukeln, Kraftfahrtverkehr sei hier erlaubt, weil sich's halt so gut macht, im Film.

Ich jogge an Sumos rotem Autole vorbei und sehe ihn

durch die Scheibe schimpfen. Auf der schmalen Fahrbahn, durchgehend flankiert von parkenden Autos zu wenden, ist nicht unmöglich, kostet aber Zeit. Sumo ist wohl kein Freund des Dauerlaufs und will die Verfolgung motorisiert fortsetzen.

Ich bin gezwungen, ein paarmal nach Santo zu rufen, bis er die Spieländerung akzeptiert. Die Marschrichtung zuvor hat ihm besser gefallen, weil so plausibel.

Als ich ansetze, an meinem Haus vorbeizuhetzen, fällt der Groschen. In einer einzigen – wie ich sagen muss – eleganten Bewegung, klaube ich meine Tasche und den Schlüsselbund vom Boden. Weniger geschmeidig, da mit zitternden Fingern, bekomme ich schließlich den Schlüssel in das akut viel zu kleine Loch gezwängt und die Haustür geöffnet. Santo muss noch etwas angetrieben werden, dann sind wir im Hausflur. Kurz darauf fällt auch die Wohnungstür hinter uns ins Schloss.

Kapitel 29

„Schroffs … Mörder“, keuche ich ins Handy.

„Was?“, fragt David.

„Vor meiner Tür. Der Grobschlächtige. Will was von mir. Womöglich … mein Leben.“ Stakkato in Folge extremer Atemnot.

„Bleib, wo du bist!“

Eine höchst überflüssige Anweisung. Ich gehe jetzt nirgendwohin. Stattdessen überprüfe ich, ob alle Fenster und Türen geschlossen sind, lasse Rollläden herunterrauschen, wo es welche gibt, schließlich wohne ich im Erdgeschoss. Ich versuche den Sieger im Kampf Sumo gegen Terrassentür abzuschätzen und tätschle der Tür aufmunternd über die abblätternde Farbe. Keine drei Sekunden gäbe ich ihr.

„Du bist nicht zufällig in deinem Loft?“, frage ich Yata durchs Handy ohne jegliche Begrüßung.

„Nein, warum?“

„Da ist ein Sumoringer, der mir nach dem Leben trachtet. Oben in deinem Loft wäre es mir wohler.“

„Du hast einen Schlüssel“, sagt Yata.

Ich klatsche mir mit der flachen Hand an die Stirn. Stimmt ja. Wieso vergesse ich so was?

„Ich bin in einem Meeting.“ Und schon hat sie aufgelegt. Ohne Rücksicht auf die unbedeutende Ordnung durchwühle ich die Schubladen im Flur. Da ist er: ein Schlüssel mit einem Y als Anhänger.

Vorsichtig spähe ich durch den Türspalt und will die Wohnungstür ganz aufstoßen, erstarre aber stattdessen. Mit Grausen beobachte ich, wie Emma, das Mädchen mit großer Zahnlücke aus dem zweiten Stock, die Haustür öffnet und mit Sumo im Gefolge das Haus betritt. Hat Emmas Mutter ihr denn gar nichts beigebracht? Na, meine Mama hat es mir beigebracht und wir sehen ja, was das hilft.

„Du bist aber dick“, sagt Emma gerade zu Sumo und zwirbelt eine blonde Haarsträhne. Hat sie sich von Yata abgeguckt. Meine Mininachbarin legt den Kopf ganz in den

Nacken und starrt zum Grobschlächtigen hoch. „Und wahnsinnig groß."

Der lächelt, wobei die Augen komplett hinter Pausbäckchen verschwinden. „Stimmt", entgegnet er liebenswürdig, „und du bist sehr klein und wahnsinnig rosa."

Emma kichert. „Stimmt." Fröhlich hüpft sie die Stufen hinauf. „Ines, du hast Besu-uch!", trällert sie. „Ich seh dich!", fügt sie zu meinem Entsetzen hinzu und zeigt mit dem Finger samt abblätterndem Nagellack direkt zum Türspalt. Sumos Blick folgt der Richtung und sein Lächeln wird noch eine Spur breiter.

„Ah, Frau Fox." Die Art und Weise, wie er meinen Namen alleine ins Treppenhaus hängt, stellt mir die Nackenhaare auf. Abgesehen von der abweichenden Tonhöhe klang das schwer nach Roger Merian. Durchlaufen dessen Kleiderschränke alle das gleiche Traineeprogramm? Im Anschluss an den Besuch bei Friseur und Maßschneider geht's ab ins Sprachlabor?

Die Wohnungstür fällt wieder ins Schloss, dass die vielen kleinen Scheiben scheppern. Ich schließe zweimal rum, hechte schnell in die Küche, kehre mit einem Küchenstuhl zurück und klemme ihn unter die Türklinke. Ich setze an, die Flurkommode zu verschieben, die sich sträubt, weil hoffnungslos überfüllt.

„Frau Fox, machen Sie doch bitte die Tür auf", ertönt es im Treppenhaus.

„Kannst du den nicht leiden?", fragt Emma in etwa gleicher Tonhöhe. „Ich finde den nett."

Mir wird schlecht. Denn mir geht soeben auf, dass ich das süßeste kleine Mädchen womöglich mit einem Mörder alleine lasse. Egal, was die Alternative ist, egal, was mir blüht, das geht nicht. Wie in Zeitlupe greife ich nach dem Stuhl und bereite mich darauf vor, die Tür zu öffnen.

„Wie heißt du denn, junge Dame?"

„Emma, und du?"

Ich höre jedes Wort, das im Treppenhaus gesprochen wird. Anfang des letzten Jahrhunderts hat man keinen Wert auf Schallschutz gelegt, vermutlich, weil es weniger Schall gab.

„Frau Fox, Emma und ich finden, Sie sollten jetzt die Tür öffnen.“ Sumos Stimme hat einen drohenden Unterton in das Fisteln gewebt. Von wegen, es braucht eine tiefe Stimmfarbe, um Autorität zu transportieren.

Ich habe den Stuhl längst entfernt, den Schlüssel umgedreht und ziehe langsam die Tür auf. Emma thront auf Sumos massigem Arm und genießt die Aussicht.

Santo schiebt sich an mir vorbei und rennt auf die beiden zu. Von meinem Sonnyboy ist keine Schützenhilfe zu erwarten. Kurz wünschte ich, Fila wäre an seiner Stelle. Sie würde ein Knurren hören lassen, idealerweise garniert mit hochgezogenen Lefzen. Man kann halt nicht alles haben. Tiefenentspannung lässt wenig Platz für Aggression.

„Santobär!“, ruft die Kleine entzückt, als sei es völlig unerwartet, ihn hier anzutreffen.

Mein Hund wedelt wild und steigt am Koloss hoch, um Emmas knubbelige Knie zu lecken. Unschwer zu erkennen: Die beiden sind die dicksten Freunde.

Ich schlucke schwer. „Emma sei doch so lieb und nimm Santo mit zu dir nach oben ja?“ Dabei sehe ich Sumo eindrücklich an. „Ich muss mit dem Herrn hier was allein besprechen, nicht wahr?“

Der Angesprochene nickt langsam und lässt Emma behutsam auf den Boden gleiten. Das hat was von King Kong und die weiße Frau, hier in der Ausgabe King Kong und das pinkfarbene Fräulein. Das stürzt sich auf Santo und umarmt ihn, drückt sein Gesicht in dessen blondes Wuschelfell. Dabei werden mir zu allen Zeiten die Augen feucht, auch in weniger stressigen Situationen. Gefühlsduselei nennt man das. Gefühlsdusselei, hat Dr. Frieder immer gesagt. Heute schäme ich mich nicht dafür. Womöglich ist es das letzte schöne Bild, das ich sehe. Ich schlucke schwer.

„Komm mit Santo, ich habe neue Hundekekse.“ Emma versucht, mit Santos Sprüngen die Treppe hinauf mitzuhalten. Sie juchzt.

Gibt es etwas Unschuldigeres, als ein kleines Mädchen?

„Behalte Santo ruhig eine Weile bei dir oben, hörst du Emma? Raus muss er nicht.“

Kapitel 30

Ich öffne die Tür in einer wortlosen ‚dann kommen Sie halt herein' - Geste. Sumo walzt an mir vorbei. Ich lasse die Tür offenstehen. Soll ruhig jeder, der des Weges kommt, hören, was hier vor sich geht. Ich hoffe auf David oder Arthur oder beide.

Kurz überlege ich, Sumo auf die Terrasse auf ein Tässchen Kaffee zu bitten, schließlich hat das zuletzt bei Roger Merian bestens funktioniert. Das war ein Moment des Triumphs. Ich konnte ihn dazu bringen, einiges zuzugeben, was aufgezeichnet wurde. Für hundert Prozent Zielerreichung des ganzen Unterfangens, eine lange Haftstrafe, hat es aber nicht gereicht. Im Nachhinein kann es einem um den Kaffee leidtun.

Er hier sieht eher nach grünem Tee aus oder heißer Schokolade mit doppelt Schlagsahne oder nach dem Getränk der Saison: grüner Chai-Latte mit Sahne, wahlweise geeist. So was kommt mir nicht ins Haus. Wieso nur beschäftigt sich das Gehirn einer Frau Fox in brenzligen Situationen mit derartigem Blödsinn?

Abgesehen von der Getränkefrage ist die Terrasse als solche keine schlechte Idee. Mein Stückchen Mieterde ist von einem halblebigen Zaun eingefriedet und in den Hinterhof gelangt man über verschiedene Zugänge. Andere Menschen sind hier eher in Rufentfernung, als es drinnen der Fall wäre. Beherzt lotse ich ihn in die Küche und durch die Terrassentür nach draußen.

„Darf ich Ihnen etwas anbieten?", ringe ich mir der Form halber ab.

Sumo macht eine ablehnende Handbewegung. Unentschlossen steht er herum. Keines meiner windschiefen Terrassenmöbel ist für ihn geeignet. Ich deute auf die gemauerten Stufen zum Haus. Kurz zögert er, setzt sich dann erstaunlich geschmeidig, öffnet dabei den Knopf des Jacketts, und offenbart, dass sein Maßanzug Halfter und Waffe bestens kaschiert hat.

Ich bleibe vorerst stehen. Mit ihm auf einer Stufe zu sitzen wäre mir deutlich zu intim, denn seine Maße lassen nichts anderes zu als wortwörtlich Seite an Seite. Außerdem will ich stehend an der Illusion festhalten, ich könnte weg, trotz Schusswaffe. In einem Hinterhof herumzuballern würde zu viel Aufmerksamkeit erregen, hoffe ich. Ich kann nicht einschätzen, wie ich das hier einschätzen soll.

„Ich muss mich entschuldigen“, raspelt er Süßholz. Ich sage ja, Roger Merians Sprachlabor.

„Das stimmt sicher, aber warum konkret?“, steige ich ein. Also gut, dann spreche ich eben mit ihm wie mit Roger Merian. Würde er mir nach dem Leben trachten, hätte er das, hätte er mich schon längst erledigen können. So gruselig der Gedankengang, er beruhigt.

„Ich habe Ihnen Angst eingejagt.“

Das stimmt. Aber gebe ich das zu? „Aber nein“, winke ich ab. Er hier ist der nächste hochgradig Kriminelle, der mir hinterherläuft und mit mir reden möchte. Das ist doch nicht normal! Als Hobbyermittlerin müsste ich es sein, die den Verbrechern nachsetzt, sie belauscht und befragt. Aber kaum habe ich mich einmal umgedreht, steht der nächste Bösewicht vor der Tür. Offensichtlich will auch dieser etwas. Da es nicht mein Tod zu sein scheint, frage ich mal nach. „Sie möchten mit mir sprechen?“

„In der Tat“, bestätigt er. „Bitte verzeihen Sie, ich habe versäumt, mich vorzustellen. Mein Name ist Wladimir Blinow. Wie Sie an meinem Akzent erkannt haben dürften, bin ich russischer Staatsbürger.“

Die aufkeimende Selbstsicherheit entweicht meinem Körper innerhalb kürzester Zeit, schlüssig, dass ich mich auf den nächsten Stuhl fallen lasse, Wladimir Blinow gegenüber. „Sie sprechen sehr gut Deutsch. Ich habe gar keinen Akzent gehört.“ Das ist die pure Wahrheit.

Ich habe nichts gegen Russen, wirklich nicht. Warum sollte ich auch? Keiner kann etwas dafür, wo oder als wer er geboren wurde, prinzipiell. Wenn da nicht der konkrete Zusammenhang mit dem russischen organisierten Verbrechen wäre, der bei den Ermittlungen im vorliegenden Cybercrime-Fall aufgedeckt wurde. Wenn da nicht eine direkte Verbindung zwischen Roger Merian und russisch sprechenden Mitgliedern seines Cybercrime-Rings bestünde. Ist es mir in dem konkreten Fall also zu verdenken, dass seine Nationalität keinen Anklang bei mir findet?

„Das ist sehr freundlich von Ihnen, Frau Fox. Nun, ich habe die Geschehnisse der letzten Monate verfolgt, die Verwicklung Ihrer Person und Ihres Unternehmens in Mord und Industriespionage eingeschlossen. Ich bin mit Herrn Roger Merian vernetzt und in regem Kontakt, sodass wir uns über die jeweiligen Entwicklungen zeitnah ausgetauscht haben."

Ich wünschte, ich hätte Zeit und Möglichkeit gefunden, zuvor das Badezimmer aufzusuchen. Meine autonomen Körperfunktionen der Kategorie Panik befehlen das Abwerfen von Ballast, damit die Flucht rascher vonstattengehen könne. Will heißen: Ich habe Angst. Er hier klettert gerade emsig die Karriereleiter nach oben. Nur ein Handlanger? Kaum.

„Das überrascht Sie nicht. Gut, davon war ich ausgegangen. Nun, die aktuellen Entwicklungen, das plötzliche Ableben von Herrn Kriminalhauptkommissar Schroff sowie der erneute Verdacht, der auf Herrn Merian fällt, ist in höchstem Maße unerfreulich."

Ich nicke. Warum nicke ich?

„Ich bin darüber informiert, dass Herr Merian Ihnen bereits mitgeteilt hat und ich hoffe, Sie haben das an die zuständigen Stellen weitergereicht, dass er an diesem Fall gänzlich unbeteiligt ist. Er hat dies auch mir gegenüber mehrfach versichert."

Roger Merian ist bemüht, ihm etwas zu versichern? Das hievt mein Gegenüber eine weitere Hierarchiestufe nach oben.

Abgesehen davon ist dies hier absurd. Ich muss den Bösewichten nicht nachstellen, weil sie mir hinterherlaufen, das ist nichts Neues. Aber jetzt erzählt dieser hier auch noch munter drauflos, ohne dass ich bisher eine einzige Frage gestellt hätte. Das hat verblüffende Ähnlichkeit mit einem Echttraum. Es passiert einfach. Ich sitze da, alles andere als rühmlich, und nehme die Informationen entgegen, die mir aufgedrängt werden. Wie heißt es? Den seinen gibt's der Herr im Schlaf? Oder der dümmste Bauer erntet die dicksten Kartoffeln? Konzentration, Frau Fox!

„Sie glauben ihm?" Ich verhehle nicht, dass mich das wundert.

Das feiste Gesicht verzieht sich zu einem Lächeln. „Herr Merian hat mich ins Bild gesetzt, dass Sie eine offene und direkte Gesprächspartnerin sind. Ich sehe, er hat nicht übertrieben. Das ist sehr erfrischend. Ich will ehrlich sein. Zum jetzigen Zeitpunkt bin ich mir nicht uneingeschränkt sicher, auch wenn ich aufgrund unserer langjährigen Beziehung keinen Grund habe, an Herrn Merians Worten zu zweifeln. Ich sehe aber, dass Sie dies tun. Warum?"

Meine Achseln zucken, ganz von alleine. „Aus naheliegenden Gründen. Wenn Sie auf dem Laufenden sind, werden Ihnen die Gründe bekannt sein."

„In der Tat. Ich wäre Ihnen trotzdem verbunden, wenn Sie mich kurz in Ihre Gedankengängen einweihen könnten, wenn Sie nichts einzuwenden haben."

Ich zögere. Habe ich etwas einzuwenden? Aber ja! Aber was nützt das? „Roger Merian hat Franz Krüger manipuliert, den Freund von Yata Krüger und Foxinet Mitarbeiter Bernd Gerold zu erstechen sowie sich anschließend selbst zu töten. Die Motive waren vielschichtig und lagen im Bereich der finanziellen Vorteile, des Machtgewinns und der Eifersucht im weitesten Sinne."

„Er wurde vollständig vor Gericht entlastet."

„Das ändert nichts daran, dass er es mir gegenüber zugegeben hat."

Das Augenbrauenheben fällt Sumo alias Wladimir Blinow schwer. Als hätte er kürzlich eine Botoxbehandlung gehabt. Gleichwohl ist zu sehen, dass ihn das überrascht. „Ich verstehe."

„Kriminalhauptkommissar Schroff starb nur wenige Stunden, nachdem Herr Merian freikam“, ergänze ich.

„Ich verstehe. Aus welchem Grund sollte Herr Merian Ihrer Meinung nach Herrn Schroff den Tod gewünscht haben?“

Ich zucke mit den Achseln und will gerade losplappern, dass der offizielle Status von Schroff nicht geklärt war, ob unbestechlich oder korrupt, und dass sich Roger Merian nicht zu jeder Zeit sicher war, ob der Kriminalhauptkommissar vertrauenswürdig war, der in seinen Diensten stand. Das alles habe ich schon mehrmals geplappert, das kann ich einfach abrufen. Sicherheitshalber denke ich noch mal nach, was das zur Folge haben könnte.

„Sie zögern?“

Ich schlucke. „In welcher Beziehung genau stehen Sie zu Herrn Merian?“, traue ich mich dann zu fragen. Wo um Himmels willen bleiben David oder Arthur oder beide?

„Es muss Ihnen genügen zu wissen, dass Herr Merian und ich ähnliche Interessen teilen und in Projekten zusammenarbeiten.“

„Sind Sie im weitesten Sinne Herrn Merians Kunde?“ Ich halte die Luft an.

Sumo lacht und schüttelte den Kopf. „Amüsant. Nein, das bin ich nicht, auch nicht im weitesten Sinne. Frau Fox, mein Status tut nichts zu Sache. Es muss Ihnen genügen, dass wir projektorientiert eng zusammenarbeiten und ich in der Regel gut über die Aktivitäten von Herrn Merian informiert bin.“

Ich nicke. Klingt, als müsste Roger Merian ihm Bericht erstatten. Sitze ich womöglich dem Oberbösewicht gegenüber? Ich kann ihn mir gut in der Rolle von Roger Merians Russisch sprechendem Gesprächspartner diverser Telefonate vorstellen. Dessen Tonfall ließ durchblicken, dass er die Person am anderen Ende der Leitung hofierte.

Soweit bin ich schon: Ich muss die ursprüngliche Einschätzung von Wladimir Blinow umfassend revidieren. Nie, wirklich nie, sollte man sich vom Äußeren täuschen lassen. Nie sollte man einen Menschen aufgrund seines Erscheinungsbildes, seiner Stimmlage oder seines Autos in eine Schublade stecken, sollte es sich auch noch so sehr anbieten. Mögen auch Bürstenhaarschnitt, Maßanzug und sprachliche Gleichschaltung dafürgesprochen haben, dass er nur ein weiterer Kleiderschrank ist, bin ich jetzt davon überzeugt, dass er nur eine Funktion bekleiden kann: die von Roger Merians Chef. Die Erkenntnis jagt mir einen Gruselschauer über den Rücken.

Trotz allem habe ich mich inzwischen gefasst. Sumo ist vermutlich ein Mörder, hat Mörder auf seiner Gehaltsliste. Genau genommen Giftmörder. Das würzt das Ganze mit einer Prise Heimtücke. Trotzdem bin ich erstaunlich gefasst. Kann es sein, dass ich mittlerweile eine gewisse Grundkompetenz im Umgang mit diesen Leuten erlangt habe? Vielleicht bin ich auch nur gnadenlos unvernünftig. Mit Sicherheit bin ich gnadenlos unvernünftig. Ich höre regelrecht Davids Stimme im Ohr, ich solle aus dem Weg gehen. Dann fällt mir auf, dass die Stimme nicht in meinem Kopf ist, sondern David mich tatsächlich anweist, aus dem Weg zu gehen.

„Geh jetzt endlich aus dem Weg, Ines!“, bellt er.

Wie geht man schnell aus dem Weg, wenn man sitzt? Ich kippe samt Terrassenmöbel auf die Seite, was man nur tun sollte, falls das Möbel Armlehnen hat und diese frei von Armen sind. Beides ist hier der Fall. Der Stuhl besitzt nicht mehr die nötige Stabilität, die unkonventionelle Belastung unbeschadet zu überstehen. Ich wurschtle mich aus einem Häufchen Brennholz und krabble auf allen Vieren zum Tisch, um dahinter Deckung zu suchen.

Blinow ist auf der Treppe sitzen geblieben. Seelenruhig hebt er die Hände und blickt dem Trupp Polizisten entgegen, der sowohl über den halblebigen Zaun hinwegsteigt, als auch aus der Terrassentür quillt. Für einen Stehempfang dieser Größe ist mein Freisitz zu klein.

Arthur tritt auf Sumo zu und nimmt ihm die Waffe ab.

„Ihre Papiere bitte! Ganz langsam!“

Sumo lächelt und zieht in Zeitlupe ein schwarzes Brieftäschchen aus dem Maßanzug. Es ist eine Brieftasche normalen Formats, in seinen Händen aber wirkt sie winzig.

Arthur runzelt die Stirn. „Herr Wladimir Blinow, welche Funktion bekleiden Sie in der russischen Botschaft?"

Kapitel 31

Wie sich herausstellt, ist Wladimir Blinow Angehöriger des Wirtschaftsreferats der russischen Botschaft in Berlin, was seine Gelassenheit angesichts der Polizeipräsenz erklärt. Mein Wissen über den Diplomatenstatus beschränkt sich auf das, was man so aus Filmen kennt. Ihm hier kann keiner was, völlig egal, was er verbrochen haben sollte, Mord oder Auftragsmord eingeschlossen.

Ich spüre Wut in mir aufsteigen. Es mag sein, dass diplomatische Vorrechte in der internationalen Politik ihre Berechtigung haben. Sie sind aber auch ein Freifahrtschein, zu tun und zu lassen, was zum eigenen Vorteil gereicht. Das geht mir gehörig gegen den Strich.

Wladimir Blinow sitzt noch immer auf den Terrassenstufen. Obwohl er nicht müsste, beantwortet er bereitwillig Arthurs Fragen. Als er darlegen soll, was er denn von mir wolle, warum er sich Zutritt zur Wohnung verschafft habe, lässt er unverblümt verlauten, ich hätte ihn hereingebeten. Er habe gehört, Foxinet strebe eine Expansion an, und er hätte mir dabei behilflich sein wollen, die Gründung einer Niederlassung in Moskau zu prüfen. Auf meine Entgegnung, das sei ja wohl völlig an den Haaren herbeigezogen, so wäre unser Gespräch ganz und gar nicht verlaufen, Foxinet hätte keine Absichten in diese Richtung, Foxinet sei froh, das aktuelle Tagesgeschäft zu bewältigen, entschuldigt er sich überschwänglich, es handle sich wohl um ein Missverständnis. Wie es dazu gekommen sei, sei ihm schleierhaft.

David legt mir beruhigend die Hand auf den Arm und drückt sanft zu.

Da passiert etwas Bemerkenswertes: In Wladimir Blinows Gesicht blitzt kurzzeitig Erstaunen auf. Er weiß mehr über mich, als mir lieb ist. Davids Geste jedoch zeigt ihm, dass er nicht ganz auf dem Laufenden ist, was meine Beziehungen angeht. Es ist ja selbst für die Teilnehmer nicht ganz einfach, da up to date zu bleiben.

Arthurs Erkundigung nach seiner Anwesenheit in der Schroffschen Straße verneint Blinow.

„Warum hat Ihr Wagen eigentlich kein Sonderkennzeichen?", hake ich ein.

Arthur runzelt die Stirn, weil ich ihm in die Parade fahre, bevor er die nächste Frage stellen kann.

„Ein Leihwagen. Mein Dienstwagen hatte eine Panne und einen komfortableren, vor allem passenderen, konnte man mir auf die Schnelle nicht anbieten."

„Oh, wie bedauerlich. Wann war denn das?"

Wladimir Blinow lächelt. „Heute Morgen, Frau Fox."

Wenn dies der Wahrheit entspricht und er sich motorisiert zu Schroff begeben haben sollte – und eine andere Fortbewegungsmethode kann ich mir bei ihm nicht vorstellen – war das nicht im roten Autole, sondern womöglich in einer Staatskarosse mit Diplomatenkennzeichen. Ich weiß ja nicht, was in Staad auffälliger wäre.

„Kennen Sie Roger Merian?", beeile ich mich zu fragen. Ich möchte, dass Blinow höchstpersönlich die Anwesenden in Kenntnis setzt, dass er mit Roger Merian zusammenarbeitet und daraus auch keinen Hehl macht.

„Selbstverständlich. Wie ich Ihnen bereits ausführte, Frau Fox. Gerne wiederhole ich dies vor der Polizei. Herr Merian ist in seiner Funktion als Vorsitzender von Krüger & Merian Mitglied diverser Verbände zur Stärkung der Deutsch-Russischen respektive Schweizerisch-Russischen Zusammenarbeit, in denen ich ebenfalls Mitglied bin. Auch sein Großvater René Merian sowie Yata Krüger und ihr verstorbener Vater Franz Krüger sind mir selbstredend bekannt."

Das klingt ja nun völlig anders. Mir ist der Kiefer heruntergeklappt. „Welche Verbände denn?"

„Verbände, die es sich zum Ziel gemacht haben, bilaterale Wirtschaftskooperationen zu stärken."

„Vielleicht hat Foxinet in Zukunft doch Interesse. Entsprechende Kontaktadressen wären hilfreich", flunkere ich.

„Ich lasse Ihnen gerne eine Liste per Mail zukommen, Frau Fox." Er zieht sich gewandt aus der Affäre.

Blinows ausgesuchte Verhandlungskunst, die Selbstsicherheit, sein ganzes Gehabe verleihen ihm eine imposante

Aura von Macht, zwei Meter breit und drei Meter hoch. Diplomatische Immunität hin oder her, er hier würde einen Mord nicht selbst ausführen. Vielleicht hat er das früher einmal, als seine Position in der Hackordnung weiter unten angesiedelt war. Heute hat er genügend Leute dafür im Gefolge.

Die nächste Erkenntnis stellt meine Stromversorgung ab: Angesichts des ganzen Immunitätsgedöns werden wir nicht einmal ansatzweise aufdecken können, wer von dem Haufen wofür verantwortlich ist, von einer gerechten Strafe ganz zu schweigen.

Sumo Pardon Wladimir Blinow erhebt sich und deutet einen Diener an. „Bitte entschuldigen Sie meine Unhöflichkeit, dieses hochinteressante Gespräch dermaßen jäh abzubrechen, aber ich habe einen Termin wahrzunehmen. Ich freue mich, dass wir uns kennengelernt haben, und ware sehr erfreut, würden wir unseren Austausch zu einem späteren Zeitpunkt fortsetzen."

Er gibt mir die Hand, genau genommen verschwindet meine komplett in seiner. Dabei übt er leichten Druck aus. Gerade so viel, um mir unzweideutig klar zu machen, dass er mein Händchen und mich als Ganzes einfach so zerquetschen könnte, ohne Anstrengung und ohne Konsequenzen.

„Frau Fox, es war mir eine Freude." Dazu gibt es die Andeutung eines Dieners und eine Visitenkarte.

Ich nicke wortlos. Was soll ich auch sagen.

Mit Wladimir Blinow geht der Großteil des Polizeiaufgebots. Meine Terrasse beherbergt wieder die Anzahl Personen, für die sie eher gemacht wurde: vier. Als da wären David, Arthur, Godehard und ich.

„Wenn de nüscht dajejen hasch, Arthur, würd ick bei Ines bleibe", sagt Godehard in seinem unnachahmlichen Konstanzer Berlinerisch. „Die kann ma ja keene Minute alleene lasse."

Arthur nickt.

„Fannkuchen, wa?", feixt Godehard.

„Hä?", frage ich wenig gewandt.

Mein Magen murmelt in freudiger Erwartung.

„Na Blinow kommt von Blin, det heeßt Fannkuchen uff Russisch."

Ich fange an, hemmungslos zu kichern. Eine Gefühlsachterbahn katapultiert mich geradewegs in die entgegengesetzte Richtung.

„Ja klar, Blini sind doch die kleinen …", lacht David.

Arthurs Mundwinkel zucken, während wir anderen uns die Bäuche halten vor Lachen. Nachdem wir uns langsam beruhigt haben, gilt es ein paar Worte über Pfannkuchens Auftritt zu verlieren.

„Uns sind die Hände gebunden", versucht Arthur mir beizubringen. „Bei Botschaftsangehörigen sind wir absolut machtlos."

„Schon klar", sage ich mit einem Achselzucken und bemerke, dass meine Gelassenheit bei David und Arthur Überraschung hervorruft, weil wohl unerwartet. „Wir sind uns sicher einig, Pfannkuchen hat Schroff nicht selbst vergiftet. Da war eher ein niedrigerer Botschaftsangehöriger am Werk, dem man auch nichts kann."

Ein Moment nachdenklichen Schweigens.

„Aber warum?", spreche ich aus, was vermutlich allen so oder ähnlich durch den Kopf geht. „Warum sollte jemand von der russischen Botschaft Schroff umbringen? Es gibt zwar eine Verbindung zum russischen organisierten Verbrechen, aber reicht die Nationalität als gemeinsamer Nenner?"

„OK, also organisierte Kriminalität, und Wirtschaft sind eng verflochten. Das gilt für alle Länder", informiert David. „Im betreffenden Cybercrime Fall wären ohne komplexe Netzwerke kaum solche Erfolge erzielt worden. Nicht unwahrscheinlich, dass die Hersteller daran beteiligt waren. Nicht unwahrscheinlich, dass sie von der OK akquiriert wurden, Hintertüren in die Geräte einzubauen. Deshalb ist es eine Lachnummer, dass die Hersteller jetzt Europol bei der Aufklärung assistieren und die OK quasi mit." David klingt verbittert und läuft Gefahr, sich in Rage zu reden.

„Ist Pfannkuchen …", beginne ich.

„Nenn ihn doch nicht immer Pfannkuchen", blafft David dazwischen.

Ich zucke zusammen. „Hoppla!"

„Ist doch wahr", grummelt er.

Godehard grient. „Ihr zwee beede?"

Ich enthalte mich eines Kommentars. Arthur sieht sich schließlich genötigt, die Frage mit einem minimalistischen Nicken zu bejahen. Woher weiß er davon? Also von mir nicht.

„Wo war ich? Dann ist also vorstellbar, dass unser werter Herr Diplomat Wladimir Blinow ein Bindeglied zwischen russischer Mafia und Herstellern ist, oder gar selbst zur Führungsetage der russischen Mafia gehört? Ich bin mir so gut wie sicher, dass er Roger Merian hierarchisch übergeordnet ist", komme ich zurück zum Thema.

Verhaltenes Nicken reihum.

„Aber ist es ebenso vorstellbar, dass ein Mitglied dieses Milieus jemanden mit Herbstzeitlosen umbringt? Mafia tötet mit Blümchen? Das macht sich doch schlecht in der Presse. Außerdem ist es langwierig. Ein bis zwei Tage muss man rechnen. Und es ist nicht todsicher."

„Ich denke, hier wurde eher mit der Substanz Colchicin direkt operiert", sagt Arthur.

„Auch das wäre nicht todsicher, je nachdem, wann sich das Opfer in ärztliche Behandlung begibt", widerspreche ich.

Die Drei schauen mich erstaunt an. Sollte ich da einen kleinen medizinischen Wissensvorsprung haben?

„Eine Vergiftung würde zudem nicht den Eindruck erwecken, als stecke die russische Mafia dahinter. Eine Hinrichtung durch die OK soll auch immer der Abschreckung dienen, die Machtverhältnisse zementieren, ein Exempel statuieren", sagt David.

„Es sei denn, es soll, gerade nicht nach Mafia aussehen", fabuliere ich. „Vielleicht sollte eine gewisse Leidensphase entstehen? Wenn ich recht verstanden habe, ist die Vergiftung durch Colchicin wenig lustig." Ich seufze. „Viel schlauer sind wir nicht. Gar nicht schlauer eigentlich."

David legt den Arm um meine Schulter. „Das ist aber auch nichts, worüber du dir dein Köpfchen zerbrechen musst", sagt er in deutlich zu gönnerhaftem Ton.

Unnötig zu sagen, dass sein Arm sofort von meiner Schulter fliegt.

„Nicht eher mein hübsches kleines Köpfchen?" Ich funkele ihn an. Im Ernst? So was kann er doch nicht bringen, während uns hier zwei Polizisten gegenüberstehen.

Die Besagten drehen sich peinlich berührt aus dem Gespräch und steuern auf die Terrassentür zu. Ich meine ein leises ‚Oh-oh' zu hören.

„He, das war nett gemeint", murrt David.

„Ah was", haue ich ihm seine eigene Formulierung um die Ohren. Kann er schauen, was das jetzt zu bedeuten hat.

„Komm schon Foxy. Das war echt nett gemeint."

Ich nicke stumm. Soll ich ihm versuchen zu erklären, was er mit keiner Erläuterung der Welt verstehen wird?

Als wäre dieses Leben nicht umtriebig genug, stelle ich hier gerade meine Entscheidung für David infrage? Nur ein klitzekleines Bisschen und nur für einen winzigen Augenblick. Aber ist es mir zu verdenken?

Ich bin hochgradig reverliebt. Eine prickelnde Mischung aus Neuem und Altbekanntem, verloren Geglaubtem. Gleichzeitig wird mir gerade wieder bewusst, dass es ja durchaus Gründe gab, weshalb unsere Beziehung beim ersten Mal misslang. Kommunikation zum Beispiel. Dazu gehören immer zwei, also auch meine Art, allergisch auf seinen Kommunikationsstil zu reagieren.

Aussprüche wie der gerade lassen mich seine Grundeinstellung hinterfragen. Andererseits nehme ich das, was er sagt, als käme es von mir. Die gleichen Worte können bei ihm etwas komplett anderes bedeuten.

Ich brauche eine Desensibilisierung! Wie bei einer Allergie. Ich darf nicht jede seiner Formulierungen auf die Goldwaage legen. Ich muss lernen, locker darüber hinwegzusehen. Alternativ tut es auch ein Antihistaminikum. Oder ich bastle mir ein Wörterbuch. Wie lange kann es wohl dauern, bis ich seinen Wortschatz protokolliert und in meine Sprache übersetzt habe? Ich muss ja nur die Elemente aufnehmen, bei denen es zu Verständigungsschwierigkeiten kommt. Mit Schmetterlingen im Bauch ein Klacks.

Nach diesen Gedankengängen ist es kaum eine Überwindung. „Entschuldige. Wenn es nicht so gemeint war, dann habe ich wohl überreagiert."

Er nickt stumm.

Die Wut, die erneut aufglühen will, weil ich eine Entschuldigung vorgebracht habe, die der feine Herr großmütig entgegennimmt, ohne seinerseits ... über diese Glut schütte ich einen Kübel Wasser. Und ich mache mir eine gedankliche Notiz, dass in das Wörterbuch auch Nonverbales gehört.

Der nüchterne Teil meines Gehirns eilt der Gefühlswelt zur Hilfe. Er sagt: Du weißt doch, David meint es nicht so. So ist er eben.

Manchmal kann mein Gefühl wirklich froh sein, dass ihm die Vernunft zur Seite steht. Ja, selbst wenn es sie schon öfter als Spielverderberin begriffen hat. So ist das halt in einem Team. Jeder hat seine Rolle, und die ist für die anderen gelegentlich unbequem.

Natürlich muss mir klar sein, dass es eine große Umstellung ist von Dr. Frieder auf David, von Mr. Tiefenentspannung zu Mr. Ecken und Kanten. Es wird kaum ausbleiben, dass wir ab und zu aneinandergeraten. Was soll's? Auch steht zu befürchten, dass David es nicht mal bemerken wird, während ich mir regelmäßig blaue Flecken hole oder wimmernd am Boden liege.

Wie meinte Dr. Frieder? Gewöhne ich mich eben dran.

Ich gebe David einen flüchtigen Kuss, schenke ihm ein Lächeln und streiche ihm zärtlich über den Bart. „Das kriegen wir hin. Aber mal was anderes."

Er blickt leicht verwirrt, des abrupten Themen- und Stimmungswechsels wegen.

„Ich habe dir noch gar nicht erzählt, dass ich im letzten Echttraum von Ermatingen aus bei Roger Merian in der Limousine gelandet bin."

David reißt die Augen auf.

„Ja ich weiß, krass oder? Ich war keinen halben Meter von ihm entfernt. Auf jeden Fall konnte ich einen Teil eines russischen Telefonats aufnehmen. Die pure Existenz der Aufnahme würde Fragen aufwerfen. Die Tonqualität ist schaurig schlecht, aber vielleicht kannst du da was draus machen?"

David nickt.

Ich tippe auf meinem Smartphone herum und sende ihm die Aufnahme.

Im Anschluss gehen wir in die Küche, wo Arthur und Godehard uns bereits ungeduldig erwarten.

„Was?" Ich schaue erstaunt zu Arthur, weil er bierernst und wie in Zeitlupe den Kopf schüttelt.

„Was nein?", frage ich.

„Du bist zu unbedarft. Das geht so nicht. Mutmaßlich eine ganze Reihe von Personen will dir schaden. Ines, ich appelliere an deine Vernunft. Du darfst dich nicht mehr so unbedarft in der Öffentlichkeit bewegen. Merians Bodyguards sind ebenfalls auf freiem Fuß."

Mir fällt die Kinnlade herunter und ich angle nach einem Küchenstuhl, den mir Godehard entgegenschiebt. „Aber wieso weiß ich nichts davon?"

„Mangels Beweisen entlassen. Seit ein paar Tagen schon", sagt Arthur.

Ich bin baff. Das erklärt natürlich einiges, zum Beispiel, warum Arthur so versessen darauf ist, dass ich in Deckung bleibe.

„Das hätte mir doch mal jemand …", stammle ich. Unschwer zu erkennen: Ich wähnte Roger Merians Bodyguards noch in Haft.

Die beiden Kleiderschränke, jeweils geschätzte 140 Kilogramm Muskelmasse auf zwei Meter verteilt mit besagter Einheitsfrisur, in schwarzen Maßanzügen und passenden Rollkragenpullovern samt Schulterholster gekleidet, hatten mir mehrmals das Sommerleben schwer gemacht. Unter anderem hatten sie mich entführt. Für eine Verurteilung hielt ich die Beweisdecke für dick genug. Nie im Traum hätte ich damit gerechnet, dass die beiden schon wieder die Gegend unsicher machen dürfen.

Dann war da der kleine Kleiderschrank, die Kommode Andrick, mehr breit als hoch. Seine geringe Größe macht er mit wilder Entschlossenheit und Schraubstocktaktik wett, was ich schmerzlich erfahren musste. Andrick war zusammen mit Roger Merian von meiner Terrasse weg verhaftet worden.

Gut, wenn ich nun darüber nachdenke, ist es nicht so weit hergeholt. Roger Merian kam mangels Beweisen frei, das galt dann auch für Andrick. Ich habe die Gerichtsverhandlungen der Kleiderschränke nach meiner Zeugenaussage nicht weiterverfolgt. Ich fand eine einzelne tagesfüllende Verhandlung komisch genug.

Arthur und David gehen. Sie haben genug um die Ohren. Alles muss für die drohende Invasion der Schweizer mobilisiert werden. Die beiden verschwinden nicht, ohne mich mit einer Reihe von Beschwörungen, Ermahnungen und Befehlen in die Zange zu nehmen. Ich solle mich zusammenreißen und auf meine Sicherheit achten.

Ich bin dankbar, als sie endlich weg sind, aber auch, dass Godehard bleiben darf.

Kapitel 32

Godehard nimmt demonstrativ am Küchentisch Platz und grinst mich breit an. „Fannkuchen, wa? Kannste?"

Ich lächle. „Kann der Papst Latein?"

„Katholisch!"

„Hä?"

„Dit heeßt, is der Papst katholisch."

„Echt?"

„Ja sicher."

Ich zucke mit den Achseln und suche die sieben Pfannkuchensachen zusammen. Gerade liege ich auf dem Bauch und hangle ein Glas Apfelmus aus der hintersten Ecke des Küchenschrankes, da klingelt es an der Tür.

Godehard signalisiert, ich möge in der Küche bleiben und schreitet zur Tür, Hand auf der Waffe im Gürtelhalfter. Der spät-sommerlichen Temperaturen wegen hat er heute ein dunkelblaues Polizei-T-Shirt an, das seinen Gürtel in Szene setzt. Gelegentlich muss ich ihn mal fragen, was er neben der Dienstwaffe so alles mit sich herumschleppt.

Wenig später wuselt Santo in die Küche, gefolgt von einer hüpfenden Emma.

„Du hast einen anderen Mann zu Besuch. Der ist Polizist", stellt sie fest. „Wo ist denn der wahnsinnig dicke, wahnsinnig große Mann hin?"

„Weg", sage ich. „Ich mochte den nicht. Also wenn der noch mal zur Tür rein will ..." Wie formuliere ich das am besten?

„Ja?", fragt Emma neugierig.

„Weißt du, der ist nicht lieb, der Mann. Der tut nur so. Wenn du ihn das nächste Mal siehst, rennst du so schnell weg, wie du nur kannst. Du bist nämlich schneller als der."

„Ist gut", sagt sie.

„Kannste Männchen?", fragt mich Godehard.

„Wie jetzt?", frage ich.

„Fannkuchenmännchen."

„Nee."

„Au ja, Fannkuchenmännchen“, ruft Emma und klatscht begeistert in die Hände. „Was sind Fannkuchenmännchen?“

Ich zeige Unwissen: Schulterzucken, Hände erhoben.

Godehard spielt den Entrüsteten, drängt mich vom Herd und nimmt mir die Pfanne ab.

Wenig später sitzen wir zu viert am Tisch, genauer drei oben und einer unten, und verleiben uns wunderhübsche Pfannkuchen in Männchenform ein, die Godehard gegossen hat. So viel kunsthandwerkliches Können hätte ich ihm gar nicht zugetraut. Es gibt Pfannkuchen als Männchen und als Frauchen. Emma hat nämlich zurecht darauf hingewiesen, dass er ein paar mit Rock gießen sollte, schließlich sei das nur gerecht, wo wir doch zwei Jungs und zwei Mädchen seien, auch wenn nur eines der Mädchen ein richtiges Mädchen sei, weil sie einen Rock anhätte. Manchmal ist sie recht streng mit mir. Dafür sei ja einer der Jungen auch gar kein richtiger Junge, weil er nie Hosen anhätte, wie sähe das denn auch aus, mit den vier Beinen. Mit Santo ist sie deutlich nachsichtiger.

„Ich muss zugeben“, sage ich mit halb vollem Mund, „die Männchen schmecken mir besser als die Frauchen.“

„Ach nee“, sagt Godehard.

„Im Ernst. Die sind irgendwie knuspriger. Vermutlich mehr Rand“, mampfe ich und lecke mir Apfelmus vom Daumen.

„Also ich finde die Frauchen besser“, informiert Emma. „Die haben mehr Teig.“

„Mehr Substanz“, kichere ich.

„Was ist das?“, fragt Emma.

„Du verwirrst Emma“, tadelt Godehard.

„Nö“, sagt sie.

„Nee?“, fragt er.

„Nö“, wiederholt sie.

Godehard und ich warten, was jetzt kommt, aber es kommt nichts.

Ich nicke. „Emma weiß, wo's langgeht.“

„Jou“, sagt sie, was mir einen kleinen Stich versetzt, denn sie weiß es genau wie Dr. Frieder zu betonen. Als könnte sie meine Gedanken gelesen: „Wo ist eigentlich Dr. Frieder? Und Fila?“

„Äh.“ Ich schaue Hilfe suchend zu Godehard.

Der schüttelt den Kopf. „Da musste alleene durch.“

„Dr. Frieder und Fila wohnen jetzt in Freiburg.“

„Wieso?“, fragt sie mit großen Augen.

„Na, weil da Dr. Frieders neue Arbeit ist.“

„Er kann doch da arbeiten und hier wohnen.“

„Zu weit.“

„Kann er dich nicht mehr leiden?“

Ich spüre, wie ich knallrot anlaufe.

Godehard kichert.

„Doch, schon“, druckse ich herum.

„Dann kannst du ihn nicht mehr leiden? Wie kann man denn Dr. Frieder nicht leiden?“ Emma runzelt missmutig die Stirn und stemmt beide Hände in die Hüften, was bei diesem Persönchen in Pink unfassbar niedlich aussieht.

Ich reiße mich zusammen. „Aber, dass er mich nicht mehr leiden kann, das hast du nicht für völlig unmöglich gehalten?“

„Nö.“

„Warum nicht?“

„Jeder mag Dr. Frieder.“

„Das stimmt“, muss ich zugeben und hoffe, dass das Thema damit erledigt ist.

„Und?“, fragt sie fordernd, Hände weiterhin in den Hüften.

Ich denke nach. Ich glaube sogar, ich denke das erste Mal so richtig darüber nach.

„Ich mag Dr. Frieder noch, sehr sogar. Aber ich mag David lieber. Weißt du, ich mag David schon viel länger als Dr. Frieder, nur zwischendurch nicht. Und vielleicht wollte ich David schon lange wieder lieber mögen, wusste es nur nicht. Erwachsene sind kompliziert, weißt du?“ Über den letzten Satz runzelt Godehard die Stirn und blickt dann interessiert zu Emma, was sie dazu zu sagen hat.

„David?", fragt sie. „Was für ein David denn?"

„Den lernst du sicher bald kennen."

„Hat der wenigstens einen Hund?"

„Nein."

„Dann kann ich den nicht leiden."

Kapitel 33

Godehard und ich drehen eine Runde mit Santo. Emma ist missmutig einen Stock höher gehüpft. Es war harte Arbeit, die Kleine davon abzubringen, uns zu begleiten. Aber man weiß ja, was mir derzeit so über den Weg läuft inklusive erweiterter Kleiderschrankauswahl.

Wieder im Hause inspiziert Godehard meine Wohnung. „Det isch nüscht", stellt er fest. Die klapprigen Fenster und Türen samt Lage im Erdgeschoss schmecken ihm nicht. „Könnt ick dir nich über Nacht alleene lasse."

Ich klimpere mit den Wimpern, mache ihm schöne Augen und hauche völlig überzogen: „Oh, Godehard, du bleibst über Nacht?"

Er winkt ab. Ich schaffe es einfach nicht, ihn zu erheitern. Eine harte Nuss.

Wir steigen hoch zu Yatas Loft unterm Dach. Schon praktisch, wenn eine Freundin im gleichen Haus wohnt. Eine gut situierte, komfortabel ausgestattete und großzügige Freundin.

Der ehemalige Speicher wurde erst kürzlich ausgebaut und ist mit Abstand das Neuste und Edelste, was unser Mehrfamilienhaus zu bieten hat. Lichtdurchflutete Großzügigkeit, Dachschrägen mit weißem Holz verkleidet, knallroter Kautschukboden, Stahltreppe auf eine Schlafgalerie und Yatas Designermöbel katapultieren die Wohnung 100 Jahre und zwei Klassen über meine.

Godehard pfeift durch die Zähne. „Schnieke. Ick meene, it schlecht." Die neue Wohnungstür aus Stahl wird liebevoll getätschelt.

Ich trete an die großen Atelierfenster, die einen atemberaubenden Blick über die Dächer bis zum See bieten.

„Tja, Seeblick kostet extra", informiere ich Godehard, der neben mir steht und nicht aufhören kann, beifällig vor sich hin zu nicken.

Der See liegt friedlich da, bis auf die Sturmwarnung, die uns hektisch entgegenblinkt. Das Gewitter, der Sturm, was auch immer da im Anzug ist, muss ein riesen Ding sein, wenn die Wetterfrösche ihn dermaßen früh ankündigen.

„Die Feuertreppe kenne ich nicht, die ist neu." Ich klettere gleich mal raus. Eine Gangway aus verzinktem Gitterrost führt am Atelierfenster entlang und eine Wendeltreppe auf das Dach eines niedrigeren Nachbarhauses. Yata hat die Notfalltreppe mit schmalen Brettchen für ihre Katze Felin ausgestattet. Eine Katzentreppe geht alleine weiter bis in den Hof.

„Jut", attestiert Godehard, als wir wieder drinnen sind, und lächelt. Da freut sich einer, dass er die Nacht Inesdienstfrei hat. Er zückt das Handy.

Ich lausche, wie er schlüssig darlegt, warum seine Anwesenheit hier nicht mehr von Nöten sei. Als er die Wohnungstür beschreibt, geht es mit ihm durch. „Stahltür, Blatt über 50 mm stark, massive Stahlsicherungsbolzen, 11-Punkt-Verriegelung, 3-D Bänder. Widerstandsklasse RC 4 oder 5. Un keener weeß, dass se hia isch."

Als Folge meiner Entführung im Sommer, bei der ich von Roger Merians Mannen in einer Abseite in Yatas Loft gefangen gehalten wurde, war ihre Wohnungstür durch eine polizeiliche Ramme aufgebrochen worden. Yata stellte mit der neuen Tür sicher, dass Ähnliches nicht noch mal passieren kann. Mit gemischten Gefühlen beobachtete ich den Einbau. Ich beruhigte mich damit, dass es sehr unwahrscheinlich sein dürfte, ein zweites Mal entführt zu werden und im gleichen Gefängnis unterzukommen. Daran, dass die Tür mich einmal beschützen könnte, hatte ich nicht gedacht.

Godehard wird die Erlaubnis erteilt, mich der Sicherheitstür anzuvertrauen. Wer braucht Personenschutz, wenn er so eine Tür hat? Sollten sich die beiden Kleiderschränke und Andrick die Kommode gleichzeitig dagegen werfen, hätte die Tür nur ein müdes Lächeln dafür übrig.

Der Godehard und ich schaffen ein paar meiner Sachen nach oben. Wenig später hüpft er die Treppe hinunter, wie eine überdimensionale Emma, dreht sich um und grient.

„Freuste dir, wa?", versuche ich mich.

Er schüttelt nur stumm den Kopf. Das sieht wieder aus wie ‚Mädchen, Mädchen'.

„Hab mich bei dir einquartiert. Ich hoffe, das ist Okay? Sollte aber unter uns bleiben", berichte ich Yata am Handy. Godehard meinte zwar, das Hauptmerkmal eines sicheren Hauses sei, dass keiner davon wisse, weshalb es völlig widersinnig sei, meinen Aufenthaltsort jemandem mitzuteilen. Was aber, wenn Yata heute Nacht unverhofft erscheint? Mindestens eine von uns würde einen Herzinfarkt bekommen.

Bei meinem Anruf merke ich sofort, der Trubel rund um Yata hat sich in Wohlgefallen aufgelöst, kein Ausnahmezustand mehr im Hintergrund zu vernehmen. „Natürlich kannst du gerne im Loft bleiben. Ich kann sowieso für eine Weile nicht nach Hause kommen. Erst Hamburg, dann New York", sagt sie.

„Du Armes. Voll im Stress, was? Apropos Stress: unsere Begegnung gestern Abend, total verrückt oder?"

„Ich verstehe nicht?"

„Na wir hatten das gleiche Ziel bei der OBE. Schon vergessen?"

Yata schweigt.

„Filmriss?", vermute ich mal drauf los.

„Nicht ausgeschlossen. Wo waren wir?"

„In Rogers Limousine."

„Tatsächlich? Was wurde denn gegeben?"

„Nichts Interessantes groß", sage ich und verscheuche das Bild von Yatas entblößtem Allerwertesten aus meinem Kopf. „Gesund ist das nicht, was du da machst."

„Nein." Sie klingt geknickt.

„Passt nicht wirklich zu deiner ach so gesunden ach so veganen Ernährung, oder?", lege ich nach.

Yata fängt an zu weinen.

„Tut mir leid, das wollte ich nicht ..." Ich bin aber auch ein Trampeltier! Lasse ich schon wieder das nötige Fingerspitzengefühl missen. Seit Mama mir das offiziell bescheinigt hat, benehme ich mich wie die Axt im Walde, als könnte ich mich nun, da ich weiß, was ich bin, endlich hemmungslos ausleben.

Ich bin um einen mitfühlenden Ton bemüht. „Was ist denn los, Yata?“

„Ach nichts“, schluchzt sie. Dann höre ich sie ein paar Mal tief durchatmen. „Etwas viel derzeit.“ Sie hat sich gefangen und ihre Businessstimme hinzugezogen. Selbstbeherrschung ist das halbe Leben. Oder war es, Ordnung ist das halbe Leben? Beides nicht meins.

„Das ist doch verständlich“, kommentiere ich. „Kann ich dir irgendwie helfen?“

„Danke, das geht vorbei. Roger kehrt in Kürze zurück und übernimmt wieder. Das wird schon.“

Es fällt mir naturgegeben schwer, irgendetwas Positives an ihm zu sehen. Im Augenblick scheint Roger Merian aber der Beste dafür, Yata die Last der Konzernführung von den Schultern zu nehmen. Ja, auch wenn die Führung damit in schlechte Hände gerät.

„Das wird schon“, bestätige ich.

„Du kannst dich gerne bedienen, die Vorräte sind aufgefüllt. Meine Zugehfrau kommt zweimal die Woche.“

Ich muss lachen. „Deine was?“

„Zugehfrau. Meine Haushälterin.“

„Ich wusste nicht, dass du eine hast. Cool.“

„Ich gebe ihr Bescheid. Sie wird einkaufen, die Räume pflegen und dir die gängigen Speisen zum Aufwärmen zubereiten, wie sie das sonst für mich tut.“

„Sie kocht für dich?“

„Freilich.“

„Wann ist denn das passiert?“

„Wie meinst du das?“

„Seit wann und wieso weiß ich nichts davon?“

„Das entzieht sich meiner Kenntnis.“

„Ja so was. Das ist ja super!“ Meine gefräßige Fantasie sieht sich schon vor einer Schlaraffenlandtafel sitzen, die sich stetig auffüllt und unter der Last der Köstlichkeiten durchbiegt. “Ich denke, es ist besser, du bestellst sie ab, damit meine Anwesenheit geheim bleibt. Aus Sicherheitsgründen."

„Bist du sicher?"

Ich seufze, während ich der Schlaraffenlandtafel beim Auflösen zusehe. „Ja."

„Gut werde ich machen. Fühl dich bitte wie Zuhause, Ines. Ich freue mich, dass du bei mir zu Gast bist, auch wenn ich nicht da sein kann. Bettwäsche und Handtücher sind im Schrank. Übrigens ..." Sie macht eine Pause und ich bin schon gespannt, was da noch kommt. „Falls du getarnt das Haus verlassen möchtest. Die Feuertreppe führt zum Nachbargebäude und der Schlüssel zur dortigen Tür ist in meiner Nachttischschublade. Dort findest du auch einige Utensilien, um unerkannt zu bleiben."

„Ein Hinterausgang? Cool."

Nach unserem Telefonat sehe ich dieses Refugium mit anderen Augen: fünf Sterne all-inclusive mit Seeblick und Notausgang.

Ich pilgere gleich mal zum Kühlschrank. Übersichtlich gefüllt mit Smoothies in allen Regenbogenfarben, selbst Blau und Lila sind dabei. Allerlei Gläser, verschiedene Nussmuse, vegane Mayonnaise, Oliven, eingelegte Antipasti, eine ganze Batterie von Pflanzenölen, daneben Sojajoghurt, Margarine sowie weiße und braune eingeschweißte Blöcke von irgendwas. Auch sonst stapelt sich einiges, von dem ich keinen blassen Schimmer habe, was es ist. Dann frohlocke ich: drei Flaschen Champagner. Yay!

„Aber nur für besondere Anlässe, Ines", ermahne ich mich mit ernster Stimme und hoch erhobenem Zeigefinger. „Also gut, nicht jeden Tag", lenke ich ein. „Aber wirklich nur eine Flasche am Abend, nach 17 Uhr, es sei denn, es ist Wochenende und ein Champagnerfrühstück steht an." So stimmt's. Morgen ist Samstag.

Dann gehe ich weiter auf Entdeckungstour, beziehe das Bett und begutachte den Inhalt der besagten Nachttischschublade. Ich habe keinerlei Probleme, mich in meiner Luxusferienwohnung in Nullkommanichts wohlzufühlen. Wer hätte gedacht, dass man für einen gelungenen Tapetenwechsel nur drei Stockwerke nach oben zu steigen braucht?

Santo hat es sich in seinem Hundebett bequem gemacht, die Nase in Felins leerer Katzenhöhle nebenan. Mein Hund, einer der passioniertesten Katzenjäger vor dem Herrn, hat sich gleich zu Beginn mit Yatas Katze angefreundet. Die beiden sind ein Herz und eine Seele, die rot Getigerte hat das Sagen. Wenn Santo zwischen Felin der Katze und Fila dem Hund entscheiden müsste, er würde Erstere wählen. Mein anfänglicher Eindruck, der Minitiger hätte meinen Wuschelwolf verhext, ist natürlich Quatsch.

Ich habe mich gerade an Yatas Rechner gesetzt und ihn angeschaltet, da vernehme ich ein forderndes Miau von der Feuertreppe. Es hat sich bis in den Freigang herumgesprochen, dass das Loft bewohnt ist. Als ich öffne, stolziert Felin herein, würdigt mich keines Blickes, ganz im Sinne von ‚Katzen haben Personal'. Santo springt auf und leckt ihr die Ohren platt. Sie schnurrt und streicht ihm um die Beine, belegt sein Bett mit Beschlag und residiert hoch erhobenen Hauptes mittendrin. Er lässt sich auf den roten Boden plumpsen und guckt beseelt.

Ich schüttle den Kopf. Das ist doch nicht normal. Ich sollte nach einer Selbsthilfegruppe für Halter anormaler Haustiere suchen.

„Passwort Felin? Im Ernst Yata?", murmle ich zurück am Computer. Vielleicht geht sie davon aus, dass die Personen, die ernsthaft an ihre Daten wollen, sich von einem Passwortschutz eh nicht aufhalten lassen. Sie hatte schon die Vermutung geäußert, Roger Merian hätte sich auf alle ihre Daten Zutritt verschafft. Wirklich Sensibles sei bei ihr deshalb weder in der Cloud noch auf dem Computer zu finden, der Grund übrigens, warum ich keine Hemmungen habe, ihn zu benutzen.

„Wow", flüstere ich in Ehrfurcht und greife tastend in die Nussmischung, die ich mir an den Schreibtisch geholt habe. Yatas Posteingang hat sich automatisch geöffnet und schleudert mir eine Reihe Mails entgegen, allesamt von

Schroff. ‚Meine kleine Elfe' steht über einer, gefolgt von Liebesbeteuerungen der schwülstigen Art. Ich kann gar nicht so schnell weggucken, wie sich die Buchstaben in mein Hirn brennen.

Jetzt könnte man sagen, selbst schuld, was schnüffelt sie auch herum? Sie ist hier zu Gast, da tut man das nicht. Undankbares Gör undankbares! Jaja.

Schnell schließe ich das Mailprogramm wieder und atme durch. Wie unerwartet. Er war über beide Ohren und unsterblich in Yata verliebt. Unsterblich nur im übertragenen Sinne.

Es juckt mich in den Fingern. Schwupps habe ich das Mailprogramm wieder geöffnet. Schwülste-Schroff, im öffentlichen Leben Behördenpassiv-Schroff, schickte seiner Angebeteten täglich mehrere Mails. Auf einer Skala von 0 bis 10 von sachlich zu skurril schwülstig waren sie allesamt jenseits der 8. Wie hat Yata das ausgehalten?

Ich begucke mir die letzte Nachricht und verschlucke mich heftig an der Nussportion, mit der ich meinen Mund überladen habe. Vor lauter Husten treten mir Tränen in die Augen, ich röchle fürchterlich. Kurz denke ich, das war's jetzt, schleppe mich gerade noch ins Bad und bringe das in Ordnung, ohne hier auf Details eingehen zu wollen.

Etwas zum Nachspülen muss her. Ich greife zu einem lila Entgiftungssmoothie mit Was'n-das-Acai-Beeren, Himbeeren und Blaubeeren. Ich hoffe, er hilft auch gegen akute Schwülstigkeitsvergiftung.

So gewappnet lese ich:

Meine liebste Elfenkönigin,
Dein Haar ist aus reinem Mondlicht, ewig könnte ich es betrachten, und wie flüssiges Silber über meine Finger fließen lassen. Lass uns allem entfliehen! Lass uns zusammen wegfahren, Königin meines Herzens, an einen Ort, an dem uns keiner kennt, wo wir uns unserer verbotenen Liebe ganz hingeben können. Ich erwarte Dich heute Abend in unserem lau-

schigen Liebesnest. Ich verzehre mich nach Dir, meine Holde, lass mich nicht warten.

Nachdem ich mich ausgiebig geschüttelt und den Würgereflex unter Kontrolle gebracht habe, stelle ich dreierlei fest:

Erstens, Selbstmord ist vom Tisch, es sei denn, dieses schmachtende Herz wäre von seiner Königin harsch abgewiesen worden. Nur das hätte diesen Minnesänger in den Tod treiben können.

Zweitens, er hat die letzte Mail um 8:25 Uhr am Vortag seines Todes geschickt. Entweder es ging ihm gut, oder nicht schlecht genug, als dass er es der Angebeteten gegenüber für erwähnenswert gehalten hätte.

Drittens ist zu klären, ob das Rendezvous wie geplant am Abend stattfand und falls ja, ob er noch in Ordnung war.

Ich zücke mein Handy und rufe bei der abwesenden Pensionswirtin durch.

„Das Katzenfutter befindet sich rechts neben der Spüle“, sagt Yata ohne Begrüßung. „Felin ist bestimmt schon da, nicht wahr?“

„Ja, danke, aber darum geht es nicht.“ Ich hole tief Luft. „Okay, ich sage es geradeheraus und würde verstehen, wenn du mich hochkant rausschmeißen würdest. Ich hatte wirklich keine Ahnung, dass mich das erwartet.“

„Du jagst mir Angst ein, Ines.“

„Ich habe mich an deinen Computer gesetzt, aber nur, weil du sagtest, da wäre eh nichts Geheimes drauf. Ich wollte etwas recherchieren, da ploppen mir haufenweise Mails von Schroff entgegen. Die letzte habe ich gelesen, wegen der Mordermittlungen, weil ich hoffte, schlauer zu werden.“

Schweigen am anderen Ende.

„Yata? Es tut mir leid, ich habe übel deine Privatsphäre verletzt.“

„Nein, schon in Ordnung, Ines.“

Uff, das klingt gut. „Ehrlich?“

„Ja, alles Okay. Ich hätte sie löschen sollen, aber ich weiß auch nicht."

„Pass nur auf, dass Roger sie nicht zu Gesicht bekommt. Der bringt Schroff gleich noch mal um", rutscht es mir heraus.

„Ines!"

„Ja, entschuldige. Wie konntest du zulassen, dass er sich bis über beide Ohren in dich verliebt, wo du das nicht erwidert hast? Wieso hast du toleriert, dass er dir so was schreibt, in rauen Mengen? Wer weiß, welchen Informationsstand Roger in der Untersuchungshaft hatte."

„Du bist noch immer der Meinung, Roger hat Michael meinetwegen ermordet?"

„Das müssen wir mit einbeziehen, wenn er es natürlich auch nicht selbst getan haben kann. Aber dazu hat ein Roger Merian ja seine Handlanger. Erschreckende Parallelen zu Bernd gibt es. Das liegt doch auf der Hand."

„Da bin ich gegenteiliger Auffassung."

„Für dich war das vielleicht etwas anderes, nicht aber aus Rogers Sicht. Hast du zufällig mit Schroff Schluss gemacht?"

„Nein. Wieso?"

„Nur so. Habt ihr euch am Vorabend seines Todes getroffen?"

„Nein. Er hat mir am Nachmittag telefonisch abgesagt, es ginge ihm nicht gut."

„Hast du das der Polizei mitgeteilt?"

„Selbstverständlich. Nachdem du Kriminaloberkommissar von Leisfall unsere Affäre preisgeben hattest, hat er mir eine Unzahl Fragen gestellt. Ich war gezwungen, ihn zu informieren." Sie klingt etwas bissig.

Kann ich ihr nicht verübeln. „Um wie viel Uhr hat Michael abgesagt?"

„Gegen vier glaube ich."

„Hat er dir gesagt, was er konkret hatte und seit wann?

„Er meinte, er hätte entweder das Mittagessen nicht vertragen oder sich eine Magen-Darm-Infektion zugezogen."

„Was für ein Mittagessen?"

„Keine Ahnung."

„Danke Yata." Ich lege auf und strecke mich. Mein Blick gleitet durch das Atelierfenster auf den See, der nahezu wellenlos daliegt. Die Sturmwarnung schlägt ihren Rhythmus.

„Teufel auch", murmele ich und plumpse wieder in den feudalen Schreibtischsessel.

Kapitel 34

„Moin." Ich höre, wie sein Lächeln mitschwingt.

„Gut angekommen?"

„Jou. Lang hast du's ja nich ausgehalten."

„Stimmt. Deine Expertenmeinung ist stark gefragt. Wisst ihr Jungs in Freiburg, was Schroff zuletzt gegessen hat?" Ich betone ‚ihr Jungs in Freiburg' über Gebühr, weil Dr. Frieder nun endlich dazugehört. Er ist da, wo er sein möchte, beruflich zumindest.

Er lacht heiser. „Kein Mageninhalt. War auch nicht zu erwarten, nach der Gastroenteritis."

„Könnt ihr nachweisen, ob er Colchicin als Reinsubstanz oder Pflanzenteile zu sich genommen hat? Und falls Letzteres, gibt's da einen DNA-Test?"

„Ich bin nicht befugt, dir diese oder ähnliche Informationen dieser Art zukommen zu lassen". Das klingt wie abgelesen oder eingetrichtert, in jedem Fall hochoffiziell. So kenne ich ihn gar nicht. Dr. Frieder hat sonst nicht viel übrig für Restriktionen und Freiheitseinschränkungen.

„Hoi, seit wann das denn?"

„Seit eben. Sonst flieg ich."

„Man hat dir explizit gesagt, du darfst nicht? Woher wissen die von mir?"

Schweigen.

„Arthur?"

Schweigen.

„David?"

„Sieht so aus."

Ich bin sprachlos.

Dr. Frieder lacht heiser. „Knurrst du etwa?"

„Aber so was von! Da habe ich ja wohl auch allen Grund dazu. Der ... der ... Und da lässt du nicht mit dir reden? Ich meine, es muss ja keiner erfahren. Nur so unter uns?"

„Nee!"

„Würdest du, wenn wir noch ..."

„Möglich."

„Ah was."

„Aus dem Wortschatz deines Lovers? Geht schnell, was?“, foppt er.

Natürlich steigt mir die Röte ins Gesicht, war ja klar. „Ist doch jetzt egal“, brummle ich.

„Du bist rot geworden“, stichelt er weiter.

Da hilft nur ignorieren.

Nachdem ich aufgelegt habe, ziehe ich ernsthaft in Erwägung, David anzurufen und ihm die Meinung zu geigen, verwerfe das aber sofort wieder. Will ich unser zartes Beziehungspflänzchen damit belasten? Ich müsste erwähnen, Dr. Frieder kontaktiert zu haben. David wäre not amused.

Stattdessen schnüffle ich noch etwas digital herum. Ich öffne ein paar von Schroffs Mails, die alle den mehr oder weniger gleichen theatralischen Tenor haben. An einer Mail hängen Fotos. Auf einem hat er den Arm um Yatas Schulter gelegt. Sie trägt die weißblonden Haare kunstvoll in Zöpfen rund um den Kopf gelegt, ein eisblaues Edeldirndl und ein überraschend glückliches Lächeln. Schroff steckt in speckigen Lederhosen. Die Kamera lag wohl auf einem Biertisch, denn es ist nur das herabblickende Paar und der schäfchenbewölkte, hellblaue Himmel eines Festzelts zu sehen. Die Aufnahme ist wenige Tage alt.

In der gleichen Location wurden auch Bilder auf Augenhöhe geschossen: als Selfie mit Schroffs ausgestrecktem Arm am Bildrand und von einer dritten Person mit etwas Abstand zu dem augenscheinlich ausgelassenen Paar. Vielleicht eher zu dem glücklich getrunkenen Gespann?

Yata und Schroff haben sich tatsächlich an den Ort in Konstanz begeben, an dem die Wahrscheinlichkeit, von jemandem gesehen und als Paar identifiziert zu werden, so hoch war, wie nirgends sonst? Ich dachte, die Affäre sollte geheim bleiben?

Ich schüttle ungläubig den Kopf.

Im Hintergrund sind jede Menge Leute im Gwand zu sehen. Ich zoome mal hier hinein, mal da hinein. Das mache ich gerne, habe ich doch gerade Zeit und nichts Besseres vor.

Die Chance, auf dem Konstanzer Oktoberfest jemanden zu sichten, den ich kenne, ist durchaus gegeben.

Ich entdecke Arthur, der sich wegzuducken scheint. Sein Blick trifft schräg auf die Kamera. Er trägt Arthurzivil, will heißen seinen alltäglichen grauen Anzug. Arthur wusste von Schroff und Yata?

Ich bereue, Godehard den Vortritt beim Überbringen der Kunde über die Affäre gelassen zu haben. Ob er bemerkt hätte, wenn Arthur die Verbindung bereits bekannt gewesen wäre? Und falls ja, hätte ich davon erfahren?

Ich wundere mich noch mal ausgiebig, dass Yata sich in Schroffs Arm wohlzufühlen scheint. Sie sieht tatsächlich glücklich aus. Hat sie ihn womöglich doch geliebt? Hat sie nur gesagt, was ich hören wollte? Waren die Gefühle gerechter verteilt, als ich glauben sollte?

Ich geistere durch die anderen Bilder, begucke mir die zünftigen sowie mitunter betrunkenen Besucher. Irgendwas stört mich. Was ist es nur? Zum wiederholten Male gehe ich alle Fotos durch.

Und dann bemerke ich hinter dem glücklichen Paar einen Hinterkopf mit einer weißen Kurzhaarfrisur, Gesicht abgewendet. Ein winziger Ausschnitt eines Maori-Tattoos ist zu sehen.

„Charles!“, rufe ich freudig aus. Das kleine Erfolgsgefühl, wenn man ein ‚Finden Sie die Fehler‘ Bilderrätsel gelöst hat.

Irgendwas passt noch immer nicht. Es müssen mehr Nüsse her, dazu schlürfe ich den nächsten Smoothie, diesmal einen giftgrünen mit Grünkohl. Und jetzt mit frisch genährtem Blick ans Werk und ein letztes Mal in alle Fotos hineingezoomt.

Dann fällt es mir endlich auf. Der Bierzelthimmel ist hellblau mit weißen Wölkchen. Das ist kein Himmel aus einem der beiden Festzelte des hiesigen Oktoberfests. Ich muss nur kurz googeln, bis ich ehrfürchtig, „München“, hauche. Natürlich! Mir erschien die Zusammensetzung des Publikums für Konstanz erstaunlich international, die Dirndlmode der älteren Semester überaus volkstümlich traditionell. Aber wer denkt denn an so was?

Bierzelthimmel mit Schäfchenwölkchen hin oder her, zur Sicherheit gebe ich die GPS-Daten aus den Dateieigenschaften des Bildes bei Google Maps ein. Der rote Pin landet mitten in der Theresienwiese.

Was machten Arthur und Charles zeitgleich mit Yata und Schroff auf der Wiesn? Das muss ich erst mal sacken lassen. Soll mein wohlgenährtes Unterbewusstsein alleine loslaufen und sich mit dem Thema beschäftigen. Ich stoße später hinzu.

Solange schnüffle ich weiter herum. Ich schaue gerne in Papierkörbe, in analoge wie digitale. Ich weiß, das ist unschön, erstaunt aber kaum, passt es doch bestens zu den sonstigen Symptomen meiner krankhaften Neugier. Irgendwann angefangen kann ich es heute nicht mehr lassen. Selbst versierte Benutzer vergessen oft, den Papierkorb in ihrem Computer zu leeren, nachdem sie Dateien vermeintlich gelöscht haben. Yatas Zugehfrau hat zwar den Behälter neben dem Schreibtisch geleert, der im Computer allerdings enthält eine Bilddatei.

Das gleiche Dirndl-Outfit, das gleiche Bierzelt, das gleiche Datum. Ich halte die Luft an. Dieses Grinsen neben ihr gehört Wladimir Blinow. Er ist in die Knie gegangen, um den Größenunterschied von über einem halben Meter für das Foto zu verringern.

Was bedeutet das? Das ist beunruhigend. Natürlich ist es das. Und was zum Teufel sagt das aus, dass die beiden sich die Hände geben? Besiegeln sie einen Deal? Eine Kooperation?

Ich brauche dringend etwas Stärkeres als giftfarbene Smoothies. Kurz denke ich an den Champagner. Aber dies ist kein Anlass für Feierlichkeiten, für Hochgefühle, schon gar nicht für Champagnerlaune. Die Situation erfordert einen waschechten Drink, tunlichst hochprozentig, einen, mit dem man sich gegebenenfalls in Nullkommanichts betrinken könnte, wenn nötig. Yatas Barschrank ist so gut bestückt, wie ihr Kühlschrank, na nur in ungesund eben.

Ouzo. Mit den ganzen Kräutern geht er im weitesten Sinne als medizinisch wertvoll durch. Ja, selbst Schnaps lässt sich schönreden. Mit Sicherheit lässt er sich schöntrinken.

Kaum habe ich ein Gläschen gekippt, geht es mir besser. Das ist Einbildung, aber im Moment tut's die.

Ich habe das dringende Gefühl, ich müsste irgendjemand irgendetwas fragen. Aber bei wem zum Henker kann ich anrufen, ohne ein Risiko einzugehen? Hier ist ja mal wieder alles ins Wanken geraten, mal wieder keinem zu trauen.

Kurz zögere ich noch, dann rufe ich Arthur an.

„Arthur", sage ich in bestem Plauderton, der mir leichtfällt, dem zweiten Gläschen Ouzo sei Dank.

„Alles in Ordnung?", fragt er besorgt. Er wirkt gehetzt.

„Ja, danke. Ich störe nicht lange. Hast du von Schroff und Yata gewusst, bevor Godehard dir berichtet hat?"

Schweigen.

„Arthur?"

„Nein."

„Bist du sicher?"

„Selbstverständlich bin ich sicher."

„Ah was", kann ich da nur sagen, was in diesem Kontext ganz klar heißt, ‚ich glaube dir kein Wort.'

„Warum willst du das wissen?"

„Nur so", zwitschere ich und lege auf.

Manchmal, auch bei Menschen, die mir nicht sehr nahe stehen wie Arthur, erfahre ich eine Kleinigkeit und es ändert sich alles. Es zerbricht etwas in mir. Er hat überlegt, ob ich wissen könnte, dass er bereits Bescheid wusste. Er ist zum Schluss gekommen, es sei unwahrscheinlich. Ich wünschte, er wäre ehrlich gewesen. Aber was heißt das jetzt?

Dann rufe ich Yata an.

„Hast du einen Moment?", frage ich.

„Ja. Ich sitze im Auto auf dem Weg zum Flughafen." Yata wirkt gelöst.

„Fährst du selbst?"

„Nein. Ich sitze im Fond und gönne mir ..."

Ihr fällt wohl ein, dass wir es vorhin von Filmriss hatten.

„Ich habe gerade zwei Ouzo getrunken“, lege ich vor.

„Tatsächlich? Aus einem besonderen Grund?“

„Ich weiß nicht so recht“, antworte ich wahrheitsgemäß. „Ich hatte dich doch gefragt, ob du Schroff geliebt hast, erinnerst du dich?“

„Ja, natürlich.“

„Bleibst du bei Nein?“

Stille. Nein, nicht ganz, leises Schlucken ist zu hören.

„Was trinkst du?“

„Champagner. Für meine Verhältnisse habe ich heute Großes geleistet. Mein Vater hat immer gesagt, das muss man feiern.“

„Gratuliere.“

„Ich habe Michael sehr gemocht. Ob das Liebe war ... ich weiß nicht. Ich war gerne mit ihm zusammen, fühlte mich gut bei ihm.“

„Danke.“

„Wofür?“

„Dass wenigstens du mir die Wahrheit gesagt hast.“

„Von wem wurdest du denn belogen?“

„Arthur.“

„Tatsächlich. Dann wird er seine guten Gründe haben. Ein Mann wie Herr von Leisfall hat immer seine guten Gründe.“

„Manchmal sprichst du weise Worte, Frau Krüger.“

Sie lacht. „Nach dem zweiten Glas Champagner.“

„Denkst du, Arthur wusste von dir und Michael, bevor er es über mich erfahren hat?“

„Ich wüsste nicht woher. Von Michael?“

„Wäre möglich.“

„Was spielt das für eine Rolle?“

„Ich weiß noch nicht. Sind Michael und du eigentlich mal zusammen weggefahren, oder habt euch irgendwo außerhalb von Konstanz getroffen?“

„Ines. Ich weiß wirklich nicht ...“

„In München zum Beispiel?“, schlage ich vor.

Ihr muss doch bewusst sein, dass ich die Bilder gesehen haben kann.

„Wir waren zusammen auf der Wiesn. Zufrieden?"

„War da noch jemand bei Euch?"

„Nein, wieso?"

Das zweite Mal heute zerbricht etwas in mir. Dabei ist Yata mir wesentlich näher als Arthur. Die Folge: ohrenbetäubende Bruchgeräusche von Glas und Porzellan. Vielleicht spricht auch der Ouzo aus mir. Lässt der mich die Welt so schwarzsehen? Champagner wäre doch besser gewesen. Positiver.

Ich weiß, es ist außerhalb meiner Grundrechte, weshalb auch nicht davon auszugehen ist, dass andere Menschen mir verlässlich die Wahrheit sagen. Umso mehr, wenn sie in einen Mordfall verstrickt sind, direkt oder indirekt um mehrere Ecken. Mord und Selbstmord vom Sommer werfen weiterhin ihre Schatten und die internationale organisierte Kriminalität ist beteiligt. Das feuert die Suppe im Lügenkessel gehörig an.

Mache ich mir nichts vor, auch ich lüge. Mal ist es ein harmloses Schwindeln, mit dem ich mich durchschummle, im besten Falle aus Höflichkeit, um nicht zu verletzen. Äußerst selten ist es eine handfeste Lügengeschichte, schließlich würde jeder Dahergelaufene anhand meiner Miene gleich enttarnen, dass sich die Balken biegen. Es ist davon auszugehen, dass ich seltener die Unwahrheit sage als der Durchschnitt, einfach, weil sie eher auffliegen würde. Vielleicht habe ich dadurch weniger Kontakt mit Lügen und einen Mangel an Erfahrung?

Dafür bin ich eine Heuchlerin. Gerade meine letzten Stunden triefen nur so vor Scheinheiligkeit. Beim Blick zurück möchte ich die Gummihandschuhe überstülpen und die doppelte Dosis Allesreiniger zum Einsatz kommen lassen. Der Schlammassel gehört weggeschrubbt. Denn hier geht es um Betrug. Ich habe Dr. Frieder betrogen und mich mit. Dabei ist es kaum von Belang, dass er den Betrug als notwendiges Übel kommen sah und mir keinen Vorwurf macht.

Unsere Gesellschaft sieht nicht vor, dass wir zu jeder Zeit ehrlich sind. Es gibt Augenblicke, da ist unverzichtbar, zu lügen. Sobald es aber die berufliche Welt betrifft, gewinne ich immer mehr den Eindruck, gezielte Falschinformationen und Betrug sind salonfähig geworden. Sie gehören in Teilen fast zum guten Ton, so sich denn Profit daraus schlagen lässt. Vermutlich wird es Foxinet aus diesem Grund nie über den Status eines Kleinunternehmens hinausschaffen. Und weil ich derzeit selten da bin, um daran zu arbeiten, natürlich.

Yata wird ihre Gründe haben, wenn sie mich belügt. Sie ist eine Freundin, keine langjährige, dennoch eine, mit der ich einiges durchgemacht habe und teile. Es ist beruhigend zu wissen, dass ich in der Absurditätenshow der außerkörperlichen Erfahrungen Gesellschaft habe. Das verbindet. Dass wir im gleichen Haus wohnen auch. Dr. Frieder meinte einmal, wir seien so was wie Schwestern. Auch die belügen sich. Ich hoffe nur, dass diese Schwester es aus den richtigen Gründen tut.

„Mach dir nicht so viele Gedanken, Ines."

„Zu spät", sage ich und lege auf.

Kapitel 35

Arthur bestreitet, von der Beziehung zwischen Schroff und Yata gewusst zu haben, und Yata verschweigt, dass Blinow zeitgleich mit ihr auf dem Münchner Oktoberfest war. Warum?

Wer hat das Bild von Yata und Blinow gemacht? Am ehesten wohl Schroff. Das würde bedeuten, dass er Blinow kannte. Oder es war noch eine weitere Person anwesend, die auf keinem der Fotos zu sehen ist. Ein unbeteiligter Bierzeltnachbar zum Beispiel. Schließlich ist es durchaus üblich, dass man einen Fremden bittet, mal eben ein Foto zu schießen.

Von Arthur habe ich bisher nur das Beste und von Yata schon länger nichts Schlimmes mehr angenommen. Zu Anfang war ich mir unsicher, was ich von ihr zu halten hatte. Letzten Endes gehört sie dem gleichen Familienkonzern an wie Roger Merian. Und ich hatte sie bei Unwahrheiten ertappt. So was rückt selten in gutes Licht. Selbst wenn es sich später aufklärt, hinterlässt es einen schalen Nachgeschmack.

Yata war sowohl an Bernds als auch an Schroffs Tod unbeteiligt. Da ist sich mein Bauch so gut wie sicher. Na ja, wenn der Kopf ihm nicht dauernd dazwischenplappern würde, es gäbe doch diese und jene Hinweise, die sie verdächtig erscheinen lassen. Bei einem aber sind Bauch und Kopf sich einig: Sie wagen sehr zu bezweifeln, dass Yata geschäftlich sauber ist.

Ihr Bild mit Blinow lässt nichts Gutes erahnen. Und bei ihm würde ich hohe Wetten abschließen, selbst ohne Bauch oder Kopf oder sonst wen zu befragen, dass er auf der falschen Seite des Gesetzes steht. Unklar ist lediglich, welche Position er einnimmt: Bindeglied zur russischen Mafia oder Teil derselben? Wird das je ermittelt werden können? Und falls ja, werde ich als Hobbyermittlerin der Anfängerklasse je davon erfahren?

Mir ist jetzt ganz dringend nach einem Telefonat, das mich nicht enttäuscht. Also rufe ich David an.

„Hallo du“, sage ich zärtlich.

„Ines! Ich habe keine Zeit.“ David macht den Eindruck, als würde er gehetzt. Was schlimmer ist, er wirkt kühl. Sehr kühl. Soviel zu einem Telefonat, das keine Enttäuschung für mich bereithält. Das war dann wohl nichts.

„Ich weiß, tut mir leid. Nur eine Minute?“

Er seufzt.

Wir sind noch keine 24 Stunden zusammen, und er stöhnt wie ein Mann, der in einer Ehe steckt, die sich totgelaufen hat. Er reagiert wie ein Mann, bei dem der Beruf immer zuerst kommt, und die Beziehung auf die Ersatzbank setzt. Habe ich das vergessen? Ich glaube tatsächlich, das habe ich vergessen. Wie kann man das vergessen?

„Okay. Dann aber schnell“, sagt er.

„Nicht so wichtig“, murmle ich und lege auf. Ich muss mir eine Träne wegwischen.

Mein Handy klingelt. Natürlich.

„Was ist los?“, fragt er mit unverändert kühler Stimmfarbe.

„Unwichtig. Bitte entschuldige, dass ich gestört habe. Du hattest ja gesagt, dass du keine Zeit hast.“ Ich bin um einen sachlichen Ton bemüht und lege auf, bevor er etwas erwidern kann.

Ein Gläschen Ouzo? Aber sicher!

Wenn ich schon mal dabei bin, schmerzliche Dinge an mich heranzulassen, rufe ich doch gleich noch Mama an.

„Wie geht es dir?“, frage ich.

„Den Umständen entsprechend gut. Und dir? Wo steckst du?“ Sie ist mir nicht mehr böse. Das liegt wohl daran, dass sie meine Mama ist.

„Ich bin an einem sicheren Ort, von dem niemand erfahren sollte. Heute hat sich schon jemand Einlass verschafft, indem er mich mit der kleinen Emma aus dem Haus erpresst hat. Ist gerade noch mal gut gegangen.“ Nach kurzer Überlegung ergänze ich: „Es ist seltsam, der eigenen Mutter den Aufenthaltsort zu verschweigen.“

„Ich verstehe. Das Wichtigste ist, dass es dir gut geht und du in Sicherheit bist. Ist Marc bei dir?“

„Nein. Er … er ist jetzt in Freiburg." Ich muss mich zusammenreißen, meine Stimme zittert merklich.

„Ihr habt euch doch nicht etwa getrennt?"

„David ist wieder da."

„David!?" Erstaunlich, wie viel Hintersinn sie in zwei Silben packen kann. Ungläubigkeit gepaart mit Missbilligung dürfte es am besten treffen. „Bist du dir sicher?"

„Nein." Das kam ganz spontan und ich bin selbst etwas überrascht. Der Ouzo. Bestimmt ist das nur der Ouzo, der da aus mir spricht. Das süffige Teufelszeug macht mir alles madig.

Sie verkneift sich eine Rückfrage. Vermutlich ist ihr bewusst, dass es kaum zu etwas führen würde, sie zu stellen. „Ich versuche, deinen schlechten Ruf in der Lokalredaktion reinzuwaschen, stehe leider dahin gehend allein auf weiter Flur. So werde ich mit ansehen müssen, dass einiges geschrieben wird, das in meinen Augen definitiv nicht veröffentlicht werden sollte. Wenn du dich beherrschen kannst, verzichte darauf, in nächster Zeit in die Onlineausgabe zu schauen."

„Danke, das ist lieb. Aber mach dir um meinen Ruf keine Sorgen."

„Ist David bei dir?"

„Nein. Er … er hat keine Zeit."

„Sag bloß." Wieder Inhalt in Hülle und Fülle in zwei kleinen Silben. Darin ist sie gut. Es schwingt ‚na das fängt ja gut an' und ‚hab ich's mir doch gedacht' mit.

„Wie geht es Susanne? Wo steckt sie?"

„Einigermaßen. Sie ist für ein paar Tage irgendwohin gefahren. Ich denke, sie musste einfach von allem weg, was sie an Michael erinnert. Ihr Leben drehte sich nur um ihn. Du weißt ja, dass sie nie berufstätig war, eigentlich einen Stall voll Kinder wollte, was aber nicht geklappt hat. Sie hat nicht viel, was über Michael, Haus und Garten hinausgeht, nicht viele Freunde."

„Willst du sie anrufen? Muss man sich Sorgen um sie machen?"

Mama sagt zu, sich zu melden, sobald sie mit Susanne gesprochen habe.

Ich starre auf das Bild von Yata und Blinow, die mich seit geraumer Zeit vom Monitor anlächeln, rechte Hände ineinander. Eine Geste, die auf der ganzen Welt Zusammenarbeit symbolisiert. Die beiden scheinen vertraut zu sein. Ich zoome hinein. Es sieht aus, als würden sich ihre Beine an einer Stelle leicht berühren. Die eher reservierte Yata hätte zu einem völlig Fremden, mit dem sie einen ersten Vertrag abgeschlossen hat, mehr Abstand gewahrt, denke ich. Sicher bin ich mir da nicht. Derzeit stellt sich vieles infrage.

Also rufe ich noch mal Yata an.

„Ich noch mal", sage ich.

„Aber nur kurz, ich muss auf den Flieger."

„Blinow?"

Kapitel 36

Am anderen Ende schnappt Yata hörbar nach Luft. „Woher ...?"

„Bitte, Yata. Sag mir die Wahrheit." Ganz so flehentlich sollte das eigentlich nicht klingen.

„Nicht am Telefon. Wir reden, wenn ich zurück bin."

„Wann?"

„In einer Woche."

„Vergiss es! Sag mir einfach, dass ich mich irre. Dass es nicht das ist, wonach es aussieht. Sag mir einfach, dass ich dir vertrauen kann."

"Ines, ich ..."

„Das kannst du nicht, stimmt's?" Meine Stimme hat sich von ganz alleine erhoben. „Bin ich hier wenigstens sicher?"

„Ines, das ist nicht so einfach."

„Doch, eigentlich ist es das, Yata. Gut oder böse, richtig oder falsch. Eigentlich ist es ganz einfach." Inzwischen schreie ich, was weitaus wirkungsvoller wäre, würde sich nicht das Wörtchen ‚eigentlich' dazwischen mogeln. Wen schreie ich hier überhaupt an? Yata oder mich selbst?

„Manchmal hat man keine Wahl."

„Die hat man immer, Yata, die hat man immer." Mir laufen die Tränen nur so herunter.

„Ines", sagt sie sehr leise und ich meine zu hören, dass auch sie weint. „Ich würde nie ... Du bist definitiv in Sicherheit, wo du bist. Bitte glaube mir. Es handelt sich nur um ein Geschäft. Verstehst du? Nur ein Geschäft. Keiner kommt körperlich zu Schaden. Wieso nur hast du diesen Namen am Telefon genannt?" Sie schluchzt regelrecht.

Dann Stille.

„Yata?"

Ich tappe ins Badezimmer, in Yatas Wellnesstempel, und spüle das Gesicht mit viel kaltem Wasser ab. Langsam beruhige ich mich etwas, aber der bittere Nachgeschmack bleibt: Mir schwimmen hier alle Felle davon.

Als hätte er meine Gedanken gelesen, kommt Santo zu mir ins Bad getapst und blickt mich fragend an. „Nein, du nicht. Auf dich Fell kann ich mich immer verlassen, stimmt's?“ Ich kraule ihn hinterm Ohr, das er mir hingebungsvoll entgegenstreckt.

„Wir müssen jetzt überlegen, wie es weitergeht, weißt du?“, informiere ich. „Sollen wir hierbleiben, oder besser gehen?“

Santo wedelt. Er findet immer alles toll, was ich vorhabe. Nicht das Schlechteste.

Mein Handy klingelt.

„Das man blöd“, bringt Dr. Frieder die aktuelle Situation auf den Punkt, ohne es zu wissen.

„Stimmt. Aber was denn?“

„Vorhin.“

Ich könnte ihn knuddeln, nur, dass ich für sein Knuddeln nicht mehr zuständig bin.

„Fand ich auch. Aber da kannst du ja nu nichts für“, versuche ich mich im Norddeutschen.

Prompt lacht er leise. Dann senkt er verschwörerisch die Stimme. „Die Probe aus Schroffs Garten.“

„Ja?“, flüstere ich erwartungsvoll.

„Keine Herbstzeitlosen.“

„Ach, nein?“ Das überrascht mich nun doch etwas.

„Herbstkrokusse. Genauer Crocus kotschyanus meint der Botaniker“, sagt er.

„Wie jetzt? Doch Krokusse?“

„Jou.“

„Sieht alles irgendwie gleich aus, oder?“

„Is so.“

Das muss ich kurz sacken lassen.

„Also doch eher Colchicin aus der Apotheke?“, frage ich.

„Eher.“

Ein kurzes Schweigen.

„Ich muss dieses Wochenende noch ein paar Sachen aus der Bruchbude holen. Gibt es Neues im OETE-Forschungsprojekt?“, fragt er dann.

„Sicher gibt es das“, antworte ich, ohne nachzudenken.

Das wird David nicht schmecken. Aber mir schmeckt's gerade auch nicht. Manchmal taugt halt der Koch nicht.

Wochenende? Ja klar, wir haben Freitagabend, gemeinhin bekannt als dessen Anfang. Meine Tage sind mal wieder zeitlos im schlechtesten Sinne.

„Wo finde ich dich?"

Kurz zögere ich. „Ich habe gesagt: Hast du auch Klebeband, um das wieder zuzukleben? Daraufhin du: Nee, hab ich nich bei. Da bin ich."

Nachdem im Sommer Yatas Tür aufgebrochen und von der Polizei notdürftig aber mit mächtig viel Klebeband verschlossen worden war, haben Dr. Frieder und ich uns reingeschnippelt, um ein Beweismittel zu ergattern.

„Alles klar."

Nach dem kurzen Telefonat mit Dr. Frieder geht es mir deutlich besser. Ich bringe den Ouzo zurück zum Barschrank und schließe ihn mit Nachdruck ein. „Und du bleibst jetzt zu", befehle ich dem Möbel, als wäre es schuld an meinem Schnapskonsum. Dabei gibt es womöglich eine Wasserader, elektromagnetische Felder oder Ähnliches in diesem Loft, das seine Bewohner in den Suff treibt. Ja, es ist immer einfacher, äußere Umstände für die aktuelle Gemütslage verantwortlich zu machen. Aber wer hat gesagt, man dürfe es sich in schweren Zeiten zwischendurch nicht auch mal einfach machen? Keiner, leider.

Ich setze mich noch mal vor den Computer und betrachte das Foto, auf dem Charles' Hinterkopf und Hals samt Maori-Tattoo zu sehen sind. Und was zum Henker hat das jetzt wieder zu bedeuten?

Ich versuche mich an den Werdegang von Charles zu erinnern und greife kurzerhand auf das Foxinet Netzwerk zu – dreifachsuperabgesichert, versteht sich.

Laut Lebenslauf war ihr letzter Arbeitgeber die Netdings AG. Das Unternehmen bietet Webdesign Dienstleistungen an, ähnlich wie Foxinet, nur größer, schöner, pompöser, in Opfikon in der Schweiz. Den Ort kenne ich nicht. Ein Blick online auf Maps offenbart: Opfikon gehört zum Speckgürtel von Zürich und liegt zwischen Kloten und Oerlikon, beide sind mir hinlänglich bekannt. Wie konnte mir das entgehen? Krüger & Merian sitzen in Zürich.

Charles hatte angegeben, nicht mehr täglich pendeln zu wollen, der deutlich geringere Verdienst in Deutschland sei nebensächlich. In welch geistiger Umnachtung habe ich das einfach so hingenommen? Ich steckte mitten in der Gerichtsverhandlung, aber das ist doch keine Entschuldigung dafür, so nachlässig zu arbeiten.

Ich gehe auf die Website der Netdings AG. Dort lese ich mich mutig durch ‚Über uns' und das Impressum, stets die Angst im Nacken, auf eine Verbindung zu Krüger & Merian zu stoßen. Das wäre genau Roger Merians Handschrift: Eine neue Mitarbeiterin bei Foxinet einzuschleusen, um uns unter Beobachtung zu halten. Ähnliches versuchte er bereits im Sommer mit einem bestehenden Foxinet-Mitarbeiter.

Ich stelle ein paar Quersuchen an, gebe wahlweise Merian, Krüger, Charlotte und Ortburg in allen möglichen Kombinationen ein. Nichts. Charles ist in keinem der sozialen Netzwerke zu finden. Mancher würde sagen, sie existiert nicht. Auch das war mir entgangen, dabei ist das außergewöhnlich für eine Informatikerin. Ich schaue mir ihre Zeugnisse genauer an. Hundsgewöhnlich. Womöglich zu gewöhnlich?

Und nun?

Ich schnappe mir ein Blatt Papier von Yatas Schreibtisch und kritzle drauflos: Blinow oder Blinow Scherge – russische Mafia – Roger Merian oder Roger Merian Kleiderschrank / Andrick – Arthur – Charles – Susanne – Yata. Soweit meine aktuelle Liste der Bewerber auf den Posten von Schroffs Mörder. Ganz beachtlich. Es ist nicht anzunehmen, dass ich alle kenne, die Schroff tot sehen wollen. Sicher gibt es eine Reihe verurteilter Straftäter, die auf seine Ermittlungen hin eine Strafe absitzen mussten, und in letzter Zeit entlassen wurden. Da kann ich nicht mehr tun, als zu hoffen, dass Arthur diese Möglichkeiten abklappern lässt.

Nun zu den Motiven.

Blinow, seine Schergen und die russische Mafia könnten mit Schroff einen Zeugen eliminiert oder ein Exempel statuiert haben. Vielleicht war er in ihren Reihen und ist aus der Rolle gefallen. Oder sie hatten gedacht, er gehörte mit Haut und Haar zu ihnen und mussten feststellen, dass das nicht der Fall war, sondern er pflichtbewusst gegen sie ermittelt hatte.

Roger Merian könnte die gleichen Gründe gehabt haben. Wie bei Bernds Ermordung im Sommer kommt bei ihm hinzu, dass er eine drakonische Strafe für einen Mann verhängt haben könnte, der mit seinem Lieblingsspielzeug Yata gespielt hatte. In seinem verqueren Weltbild ist sie seine Yata und kein anderer ihrer würdig. Wer sich dem entgegenstellt, hat in seinen Augen den Tod verdient. Zwar kann er keine Liebe empfinden, hat aber durchaus einen Sinn für Besitzanspruch. Sollte er von der Affäre erfahren haben, könnte erschwerend hinzugekommen sein, dass Schroff in seinen Diensten stand. Okay, das ist nicht offiziell bewiesen, für mich aber gemachte Sache. Aus der Perspektive seines Schurkenchefs hätte Schroff damit einen doppelten Betrug begangen. Daher ein qualvoller Tod?

Arthurs Anwesenheit auf der Liste ist schmerzlich. Karriere als Motiv? Gut möglich, dass er Schroff der Bestechlichkeit für unschuldig gehalten hatte, diese Meinung aber durch neue Informationen revidieren musste, zum Beispiel, weil er seinen Vorgesetzten mit Blinow auf dem Münchner Oktoberfest sah. Wenn ich ehrlich bin, zwickt mich hier vor allem, dass Arthur es mir gegenüber verneint hat. Seine dortige Anwesenheit wäre vielleicht zu erklären gewesen, bei der Unwahrheit fällt mir das deutlich schwerer.

Charles. Was hat sie auf der Liste zu suchen? Ich habe sie spontan draufgepackt, aus dem Bauch heraus. Allein, weil ihr Hinterkopf auf einem der Fotos zu sehen ist? Wie bin ich denn drauf! Sollte sie zu Roger Merians Leuten gehören, würde für sie das Gleiche wie für dessen andere Handlanger gelten. Aber ich kann sie mir schwer als Auftragsmörderin vorstellen. Ihre Anwesenheit auf dem Münchner Oktoberfest mag einen ganz banalen Grund haben, einen, der rein gar nichts mit Roger Merian zu tun hat.

Susanne. Ich seufze. Das wäre eigentlich der Krimiklassiker: Die betrogene Ehefrau bereitet ihrem Manne ein tödliches Mahl, wenn auch nun nicht mit Herbstzeitlosen aus eigenem Anbau. Aber Susanne Schroff hat ein Alibi, nämlich meine Mama. Und sie hat keine Handlanger, die die Drecksarbeit in ihrer Abwesenheit für sie erledigen. Diese Kombination ist fast nicht zu toppen. Beherzt streiche ich Susanne durch.

Yata. So gut wie unmöglich, sie mir als Mörderin vorzustellen. Es ist höchst unwahrscheinlich, dass sie an Schroffs Ermordung beteiligt ist. Aber sie verschweigt etwas und was sie sagt, entspricht oft nicht der Wahrheit. Ihre Reaktion, als sie vom Tod ihres Liebhabers erfuhr, kann ich schlecht einordnen. Schroff könnte auch aus ihrer Warte ein unliebsamer Zeuge gewesen sein, der die geschäftliche Verbindung zu Blinow und der russischen Mafia gefährdete. Womöglich haben Yatas Geschäftspartner Schroffs Beseitigung von ihr verlangt. Oder sie gehörte zwar ursprünglich zu den Guten, fand aber etwas über Schroff heraus, zum Beispiel seine Beteiligung an Bernds Tod oder den Selbstmord ihres Vaters betreffend. Hochspekulativ aber nicht völlig abwegig. Gegen all das spricht, dass sie mit Schroff zusammen war, auf den Bildern glücklich wirkt und jetzt sehr allein ist. Aber auch das könnte ganz anders sein, als es sich mir darstellt.

Alles zusammengenommen bin ich a) wenig schlauer und b) ist es völlig widersinnig, dass ich mich gerade in Yatas Loft aufhalte. Wieso vertraue ich darauf, dass ich hier sicher bin? Weil sie mir beteuert, dass ich hier sicher bin. Mein Bauch meint: Yata hat definitiv Dreck am Stecken aber Schroffs Mord oder gar meiner gehören nicht dazu.

Ich verpasse Roger Merian einen Doppelkringel. Er ist und bleibt mein Favorit. Die Kombination von geschäftlichen und privaten Motiven zieht umso mehr, als seine Handlanger, die Kleiderschränke und Andrick zum Todeszeitpunkt wieder auf freiem Fuß waren. Aber Moment! Relevant ist ja der Tag vor Schroffs Tod. Ich mache mir eine Notiz. Es gilt zu klären, wer da alles frei herumgelaufen ist.

Das führt mich direkt zu: Gelegenheit.

Mein Gehirn gönnt sich eine kleine Pause und schickt den Blick aus dem Atelierfenster. Inzwischen ist es dunkel. Die Sturmwarnung erhellt rhythmisch den See, der noch immer friedlich daliegt. Ich zähle die orangefarbenen Blitze. Tatsächlich, eine echte Sturmwarnung, die neunzigmal in der Minute den See erleuchtet. Eine Starkwindwarnung wäre mit vierzig Blitzen pro Minute deutlich behäbiger. Demnach ist ein Herbststurm mit Windgeschwindigkeiten von mindestens 60 Kilometern pro Stunde im Anzug.

Santo sollte besser noch mal raus, bevor das Unwetter kommt.

Ich gehe an den Nachttisch, krame ein bisschen herum und stülpe mir schließlich eine Perücke aus Yatas Sammelsurium über. Es dauert eine Weile, bis alle roten Locken dauerhaft darunterbleiben wollen.

Die Frisur erinnert entfernt an die von Annegret Blümchenkittel Werner: ein schnurgerader Bob bis zum Kinn, bei dem kein Haar aus der Reihe tanzt. Das ist es dann aber auch mit den Gemeinsamkeiten. Dieses edle Echthaarteil glänzt in sattem Schwarzbraun und hat einen Pony, der bis zu den Augenbrauen reicht. Die Perücke strahlt etwas zutiefst Verruchtes aus. Dazu passend male ich mir die Lippen knallrot und schmeiße den ‚mein Hund muss bei jedem Wetter raus'-Trenchcoat über.

Ich stelle mich vor den Spiegel. Die da kenne ich nicht. „Je m'appelle Isabelle", stelle ich mich vor und werfe mir eine Kusshand zu.

Santo aber bleibt Santo, unverkennbar, unverkleidbar. Sollte mir jemand draußen auflauern, wäre meine Verkleidung durch den Hund für die Katz. Er ist des Leiterkletterns nicht mächtig, also müssen wir durch die Haustür.

In der Abseite unterm Dach findet sich ein Karton, gerade groß genug, dass sich der Wuschel darin zusammenkringeln kann.

Kapitel 37

Unten im Hausgang steigt Santo sofort ein auf das Spiel und in die Kartonage. Zwanzig Kilo schwer bleibt er trotzdem, aber ein paar Meter auf der Ebene wird es schon gehen. Ich versuche, mein Schnaufen so leise wie möglich zu gestalten, was mühsam ist, weil ich das Mehr an Luft definitiv brauche.

Vor der Tür scanne ich die Umgebung. Allerlei Gestalten lungern herum. Wortfetzen in Schwyzerdütsch wehen an mein Ohr. Die Lage ist zwar unübersichtlich, zwischen einkaufslustigen Erdenbewohnern fühle ich mich jedoch sicherer als auf menschenleerer Gass. Statt des üblichen Weges direkt zur Seestraße will ich möglichst schnell hinter der nächsten Hausecke verschwinden.

Überall stehen Autos herum, doppelt so viele, wie sonst, und das gilt schon immer als ‚kein Parkplatz'. Die meisten Fahrzeuge haben Schweizer Kennzeichen, viele sind mit Leuten besetzt. Es wird überall geparkt, in zweiter Reihe und auf dem Bürgersteig. Selbst mit gutem Willen würde es mir schwerfallen, hier weitere Autos unterzubringen – vorausgesetzt es wäre keine Option, sie hochkant an die Häuser zu lehnen oder zu stapeln.

Die Verhältnisse erinnern mich an das Seenachtfest und Rock am See. Diese beiden jährlichen Großereignisse bringen die Verkehrssituation in Konstanz regelmäßig an den Rand des Zusammenbruchs. Ich möchte mir nicht ausmalen, wie es in der Innenstadt aussieht.

Hinter der Hausecke eiere ich mit dem Pappgebilde auf eine Hofeinfahrt zu. Hat da doch ein paar Meter entfernt Dr. Frieder seinen Bulli auf dem Bürgersteig geparkt? Er ist dabei auszusteigen.

Es rappelt im Karton. Auch Santo hat den VW-Bus bemerkt, dazu braucht er keinen Sichtkontakt. Ich versuche, mich unbeeindruckt zu zeigen, und schleppe ihn weiter.

„Kann ich helfen? Sieht teuflisch schwer aus", ruft Dr. Frieder unvermittelt über die Straße. Er steht vor der seitlichen Schiebetür, um Fila herauszulassen, die sich drinnen die Seele aus dem Leib jodelt.

Das irritiert Dr. Frieder.

Santo auch, er rankert wie verrückt. Ich fürchte um die Stabilität des Behältnisses und dass es mir gleich aus den Händen gleitet. Angesichts meines Kampfes habe ich kaum Gelegenheit, mich darüber zu freuen, dass der Norddeutsche mich nicht erkannt hat. Oder spielt er nur mit?

„Das ist sehr charmant von Ihnen. Aber isch bin gleisch da“, sage ich mit rauchiger Stimme und leicht französischem Akzent, während ich stur auf die Einfahrt zuhalte.

„Transportieren Sie etwa ein lebendes Tier in dem Karton?“, fragt er streng und tritt näher. Meint er das ernst?

„Mais non!“, rufe ich und gehe weiter. „Folgen Sie mir und isch zeige es Ihnen.“

Er tut wie ihm geheißen, lässt die jodelnde Fila im Wagen zurück und schließt sich mir an. Nur noch wenige Meter und geschafft.

„Elfen Sie mir mit die Absetzen, bitte?“

Sofort packt er zu und wir bringen den kippelnden Karton zu Boden. Santos Kopf stößt den Deckel auf.

„Was …?“ Dr. Frieder erkennt meinen Hund sofort, der Groschen fällt jedoch noch immer nicht. Oder tut er nur so?

Ich hätte gerne weitergespielt, aber ich kann nicht mehr. Das Lachen prustet nur so aus mir heraus. Ich japse nach Luft. Gleichzeitig versuche ich Santo daran zu hindern, aus dem Karton zu springen. Er will schauen, wo Fila abgeblieben ist. Verständlich.

Dr. Frieder hat den Moment der Überraschung schnell überwunden. Allerdings grinst er nicht breit, wie ich erwartet hätte, sondern ergreift meine Hand, reißt mich hoch und fällt über mich her. Anders kann man das nicht nennen. Er drückt mich mit dem Rücken gegen die Hauswand und hebt mich hoch. Ich schlinge die Beine um ihn und lasse mich mitreißen. Wir küssen uns hitzig und wild. Ich würde weitergehen.

Der vernünftige Teil meines Gehirns hat gerade die Segel gestrichen: ‚Das ist ja hanebüchen! Da mach ich nicht mehr mit!'

Ja, selbst jetzt und hier und nach alldem, was die letzten 24 Stunden passiert ist, würde ich mit Dr. Frieder weitergehen. Ich muss meiner Vernunft recht geben: Das ist ungeheuerlich!

Vom anderen Ende der Einfahrt ertönt ein Räuspern, das wir nicht ignorieren können. Dr. Frieder setzt mich ab. Atemlos zupfe ich Perücke und Trenchcoat zurecht.

Jetzt endlich grinst Dr. Frieder mich breit an, deutliche Lippenstiftspuren im Gesicht. Ich lächle dümmlich zurück. Dann wenden wir unsere hitzigen Köpfe, um zu schauen, wer da geräuspert hat.

Kapitel 38

Die Silhouette ist unverkennbar. Die diffuse Hintergrundbeleuchtung, die durch die Wohnhäuser auf der anderen Seite der Durchfahrt erzeugt wird, offenbart: Das sind die Umrisse zweier Kleiderschränke mit Bürstenhaarschnitten.

Ein erneutes Räuspern, aus der entgegengesetzten Richtung diesmal. Roger Merians Handlanger will man nicht aus den Augen lassen, also lehne ich meinen Rücken gegen den von Dr. Frieder und überlasse ihm die Kleiderschrankseite. In der Einfahrt, von hinten durch Straßenlaternen beleuchtet, erkenne ich die durchtrainierte, aber schlaksige Figur von David.

Ich weiß ja nicht, was schlimmer ist. Doch ich weiß es: Ich will lieber die Seite mit den Kleiderschränken. Mit unmissverständlicher Körpersprache versuche ich Dr. Frieder davon zu überzeugen, die Gefahrenzonen zu tauschen. Er möchte nicht. Er zieht es vor, den optisch Bedrohlicheren entgegen zu blicken und nicht die verwundbare Kehrseite zuzuwenden. Also hält er stur dagegen. Nur konsequent.

„Ines", sagt David. Mein Name wabert kalt in der Abendluft. David hat mich gleich erkannt. „Mit Marc", ergänzt er. Darüber hinaus bleibt er unbeweglich mitten in der Einfahrt stehen. Man könnte sich einbilden, er hat die Körperhaltung eines Revolverhelden aus dem Wilden Westen eingenommen: Arme in A-Linie, Hände leicht abgespreizt, darauf vorbereitet, schnell zu ziehen. Trägt er überhaupt eine Waffe?

„Frau Fox, nette Verkleidung", sagt einer der Kleiderschränke freundlich. „Wir hätten Sie beinahe nicht erkannt, wenn Ihr Freund hier nicht gewesen wäre. Wir haben eine Nachricht von Herrn Merian für Sie." Die sind bestimmt bewaffnet.

„Könnt ihr nicht Nummern ziehen?", brummle ich. „Nur Nummern, nichts anderes", schiebe ich schnell nach.

Neben David erscheint Santo. Schwanzwedelnd freut er sich über dessen Anwesenheit. War ja klar.

Die Kleiderschränke gehen langsam auf uns zu, was ich daran merke, dass Dr. Frieder den Rückwärtsgang einlegt und mich Zentimeter um Zentimeter zu David schiebt. Da will ich nicht hin. Aber Dr. Frieder ist besser im Schieben als ich im Gegenhalten.

„Bleiben Sie stehen. Wir haben nur eine Nachricht für Sie", meldet der sprechende Kleiderschrank.

„Ja ja", sagt Dr. Frieder.

„Ja ja, na klar", sage ich. „David könntest du nicht ... könnten wir das andere auf später verschieben, angesichts ..."

Er rührt sich kein Stück.

Wir rutschen stetig weiter zu ihm, ganz langsam.

Ich drehe den Kopf, um die Entfernung zu den Kleiderschränken abzuschätzen. Mist, die haben ihre Waffen gezogen! Außerdem tragen sie Lederhandschuhe. Ich weiß nicht, wie es anderen geht, aber trägt jemand Lederhandschuhe zur Waffe, obwohl die Witterung es nicht erfordert, gehe ich vom Schlimmsten aus.

Dr. Frieder und ich heben langsam die Hände, was sich empfiehlt, möchte man verhindern, dass auf einen geschossen wird.

„Das ist doch absurd, David", flehe ich. Auch er müsste die Waffen sehen.

„Ah was", sagt er.

Ich rolle mit den Augen und hoffe, dass er das im Halbdunkel erkennen kann.

„Hübsche Verkleidung, Ines", entgegnet er höhnisch. „Wie eine ..."

„Wage es nicht", zische ich und blitze ihn zornig an.

„Oder wie nennt man eine, die sich so verhält?", fragt er.

„Frau Fox, Herr Merian lässt Sie grüßen. Er möchte, dass wir Ihnen etwas ausrichten. Er hat mit dem Tod von Herrn Schroff nichts zu tun. Und wir sollen Ihnen das hier geben." Der erste Kleiderschrank hat erneut das Wort ergriffen. Das parallel geführte Gespräch mit David scheint ihn nicht im Geringsten zu interessieren.

Roger Merian muss einen verdammten Narren an mir gefressen haben. Kann er seine wie auch immer gearteten Informationen nicht direkt den Ermittlungsbehörden übergeben? Was habe ich damit zu schaffen? Ach ja, klar. Ich bin die, der die Verbrecher hinterherlaufen.

„Wisst ihr Jungs, dass der da drüben von der Kripo ist?“, fragt Dr. Frieder mit einer Kopfbewegung. Er hört auf, mich zu schieben, die beiden sind wohl stehen geblieben.

„Ist er nicht“, sagt der bisher stumme, nun wacklige Kleiderschrank.

„Ist er doch“, antwortet David und zückt den Dienstausweis. Das ist schön. Nur, dass der Ausweis bei der Beleuchtung und auf die Entfernung auch aus der Stadtbücherei stammen könnte.

„Was soll das sein?“, fragt der wacklige Kleiderschrank.

„Seine Marke, Alter. Besser kein Risiko eingehen“, rät Dr. Frieder lässig.

Ich kann mir ein Grinsen kaum verkneifen. Die Kleiderschränke stecken die Köpfe zusammen und tuscheln wie zwei Schulmädchen. Sie kommen zum Ergebnis, dass es angeraten ist, die Waffen wegzustecken.

„Wir wollen keinen Ärger. Wir müssen Ihnen nur diese Nachricht geben“, sagt der Rädelsführer und hält uns mit behandschuhter Hand ein Kuvert entgegen. Dabei streckt er seinen Körper bis zum Anschlag, um ja keinen weiteren Schritt in Richtung des unbekannten Herrn von der Kripo zu tun. Dr. Frieder streckt sich ebenfalls.

Und so kommt es, dass an einem klammen Abend im frühen Herbst im Bananengässle, unweit der Konstanzer Uferpromenade, eine konspirative Übergabe stattfindet. Na, da sind wir nun aber alle auf den Inhalt gespannt, was?

Die Kleiderschränke heben die Hände auf halbe Höhe und gehen langsam rückwärts, gewissermaßen ergeben von der Bühne ab.

Wir drei, die wir zurückbleiben, stehen unverändert da. Wie eingefroren.

Dr. Frieder steckt den Umschlag ein.

„He, der ist für mich“, flüstere ich mit leichter Entrüstung.

„Jou.“

Darüber hinaus Schweigen. Eine ziemliche Weile sogar. Keiner rührt sich, keiner sagt was. Der Revolverheld auf der einen Seite, die Verruchte Rücken an Rücken mit dem Doktor auf der anderen.

Es scheint an mir. Irgendwie naheliegend. „David.“ Ich weiß nicht, was sonst zu sagen ist. Was es zu sagen gäbe, ist unaussprechlich.

Wie war das mit reverliebt und dem ganzen Pipapo? Alles eine Emotions-Fata-Morgana? Phantomliebe? Wie soll ich das jemandem erklären? Wenn ich darüber nachdächte, verstünde ich es selbst nicht. Und nachdenken ist grad schlecht.

„Lass nur Ines“, sagt David schleppend und winkt ab. Dann dreht er sich langsam aus dem Durchgang und geht.

Ich schaue ihm erstaunt hinterher. Mit halb offenem Mund, wenn ich das richtig sehe.

„Ah was“, kommentiert Dr. Frieder. Wir stehen noch immer Rücken an Rücken. Ich kann seiner Stimme anhören, dass er breit grinst.

„Du willst sagen, er gibt erstaunlich schnell klein bei?“

„Jou.“

„Du meinst, anders als du?“

„Jou.“

„Hä?“ Mein Gehirn ist unfähig, mehr von sich zu geben. Das ist ja aber auch!

„Ich habe nicht klein beigegeben.“

„Ich erinnere mich an ‚nu isses so‘.“

Er baut sich vor mir auf und schenkt mir ein leises Lächeln, weder spöttisch noch mitleidig noch überlegen, irgendwie anders, irgendwie lieb. „War noch nicht abgeschlossen, das Kapitel David. Da musstest du durch und ich mit.“

Ich neige den Kopf und betrachte sein Gesicht im Halbdunkel des Durchgangs. Dr. Frieder scheint hier deutlich mehr nachgedacht zu haben, als ich. Was soll ich dazu sagen?

Er nickt, als hätte ich etwas gesagt, zum Beispiel, dass er ein wahrhaft weiser Mann ist. Das hätte ich auch beinahe.

„Wünsche ich mir zum Geburtstag.“ Sein Zeigefinger tanzt um die Perücke herum. „Wie heißt sie?“ Prüfend nimmt er eine dunkle Strähne zwischen zwei Finger.

„Je m'appelle Isabelle“, hauche ich lasziv.

Sofort wird er ernst und seine Augen beginnen zu glitzern, lüstern zu glitzern, würde ich sagen, soweit ich das bei der Beleuchtung beurteilen kann. Erneut fällt er über mich her.

Kapitel 39

Angesichts der unwägbaren Passanten entscheiden wir uns, zügig von der Einfahrt nach Yatas Loft überzusiedeln.

Oben vor der Lofttür muss ich kichern. Dr. Frieder missgönnt mir die Zeit, um ordentlich aufzuschließen. Auch Santo und Fila drängeln. Als ich es schließlich schaffe, die Tür zu öffnen, stürzt Fila geradewegs an uns vorbei, direkt auf Felin zu. So schnell kann ich gar nicht gucken.

Fila bellt wild, versucht Felin von allen Seiten zu attackieren. Diese ist in Nullkommanichts von Katzen- auf Monstergröße angewachsen, dreht sich dermaßen schnell im Kreis, dass sie der braun Getupften durchgehend ihr gefährliches Ende präsentieren kann. Wer's nicht weiß, das ist das Ende der ausgefahrenen Krallen an hoch erhobener Pfote, die Felin wie eine kleine Machete durch die Luft schwingt.

Unnötig zu sagen, dass die sinnliche Stimmung dahin ist. Dr. Frieder steht da, Arme vor der Brust verschränkt, und betrachtet das Drama mit ungläubigem Kopfschütteln. Santo guckt ähnlich, nur ohne verschränkte Arme und Kopfschütteln.

Ein Eingreifen scheint nicht nötig. Der Hund bekommt keinen Fuß auf die Erde und die Katze platziert ihre kleine Machete sauber in die Luft, stets ein paar Zentimeter vor die braune Hundenase.

Das Hundemädchen ist außer Rand und Band. Es gibt alles, aber die Kräfte lassen schon nach. Während es wie wild herumspringt und bellt, mal vorschießt, mal zurückweicht, vollführt die Katze wohldosierte Bewegungen. Die könnte stundenlang so weitermachen.

„Chief? Bist du das? Was ist denn hier los?", kommt eine wenig aufgeregte Stimme von der Tür. Vor lauter Kampfgetümmel habe ich vergessen, die Tür zu schließen, der ich anvertraut wurde. Offenstehend nützt auch die höchste Sicherheitsklasse nichts.

Ich reiße meinen Blick vom Geschehen los, nur um Charles lässig im Türrahmen lehnen zu sehen, den Zeigefingerknöchel zum Klopfen erhoben.

Gerade will ich meine Stimme erheben, um den ohrenbetäubenden Lärm zu übertönen, da ist das Spektakel schlagartig vorbei. Wie ausgeknipst.

Fila muss sich setzen, die Zunge doppelt so lang wie sonst pumpt sie wie blöd. Felin hingegen sitzt entspannt und putzt seelenruhig die rechte Vorderpfote. Wäre sie ein Mensch, würde sie sich pfeifend die Fingernägel begucken.

„Was ...?", frage ich fassungslos und weiß nicht so recht, wie die Frage eigentlich lauten soll.

„Woher weißt du, wo ich bin?", frage ich stattdessen an Charles gewandt. Da weiß ich zumindest, wie die Formulierung lauten soll, und kann mit einer Antwort rechnen, die aus keiner anderen Welt stammt.

Dr. Frieder stutzt kurz, bückt sich und nimmt Felin auf den Arm. Sofort beginnt sie, zu schnurren. Sagte ich es schon? Sie liebt ihn heiß und innig.

Er geht ein paar Schritte auf die Tür zu. „Hallo Charles", sagt er freundlich nickend, „halt mal kurz!", und bewirft Charles mit der Katze.

Felin fährt aus, was sie gerade eingefahren hat, faucht und verpasst der Besucherin einen wohldosierten Hieb auf den Handrücken. Sofort quellen kleine Bluttropfen aus den Kratzern.

„He!", rufe ich.

„Entschuldige bitte", vermeldet Dr. Frieder und lächelt Charles nahezu selig an, was völlig schräg rüberkommt. Dann zückt er das Handy und tippt konzentriert darauf herum. Und weiter geht's in Sachen heiß geliebtes Forschungsprojekt!

Ich starre ihn fassungslos an. „Dr. Frieder!", tadle ich lautstark. „Glaub ich's denn? Davon hatten wir's doch schon!" Hat er doch tatsächlich die Zwangsrekrutierung eines menschlichen Versuchskaninchens für das OETE-Projekt vorgenommen? Unverantwortlich und naiv! Ersteres von ihm, Letzteres von mir. Ich habe das nicht kommen sehen. Hat das sonst jemand kommen sehen?

Hat dieser Forscher doch in kürzester Zeit über Bord geschmissen, was zu meinen Grundwerten gehört? Und ich kann in Gegenwart des Opfers nicht mal fuchsteufelswild werden und ihm gehörig den Kopf waschen. Demonstrativ ziehe ich mir die Perücke vom Kopf.

Er quittiert es mit einem übertriebenen Schmollmund, der in ein breites Grinsen übergeht. „Geburtstag", meint er bedächtig nickend und deutet mit hüpfendem Zeigefinger auf die Perücke. Das Handy landet wieder in der Jeanstasche und Herr Doktor kümmert sich dienstbeflissen um seine neue Probandin.

Ich schließe die Sicherheitstür. Der erste Gedanke, der mir durch den Kopf huscht, ist die Grundregel, die da heißt: Verbrecher laufen Ines Fox hinterher. Sollte es goldrichtig gewesen sein, Charles auf die Liste der Verdächtigen gepackt zu haben?

„Was verschafft mir die Ehre? Woher weißt du überhaupt, dass ich hier bin?"

Sie hat ihre lederne Bikerjacke abgelegt, trägt enge Jeans und ein körperbetontes schwarzes Rollkragenshirt, das bestens zu ihren schwarz umrandeten Augen passt. Sie ist gut in Form. Ihr Outfit bietet keinen Platz für eine Waffe, sie trägt keine Tasche. Beruhigend.

Charles zuckt lässig mit den Achseln und hält Herrn Doktor ihre Hand hin. Keine Frage, was die Aktion sollte. Sie nimmt es einfach hin. Dr. Frieder hat den Spiegelschrank im Bad nach Utensilien durchforstet und ist mitten in einer improvisierten Desinfiziere-und-Verbinde-Aktion.

„Ich wollte nicht zu dir, Chief."

„Ach nein? Zu Yata?"

Sie nickt.

Dr. Frieder sieht mich erwartungsfroh an. Den Blick kenne ich, er heißt: Hunger?

„Entschuldigst du uns kurz, Charles? Dr. Frieder, auf ein Wort bitte." Das wollte ich schon immer mal sagen.

Nachdem ich die Badezimmertür hinter uns geschlossen habe, zieht Dr. Frieder mich an sich und küsst mich gierig.

Leicht außer Atem bringe ich ihn auf den neuesten Stand.

„Oha“, trifft er den Nagel auf den Kopf.

„Jetzt lass mal endlich die Nachricht sehen“, fordere ich.

Auf dem Badewannenrand sitzend lesen wir:

Bei früherer Kenntnis hätte ich den Verlauf der Geschichte wohl umgeschrieben. So aber ist andernorts zu suchen. Hierzu verfüge ich über Informationen, die hilfreich wären. Im Gegenzug muss vollends zurückkehren, was zueinander gehört.

Ich glotze Dr. Frieder übertrieben groß an. „Hä?“

„Ein Rätsel“, flüstert er geheimnisvoll.

„War ja klar. Roger Merian spielt wieder“, sage ich. „Muss vollends zurückkehren, was zueinander gehört?“ Ich denke nach und komme zu keinem befriedigenden Schluss. „Verstehen wir den ersten Satz so, dass er nicht früh genug von Yata und Schroff wusste, aber wenn, dann hätte er eingegriffen?“

Dr. Frieder nickt. „Er weiß was. Dafür will er was.“

„Nur was?“ Ich kratze mich am Kopf.

„Wird er schon sagen.“

Eine Weile sitzen wir noch auf dem Badewannenrand, dann fällt uns ein, dass Charles auf uns warten dürfte.

„Ideen zu der da?“, frage ich und mache eine Kopfbewegung Richtung Tür.

„Alkohol“, meint er.

„Schön. Aber ich verstehe nicht?“

„Macht redselig.“

Ich nicke begeistert. „Musst du sie nicht auch noch darüber aufklären, dass sie jetzt deine Probandin ist?“

„Is so“, sagt er lapidar.

„Du hast schon verstanden, dass sie mutmaßlich an Schroffs Ermordung beteiligt sein könnte? Nicht völlig abwegig, dass sie gefährlich ist und uns gefährlich wird.“

„Müssen wir eben aufpassen“, kommt da pragmatisch.

„Also Abendessen, Alkohol, abchecken und aufpassen“, fasse ich zusammen. „Das ist Plan A. Und Plan B?“

„Kein Plan B. Heute nicht und nimmermehr.“

Ich lächle ihn an. Ein schnuckeliges Kerlchen, wie er da so auf dem Badewannenrand sitzt, Arme aufgestützt, Jeansbeine von sich gestreckt. Prinzipiell kein Plan B? Wie konnte ich nur denken, ich käme damit klar, ihn zu vermissen?

Er grinst. Auch das kann er wunderbar.

Charles scheint nicht verwundert, dass Fragen ausbleiben. Überhaupt ist sie schwer zu überraschen. Es trifft sich, dass auch sie noch nicht zu Abend gegessen hat. Nach der Raubtierfütterung nehmen wir die Vorräte in Augenschein.

„Geiler Scheiß“, schwärmt sie.

Dr. Frieder blickt skeptisch. „Ernährungsphysiologisch gesehen, mag sein, kulinarisch betrachtet aber …“

„Gewohnheit und Fantasielosigkeit. Der Mensch ist ein Gewohnheitstier. Es fällt dem Europäer schwer, sich vorzustellen, dass Käse, der aus etwas anderem, als Kuhmilch gemacht ist, auch Vorzüge hat. Andererseits ist seine Fantasie so begrenzt, dass er kein Schwein sieht, wenn er sein Schnitzel isst.“

„Ich bin ein Schokokuchengewohnheitstier“, kommentiere ich wenig geistreich.

Dr. Frieder zwinkert mir zu.

„Käse aus etwas anderem als Kuhmilch?“, frage ich. Ich sehe nichts Käseähnliches im Kühlschrank.

Charles wirft mir einen weißen Block zu. „Tofu ist Sojafrischkäse oder Sojaquark“, doziert sie knapp. „Kuhmilch gerinnt durch Lab, Sojamilch durch Nigari.“

Sie möchte Spaghetti Bolognese mit Tofu kochen und übernimmt das Regiment in der Küche. Dr. Frieder und ich reichen zu.

Ich schlage gleich mal vor, zum Kochen einen trockenen italienischen Roten zu köpfen, und halte eine Flasche hoch. „Chianti wäre im Angebot.“

„Her damit. Brauchen wir auch fürs Ragout“, meldet die Köchin.

Dr. Frieder entkorkt und schenkt ein.

Irgendwann ist fertig gekocht. Wir sitzen am Tisch und verleiben uns ‚tierfreie Spaghetti Bolognese' ein, wie Charles sie nennt.

„Wow", sage ich mit vollen Backen.

Dr. Frieder nickt anerkennend.

„Schmeckt gar nicht so schlecht so ohne totes Tier, was?", grinst sie.

„Kennst du Yata über irgendeinen veganen Klub oder so?", rate ich mal darauf los und nehme einen kleinen Schluck Chianti. Nach dem Ouzo sollte ich mit dem Wein vorsichtig sein, sonst wird die Flasche redselig, äh die Falsche redselig.

Charles schüttelt den Kopf, sagt aber nichts.

„Woher dann?"

Sie blickt mich an und zögert. „Ich muss telefonieren." Sagt's und marschiert ins Bad.

Dr. Frieder und ich schauen uns für den Bruchteil einer Sekunde verwundert an, dann kleben wir nahezu gleichzeitig mit den Ohren an der Badezimmertür.

„... ihr sagen", flüstert Charles. „Okay, pfiat di!"

Wir schaffen es nicht ganz zum Tisch zurück, bevor sich die Tür öffnet, was auch daran liegt, dass ich mit Dr. Frieder zusammenstoße. Die Not zur Tugend machend leiten wir den Schwung um und fallen über uns her.

Charles räuspert sich. Ein Geräusper ist das wieder heute Abend!

Der Norddeutsche und ich trennen uns betont verlegen voneinander und setzen uns vor unsere Teller.

„Und darfst du?", frage ich.

„Was?", fragt sie.

„Es mir sagen." Ich grinse sie breit an.

Sie macht eine abwertende Handbewegung. „Ich arbeite für Yata."

„Äh", mache ich bedröppelt.

„Und für Foxinet natürlich."

„Hä?"

„Sowohl als auch“, sagt sie. „Kann man ja nicht von leben, von dem, was du zahlst, Chief.“ Nun grinst sie breit, was ich in der Art noch nicht bei ihr gesehen habe, sonst hätte ich bemerkt, dass sich dabei zwei nette Grübchen bilden.

„Was ist aus ‚Geld ist mir nicht so wichtig‘ geworden?“

„Gefasel.“

„Ach nee! Und was machst du für Yata?“

„Ich soll ein Auge auf dich werfen.“

„Hä?“ Erneut klinge ich wenig intelligent. „Jetzt red schon, und wenn's geht, zur Abwechslung mal, ohne Chief zu sagen“, schiebe ich unwirsch hinterher.

„Ich arbeite als Freelancer bei Anamesa. Yata meinte, du würdest dich gelegentlich in Schwierigkeiten bringen und bräuchtest jemand, der auf dich aufpasst. Das bin ich.“

Anamesa ist ein Schweizer Sicherheitsunternehmen, das vor ein paar Monaten von Krüger & Merian akquiriert wurde und dem Yata vorstand, bevor sie die gesamte Konzernleitung übernehmen musste.

„Du bist mein Babysitter?“

„So sieht's aus, Chief.“

Ich starre sie an, Augen weit aufgerissen, Mund leicht geöffnet. „Das ist ein Scherz.“

„Durchaus nicht.“

Zur Überprüfung des gerade Gehörten blicke ich zu Dr. Frieder. Er nimmt einen Schluck Wein und konzentriert sich darauf, Spaghetti mit Ragout in mundgerechte Happen zu kurbeln.

„Wie findest du das denn?“, frage ich.

„Gut, ne?“, sagt er kauend.

„Ich meine, dass Charles auf mich aufpassen soll.“

„Na gut“, wiederholt er.

Ich denke kurz nach. „Ha ja.“ Ich wiege den Kopf hin und her. Ganz verkehrt ist das nicht. Was aber wäre, wenn sowohl Yata als auch Charles der anderen Seite angehörten? Kann ich das zweifelsfrei ausschließen? Es bereitet mir regelrecht Schmerzen, überhaupt darüber nachzudenken, was es für Folgen haben könnte, wenn dem so wäre.

So ein Team ist was Tolles. Mein gefüllter Bauch beruhigt mein faules Gehirn und meint, das sei ja so was von unwahrscheinlich, es gelte, sich zu entspannen. Außerdem solle ich mal die Statistik befragen, von einer Mörderin mit Grübchen hätte die mit Sicherheit noch nichts gehört.

„Schwer vorstellbar, dass du im direkten Zusammentreffen mit Roger Merians Kleiderschränken eine gute Figur machen würdest. Oder bist du eine Kampfmaschine?"

Charles grinst Grübchen. „Dein Zweifel schmerzt mich. Als Kampfmaschine würde ich mich nicht bezeichnen, aber gegen die zwei Gorillas bräuchtest du dir keine Sorgen um mich zu machen."

„Hätte ich nicht mal ein Fitzelchen von dir sehen müssen?"

„Ich bin diskret. Im Büro kein Problem. Nur bist du selten im Büro, wie wir wissen, Chief. Also war auch ich selten im Büro, weshalb ..."

„... weshalb du kräftig mit Evi aneinandergeraten bist", geht mir ein Licht auf.

Sie nickt Grübchen grinsend. „Evi meinte, wer einen Fulltime-Job hätte, sollte sich selbst dann im Büro aufhalten, wenn die Chefin abwesend ist."

„Ist was dran. Ich kann verstehen, dass das Team sich da mit der Integration schwertut. Aber Moment. Wie sind die Kleiderschränke, Roger Merian gestern und ..." Ich zögere. Ich will Wladimir Blinow sagen, als mir Yatas Reaktion auf die Nennung seines Namens im Ohr wiederhalt. „Und Du-weißt-schon-wer trotz deiner Babysitterdienste so dicht an mich herangekommen?" Ich lasse alle Situationen Revue passieren, bei denen mir der Beistand einer wehrhaften Charles lieb gewesen wäre.

Sie runzelt die Stirn. „Voldemort?"

Ich muss lachen. „Nee, Sumo, der russische Pfannkuchen."

Sie sieht mich fragend an, dann scheint es zu dämmern, denn die Grübchen zeigen sich. „Ich hatte die Lage im Griff. Die Anweisung lautete, nur im Notfall einzugreifen. Ein Notfall war da nicht, Chief. Nur vorhin mit dem hier war ich kurz davor.“ Charles Kinn zeigt kurzzeitig in Dr. Frieders Richtung.

Der sieht erstaunt auf, kaut auf beiden Backen und grinst.

Ich werfe ihm einen Luftkuss zu.

„Bist du dann und wann in München?“, frage ich sie wie beiläufig, während ich die leeren Teller einsammle.

„Selten, wieso?“

„Und auf der Wiesn?“

„Worauf willst du hinaus, Chief?“

Ich zucke mit einer Achsel. „Und? Warst du?“

„Schon.“

„Warum?“

„Warum ist man wohl auf dem Oktoberfest, Chief.“ Sie schüttelt den Kopf und betrachtet mich skeptisch.

Ich seufze, winke sie und Dr. Frieder an den Computer heran, um ihnen das Bild zu zeigen, auf dem ihr Nacken zu sehen ist.

„Cooles Tattoo“, wertet Dr. Frieder.

„Danke“, grinst sie.

„Also dann mal Klartext. Warum warst du gleichzeitig mit Yata und Schroff auf dem Oktoberfest?“

Sie seufzt. „Das geht dich nichts an, Chief. Aber gut. Yata hatte mich darum gebeten. Wegen ihres Treffens mit, wie hast du ihn genannt? Dem russischen Pfannkuchen.“

Ich blättere zu dem zugehörigen Bild. „Hast du dieses Foto gemacht?“

„Wäre wenig sinnvoll gewesen, Chief. Ich sollte unsichtbar bleiben und nur im Notfall eingreifen.“

„Wer hat es dann gemacht?“

„Keine Ahnung.“

Ich weiß, ich tendiere dazu, den Menschen zu viel Vertrauen entgegen zu bringen. Sie müssen nur ein paar Worte mit mir wechseln und schon kann ich mir nicht mehr vorstellen, dass sie etwas verbrochen haben könnten. Na ja, außer Roger Merian. Und außer den beiden großen Kleiderschränken. Und außer der Kommode Andrick. Und außer Schroff natürlich.

Was meint mein gut gefülltes Spaghettibäuchlein zu Charles? Sie wirkt authentisch. Aber würde ich das nicht auch von Roger Merian vermelden, wenn ich nicht wüsste, dass er ein Psychopath ist? Typbedingt rückt Charles nicht sofort mit allem heraus. Außerdem hat sie einiges vorgespielt, was sich als falsch herausgestellt hat. Ehrenwertes oder niederes Motiv?

Und nun? Soll ich sie von der Liste der Verdächtigen schubsen? Herrje, das ist mal wieder ein Kommen und Gehen, auf dieser Liste!

Ich seufze.

„Was ist, Chief?"

„Ich denke nach."

„Ah was", meint Dr. Frieder.

Als Charles geht, bedenkt sie die Sicherheitstür mit einem zärtlichen Streicheln. „Good Girl." Wie kommt es nur, dass alle so in diese Verschlussvorrichtung vernarrt sind?

„Der Babysitter hat Ausgang?", fragt Dr. Frieder.

„Nachtschicht übernehmen Sie!", entgegnet sie in unmissverständlichem Kasernenhofton.

„Aye aye." Er salutiert linkisch und legt beschützend den Arm um mich. „Es liegt im Bereich des Möglichen, dass Felin einen Erreger auf dich übertragen hat. Gib mir bitte Bescheid, solltest du außerkörperliche Erfahrungen haben", ergänzt er lässig, während Charles schon die Tür hinter sich zuziehen will.

Sie hält inne, hebt eine Augenbraue um ein paar Millimeter. „Okay", sagt sie gedehnt mit einem kurzen Nicken.

Vermutlich haben Dr. Frieders Lächeln und Körpersprache signalisiert, es bestünde kein Grund zur Beunruhigung.

„Gute Nacht, Chief."

Kapitel 40

Dr. Frieder und ich stehen am Atelierfenster, sein Arm um meine Schulter, seine Finger spielen mit meinen Haaren. Schweigend schauen wir auf den See.

Ich will etwas zu unserem Beziehungswirrwarr sagen, lasse es dann aber bleiben. Manchmal ist es negativ, alles beim Namen zu nennen. Außerdem ist es nicht unser Wirrwarr, sondern meines.

Empfinde ich wirklich, was ich empfinde? Kann ich mir nach alldem sicher sein, dass ich empfinde, was ich empfinde?

Ich weiß nur, das Jetzt und Hier fühlt sich wohlig an. Ein bisschen so, als wäre ich Heim gekommen. Dabei bin ich hier nicht mal zu Hause. In seinen Arm heimgekehrt? Da werde einer aus mir schlau. Na, ich auf jeden Fall nicht.

„Eigenartig", sage ich nach einer Weile.

„Hmm?"

„Die Sturmwarnung."

Ich meine mal gelesen zu haben, dass der Sturmwarndienst am Bodensee, den der Deutsche Wetterdienst zusammen mit dem Schweizer Wetterdienst betreibt, eine Treffsicherheit von 95 Prozent hat. Wenig passend, dass hier tagelang ohne Grund Alarm geschlagen wird.

Ich löse mich von Dr. Frieder, bemühe Yatas Computer und rufe eine Wetterseite auf. Ruhiges Herbstwetter mit etwas Nebel an Bodensee und Donau heißt es da. Akut kein Wort von Sturm oder gar Unwetter. Die nächsten Tage könnte allerdings ein Hurrikanausläufer in die nordatlantische Tiefdruckrinne gezogen werden.

Auf einer Seite, die Sturmwarnungen für Wassersportler online verfügbar macht, zeigt sich das gleiche Bild wie auf dem See: Es blinkt lebhafte neunzigmal die Minute.

Den Onlineauftritt der Lokalzeitung Südkurier zu konsultieren hätte ich mir sparen können. Zum einen findet sich dort nichts Passendes. Zum anderen ist das Thema Nummer eins, dass eine gewisse Ines Fox auf dem schwarzen Kittel der Imperia verflucht worden sei. Und nun stecke die ganze Stadt wegen dieser Ines Fox mit drin, in dem Schlamassel.

Ohne hier ins Detail gehen zu wollen, wird jede Etappe meines Lebens beleuchtet und kleinste Verfehlungen breitgetreten. Die gesamte Einwohnerschaft von Konstanz würde allein meinetwegen einer schrecklichen Bedrohung ausgesetzt. Die Spekulationen reichen von Cyberattacken aufs Rathaus bis zur Todesschwadron, die bis an die Zähne bewaffnet über die Einwohner herfallen werden, sowie allerlei, was dem Reich der jahrhundertealten Fantasie in Sachen Flüchen entsprungen scheint. Natürlich formuliert man geringfügig anders, vom Tenor trifft es das aber. Meine Verbindung zum Mordfall Bernd Gerold wird angeführt und auch, dass ich unter Verdacht gestanden hätte. Es schwingt mit, man müsse sich angesichts der jetzigen Bedrohung fragen, ob da nicht doch etwas dran gewesen ist. Ich muss zugeben, das ist eine Logik, der man sich nur schwer entziehen kann. Der Oberbürgermeister wird zitiert, die Stadtverwaltung würde alles tun, um die Bevölkerung zu schützen. Wovor und wie, steht da nicht.

Dr. Frieder steht hinter mir. Er deutet grinsend auf einen Absatz. „Du hast die Mädchentoilette deiner Schule in Brand gesteckt?“

Ich mache eine abwertende Handbewegung und seufze. Mama hat mich gewarnt. Wieso nur lese ich das?

Die sozialen Medien sind oft schneller. Allerdings erzwingt der Kladderadatsch meine Aufmerksamkeit, der sich unübersehbar auf der Facebook-Seite von Foxinet befindet.

Ein veritabler Shitstorm!

Ich schnappe nach Luft.

„Oha!“, kommentiert Dr. Frieder.

Da steht, ich soll mich aus der Stadt scheren, sonst würde man nachhelfen, mir Beine machen. Wenn ich keine Wohnung mehr hätte, würde ich schon gehen. So in der Art, in allen Variationen, auch derb, auch ordinär.

Uns fehlen die Worte.

Ich muss schlucken. Nirgends ist die Hemmschwelle so niedrig, wie in den sozialen Medien, Dampf abzulassen. Kaum einer von den Hetzern würde mir ins Gesicht sagen, was er da erbricht. Und trotzdem. So etwas als Adressat zu erfahren, ist schon gewöhnungsbedürftig. Will ich mich daran gewöhnen? Entschieden schiebe ich die Schmähschriften beiseite und wende mich dem zu, weshalb ich eigentlich online gegangen bin.

In den einschlägigen Konstanz-Gruppen bei Facebook geht es auch um ‚diese verdammte Fox'. Es wird aber auch gefragt, ob jemand wisse, warum die Sturmwarnung liefe, wo doch offensichtlich kein Sturm im Anzug sei. Einer meint, er hätte sich beim Deutschen Wetterdienst erkundigt, dort spreche man von einer technischen Panne. Die Konversation driftet ins Scherzhafte ab. Einige haben auf einen handfesten Herbststurm gehofft, hätten gerne das Windsurfmaterial noch mal hervorgeholt. Während Boote bei Sturmwarnung im Hafen bleiben, gehen waschechte Windsurfer gerade dann aufs Wasser. Andere entgegnen, man könnte getrost eine Runde paddeln, man hätte den spiegelglatten See ganz für sich.

„Technische Panne. Wer's glaubt", murmle ich.

„Hmm?" Dr. Frieder hat es sich auf Yatas Sofa bequem gemacht. Die Beine von sich gestreckt, blättert er durch eine der vielen Zeitschriften, die fächerartig auf Yatas Couchtisch aufgereiht sind. Ist das die französische Vogue, die er da am Wickel hat?

„Die Sturmwarnung läuft jetzt nonstop seit gestern Morgen und kein Sturm in Sicht. Da ist doch was faul", sage ich ins Handy zu Arthur.

„Bitte?", bellt er. Er scheint in einem Tohuwabohu zu stecken, wie ich es sonst aus Yatas beruflichem Umfeld kenne.

„Die Sturmwarnung ist vielleicht gehackt", schreie ich.

„Ines, das geht mir am Allerwertesten vorbei."

„Roger Merians Handschrift", brülle ich. „Der hat was vor, sage ich dir. Das ist nur der Anfang."

„Nicht alles was hier passiert, geht auf seine Rechnung, Ines“, knurrt er.

„Mag sein, aber ...“, weiter komme ich nicht. „Ja, so was!“

„Aufgelegt?“

Ich nicke.

„Du hast dein Handy benutzt?“, fragt Dr. Frieder als pflichtbewusste, aber etwas langsame Nachtschicht meines amtierenden Babysitters.

Ich schlage mir die Hand vor den Mund, murmle, „Mist“, und schalte das Handy aus.

Dr. Frieder grinst. „Das habe ich vermisst.“

Ich lächle ihn an. „Einen ganzen, endlosen Tag lang?“

Er nickt. “Einen ganzen, endlosen Tag lang.“

„Apropos vermisst.“ Ich schlendere zum Sofa, nehme ihm die Zeitschrift aus der Hand und lasse sie in Zeitlupe auf den Tisch gleiten. Dann lasse ich mich auf seiner Jeans nieder.

„Monsieur Le Docteur aben eine Faible für Französinnen?“, hauche ich.

Kapitel 41

Wenige Minuten später klingelt es an der Tür. Atemlos will ich mich aus Dr. Frieders Umarmung lösen. Er hält meine Handgelenke fest und hindert mich, aufzustehen. „Lass klingeln", flüstert er grinsend.

Ich kichere. „So nennst du das?"

Der Besucher klingelt jetzt Sturm. Fila stimmt mit ein und lässt ein Wolfsgeheul hören. Meine Nackenhaare stellen sich auf. Santo macht einmal verhalten wuff und wedelt freudig. Felin schaut herablassend.

Ich fluche leise und winde mich mit einer Drehbewegung beider Hände aus Dr. Frieders Handgelenksgriff.

„Hoi", ruft er.

Schon bin ich bei Good Girl und linse durch den Türspion. Niemand zu sehen.

„Nicht aufmachen!", fordert Dr. Frieder lautstark.

Die Klingel dröhnt unvermindert weiter.

„Ich wollte nur sehen, wer es ist. Blöd, man kann von hier nicht auf die Straße schauen, wer vor der Haustür steht", brülle ich gegen das Gebimmel an.

Fila hat den Kopf in den Nacken gelegt und heult ohne Unterlass.

Klingelt es auch bei den Nachbarn? Das unverkennbare Ding-Dong von Frau Werner aus dem ersten Stock ist zu hören.

„Das ist mal ein ausgewachsener Klingelstreich", schreie ich. „Da wird man ja wahnsinnig!"

„Abstellen!", ruft er.

„Wie denn, wo denn?"

Dr. Frieder kommt zu Good Girl und fingert an der Sprechanlage herum. Die Klingel bimmelt heiter weiter und Fila heult. Dr. Frieder fabriziert ein schräges Grinsen und zuckt die Achseln.

Und ganz plötzlich hat sich's ausgeklingelt. Fila kommentiert das mit abfälligem Schnauben und drängelt sich dann zu Felin in Santos Hundebett.

Stille. Aber nur kurz. Dann Stimmen im Treppenhaus,

immer mehr Stimmen, laut und entrüstet. Jetzt brüllen tiefe Männerstimmen und kreischen höhere Frauenstimmen. Bedrohlich viele Stimmen. Santo schlägt an. Das findet selbst er unheimlich.

Glas splittert, Holz birst, es scheppert in allen Tonlagen.

Ich schaue Dr. Frieder mit weit aufgerissenen Augen an. „Was …?“, frage ich tonlos.

Wieder gehen Glas und andere Materialien zu Bruch. Der Lärm kommt jetzt aus dem Hof und dringt über das Atelierfenster zu uns hoch.

Wir blicken uns wortlos an. Ich will zum Fenster stürmen, um zu sehen, was da vor sich geht, aber Dr. Frieder hält mich fest. Seine Arme umklammern mich wie ein Krake.

„Bleib“, flüstert er.

Reflexhaft versuche ich, mich aus der Umklammerung zu winden.

„Liebling, nicht“, flüstert er gepresst.

Ich erstarre, blicke ihn Nase an Nase direkt an. Dann muss ich blinzeln, weil mir unversehens etwas Feuchtes in die Augen schießt.

„Liebling?“, flüstere ich und lächle.

„Ha ja.“ Er grinst und produziert ein einseitiges Achselzucken. Dann wird er ernst. „Ich denke, der Mob zerlegt gerade deine Wohnung.“

„Meinst du? Echt der Mob? Wer, Konstanzer? Es könnte doch auch …“

„Passt zum Shitstorm, ne?“

Ich sehe ihn mit großen Augen an. „Die machen Ernst?“

Während ich in Dr. Frieders Armen geborgen bin, versuche ich an den jeweiligen Bruchgeräuschen zu erkennen, welche meiner Habseligkeiten gerade das Zeitliche segnen. Müßig. Worum wäre es denn richtig schade, wenn es unwiederbringlich kaputtginge? Mir fällt ein, dass ich vor wenigen Wochen ein paar gerahmte Erinnerungsfotos aus vordigitaler Zeit aufgehängt habe, zu denen es keine Negative geben dürfte. Den Laptop zu verlieren wäre bedauerlich. Ein Neuer würde Geld kosten und Arbeit bereiten, bis wieder einsatzfähig. Die Daten hingegen sind allesamt sicher in der Cloud. Man denke sich getrost Anführungszeichen um ‚sicher'.

An die Nieren geht mir das nicht. Aber warten wir's ab. Vielleicht fühlt es sich nur aus der Entfernung unwirklich an.

Wir können heilfroh sein, dass wir alle hier oben sind. Was die aufgebrachte Menge wohl mit uns anstellen würde, hätte sie uns angetroffen? Oder was, wenn Santo allein zu Hause gewesen wäre? Mich schaudert. Das schmeckt bitter nach der Lynchjustiz aus der Zeit des Wilden Westens.

Das muntere Kleinholz machen dauert eine ganze Weile an. Ich wusste gar nicht, dass ich so viel besitze, was zerdeppert werden kann. Aber natürlich, wenn man die Muße hat, jedes einzelne Trinkglas und jeden einzelnen Teller ... Ein Polterabend der anderen Art.

Dr. Frieder und ich verharren ineinander verschlungen, sprachlos angesichts der aktuellen Geschehnisse. Good Girl schiebt Wache.

Irgendwann wird es ruhig. Nur einzelne Stimmen hallen noch durch das Treppenhaus. Dann ein paar Entsetzensschreie, die von Frau Werner sein könnten. Erneut versuche ich, mich aus Dr. Frieders Umklammerung zu winden. Ich will endlich Gewissheit, dass niemand im Haus körperlich zu Schaden gekommen ist.

Mein Norddeutscher lässt es noch immer nicht zu. „Warte noch kurz. Rufen wir erst Arthur an."

Der möchte eine Streife schicken. Wir müssten mit einer Wartezeit von zwei Stunden rechnen, vorausgesetzt, der Wagen käme überhaupt bis zu uns durch. Vermutlich wäre aufgrund der Nähe zur Innenstadt alles zugeparkt. Denn, das hätte ich im Angesicht unseres hauseigenen Tumults beinahe vergessen, die Invasion der Schweizer spitzt sich weiter zu. Arthur berichtet im Telegrammstil, die gesamte Polizeibelegschaft sei im Dienst. Unterstützung durch andere Dienststellen und die Bundespolizei sei unterwegs.

„Bleibt, wo ihr seid. Einen sichereren Ort gibt es derzeitig kaum", sind Arthurs abschließende Worte.

Ich rufe Mama von Dr. Frieders Handy aus an.

„Marc, was muss ich da hören“, trällert es mir entgegen.

„Ich bin ’s.“

„Meine Kleine. Alles in Ordnung?“

„Ja, Mama, es geht uns gut. Auch wenn sich vermutlich eine Horde ach so unbescholtener Konstanzer Bürger dermaßen durch die Berichterstattung im Südkurier verunsichert sah, dass sie das dringende Bedürfnis hatte, meine Wohnung platt zu machen.“

„Nein!“

„Wir sind in Sicherheit. Ich habe die Bescherung noch nicht gesehen. Wir warten auf die Polizei.“

„Sind David und Marc bei dir?“ Sie betont das Wörtchen ‚und‘ über Gebühr.

„Nein, nur Marc.“

„Marc? Hast du mir nicht …“

„Ja, nur Marc.“

Ein kurzes Schweigen. „Nun, es ist schön, dass du dich doch noch eines Besseren besonnen hast, Ines.“ In der Bestätigung schwingt Tadel mit. Sie lässt es sich selten nehmen, einen meiner Fehler im Nachhinein zu bemängeln.

„Ja Mama.“ Ich verdrehe die Augen.

Dr. Frieder grinst. Er fläzt auf dem Sofa.

Ich werfe ihm einen Luftkuss zu.

„Mal was anderes: Weißt du etwas über die Warnung?“, frage ich Mama.

„Vor den Schweizern?“

„Vor dem Sturm.“

„Sturmwarnung?“

„Die blinkt seit gestern Morgen ununterbrochen, dabei ist gar kein Sturm im Anmarsch“, erkläre ich.

„Tatsächlich? Als wäre der Einfall kaufwütiger Schweizer nicht schon Chaos genug.“

„Weiß man da wenigstens inzwischen Näheres?“

„Die Aktion wurde aus der Schweiz lanciert, von wem ist noch unklar. Bekannt ist lediglich, dass derjenige sich den Scherz hat einiges kosten lassen. Eine groß angelegte Anzeigen- und Plakatkampagne.“

Mama ist im Berichterstattermodus.

Ich bitte sie, mich zu informieren, sollte sie in Sachen Sturmangriff oder Sturmwarnung etwas Neues erfahren.

„Deine Mutter hat dich gerügt, dass …“

Dr. Frieder darf gar nicht erst ausreden. Ich knurre und zeige ihm die Zähne.

Er lacht, springt auf und stürzt sich auf mich. Wir landen lachend auf einem Sessel, der beängstigend unter uns ächzt. Die Anspannung der letzten Augenblicke fällt als Alberei von uns ab.

„Gehen wir endlich nachsehen?“, frage ich.

Er nickt widerwillig. Ihm dürfte klar sein, dass ich nicht warten werde, bis die Streife eintrifft.

Kapitel 42

„Viele böse Leute haben deine Wohnung kaputtgemacht", bringt Emma im Treppenhaus die Lage auf den Punkt. In rosarotem Schlafanzug mit Findet-Dorie-Motiv und pinkfarbenen Plüschhunden an den Füßen legt sie dramatisch die Stirn in Falten und stemmt die Hände in die Hüften. Unübersehbar: Emma ist böse mit den bösen Menschen.

„Hauptsache es geht allen gut. Es geht doch allen gut?", frage ich. „Wieso bist du überhaupt noch auf? Na, bei dem Krach kann man ja nicht schlafen, stimmt's?"

„Dr. Frieder!", ruft sie begeistert, ignoriert mich und meine Frage komplett.

„Lütte!", ruft er nicht minder erfreut und breitet die Arme aus. Emma nimmt Anlauf, springt und lässt sich juchzend herumwirbeln, soweit es die Enge des Treppenhauses zulässt.

„Wo sind denn Santo und Fila?", fragt sie.

„Oben bei Yata. Büschn viel Scherben für die Pfoten, ne?", erklärt er.

Emma nickt sachverständig. „Das sind wirklich ganz schön viele Scherben, Dr. Frieder. Ich glaube, Ines hat gar keine Tassen mehr im Schrank. Du musst ihr ganz viele neue Sachen kaufen."

Dr. Frieder grinst mich an. „Das muss ich wohl."

Ich verdrehe die Augen.

„Frau Fox, eine Tragödie, was für eine Tragödie!", ruft Frau Werner und wirft die Arme in die Luft. Sie steht mit Emmas Eltern auf dem Absatz vor meiner Wohnungstür, die ihren Namen nicht mehr recht verdient hat. Sämtliche Scheiben sind zersplittert, die filigranen Holzstreben zerschmettert. Der kümmerliche Rest hängt schief in den Angeln. Glasscherben und Holzspäne in allen Größen übersähen den Boden drinnen wie draußen. Die Bagage hat nicht nur von außen auf die Tür eingedroschen, sondern auch von innen.

Frau Werner trägt gesteppten Morgenmantel und weit aufgerissene Augen unter schlohweißem Schopf. Sie ist sichtlich mitgenommen.

„Hauptsache, es geht allen gut, Frau Werner. Es geht doch allen gut?“, frage ich und lege ihr beruhigend eine Hand auf den Arm. Ich nicke Emmas Eltern zu, die in kopfschüttelnder Apathie versunken sind. Sie sind etwa zehn Jahre älter als ich und im Gegensatz zu ihrem Spross äußerst zurückhaltend. Ich weiß nicht mal, wie sie mit Vornamen heißen.

„Sie haben alles zertrümmert! Es sieht aus, wie ein Schlachtfeld. Es sieht aus wie im Krieg!“, ruft Frau Werner aufgebracht. Ihre Hände zittern. Ich lege einen Arm um ihre schmalen Schultern und werfe Dr. Frieder einen Blick zu.

„Ich habe aufgedrückt. Warum habe ich sie hereingelassen?“, jammert sie. „Warum haben die das gemacht?“

„Wir haben auch aufgedrückt.“ Emmas Mutter hebt schuldbewusst die Augenlider und zieht die Schultern hoch.

Ich winke ab. „Das konnte doch keiner ahnen“, tröste ich. „Wirklich nicht. Und wer weiß, vielleicht hätten sie sonst die Haustür auch noch zertrümmert.“ Ich riskiere einen Blick und stelle erleichtert fest, dass die Tür brav ihre Aufgabe erfüllt und unser Haus verschließt, auf der einen Seite zumindest.

„Ein Tee auf den Schreck, Frau Werner?“, fragt Dr. Frieder und nimmt mir das zitternde Persönchen ab. „Emma darf sicher mitkommen.“

Emmas Eltern nicken.

„Ich habe die Polizei bereits benachrichtigt. Wird aber noch dauern, bis sie hier sind“, informiere ich.

Dr. Frieder führt Frau Werner die Treppe hinauf zu ihrer Wohnung.

Emma plappert auf die beiden ein, was man tun müsse, um die bösen Menschen einzufangen, und wie man sie bestrafen sollte. „Drei Tage kein Fernsehen“, gibt sie mit hoch erhobenem Zeigefinger samt geziertem Stimmchen zum Besten. Ihre Autorität schwächelt etwas, weil sie von Stufe zu Stufe hüpft und die Ohren an den pinkfarbenen Puschen auf und ab flattern.

Meine Beine indes wollen sich nicht so recht in Bewegung setzen und weigern sich, durch den Türrest zu schreiten. Selbst meine übermenschliche Neugier kann da kaum gegen an. Na ja, sie hat es zumindest für ein paar Sekunden schwer, dann gewinnt sie. Ich höre, wie Emmas Eltern nach mir in meine Wohnung knirschen.

Der Anblick, der sich uns bietet, entspricht in etwa dem, was meine Fantasie sich ausgemalt hat. Als hätte eine Rotte Wildschweine gewütet, in allen Ecken nach Trüffeln gesucht und gefunden. Allerdings riecht es weder nach Trüffeln noch nach Wildschwein.

Meine Wohnung ist in schummriges Licht getaucht. Einige Lampen wurden zerschlagen. Die Innereien aller Schränke liegen auf dem alten Parkett. Was zerbrechlich war, wurde kurz und klein gehauen, Unkaputtbares locker dazwischen verteilt. Kleinmöbel wie die Kommode im Flur liegen umgeworfen auf der Nase, die Schubladen gewaltsam entrissen. Der Mob hat die Terrassentür in der Küche mit einem Blumentopf eingeworfen und Terrasse wie Garten beherzt mit Kleidung dekoriert.

Manch einer könnte den Eindruck gewinnen, das Schicksal bestrafe mit zerbrochenen Gegenständen diejenige, die ein verliebtes Herz gebrochen hat. Ich für meinen Teil halte das für puren Zufall. Kurz kommt mir zwar der Gedanke, David hätte ein paar Freunde mit Baseballschlägern um sich versammelt, um es der Schlampe so richtig heimzuzahlen, dann schüttle ich heftig den Kopf über so viel fehlgeleitete Fantasie. Abgesehen davon, dass das nicht Davids Stil wäre, hat er momentan Wichtigeres zu tun, Berufliches zu tun.

„Alles Okay?", fragt Emmas Mutter. Sie und ihr Mann sind sehr diskret. Ich habe ihre Anwesenheit trotz der Knirschgeräusche, die ihre Schritte produziert haben müssen, ganz vergessen.

„Alles Okay danke." Ich deute auf die Terrasse. „Sieht aus wie im Film. Die betrogene Ehefrau setzt ihren Mann vor die Tür. Na, stimmt nicht ganz, es sind ja BHs dabei", ich lächle sie schief an. Sie lächelt zaghaft zurück und offenbart eine Reihe makelloser Zähne, wie aus der Zahnpastawerbung. Abgesehen von der Zahnlücke einer Erstklässlerin, die Emmas Lächeln dominiert, ist die Ähnlichkeit zwischen Mutter und Tochter unverkennbar.

„Wo du nun schon weißt, was ich so drunter trage: Ines heiße ich." Ich strecke ihr die Hand entgegen, die sie zögerlich ergreift.

„Sonja Faden. Und das ist mein Mann Tim."

Letzterer nickt stumm und eher grimmig, wie mir scheint, ohne mir die Hand zu reichen.

Ich gehe durch mein überschaubares Reich auf die Suche nach Bildern und Laptop. Die Bilderrahmen entdecke ich auf dem Boden, wo sonst. Das Glas ist zersplittert, die Bilder aber intakt. Den Laptop kann ich nirgends finden. Das schmeckt mir nicht. Es würde mir weniger ausmachen, ihn dem Elektroschrott zu übergeben, als mir vorzustellen, dass ihm jemand gerade Daten zu entlocken versucht.

„Wo schläfst du denn jetzt?", fragt Sonja.

„Bei Yata oben."

„Soll ich dir helfen?" Sie macht eine sparsame Bewegung über die Bescherung. Damit tut sie der Höflichkeit genüge, wenig enthusiastisch zwar, aber wir kennen uns ja auch so gut wie nicht.

„Danke, das ist sehr nett von dir. Aber ich muss warten, bis die Polizei kommt."

Nachdem Sonja und Tim gegangen sind, stehe ich unschlüssig im Chaos des Wohnzimmers. Gilt es noch als Wohnzimmer, wenn es unbewohnbar ist? Denn das ist es. Kein Platz, um sich niederzulassen, will ich nicht auf Scherben sitzen.

Das war wohl der Plan der Verursacher. ‚Die Fox wird schon abhauen, wenn ihre Wohnung in Schutt und Asche liegt.' So gesehen kann ich froh sein, dass keine Streichhölzer zum Einsatz kamen.

Es macht mir immer noch erstaunlich wenig aus, dass ich den Großteil meines Hab und Gutes verloren habe. Oder fühle ich mich ebendeswegen selbst etwas verloren? Erstaunt stelle ich fest, dass sich meine Arme ganz von allein um meinen Körper geschlungen haben müssen.

„Oha!", ertönt es vom Flur. Dr. Frieder grinst aufmunternd schepps. „Lass ma bekieken. Na, das sieht doch gut aus, oder nich?" Er knirscht zu mir herüber und schließt mich in seine Arme. Gut, dann brauchen das meine nicht mehr zu tun.

„Nicht so schlimm", sage ich leise. „Ist nur Zeug. Sie haben meinen Laptop mitgenommen."

Er nickt. „Wie werden die Tage büschn watt zu tun haben. Feudeln, Verschiedenes einholn: Klappräkner, Kekkassen und Tüdelkram."

Manchmal habe ich den Eindruck, dass Dr. Frieder das besonders putzige Norddeutsch immer dann auspackt, wenn er der Meinung ist, ich hätte Aufmunterung nötig.

Ich lächle ihn an. „Feudeln? Klappräkner? Und was ist denn Kekkassen?"

„Na Fernseher." Er grinst mich an. „Guckkasten."

„Stimmt das Wir? Du fährst die Tage doch zurück nach Freiburg."

„Erst Sonntag spät oder Montag früh?", schlägt er vor.

„Das wäre toll", sage ich inbrünstig und kuschle mich tiefer in seine Umarmung. Wer braucht ein intaktes Wohnzimmer, wenn er das hier hat?

Als nach gefühlt fünf Stunden endlich die Uniformen von Godehard Gruber und Helmut Schmied durch den Rest der Tür treten, kann ich vor Müdigkeit kaum noch aufrecht stehen.

„Jessesna", kommentiert Helmut.

„Meine Fresse", raunt Godehard.

„Du meinsch Gosch", korrigiert Helmut.

Sollte Helmut Schmied daran schuld sein, dass Godehard seine Berliner Schnauze im Laufe der Zeit mit Konstanzerisch verwässert hat? Quasi Spreewasser mit Bodenseewasser verdünnt?

„So wat affichet aba ooch", kontert Godehard und schickt ein Stirnrunzeln Richtung Helmut.

Wer hat hier offiziell das Sagen? Helmut ist älter als Godehard und trägt einen Stern mehr auf den Schulterstücken. Das scheint er auszunutzen.

Er zückt einen Notizblock und setzt eine gewichtige Miene auf. „Wa fehlt?"

„Auf jeden Fall mein Laptop. Alles andere ist schwer festzustellen, angesichts …" Ich vollführe eine Handbewegung über das Chaos.

„Hasch se gsähe?"

„Hä-ä. Ich meine natürlich nein, hab ich nicht, wollte ich nicht."

„Weisch wie viele's gsi sin?"

„So um die Zehn vermute ich. Aber wissen? Nein."

„I sag der glei, da hammer keine große Chance."

„Will heißen?", frage ich.

„Mir gehet wieder", sagt Helmut, steckt den Notizblock demonstrativ zurück in die Innentasche seiner Jacke und knirscht auf dem Absatz kehrt.

„Äh", melde ich. „Sagst du mir gerade, wir haben fast drei Stunden auf Euch gewartet, damit nichts weiter passiert?"

„So isches."

„Und wozu dann das Ganze?"

„Woher soll i des wisse?"

„Na, weil du hier der leitende Beamte bist, wenn ich das richtig sehe?", erlaube ich mir anzumerken.

„Ah wa", sagt Godehard und grinst.

Helmut dreht uns kurz das Gesicht zu, zieht eine Grimasse und knirscht unbeirrt weiter Richtung Ausgang.

„Du bist vielleicht 'ne Flitzpiepe!", ruft Godehard ihm hinterher. Dann sagt er in unmissverständlichem Befehlston zu mir: „Mach, das de hinta die Sichaheitstüa kommsch!"

Wo er recht hat. Stehe ich hier mal wieder in der Gegend herum, als könnte mir keiner was.

Wenig später befinden Dr. Frieder und ich uns im völlig intakten krügerschen Haushalt. Die Vierbeiner haben sich alle drei in Santos Hundebett gequetscht. Unnötig zu erwähnen, dass Felin die kuscheligste Position für sich beansprucht. So richtig vermisst wurden wir nicht, man scheint auch wenig beunruhigt angesichts der Aggressivität im Erdgeschoss.

Mit letzter Energie lasse ich mich aufs Sofa plumpsen.

Dr. Frieder deutet auf das überfüllte Hundebett. „Ich geh noch mal raus mit den beiden."

Heißt, ich darf und soll hierbleiben. Das ist mir recht.

Kapitel 43

War ja klar. Ich sehe auf mich hinunter, wie ich trotz grotesker Körperhaltung selig auf Yatas Sofa zu schlummern scheine. Mein Kopf ist nach hinten gefallen und ruht in einem unguten Winkel auf der Lehne. Da tut einem schon vom bloßen Zusehen der Nacken weh.

Verlässlich nach zwölf Sekunden Sofablick wird es dunkel um mich, ich werde weggezogen, das Übliche eben. Als ich einen Wimpernschlag später etwas zu sehen bekomme, halte ich vor Erstaunen die Luft an. Also nur solange bis mir einfällt, dass ich das tunlichst unterlassen sollte, könnte es mich doch geradewegs zurückwerfen und diesen durchaus imposanten Echttraum frühzeitig beenden. Ich atme vorsichtig durch die Nase, sie scheint frei.

Die erwartete, weil übliche Drohnenperspektive von zwei Metern über dem Geschehen, wird in diesem Theater heute nicht gegeben. Ich hänge über der Stadt. Wie hoch mag das sein? Hundert Meter? Das ist ungewöhnlich in jeder Hinsicht. Bisher war mein Blickfeld seitwärts begrenzt, hier jedoch: freier Seeblick, soweit das Auge reicht. Als hätte ich ein kostenloses Upgrade erhalten. Nun weiß ich ja, dass es so etwas wie kostenlos nicht gibt. Irgendwer, irgendwas trägt die Kosten, wenn auch vielleicht nicht hier und jetzt.

Ich baumle im Nachthimmel nur wenige Meter querab des Konstanzer Münsters. Die neugotische Turmspitze pikst schräg unter mir in die Nacht. Eine grandiose Aussicht ohne Wenn und Aber, besser wäre es nur noch bei Tag.

Geradeaus geht mein Blick auf den Konstanzer Trichter, der friedlich daliegt, abgesehen vom nervösen Blinken der Sturmwarnung. Sie huscht vom Konstanzer Hafen, von der Spitze des Freistrandbads Hörnle, vom Schweizer Bottighofen und fünf weiteren Orten über die dunkle Fläche des Sees.

Ich kann mich gar nicht sattsehen. Es hat etwas von einem Bodensee-Rundflug, nur statisch.

Zu meiner Linken liegt die Niederburg, der mittelalterliche Teil der Innenstadt mit seinen verwinkelten Gässchen.

Die Häuser kuscheln, als würden sie sich aneinander wärmen wollen. Für die vorgerückte Stunde sind ungeheuer viele Menschen und Autos unterwegs, einige Gassen sind hoffnungslos verstopft. Autohupen und Geschrei flattern zu mir herauf. Wie spät ist es eigentlich? Zwischen 3 und 4 Uhr?

Beim Versuch, alles zu begucken, was sich von hier sehen lässt, und das ist eine Menge, muss ich mich winden. Wie an Drahtseilen festgezurrt hängen meine Füße im Westen und mein Kopf im Osten.

Ich will einen Blick auf die Laube werfen. Die Hauptverkehrsader, die den Verkehr um die Altstadt herumleitet, ist für mich schwer zu sehen, sie liegt hinter mir. Alle vier Fahrspuren bestehen aus einem durchgängigen Autokorso, nur kursieren tut da nichts. Ein Parkplatz der unpraktischen Art. Die Automobile stehen Stoßstange an Stoßstange, getrennt durch Autohupen, dazwischen Menschen, die sich lautstark auslassen, und einige Blaulichter von Streifenwagen, die genauso festsitzen, wie der Rest der Blechlawine. Würde ich es nicht mit eigenen Augen sehen, würde es mir jemand erzählen, ich hielte es für ausgemachten Unsinn. Weit nach Mitternacht im Herbst, weder Fußball WM noch Fasnacht in Sicht und trotzdem: Nichts geht mehr.

Ich meine auf den Gehwegen einzelne Zelte und Lagerstätten zu erkennen, außerdem Feuerquellen, um die Gestalten lagern und sich wärmen, dazwischen Fahrzeuge.

Ein Außerirdischer, der dies an meiner statt betrachten würde, unsere Welt zum ersten Mal von oben sähe, hätte wohl große Zweifel, was die geistige Gesundheit dieser Spezies angeht. Ohne ihre Blechdosen auf Rädern gehen diese Menschen nirgendwo hin, auch wenn sie dadurch nirgendwo ankommen und sich dabei in Aggressivität verlieren.

Hier oben allerdings herrscht Frieden pur. Ich könnte es eine ganze Weile aushalten. Die bleierne Müdigkeit, die mich kurz zuvor auf dem Sofa übermannt hat, ist wie weggeblasen. Ein echtes Erlebnis.

Für das, was da unten passiert, fragt man sich natürlich: wozu das Ganze? Was soll damit erreicht werden? Oder ist die Invasion kaufwütiger Schweizer nur ein Scherz, der Eigendynamik entwickelt hat und weit mehr Wirkung zeigt, als der Verursacher je zu träumen gewagt hätte? Ein teurer Scherz. Eine groß angelegte Anzeigen- und Plakatkampagne wie diese zahlt man nicht aus der Portokasse.

Ich muss mich beim Puppenspieler bedanken, dass er mich in der Sicherheit von Yatas Loft belässt und im Drehbuch trotzdem dieses Schauspiel vorgesehen hat. Brillant inszeniert. Es ist eine wahre Wonne, im tadellosen Konstanzer Nachthimmel mit phänomenalem Blick auf Stadt und See abzuhängen, wenn auch zum Nichtstun verdammt. Glücklicherweise bekomme ich die hiesigen Temperaturen nicht mit.

Soll ich warten, dass sich etwas tut, wofür es sich zu frieren lohnt? Vernünftiger wäre fraglos, diesen Ausflug aktiv abzubrechen. Aber es ist so schön hier! Es kann doch nicht schaden, wenn ich noch ein kleines Weilchen bleibe.

Ich bin guter Dinge dabei, Stadtteile, Straßen, bekannte Orte und Häuser systematisch zu scannen, mich zu erinnern, wie es dort jeweils von unten aussieht, immer auch darauf gefasst, dass ich etwas Ungewöhnliches entdecken könnte, da verdunkelt sich die beispiellose Freilichtbühne und ich werde wegbewegt. Wie schade! Ich wäre gerne noch geblieben.

Im nächsten Augenblick sehe ich auf mich hinunter, wie ich mit abgeknicktem Nacken auf Yatas Sofa liege.

Kapitel 44

Als ich erwache, ist mir unfassbar kalt. Schon lange war mir nicht mehr dermaßen kalt nach einem Echttraum. War ich je in meinem Leben so durchgefroren? Ich erinnere mich nicht.

Hin- und Rückreise waren kurz, das Ziel nur ein paar Hundert Meter Luftlinie vom Sofa entfernt. Ich war bestimmt keine zehn Minuten weg. Oder doch? Vielleicht liegt der erhöhte Energieverbrauch am Upgrade. Wäre passend: Seeblick kostet extra.

Meine Zähne klappern. Ich zittere unkontrolliert am ganzen Körper und fühle gleichzeitig eine seltsame Steifheit. Was hat Dr. Frieder gesagt, war positiv am Zittern? Es will mir nicht einfallen.

Als ich es schließlich schaffe, mich vom Sofa zu lösen, verbleibt mein Nacken in der grotesken Haltung. Das muss aussehen! Ich schlingere ins Badezimmer und stelle mich samt Kleidung unter die Dusche. Keine Chance, mit diesen klammen Fingern meine Jeans zu öffnen. Erkenntnis eins: Ein Knopf ist nicht benutzerfreundlich. Erkenntnis zwei: In Klamotten zu duschen ist befremdlich.

Ist das jetzt warmes oder kaltes Wasser? Ich regle hin und her und kann keinen Unterschied feststellen. Die Armatur ist stylisch, hilft aber nicht in der Temperaturfindung. Dr. Frieders Stimme dröhnt in meinem Kopf, ich solle ja darauf achten, nie zu heißes Wasser auf meine Unterkühlung zu schütten. Warum, weiß ich nicht mehr. Da ich nun eh nicht fühle, welche Temperatur das Wasser hat, das da aus Yatas tropischer Regendusche auf meinen Kopf herabprasselt, kann ich genauso gut auf Nummer sichergehen. Ich stelle den Hebel auf Mittelstellung. Was, wenn das Wasser kälter ist als ich? Ich denke krampfhaft nach, was das bedeuten würde, komme aber zu keinem Ergebnis. Der logische Schluss liegt nahe: vermutlich kein Problem.

Irgendwann fällt mir ein, dass ein Thermometer hilfreich sein könnte. Zu einer feudalen Badewanne mit Whirlpoolgedöns muss es doch ein Badethermometer geben.

Triefend nass tapse ich aus der laufenden Dusche zur Badewanne, lasse Pfützen auf die Fliesen und Wasser in die Wanne laufen. Planlos durchstöbere ich die Schubladen. Was wollte ich? Ach ja, ein Thermometer. Die Suche mit steifem Nacken und klammen Fingern gestaltet sich schwierig. Schließlich werde ich fündig. Das Thermometer landet im Badewasser und ich zitternd auf dem Wannenrand. Ich beobachte, wie die blaue Flüssigkeit im Röhrchen langsam ansteigt. Dauert das immer so lange? Schließlich meldet es: 37° Babybad. Ich suche Unterkühlung in der Skala. Gibt's nicht. Wärmer oder kälter als Babybad? Ich weiß nicht so recht ...

Während ich in nassen Klamotten auf das Thermometer stiere und darauf warte, dass es zu mir spricht, fühle ich eine bleierne Müdigkeit aufsteigen. Die Augen wollen mir zufallen. Ich würde so gerne zurück zum Sofa. Schlafen wäre schön. Am liebsten mit Seeblick. Aber das Sofa ist weit weg.

Das Zittern hat aufgehört. Prima! Hat das Duschen wohl letztlich doch geholfen.

Auf dem Wannenrand zu sitzen ist anstrengender, als man hinlänglich meint, ich kann mich kaum noch aufrecht halten. Erstaunt betrachte ich, wie meine Schuhe in einer einzigen großen Pfütze stehen, deren Ende ich nicht ausmachen kann.

Immerhin geht es mir besser und ich friere nicht mehr. Nur noch kurz ausruhen, dann werde ich mich aufraffen, um mich in die feudale Wanne oder das frisch gemachte Bett zu legen. In jedem Fall: Die Kleidung lasse ich an. Alles andere wäre nicht zu machen.

Wie war das jetzt mit der Wassertemperatur? War die richtig so? Baby. Ha ja.

Schön, dass ich nicht mehr friere.

Eine Alarmglocke mit Dr. Frieders Stimme klingelt in meinem Kopf. Die soll aufhören so einen Lärm zu veranstalten, die blöde Glocke.

Kapitel 45

„... Fall von Kälteidiotie“, brummt eine Männerstimme über meinen Füßen. Der vibrierende Bass ist mir unbekannt.

Ich habe keine Lust, die Augen zu öffnen. Am liebsten würde ich sofort wieder in den Schlaf abtauchen, wäre da nicht dieses Wummern im Kopf.

Ich stöhne.

„Wach?“, fragt Dr. Frieder. Seine Stimme hat deutlich zu viel Hall und kommt von rechts.

„Hmpf“, mache ich. Will heißen, ich weiß nicht so recht. Bin ich wach? Ich will nicht wach sein.

Erinnerungsfetzen wehen vorbei wie Zeitungspapier in einer New Yorker Hinterhofgasse. Ich erinnere mich: Mir war so was von lausig kalt nach dem Echttraum mit Seeblick, so kalt war mir nie zuvor gewesen. Erst die Dusche, in Folge habe ich aufgehört zu frieren. Und dann? War ich noch in der Badewanne? Keine Ahnung.

„Wach?“, wiederholt Dr. Frieder. „Schokokuchen?“

„Herr Kollege, das ist kaum ...“, brummt der Bass entrüstet.

Verbotener Schokokuchen? Das muss ich sehen! Ich öffne mein rechtes Auge einen Spaltbreit und blicke in Dr. Frieders sonniges Lächeln. Die übliche Tiefenentspannung, kein Grund zur Sorge.

„Wusst‘ ich’s doch“, sagt er. „Willkommen zurück.“

„Du hast gar keinen“, murmle ich und schließe das Auge wieder.

„Nee, hab ich nich bei“, antwortet er vergnügt.

„Wo ... was?“, frage ich schwach.

„Ich vermute Echt ...“, er vollendet den Satz nicht.

„Ja, mit Seeblick“, nuschle ich verträumt. Dieser grandiose Blick über der Spitze des Konstanzer Münsters hat sich regelrecht in mein Hirn gebrannt. Da würde ich gerne wieder hin, diesmal bei Tageslicht.

Meine Finger tasten über ein Laken. Ich liege in einem Bett? Mein Arm ist angeleint. Die andere Hand ertastet: Da steckt eine Nadel samt Schlauch in der Armbeuge.

„Wie … wo … was?“, frage ich.

„Kälteidiotie, bewusstlos, Badezimmerboden, mittelgradige Hypothermie, Klinikum“, fasst Dr. Frieder zusammen.

„Hmpf“, mache ich und fasse mir an den Kopf.

„Und ne ordentliche Beule“, ergänzt er munter.

Ich stöhne.

„Ich denke, wir lassen die Patientin jetzt schlafen“, brummt der Bass.

Das ist mal eine gute Idee.

***

Ich erwache, weil mir jemand dreist in ein Auge leuchtet.

„He“, maule ich.

„Besser, ne?“, wertet Dr. Frieder.

„Meine Kleine“, wispert Mama.

Gerne würde ich einfach wegduseln, aber ich traue mich nicht, schließlich ist Mama da. Also nehme ich alle Kraft zusammen und stemme die Lider auf Halbmast.

„Wie geht's dir?“ Sie sieht aus wie ein Engel. Irgendwie ist da Licht hinter ihrem Kopf. Sie lächelt mich zärtlich an.

„Hmpf.“ Ich entscheide, das war genug der Aufwartung und lasse die Läden wieder herunter.

***

Eine Ahnung von Kaffee kitzelt meine Nase. Kein wahrer Wohlgeruch, aber irgendwie attraktiv. Ich blinzle.

Eine dicke Schwester wurschtelt an mir herum. Ich muss mal schauen, was sie da macht.

„Na wen haben wir denn da?“, flötet sie und hantiert am Infusionsbeutel.

„Hmpf“, mache ich.

„Hunger auf ein spätes Frühstück?“

Ich befinde, es wäre angebracht, sie mit mehr zu motivieren, als mit einem weiteren Hmpf und ringe mich zu, „Au ja“, durch.

Mein Kopfteil fährt hoch, was mit Kopfschmerzen verbunden ist. Ich stöhne. Außerdem ändern sich die Druckverhältnisse in mir. Ich setze an, die Bettdecke zurückzuschlagen.

„Nein, nein, nein! Wir bleiben schön liegen. Müssen wir Pipi?“

Ich verdrehe innerlich die Augen, nicke aber.

„Ich bringe Ihnen die Pfanne.“

Die folgenden Geschehnisse würde ich gerne auslassen. Nur soweit: Eine erwachsene Frau ist nicht dazu gemacht, im Liegen für kleine Mädchen zu gehen.

Objektiv betrachtet ist das Frühstück nichts Besonderes. Kaiserbrötchen aus Weizenweißmehl mit Butter und Marmelade aus dem Schächtelchen, je eine angetrocknete Scheibe Hartkäse und Kochschinken, ein Hybrid aus Kaffee und Schwarztee mit einem Hauch Pfefferminz, dazu ein Schälchen klebriges Müsli und ein Apfel. Für mich aber ist es das großartigste Frühstück überhaupt. Nebenbei habe ich das Geheimnis eines Krankenhausfrühstücks dieser Art gelüftet: Es schmeckt nur, wenn es einem schlecht geht. Auf einer Skala von 0 bis 10, wobei 0 hundselend dem Tode nahe und 10 hervorragend ist, darf es einem genau 6 gehen. Nicht zu gut und nicht zu dreckig. Nur für diesen schmalen Grat ist es gemacht, also für mich. Womöglich kann man das Krankenhausfrühstück sogar in der Diagnostik einsetzen.

Ich verputze alles bis auf den letzten Krümel. Anschließend könnte ich Bäume ausreißen.

Nach einer Weile zeitlosen an die Decke Starrens, habe ich wachsenden Bedarf nach einer menschlichen Stimme. Ich hangle nach der Fernbedienung und schau, was so gegeben wird. Der Zufall wirft mich in die Nachrichten und mitten hinein in eine Menge aufgebrachter Menschen. Autos über Autos, noch mehr Menschen und einiges, was zu Bruch gegangen ist, ob absichtlich oder versehentlich, bleibt unklar. Einige Straßenzüge kommen mir seltsam bekannt vor.

Eine weibliche Stimme gibt kund, Konstanz am Bodensee hätte sich selbst in den Ausnahmezustand verrückt. Den ganzen Sonntag und Montagmorgen wäre man schon mit groben Aufräumarbeiten beschäftigt gewesen, die weiter anhalten. Der Gesamtschaden beliefe sich auf mehrere Millionen Euro. Die Existenz einiger besonders stark beschädigter Einzelhandelsgeschäfte sei bedroht. Die Stimme erläutert die mir bekannten Umstände und endet mit dem Satz, „Dieser Tag wird als Schwarzer Samstag in die Annalen der Stadt Konstanz eingehen.“ Das wird mit dem entsprechenden Schriftzug am unteren Bildrand begleitet: Schwarzer Samstag in Konstanz.

Ich interpretiere, dass ich das Geschichtsträchtige und einen weiteren Tag verschlafen habe. Ja so was.

***

Irgendwann müssen mir wieder die Augen zugefallen sein. Etwas kitzelt meine Wange und holt mich zurück.

„Ines, du hast da ein Röhrchen im Arm stecken“, diagnostiziert Emma und pikst mit dem Zeigefinger auf die betreffende Klebestelle. Ich zucke zusammen.

Hinter ihr steht Dr. Frieder, der mich angrinst, und Emmas Mutter Sonja, die verlegen auf den Krankenzimmerboden starrt.

„Wir machen einen Besuch. Das macht man so, wenn jemand im Krankenhaus ist“, doziert Emma.

Kurz huscht mir ein Gedanke an David durch den Kopf, der im Sommer an meinem Krankenbett saß und Ähnliches verkündete. Ich muss mich bald in aller Form bei ihm entschuldigen. Das war nicht nett von mir. Gar nicht nett, gelinde gesagt.

„Das ist aber nett“, sage ich und bemühe mich schlaftrunken um ein Lächeln, dass ich gerecht auf alle Anwesenden verteile.

„Ich hab dir was mitgebracht. Das macht man so, wenn jemand krank ist.“ Emma überreicht mir zwei große Hundekekse mit einer rosa Schleife darum und eine Kinderzeichnung auf kariertem Papier.

„Oh danke schön. Das ist aber lieb. Nett, wie Santo und Fila dem Ball nachlaufen. Toll gezeichnet."

Sie nickt ernsthaft und macht nicht den Eindruck, als bräuchte sie jemanden, der ihr bestätigt, wie fabelhaft sie ist. Nicht das Schlechteste.

Emma und ihre Mutter bleiben nicht lang. Danach setzt Dr. Frieder sich zu mir aufs Bett, drängelt, bis ich gerade noch so auf der Bettkante lagere, legt sich neben und seinen Arm um mich.

„Schön", quittiere ich und schließe die Augen.

Ich erzähle ihm vom Echttraum mit Seeblick, lasse nichts aus und schildere in allen Farben, wie toll das war.

„Das hättest du sehen sollen", schwärme ich.

„Wolltest nicht so schnell wieder weg", stellt er fest.

Kein Vorwurf, keine Schelte, dass ich so unvernünftig war, und mich damit vielleicht in Lebensgefahr gebracht habe.

„Wie hast du erklärt, dass ich mich dermaßen unterkühlt habe?"

„Physische und psychische Übermüdung infolge von Stress aufgrund schwerwiegender Ereignisse. Schlafentzug. Reizüberflutung und Angst um das eigene Leben. Man geht hier davon aus, dass du in der Badewanne eingeschlafen bist und dann mit Abkühlung des Badewassers unterkühlt bist. Vorausgehender Alkoholkonsum hat dies beschleunigt. Als du aus der Wanne wolltest, bist du ausgerutscht, daher das Hämatom. Ich habe dich auf dem überfluteten Badezimmerboden gefunden."

„Hast bestimmt einen Schreck gekriegt."

„Jou." Nach einer kleinen Pause ergänzt er: „Musste dich für eine glaubhafte Story ausziehen und sicherstellen, dass du nicht als Gefahr für dich selbst eingestuft wirst."

„Hui."

Er streicht eine Locke hinter mein Ohr, die da nicht bleiben will. „Warum die Dusche?"

„Da hab ich mich zuerst druntergestellt, wollte warm werden. Hat sich angefühlt, als hätte es geklappt."

Wir liegen eine ganze Weile schweigend auf dem schmalen Krankenhausbett. Wenn sich jetzt noch die Hunde auf unseren Füßen zusammenkringeln würden, ginge ich hier so schnell nicht wieder weg.

„Ist eigentlich noch Sturmwarnung?“, frage ich.

„Läuft nonstop.“

Kapitel 46

Die Konstanzer haben sich schnell daran gewöhnt. Die Sturmwarnung läuft halt. Fanden sie es am Anfang merkwürdig, schauen sie jetzt gar nicht mehr hin.

Die lokale Tageszeitung Südkurier fordert prominent auf, man möge für die Zeit der technischen Störung besonnen die Wetterlage prüfen, bevor man auf den See ginge. Dafür wurde eigens ein Kasten designt, der auf der Titelseite jeder Ausgabe prangt.

„Ja klar. Selber technische Störung", murmle ich beim Lesen vor mich hin. Ich sitze an Yatas Computer, meinen heiligen Morgenkaffee vor der Nase und lese mich auf Stand. Obwohl der Spätsommer anhält und in Yatas Loft unterm Dach kuschelige Wohlfühltemperaturen herrschen, trage ich zwei Lagen Pullover. Die Ärmel reichen bis an die Fingerknöchel. Unter der Wolldecke, die auf meinen Knien liegt, lugen dicke Socken hervor. Schon erstaunlich, dass Kälte so in den Knochen stecken bleibt.

Die Ermittlung nach dem Verursacher der Schweizerinvasion ist im Sande verlaufen. Dabei bräuchte es dringend einen Erfolg samt Verhaftung, um als Beruhigungsmittel für die Konstanzer Bevölkerung herzuhalten. Denn die ist außer sich. Der Missetäter hinter Gittern, der nebenbei auch für alle Schäden aufkommt, wäre vorzuziehen. So eindeutig ist das natürlich nicht in der Tageszeitung zu finden, das weiß ich von Arthur.

„Wie jetzt, im Sande verlaufen?", frage ich ungläubig ins Telefon, als er mich ins Bild setzt.

„Wie ich sage. Das Unternehmen, das die Anzeigen und Plakatwände gebucht hat, wurde von einem anderen Unternehmen beauftragt. Und dieses existiert nicht. Die Anzeigendaten wurden per FTP hochgeladen, die IP Adresse über mehrere Anonymizer verschleiert. Die Bezahlung erfolgte mit dem digitalen Zahlungsmittel Bitcoin", führt Arthur sachlich aus.

„Tatsächlich in Bitcoin? Cool, äh, ich meine, sieh mal an. Ist mir noch nicht untergekommen, dass in der hiesigen Geschäftswelt mit Kryptogeld bezahlt wird", begeistere ich mich. „Hätte einen natürlich auch stutzig machen können."

Schweigen in der Leitung. Was soll er auch sagen?

„Den Fall vom anderen Ende her aufzäumen? Ich für meinen Teil bin mir ganz sicher, dass Roger Merian dahintersteckt", sage ich.

„Warum?"

„Na, weil das eindeutig seine Handschrift trägt."

„Aus welchem Grund sollte Herr Merian Konstanz in ein derartiges Chaos stürzen? Aus welchem Grund sollte er Schäden in Höhe mehrerer Millionen verursachen, vom Imageverlust, den Konstanz bei den Schweizer Nachbarn erlitten hat, ganz zu schweigen? Und warum sollte er dafür eine stattliche Summe ausgeben?"

„Keine Ahnung. Rache, weil er hier vor Gericht stand? Ein weiteres Spiel? Erst ermordet er unser Wahrzeichen und dann torpediert er eine der wichtigsten Einkommensquellen des Konstanzer Einzelhandels. Das passt doch total zu ihm."

„Das ist zu spärlich. Wozu sollte er das auch tun?"

„Das wird sich schon noch zeigen. Er hat immer ein Ziel. Also ich an deiner Stelle würde den Krüger & Merian Konzern abklopfen, auf Geldflüsse zum Beispiel."

„Das ist zu weit hergeholt. Nie und nimmer gibt es dafür eine Genehmigung. Ich bedaure, Ines, ich muss los." Sagt's und hat aufgelegt.

Ich starre auf den See, die Kaffeetasse mit beiden Händen umfasst. Mein Kopf nickt im Rhythmus der Sturmwarnung. Neunzigmal die Minute. Ein Schwarm Kormorane zieht im Tiefflug über Kräuselwellen von rechts nach links. Eine Jolle folgt ihnen gemächlich, bis auch sie vom Fensterbühnenbild abgeht.

„Wo ist Roger Merian jetzt eigentlich?", frage ich.

„Du schon wieder!? Ich habe keine Zeit", entgegnet Arthur unwirsch.

„Nur kurz. Wo ist er?"

„Das ist mir unbekannt. Er wurde von den Schweizer Kollegen vorläufig festgenommen und befragt. Im Anschluss musste man ihn gehen lassen."

„Er läuft frei herum und ihr wisst nicht mal, wo?"

Der Pegel in meinem Kaffeebecher schwappt bedenklich.

„Unschuldsprinzip, solange wir keine Beweise haben. Du solltest demnach ..."

„Ja ja, ich weiß. Ich sollte demnach in Deckung bleiben. Aber wäre hier nicht eine Überwachung angebracht? Ich meine hallo? Das ist Roger Merian, von dem wir hier reden!" Ich werde richtiggehend laut.

„Incs, du hast sicher Verständnis, ich habe Wichtiges zu tun." Schon hat er unser Gespräch wieder abgebrochen.

Habe ich Verständnis? Ha ja, schon. Der Mann hat einiges um die Ohren. Das ändert jedoch nichts daran, dass die Situation gelinde gesagt unbefriedigend ist. Ich hatte gehofft, Roger Merian sei weiterhin bei Arthurs Schweizer Kollegen zu Gast, oder zumindest unter Beobachtung. Nun muss ich wieder mit allem rechnen, und das, wo das doch nun wirklich nicht meine Stärke ist.

Meine Gedanken werden jäh zerklingelt.

„Mama?"

„Es ist eine Petition erstellt worden. Die Lokalredaktion wurde gebeten, für ihre Verbreitung zu sorgen. Ich weiß nicht, wie entschieden wird. Normalerweise hätte ich da keine Bedenken, aber in diesem konkreten Fall ..." Ihre Stimme zittert leicht. Das kommt selten vor. Ich versuche, mich für alles zu wappnen.

„Eine Petition? Wofür oder wogegen denn?"

„Es werden im großen Stil Unterschriften gesammelt, sowohl online als auch in Form von Listen. An fast jeder Ecke in der Fußgängerzone steht jemand damit. Ziel ist, dass du von offizieller Stelle dazu gebracht wirst, die Stadt zu verlassen. Nur eine Zeit lang, um Konstanz und seine Einwohner zu schützen, bis alles aufgeklärt ist. Die Drohungen gegen dich und die Stadt werden in Zusammenhang mit dem Schwarzen Samstag gebracht. Man befürchtet sonst Schlimmeres."

„Was?", kläffe ich.

Da fehlen einem doch die Worte. Nicht, weil da ein Zusammenhang hergestellt wird, denn den gibt es, davon bin ich überzeugt. Aber eine Petition, damit ich die Stadt verlasse? Und wie bitte schön kommen die Petenten darauf, dass meine Abwesenheit die Probleme löst?

„Alles in Ordnung?“, fragt Mama nach einer Weile des Schweigens.

„Nein“, sage ich leise. Mir fehlt die Kraft für fuchsteufelswild. Wut benötigt Feuer. Für Feuer ist mir zu kalt und fehlt mir die Leidenschaft. Denn Leidenschaft, ganz ehrlich, ist grad aus.

Ist das hier tatsächlich Konstanz meine Heimatstadt? Die Stadt, in der ich geboren und aufgewachsen bin?

„Füchslein?“

„Äh ja?“

Ich höre Mama schlucken. „Ich weiß, du willst nicht aufgeben. Ich rechne dir deinen Mut und Widerstandsgeist hoch an.“ Wieder höre ich sie schwer schlucken. „Ich bin sehr stolz auf dich, mein Füchslein, sehr stolz. Aber du solltest in dieser konkreten Situation wirklich die Stadt verlassen, Petition hin oder her.“

Eine dicke Träne kullert über meine Wange. Ich wische sie weg, überlege krampfhaft und beiße derweil in die Faust. Dann hole ich tief Luft. „Okay. Ich verlasse die Stadt. Können wir uns vorher kurz sehen?“ Das kommt mit erstaunlich fester Stimme irgendwo aus mir heraus. Ich habe das nicht gesagt.

Mama schluckt erneut schwer, bevor sie weinerlich antwortet: „Ich befürchte nein. Ich bin …“

Dreimal tutet es noch, dann ist alles still.

Ich schalte mein Handy aus und pfeffere es mit aller Kraft an die Wand. Da ist sie, die Wut. Heißa!

Das Handy geht scheppernd zu Bruch, die Wand trägt eine tiefe Schramme davon und ich breche in Tränen aus.

Kapitel 47

Was soll ich packen? Es gibt erstaunlich große Auswahl, denn das Rollkommando hat meiner Garderobe nichts dauerhaft Zerstörerisches angetan. Was an Kleidung draußen landete, braucht einen Waschgang, was drinnen landete, wurde kräftig geschüttelt und abgesaugt, um die Splitter loszuwerden. Ich werde kräftig einkaufen gehen müssen, aber keine Klamotten. Die sind größtenteils in Reisetaschen und Koffern verstaut und in Yatas Loft eingelagert. Ein wenig umarrangiert und schon bin ich reisefertig.

Während meines Krankenhausaufenthalts brachte Dr. Frieder die zerdepperte Wohnung so halbwegs in Ordnung, feudelte, wie er es nannte, und entsorgte vor allem Zertrümmertes. Bei einem seiner Besuche in meinem Krankenzimmer berichtete er, mein Vermieter, ein lebenslustiger Mittfünfziger italienischer Abstammung, wäre unerwartet aufgetaucht. Giovanni hatte seine ganze Familie dabei, wie immer, will heißen seine Frau, seine Tochter und deren drei Kinder, darunter ein Säugling. Gemeinsam nahmen sie das Trümmerfeld in aller Ausführlichkeit in Augenschein, riefen abwechselnd ‚Mamma mia', ‚dio mio' und ‚porca miseria', schlugen die Hände über den Köpfen zusammen. Sie drückten wortreich ihr Mitgefühl aus und Dr. Frieder gleich mehrmals mit. Über viele Umwege kam das Thema schließlich darauf, wer das denn nun alles bezahle.

Ich hatte Lachtränen in den Augen, als Dr. Frieder mir am Fußende meines Krankenbettes mimisch darstellte, wie dieser originelle Besuch vonstattengegangen war. Auch mit solchen Belustigungsaktionen half er mir schnell wieder auf die Füße.

Nun aber ist Dr. Frieder nicht mehr da. Ich vermisse ihn. Obwohl mir überhaupt nicht danach war, musste ich ihn ziehen lassen. Schließlich hat er einen Beruf, den er ausüben möchte und muss, und eine Stelle, die er gerade erst angetreten ist. Freiburg ist zwar keine zwei Stunden entfernt, aber auch nicht eben um die Ecke. Dr. Frieder kann mir hier und jetzt nicht helfen.

Ich benutze Yatas Festnetztelefon und muss mich über mehrere Stationen verbinden lassen.

„Ich brauche deine Hilfe", sage ich rundheraus.

„Du schon wieder!"

„Ja, sorry, Arthur. Aber es ist sehr, sehr wichtig.

„Nun gut, dann fahre fort", lässt er sich herab.

„Meine Mutter wurde entweder entführt oder wird genötigt, dort zu bleiben, wo sie jetzt ist."

Er seufzt. „Wie kommst du denn auf die Idee?"

„Sie hat mich angerufen, von einer Petition erzählt und darauf bestanden, ich solle die Stadt verlassen."

„Die Petition existiert."

„Dachte ich mir. Aber sie hat mich Füchslein genannt. Das war ein eindeutiger Hinweis ..."

Arthur lacht auf. „Nur, weil sie dir einen neuen Spitznamen gibt?"

„Arthur!", schreie ich. „Glaub mir. Das würde sie so nie sagen. Also stimmt was nicht. Außerdem wurde das Gespräch mitten im Satz abgebrochen. Entweder Roger Merian oder seine Mannen haben sie entführt, oder einer der Petenten ..."

„Der bitte was?"

„Der Menschen, die die Petition gegen mich gestartet haben."

Ich gebe ihm Mamas Handynummer. Arthur sagt zu, die Pressestelle des Polizeipräsidiums werde sofort versuchen, mit Mama Kontakt aufzunehmen, weil das bei einer Lokalredakteurin am unverfänglichsten wirke. Im zweiten Schritt würden sie eine Ortung durchführen.

„Ich melde mich in Kürze", schließt er.

Ich hibbele derweil herum. Auf dem Stuhl hält mich nichts, am Atelierfenster hält mich nichts, auf dem Sofa schon dreimal nicht. Die Uhr weigert sich, weiterzuspringen. Wie eingesperrtes Wild tigere ich durch die Wohnung. Als ich gar nicht mehr weiß, was ich tun soll, durchkrame ich Yatas Vorräte und finde Schokolade. Vegan natürlich, schwarz wie die Nacht, aber erstaunlich lecker. Das hilft.

Nach der Gehirnnahrung fällt mir ein, die Petition zu suchen. Und tatsächlich: Unter openpetition.de, einer der Plattformen für Bürgerinitiativen, Petitionen und Kampagnen, die sich vornehmlich lokaler und regionaler Themen annimmt, werde ich fündig. Die Petition hat zum Ziel, mich durch offizielle Stellen temporär der Stadt verweisen zu lassen.

Mein Wohl in der einen Waagschale, das Wohl aller Konstanzer in der anderen. Für einen Unbeteiligten scheint die Entscheidung einfach: Die Fox muss weg!

Es hat schwer was von Hexenverfolgung. Ob die wissen, dass ich rothaarig bin? Was heißt hier ‚die'. Es ist eine einzelne Person, die eine Petition erstellt. Der Name ist mir unbekannt. Kann man eigentlich eintragen, was man möchte, oder wird die Identität verifiziert? Bevor ich dahin gehend schlauer werde, läutet das Telefon. Noch während des ersten Klingelns habe ich den Hörer in der Hand.

„Arthur?"

„David."

„Oh!"

„Ich wollte hören, wie es dir geht. Arthur hat mich informiert und ..."

„Danke! Wisst ihr schon was?"

„Deine Mutter ist nicht am Arbeitsplatz und ihre Kollegen in der Redaktion wissen nicht, wo sie ist. Normalerweise meldet sie sich bei Außenterminen ab."

„Und die Ortung?"

„Das letzte Gespräch mit dir erfolgte über einen Sendemast in der Nähe des Südkuriers, demnach könnte sie im Gebäude gewesen sein."

„Ich fahre hin", rufe ich und habe schon fast aufgelegt.

„Ines, nein, das bringt nichts! Lass uns das machen. Arthur ist schon mit einem Team unterwegs. Du kannst jetzt nichts tun."

„Danke David", sage ich und lege auf.

Ich kann nichts tun? Von wegen! Es wird Zeit, dass ich endlich was tue.

„Ich brauche deine Hilfe", sage ich heute nun schon zum zweiten Mal ins Telefon.

„Lass hören, Chief."

Ja, ich kann mir ausmalen, was man da denkt. Weiß Ines, was sie tut? Wie kann sie der vertrauen? Wer weiß, was mit Charles ist und mit Yata und überhaupt?

Das stimmt alles. Aber manchmal muss man auf seinen Bauch hören. Manchmal muss man jegliche Bedenken des Gehirns, allesamt mit der Aufschrift Vernunft, aus dem Weg kicken und alles auf eine Karte setzen. Augen zu und durch.

Und manchmal muss man das nicht, auch das weiß ich. Denn wir erinnern uns noch lebhaft, was passierte, als ich meine Vernunft das letzte Mal in den Wind schlug. Aber sei's drum.

Charles signalisiert in allem, was sie sagt und fragt, dass sie weiß, wo es langgeht. Sie muss einiges an Erfahrung in diesen Bereichen haben. Ich frage nicht, woher. Einerseits will ich es natürlich wissen, wer würde das nicht. Andererseits fürchte ich, es nachträglich zu bereuen, nachdem ich davon Kenntnis erlangt hätte. Interessanterweise schaffe ich es, mir meine krankhafte Neugier zu verkneifen. Ich schiebe es darauf, dass ich kaum ich selbst bin, solange ungewiss ist, was mit Mama ist.

Ich will gerade auflegen, da höre ich es anklopfen und nehme das Gespräch an.

„Deine Mutter ist wohlauf", meldet Arthur.

„Gott sei Dank!", stoße ich aus tiefster Seele hervor. „Wo ist sie?"

„Hier. Zwei erzürnte Konstanzer wollten sie dazu benutzen, dich zum Verlassen der Stadt zu drängen. Sie haben deine Mutter unter dem Vorwand kontaktiert, sie hätten Informationen über den Verursacher des Schwarzen Samstags. Im Redaktionsbüro konnten sie deine Mutter in eine Damentoilette manövrieren und zum Anruf zwingen. Sie haben sie geknebelt und gefesselt zurückgelassen. Wir haben detaillierte Täterbeschreibungen, sichten Aufnahmen von

Überwachungskameras und schreiben die beiden zur Fahndung aus."

„Unfassbar!"

„Was ist mit deinem Handy?", fragt Arthur.

„Ist an die Wand geflogen."

„Aha."

„Kann ich sie sprechen?"

„Ich dachte, du fragst nie", sagt Mama. Sie lächelt, das kann ich einwandfrei hören. Es erleichtert mich unsagbar.

„Wie geht es dir?"

„Gut. Ich ärgere mich nur über mich selbst, dass ich darauf hereingefallen bin. Wie naiv."

„Sag das nicht. Das wäre jedem passiert. Mit solcher Hinterlist rechnet doch keiner."

Wir schweigen beide einen Augenblick.

„Füchslein, ja?", schmunzle ich.

„Ich musste doch einen Kosenamen finden, bei dem du mir als Teenager die Augen ausgekratzt hättest, wäre ich auf die wahnwitzige Idee verfallen, ihn zu verwenden."

Mein bockiges Teenager-Ich erscheint vor meinem inneren Auge. Das Ich, das alle in der Klasse überragte, täglich über seine auffällig roten Haare plärrte und von Klassenkameraden im besten Fall Rotfuchs, im schlechtesten Fall Kupferdächle genannt wurde. Das Ich, das zutiefst verunsichert war, aus dem Lot aufgrund des ungewohnten Hormoncocktails, und in alle Richtungen um sich schlug.

„Das hätte ich wohl", gebe ich zu.

Wenig nach dem Telefonat erscheint Charles mit Evi im Schlepptau.

Ich habe hin und her überlegt, ob das eine gute Idee ist, denn ich befürchtete, die beiden könnten sich umgehend in die Haare kriegen. Etwas Besseres wollte mir aber nicht einfallen.

Santo freut sich. Er mag Evi. Der Verdacht liegt nahe, dass sie ihn mit außergewöhnlichen Leckereien besticht. Als ich ihr mit feuchten Augen einen riesigen Sack Hundefutter und Santos Ersatzgeschirr in die Hand drücke, macht sie große Augen. Dann nickt sie stumm.

„Dr. Frieder wird ihn holen, sobald er kann", sage ich leise und knuddle meinen blonden Wuschel noch einmal kräftig durch.

Der sieht mich fragend an.

Ich ringe mir ein Lächeln ab und nicke ihm aufmunternd zu. „Nicht für lange, mein Süßer. Du weißt, ich komme immer wieder", sage ich und ergänze stumm, ich hoffe, auch diesmal.

Charles begleitet Evi zu ihrem Wagen und stellt sicher, dass sie mit Santo unbehelligt von dannen zieht.

Wieder zurück im Loft gehen wir alle Einzelheiten durch. Prepaid Handys mit mehreren SIM-Karten landen auf dem Tisch sowie ein Plan, wann welche Karte zu benutzen ist.

Charles hat ein Auto besorgt, es scheint nicht ihr eigenes, ich frage nicht. An diesen Wagen erinnert man sich nicht.

Wenig später sind wir auf der Autobahn.

Kapitel 48

„Hier ist 120, weißt du schon, oder?“, frage ich mal so zwischendurch, nachdem Charles ein ordentliches Tempo vorlegt.

„Ich dachte, es eilt und eventuelle Bußen sind drin?“, kontert sie.

„Hast du auch wieder recht.“

Immerhin kennt sie die Radarfallen und geht an den entscheidenden Stellen vom Gas.

Ich rufe Dr. Frieder an und berichte, was vorgefallen ist und was ansteht.

„Musst du machen?“, fragt er im Anschluss.

„Muss ich machen“, bestätige ich mit fester Stimme. Wen will ich hier eigentlich überzeugen?

„Denn man to. Dann musst du gut auf dich aufpassen“, kommt pragmatisch.

„Mach ich. Melde mich.“

Kurz vor Zürich macht Charles eine nickende Kopfbewegung nach hinten. „In der Tasche ist eine Thermoskanne Tee.“

„Alles andere hätte mich gewundert“, feixe ich. „Wirkt er denn überhaupt beruhigend, wenn man nicht dieses meditative Teebeutel-Tunki-Tunki macht?“

Sie grinst und ihre Grübchen zeigen sich wieder.

„Falls ich hinterher ...“, beginne ich.

„Keine Sorge, du wirst dich hinterher bei mir bedanken können. Um es in deinen Worten zu sagen: aber so was von.“

Ich muss lachen.

Laut Yata hält sich Roger Merian in Zürich auf. Ich habe mich entschieden, es zuerst bei der merianschen Villa zu versuchen, gegebenenfalls danach in der Konzernzentrale von Krüger & Merian. Zwar ist es schon recht spät am Morgen, um einen Teil der arbeitenden Bevölkerung zu Hause anzutreffen, aber es erschien mir einfacher. Dort erwarte ich weniger Personal. Zudem meinte Yata, er würde gerne von seinem privaten Arbeitszimmer aus wirken, die Chancen stünden also gar nicht schlecht, ihn dort anzutreffen. Außerdem bin ich neugierig, wie er so wohnt.

Es geht nach Zollikon. Der kleine Ort gehört zur sogenannten Zürcher Goldküste. Nahe Zürich City und doch beschaulich ruhig, trägt das nordöstliche Seeufer des Zürichsees diesen Namen. Es dürfte schwerfallen, so heißt es, auf Anhieb eine teurere Wohngegend zu finden. Hier residieren die finanziell Wohlhabenden. Und wer sich noch etwas mehr leisten kann, genießt besten Seeblick und den güldenen Glanz des Ufers in der Abendsonne.

„Zollikon gilt ja als älteste Gemeinde im Kanton Zürich. Das passt ja mal wieder zu ihm", doziere ich. Habe ich mal irgendwo aufgeschnappt.

„Aha", meint Charles wenig interessiert.

Wir fahren durch ein Wohnquartier, wie man in der Schweiz so nett sagt, in dem sich Villa an Villa reiht. Belle Époque, Schweizerstil alias Chaletstil, Hochmodernes in Beton und Glas und ein Mischmasch aus Undefinierbarem wechseln sich ab. Parkähnliche, gepflegte Gärten zwischen den Häusern. Der ein oder andere dienstbare Geist, der irgendetwas zusammenrecht, abschnippelt oder anderweitig verschönert, was auf den ersten Blick keiner Verschönerung bedarf.

Bei jedem ausgesprochenen Prunkbau, an dem wir vorbeifahren, male ich mir aus, welche Taten die Bewohner wohl vollbracht haben könnten. Was haben sie geleistet? Oder was haben sie sich geleistet? Was muss man tun, um sich Villa und Grundstück im Wert mehrerer Millionen Schweizer Franken leisten zu können? Darunter ist natürlich auch viel geerbtes Geld, altes Geld.

Aber wir sind hier nicht auf Sightseeingtour.

„Hier ist es", meldet Charles.

Ich nicke langsam, weil bass erstaunt. Da hatte ich doch Anderes erwartet. Etwas Hochherrschaftliches vielleicht. So etwas wie das älteste Haus des Ortes oder sonst einen Bau mit historischer Bedeutung. Hier aber steht ein ultramodernes Gebilde, das an zwei graue Bauklötze erinnert, die ein zweijähriger Riese mangels Feinmotorik leicht schepps übereinandergestapelt hat. Zur Straße hin Sichtbeton, soweit das Auge reicht, durchbrochen durch ein einzelnes Lichtband. Davor eine Mauer mit einem Stahltor, rundherum grauer Schotter der Marke Bahngleise. Zwei symmetrisch angepflanzte, deutlich verhuscht wirkende, immergrüne Gewächse. Verrammelt, verschanzt und lebensfeindlich, fällt mir da ein.

„Herrjemine", murmle ich, „das schreit ja geradezu, hier haust ein Geisteskranker."

„Nee, eins weiter", sagt Charles.

Ich atme aus, irgendwie erleichtert, wenn das auch keinen Sinn ergibt.

Auffallend unspektakulär präsentiert sich die Jugendstilvilla als letztes Haus in der Sackgasse. Gediegen und geordnet. Schweizer Understatement, also wenig geeignet um irgendeinen Gefühlsausbruch hervorzulocken. Roger Merian reiht sich ein.

Kurz schaue ich zurück. Welcher Typ Mensch mag dann wohl in dem Bunker wohnen? Oder ist das eine Festung gegen den psychopathischen Nachbarn?

„Gehen wir klingeln", witzelt Charles, zieht sich eine der Westen sowie eine schwarze Maske über und schlüpft in Handschuhe.

„Und Chief?"

„Ja?"

„It's more fun if you don't panic." Spricht's und ist schon aus dem Auto gesprungen. Mit dem nächsten Atemzug zielt sie mit einem Laser auf zwei Webcams, die für meine Augen deutlich zu diskret angebracht sind.

„Kommst du, oder was?", zischt sie. Geschmeidig überwindet sie das Gartentor, während ich die Kevlarweste schließe und die Maske herunterziehe. „Jetzt versau's nur nicht", raune ich mir zu und folge ihr weitaus weniger elegant, aber wenigstens ohne mit der Jeans hängen zu bleiben. Das war mein Albtraum Nummer eins: Oben festzuhaken, sodass jemand kommen und mich abhängen müsste.

Ich bin gerade um die Ecke, als ich die Haustür höre. Offenbar hat jemand gewissenhaft die Monitore im Blick gehabt und kommt nun nachsehen, warum nichts mehr zu sehen ist.

Und die nächste Webcam macht Bekanntschaft mit Charles' Laser. Durch mächtige Rhododendren und kugelrunddressierte Buchsbäume hindurch wieseln wir leicht geduckt über den Golfrasen. Ich mache, was Charles macht, frage mich aber kurz, was das Ducken soll, fühle ich mich deshalb doch nicht weniger auffällig. Die Weste schnürt mir das Bisschen mehr an Luft ab, das ich bräuchte. Die Erkenntnis reift: Schusssichere Westen sind 1A unbequem und nicht atmungsaktiv.

Auf der Südseite des Hauses angekommen stürmen wir die geschwungene Gartentreppe hinauf. Sie führt zu einer Terrasse aus Sandstein mit Doppelflügeltür. Ein Blick über die Schulter offenbart einen fantastischen Seeblick.

Natürlich kann der Zürichsee nicht mit dem Bodensee mithalten. Ich meine, für mich als Bodenseegeschöpf kann er das nicht, ein Züriseegeschöpf mag das anders sehen.

Mein Körper wird mit Adrenalin geflutet, ich habe Gänsehaut und Schnappatmung. Das mit der Vermeidung von Panik muss ich noch üben. Nur zehn Meter hinter Charles erreiche ich schnaufend die Terrassentür, die sie bereits geöffnet hat, irgendwie. Ruckzuck hat sie auf ihrem Smartphone in einer App herumgetippt und die Alarmanlage damit deaktiviert. Ich frage nicht. Kurze Zeit später nickt sie.

Wir stehen in einem lichtdurchfluteten Raum. Sparsam und geschmackvoll möbliert geht er über die ganze Breite der Villa. Stuckelemente an der hohen Decke, ein Parkettboden mit Intarsien großer Sterne aus verschiedenfarbigen Hölzern und weiße Wandvertäfelung bis auf halbe Höhe. Das macht was her. Beweist das den Geschmack des Hausherrn oder den seines Innenarchitekten?

Kein Mensch zu sehen oder zu hören.

„Arbeitszimmer", flüstere ich und deute Richtung Diele. Yata hat informiert, Roger Merians Homeoffice läge im Erdgeschoss, ginge von der Halle ab, vom Eingang aus links. Dort würde er sich in der Regel tagsüber aufhalten, wenn er zu Hause wäre. Wir visieren die Tür an, die dem großzügigen Treppenaufgang zum ersten Stock gegenüberliegt.

Ich erstarre. Die Haustür öffnet sich und einer der Kleiderschränke tritt ein. Hinter mir ertönt ein Brocken Russisch.

Kapitel 49

Ich drehe mich um. Die Kommode Andrick? Wo kommt der denn her? Er muss uns über die Terrasse gefolgt sein.

Charles setzt sich mit einer atemberaubenden Geschwindigkeit in Bewegung. Schwerelos springt sie hoch, als könnte die Luft sie tragen. Sie springt auf den Kleiderschrank zu. Ich wirble herum, setze an und lasse Andrick meine Steinschleuder kennenlernen. Die schleudert allerdings keinen Stein, sondern ein Pudergeschoss, das ihn nur aus dem Gleichgewicht bringen soll, was es ganz hervorragend tut. Es trifft ihn an der Stirn, leicht seitlich, und stäubt Gesicht und Anzug pink ein. Nett. Keine Ahnung, warum Charles gerade Pink gewählt hat.

Yay, ich kann es noch!

Als Charles mich im Rahmen der Vorbereitung nach der Waffe meiner Wahl fragte, musste ich mit den Schultern zucken. Mädchen, wohlbehütet in einer Kleinstadt in der Provinz aufgewachsen, beherrschen in der Regel eine sehr überschaubare Anzahl scharfer Waffen: Null. Spaßeshalber antwortete ich Steinschleuder, ohne auch nur zu ahnen, dass sie das ernst nehmen könnte. Es ist natürlich schon ein paar Jährchen her. In der Nachbarschaft, in der ich aufwuchs, hatten wir für zwei Jahre einen Wettbewerb im Dosenturmschießen laufen. Ich schlug mich gar nicht so schlecht zwischen all den Jungs.

Charles hat derweil irgendwas mit dem Kleiderschrank angestellt, auf jeden Fall liegt er auf dem Boden und stöhnt. Ist sie ein Ninja-Turtle? Ohne Schildkrötenpanzer, natürlich.

Mir schlottern dermaßen die Knie, dass ich erwarte, Kastagnetten zu hören. Dazu passend steht mein Mund offen, nicht nur aus ungläubigem Staunen, was Charles hier für eine Show abzieht, vor allem, um genug Luft in die überforderten Lungen zu saugen.

Wie verabredet nicken wir dreimal synchron, dann reiße ich die Bürotür auf. Sie hechtet tollkühn hinein und schlägt ein paar Haken. Dass sie nicht noch einen Flickflack macht, ist alles. Etwas kopflos wusle ich hinterher, streng darauf bedacht, unseren Plan einzuhalten. Sie stürzt auf den verdutzt dreinblickenden Roger Merian zu, der hinter einem antiken Schreibtisch enormen Ausmaßes thront. Offensichtlich ist er gerade in die Lektüre eines Papierstapels versunken gewesen und hat, unglaublich aber wahr, den Tumult in seiner Eingangshalle verpasst. Seine Hand gleitet nach unten. Drückt er einen Knopf? Zückt er eine Waffe?

Ich hatte im Vorfeld leichte Bedenken geäußert, dass in einer waffenfreien Welt Charles Strategie des Hineinstürmens durchaus Erfolg versprechend wäre, man aber bei Merian & Co wirklich zu jeder Zeit mit allem, ergo auch mit allen Waffen, rechnen müsse. Sie winkte ab und fragte mich berechtigterweise, wer denn hier die Fachfrau sei. Dem war nichts entgegenzusetzen.

Charles vollführt wieder ein paar unfassbar schnelle Bewegungen. Wusch ist sie hinter dem Schreibtisch. Sie nimmt ihm eine Waffe ab, noch bevor er diese ganz anheben oder ich sie als solche erkennen kann. Mir wird schon vom bloßen Zusehen schwindlig. Einen Wimpernschlag später ist die Waffe zu Charles übergelaufen und deutet auf die Schläfe ihres ursprünglichen Herrn. Der hebt langsam die Hände.

Wow! Sie ist viel besser, als ich mir je hätte ausmalen können. Und das alles mit einer Ruhe ... Ich sollte wirklich erwägen, mehr Tee zu trinken.

Währenddessen habe ich die starke Leistung vollbracht, die Tür hinter uns zu schließen. Sie ist mit hellgrauem Leder verkleidet, vermutlich schallisoliert, aus Diskretionsgründen, also durchaus ein etwas schwereres Exemplar – nur um meinen Beitrag nicht kleinzureden. Ein Schlüssel steckt, den drehe ich mal eben um.

Charles nickt mir zu.

Ich ziehe meine Maske vom Kopf. „Grüezi Herr Merian“, sage ich freundlich lächelnd. „Bitte sind Sie so gut und sagen Ihren Herren Bescheid, dass Sie ungestört sein möchten.“

„Grüezi Frau Fox“, erwidert er mit ruhiger Stimme. Natürlich. Er kennt keine Angst, das gereicht ihm in solchen Situationen durchaus zum Vorteil. Sollte ihn unser Auftauchen überrascht oder erschreckt haben, weiß er das bestens zu verbergen. Sein Puls dürfte kaum die 70 Schläge pro Minute überschritten haben. Mein Herz hingegen tanzt Samba.

Langsam wandert eine Hand zum Telefon. „S'isch alles in Ordnig, Andrick. Bisch so guet. Mir wend ungstört si, danke."

Mir schießt durch den Kopf, dass das ein Code sein könnte. Spricht er nicht normalerweise russisch mit Andrick? Womöglich ist es das verabredete Zeichen für ‚stürmt die Bude und knallt sie ab'. Andererseits erkenne ich das Lächeln, das sich nun auf Roger Merians Gesicht stielt. Das zeigt er, wenn er sich gut unterhalten fühlt. Mein Blick streift seine bisherige Beschäftigung. Bei den eng bedruckten Blättern, die sich vor ihm auf dem Schreibtisch auftürmen, dürfte es sich kaum um das Manuskript eines fesselnden Thrillers handeln.

„Da habe ich gedacht, zur Abwechslung könnte ich dem netten Herrn Merian mal einen Besuch abstatten." Ich strahle ihn an. Das fällt mir nicht schwer, denn wir sind drin, noch an einem Stück und ich bin bis zum oberen Haaransatz mit Adrenalin vollgepumpt. „Sie haben sich schon so oft zu mir bemüht, da war es höchste Zeit für eine Revanche", plappere ich und deute fragend auf einen der beiden Besucherstühle.

Er nickt und vollführt eine einladende Handbewegung. Ich nehme Platz.

Bisher hatte ich ihn stets im Maßanzug gesehen, bei hochsommerlichen Temperaturen gegebenenfalls ohne Weste und Krawatte. Heute trägt er über der Anzughose einen dunkelblauen dünnen Pullover. Kaschmir, wenn ich raten müsste. Er hat wohl keinen Besuch erwartet. Zu gerne würde ich nachschauen, ob ein Herr Merian überhaupt ein Paar profane Jeans im Kleiderschrank hat.

„Das ist reizend. Darf ich Ihnen und Ihrer Freundin etwas anbieten?"

Hat er reizend gesagt?

„Nein, vielen Dank. Wir hatten gerade Tee."

Charles grinst Grübchen, die Waffe unweit Roger Merians Schläfe. Das heißt, ich kann nur annehmen, dass sie Grübchen grinst, denn im Gegensatz zu mir hat sie ihre Maske aufbehalten. Die heute besonders dick mit Kajal umrandeten Augen lassen kaum Gesichtshaut in den Augenlöchern der Maske sehen.

„Ist das nötig?", fragt er mit einem minimalen Kopfnicken Richtung Waffe.

„Oh ja, das ist es", antworte ich im Plauderton, als hätte er mich gefragt, ob ich das Panorama auch so phänomenal fände.

„Sie haben ein äußerst geschmackvolles Domizil, Herr Merian. Belle Époque, Jugendstil, wenn ich nicht irre? Mit einem ganz exquisiten Seeblick. Wohnen Sie schon länger hier?"

Er lächelt und übergeht meine Fragen. Natürlich möchte er schnellstens wissen, was ich will, sich aber nicht die Blöße geben, danach zu fragen. Es wäre ein Zeichen der Schwäche.

„Diese Villa war bestimmt recht kostspielig. Hatte Ihr Großvater sie bereits erworben?"

Sein Lächeln bröckelt. „Ich habe sie selbst erstanden, vor einem Jahr etwa." Stolz mit einer Spur Entrüstung, würde ich sagen.

Er war beim Immobilienkauf um die siebenundzwanzig Jahre alt. Es ist eine Ungeheuerlichkeit, mit welcher Macht dieser Jungspund ausgestattet ist, teils durch Erbfolge, teils durch Machthunger und Manipulation anderer. Nur so kann es dazu kommen, dass einer in so jungen Jahren mal eben fünf bis acht Millionen Schweizer Franken für eine Villa hinlegt. Das wirft erneut die Frage auf, die sich mir auf der Herfahrt schon aufdrängte: Was hat er wohl alles getan, um sich das leisten zu können?

„Ich gratuliere. Respekt", sage ich mit einem offenen Lächeln.

Freude blitzt hervor, bevor er sie verbergen kann. Die drei Wörtchen sind Wasser auf seine Selbstwertmühlen. Komplimente dieser Art kommen bei ihm gut an, das weiß ich ja bereits.

Schon im Vorfeld habe ich mich für die Vorgehensweise entschieden, die bisher in Gesprächen mit ihm am besten funktioniert hat, die mir Rückhalt gibt und mich Abstand wahren lässt: Businesssprachwelt. Zuvorkommend, als würde ich einen attraktiven Kunden gewinnen wollen, aber auf eine etwas gestelzte Weise, wie sie mir für Wohnlage und Geisteszustand angemessen erscheint.

Mein tanzendes Herz wechselt allmählich von Samba zu Foxtrott und ich kann die verschwommene Gedankenansammlung im Kopf ordnen, um das Beste aus dem Gespräch herauszuholen.

„Angesichts der Spontanität meines Erscheinens möchte ich Ihre kostbare Zeit nicht über Gebühr beanspruchen. Daher komme ich gleich zum Punkt. Ich bin bereit, für einen begrenzten Zeitraum in Ihrem Spiel mitzuspielen, unter der Voraussetzung, dass sich die Teilnahme für mich lohnt."

Über sein Gesicht huscht ein mildes Erstaunen mit einem Spritzer freudiger Erwartung.

„Nun, genau genommen bin ich ja bereits mittendrin in Ihrem Spiel, in der Spielaufgabe, wie Sie es gerne nennen. Einmal wieder." Ich schicke ein Lächeln zu ihm hinüber, das er höflich retourniert.

„Zum einen wäre da die Spielsequenz, die den Mord an Kriminalhauptkommissar Schroff beinhaltet", fahre ich fort. „Ich bin geneigt, mir anzuhören, wie Sie glaubhaft machen, dass Sie für seinen Tod nicht verantwortlich sind. Zum Zweiten wäre die Spielsequenz, die ich ‚Chaos in Konstanz' nennen möchte. Diese Dinge müssen aufhören. Ich bin hier, um zu verhandeln. In Ihrem Brief haben Sie erwähnt, dass Sie einerseits Informationen zu den Umständen von Herrn Schroffs Ableben haben und andererseits zusammenfügen möchten, was Ihrer Meinung nach zusammengehört. Bitte korrigieren Sie mich, sollte ich etwas falsch verstanden haben. Das bedeutet Hinweise auf den Täter sowie Frieden für Konstanz und mich im Gegenzug für diese ominöse Zusammenführung? Dabei will ich Ihnen gerne innerhalb meiner Möglichkeiten behilflich sein, vorausgesetzt, Sie bitten mich nicht darum, Sie mit Yata zu verkuppeln oder dergleichen."

Er hat mich monologisieren lassen. Wieder einmal würde ich seinen Gesichtsausdruck als charmant auslegen, wüsste ich nicht, was er ist. Dieses vermeintlich echte Lächeln jagt mir immer noch eine Gänsehaut über den Rücken.

„Mitnichten, Frau Fox, mitnichten."

„Gut. Worum handelt es sich?"

Mein Gegenüber hat sich im ledernen Chefsessel zurückgelehnt, die Ellbogen auf den Armlehnen, die Hände locker vor der Brust gefaltet zeigen die Zeigefinger zum Kinn.

Charles zielt weiterhin mit Roger Merians Schusswaffe auf dessen Kopf, hat sich allerdings zwei Meter von ihm entfernt an die Wand gestellt. Selbst das sieht noch schnittig aus, wie sie so ganz in Schwarz mit Maske an der weißen Holzvertäfelung lehnt.

Ich hingegen habe meine altersschwache Jeans ohne nachzudenken auf die Vorderkante des Besucherstuhls gepackt und ärgere mich nun über die angespannte Haltung. Ich rutsche nach hinten in eine Pose, die hoffentlich relaxter aussieht, als sie sich anfühlt. Schließlich möchte ich auch körperlich Souveränität signalisieren. Es fällt mir schwer, denn in mir ist nichts entspannt und selbstbewusst. In mir brabbelt klein Ineslein unaufhörlich, ‚Können wir jetzt endlich gehen? Ich find's hier doof!' Meine Arme ruhen auf den Lehnen, die Hände hängen locker, aber nur unter ständiger Beschwörung. Sie würden gerne wippen, am Besucherstuhl herumnibbeln oder meinem Gegenüber eine runterhauen. Ja, wir sind uns einig, dass das zu nichts Gutem führen würde.

„Mein Aufenthalt im Konstanzer Untersuchungsgefängnis war in mancher Hinsicht aufschlussreich."

Aha, er holt aus. Ich hoffe, er spielt nicht auf Zeit, damit seine Kleiderschränke vor der Tür ... Es ist müßig, darüber nachzudenken. Konzentriere ich mich besser auf das Wesentliche: Roger Merian braucht jemanden, mit dem er spielen kann. Das ist nun mein Job, das habe ich ihm explizit angeboten, das ist quasi eine Initiativbewerbung. „Interessant, inwiefern?“

„Ich muss beginnen zu trainieren.“ Er lächelt.

Ein Scherz? Ich zwinge mich zu einem amüsierten Lächeln und warte.

„Mentale Stärke und wirtschaftliche Macht sind im Gefängnis nicht ausreichend“, führt er aus. „Physische Kraft hat einen weitaus größeren Stellenwert, als draußen, als in meinem normalen Leben. Das war mir in diesem Ausmaß nicht bewusst.“

Roger Merian ist sehr schlank von Gestalt, ohne Anzeichen körperlicher Kraft, seine Haut blass. Ich bezweifle, dass er sich irgendwelcher Leibesübungen hingibt, die über das Unterschreiben von Verträgen und Mordaufträgen hinausgeht. In seinem normalen Leben, wie er es lustigerweise nennt, hat er Andrick und die beiden Kleiderschränke als Kraftmeier in Diensten. In Haft war er auf sich gestellt. Ist ihm da etwas widerfahren?

Ich nicke. „Das kann ich mir vorstellen. Und inwiefern noch?“

„Derjenige, der zuhört, erfährt viel.“

„Zum Beispiel?“

„Zum Beispiel habe ich Kenntnis erlangt, dass es im Schweizer Grenzgebiet, das Konstanz benachbart ist, eine Ackerbaulandschaft gibt, das sogenannte Tägermoos. Mit Bestürzung habe ich vernommen, dass diese Fläche zwar zur Schweiz gehört, ihre Nutzung und Verwaltung jedoch Konstanz vorbehalten ist.“

Meine Augenbrauen wandern ganz von selbst nach oben. Mir schwant Übles.

Kapitel 50

„Das ist eine Ungeheuerlichkeit", spuckt Roger Merian aus. „Das muss aufhören. Irgendein Deutscher hat in der Vergangenheit einen Schweizer über den Tisch gezogen. Und noch heute benehmen sich alle Beteiligten, als wäre dies eine Normalität. Mitnichten. Dies ist eine Absurdität, eine Widersinnigkeit, die ein Ende haben muss."

„Das ist in der Tat ein kurioses Überbleibsel", kommentiere ich schwach. „Aber Sie sind doch nicht wirklich der Meinung, ich könnte da ..."

„Mir ist bewusst, dass die Änderung, nein, die Richtigstellung sich als langwierige Angelegenheit erweisen dürfte. Daher verlange ich von der Stadt Konstanz, dass die Verhandlungen lediglich begonnen werden, ernsthaft begonnen werden. Ziel muss sein, die Nutzung und Verwaltung des Tägermoos komplett an die Schweiz mithin an die Gemeinde Tägerwilen zurückzugeben."

Ich erstarre und versuche noch, dem zu folgen, was sich das Gehirn meines Gegenübers da Wirres zusammengesponnen hat.

Das Tägermoos, ein etwa 1,5 Quadratkilometer großes Stück Land im Kanton Thurgau, grenzt westlich an den Konstanzer Stadtteil Paradies und nördlich an den Seerhein. Der Konstanzer Galgen stand früher dort. Wie Roger Merian richtig formuliert hat, gehört das Tägermoos zum Schweizer Staatsgebiet, wird aber von Konstanz verwaltet und genutzt. Das ist nun seit dem Mittelalter so, wobei ein kompliziertes Auseinanderfallen von großer und niederer Gerichtsbarkeit dazu führte.

Im Tägermoos wird hauptsächlich kleinteilige Landwirtschaft betrieben, die vom humusreichen Boden profitiert und deren Erträge von den deutschen Landwirten zollfrei nach Deutschland gebracht werden dürfen. Die Fläche gehört zu etwa Zweidrittel der Stadt Konstanz, zu einem Drittel ist sie im Besitz verschiedener deutscher Privatleute. Das bedeutet, die Äcker werden vererbt und verkauft, ganz normal.

Ich durchforste meine Erinnerungen. „Es gibt einen Staatsvertrag, der ...“, beginne ich eine Spur zu unsicher. Mein Selbstvertrauen, das sich dadurch genährt hat, dass unsere bisherige Aktion dank Charles wie am Schnürchen verlief, schwächelt gehörig. Es trifft mich unerwartet, dass er sich auf derartige Hirngespinste versteift hat. Bisher meinte ich, Roger Merian sei hauptsächlich durch seine Ratio gesteuert, wenn auch auf seine eigene verquere Weise.

„... der schwer von heute auf morgen geändert werden kann. Selbstverständlich nicht. Aber Verhandlungen müssen aufgenommen werden“, übernimmt er meinen Satz.

„Ich wollte sagen, ein Staatsvertrag, der seit über 185 Jahren besteht und den Status regelt. Das ist mir deswegen geläufig, weil diese vermeintlich runde Zahl kürzlich als Jubiläum gefeiert wurde, samt Museumsausstellung und zugehörigem Bildband. Es könnte daher keineswegs die Stadt Konstanz mit der Gemeinde Tägerwilen verhandeln, auch nicht das Land Baden-Württemberg mit dem Kanton Thurgau. Hier müsste die deutsche Bundesregierung mit der Schweizer Regierung an einen Tisch“, führe ich aus.

Er sieht mich zweifelnd an. „Sind Sie sich dem sicher?“, fragt er auf Hochdeutsch mit Schweizer Grammatik.

Ich nicke und lasse der Erkenntnis Raum, zu wirken.

„Sie haben sich mit den rechtlichen Rahmenbedingungen noch nicht beschäftigt?“

„Bisher nicht, nein.“

Das kommt mir komisch vor. Das passt nicht zu ihm, ist nicht sein Stil. Es ist Schlamperei, das nicht im Vorfeld abgeklärt zu haben. In meinen Augen hat Roger Merian viele Fehler, oh ja, aber Schlamperei gehört nicht dazu. Er hat eine Menge Geld in die Chaos-für-Konstanz-Reihe gesteckt. Da prüft man doch vorher die rechtlichen Begebenheiten ab, oder nicht?

Hat ihn die Haft so mitgenommen, so nachlässig werden lassen? Oder ist das Motiv für ihn so stark, dass ihn die juristische Seite nicht interessiert hat? Rache an der Stadt, vor deren Gericht er stand, deren Presse ihn durchleuchtet hat, war vermutlich auch dabei. Rache auch an mir? Bestimmt.

Vielleicht war dieser Motivcocktail so übermächtig, dass er mittels der Chaoswellen ohne großes Vorgeplänkel um sich geschlagen hat. Wollte er nicht nur, dass das Tägermoos an die Schweiz zurückgeht, sondern einfach alle treffen, die ganze Stadt treffen, die ihn in die missliche Lage vor Gericht gebracht hat? Und zwar schnell? Denn zugegeben, viel Zeit hatte er für die Vorbereitung nicht.

Aber bevor ich hier nur vor mich hindenke, sollte ich mal wieder etwas sagen.

„Darf ich zusammenfassen? Sie erhalten Kenntnis von einem Umstand, den Sie für dringend veränderungswürdig halten. Ohne sich genauer mit den reellen Möglichkeiten und rechtlichen Begebenheiten auseinandergesetzt zu haben, wer daran etwas ändern könnte, üben Sie massiv Druck auf die Stadt Konstanz und meine Person aus. Sie lassen bedrohlich schwarze Flaggen aufhängen und das Wahrzeichen der Stadt Konstanz schwarz kleiden und symbolisch erschlagen. Im Anschluss bringen Sie ganze Heerscharen ihrer Eidgenossen unter Vorspiegelung falscher Tatsachen dazu, die Konstanzer Innenstadt zu stürmen und die Infrastruktur lahmzulegen, was hohe Schäden zur Folge hat."

Ich bin zurück in alter Form. Ein guter Schachzug, wie ich finde.

Dieser Meinung bin ich allerdings nur für einen kleinen Moment. Zu spät erkenne ich an seiner Miene: Bei einem x-beliebigen Menschen mag das ein guter Schachzug gewesen sein, bei ihm hier aber keinesfalls. Ich führe ihn vor. Er hasst es, vorgeführt zu werden, zumal wir in Gesellschaft sind. Charles schaut zu, eine ihm unbekannte Frau mit Maske. Das hätte ich besser wissen müssen.

„Frau Fox!", sagt er mahnend.

Am liebsten würde ich in meinem Besucherstuhl nach unten rutschen. Keine Option. Kneifen gilt nicht. Während ich so vor mich hindenke, wie ich das wieder geradegebogen bekomme, damit wir das Gespräch zielgerichtet fortführen, geht mir etwas auf. Er hat wie selbstverständlich stehen lassen, dass ich ihn als Verursacher der Bedrohung und des Chaos bezichtigt habe. Das ist doch schon mal was. Er hat nicht abgestritten, dass er dafür verantwortlich ist. Also ist er dafür verantwortlich. Ätsch, Arthur!

„Ich bitte meine gefühlsbetonte Bewertung der Tatsachen zu entschuldigen", biete ich ihm zerknirscht an. „Sie wissen, ich bin eine recht emotionale Frau, die gelegentlich dazu neigt, überzureagieren." Ich zeige ein gequältes Grinsen.

Er überlegt kurz und nickt dann gnädig.

Uffza! „Ich bin hier, um zu verhandeln. Das Ziel ist, dass jeder eine angemessene Gegenleistung erhält."

„Das weiß ich zu schätzen." Er zeigt das huldvolle Nicken, das dem Yatas ähnlich ist.

„Was aber, wenn wir Ihnen das, was Sie anstreben, nicht geben können?" Wieder einmal muss ich mich wundern, wieso ich eine Frage stelle, wenn ich Angst von der Antwort habe.

Roger Merian sieht mich nachdenklich an. Er wird mir ansehen, dass ich es ernst meine. Ich setze darauf, dass meine Miene wieder Bände spricht.

„Gäbe es etwas, das wir als Plan B vorsehen könnten?", frage ich. Damit stelle ich den Kuhhandel nicht infrage. Mir ist klar, dass er aus seiner Perspektive, in seiner Welt, fest davon überzeugt ist, dass ihm eine Entschädigung zusteht, wenn er mir mitteilt, wer Schroffs Mörder ist. Und das soll er tun. Das will ich. Deswegen bin ich hier.

Noch immer schweigt er. Hinter seiner Fassade arbeitet es.

Ich gebe ihm den Moment. „Ich könnte mir vorstellen, dass Sie meine Einschätzung, Verhandlungen über das Tägermoos müssten auf Bundesebene erfolgen, nicht ohne Weiteres teilen. In Ihrer Situation verständlich. Vielleicht möchten Sie einen rechtlichen Rat einholen? Dann wüssten Sie, woran Sie sind."

Roger Merian blickt leicht verwundert aus dem blauen Kaschmir. Dann nickt er langsam.

Ich sorge dafür, dass Roger Merians Anwalt Herr Bouillon schließlich auf der Freisprecheinrichtung zu hören ist, ohne dass Charles und ich Gefahr laufen, ausgetrickst zu werden. Dazu gebe ich mich als Herrn Roger Merians Sekretärin aus, mit etwas gezierter Stimme, die ihn zum Schmunzeln bringt. Ich sorge dafür, dass ‚dieses wirklich für Herrn Merian außerordentlich bedeutende und drängende Gespräch, das keinen Aufschub erlaubt', sofort stattfindet. Charles hält weiterhin die Waffe auf meinen vermeintlichen Chef gerichtet.

Die größte Schwierigkeit besteht darin, mich angesichts des anwaltlichen Nachnamens im Griff zu haben und nicht dem Bedürfnis nachzugeben, jedes Mal loszukichern, wenn der Name ‚Herr Bouillon' fällt.

Das Gespräch lässt Roger Merian nachdenklich zurück. Bezeichnenderweise hat der Anwalt vor allem Wikipedia konsultiert. Das verwundert wenig, wenn er stante pede, wie er sagte, seine Meinung zu einem fachfremden Gebiet abzugeben gezwungen war, das zudem so speziell ist.

Für meine Begriffe ist das Telefonat hervorragend verlaufen. Jetzt bleibt abzuwarten, was das kranke Gehirn meines Gegenübers daraus macht. Auf den ersten Blick wirkt es leidlich handzahm.

„Sie haben augenscheinlich recht behalten", sagt er nach einer Weile.

Ich lächle milde. „Ich nehme nicht an, dass Sie auf Ihre Seite des Handels verzichten möchten? Nun, da Aktivitäten Ihrerseits überholt sind, die darauf abzielen, Druck auf die Stadt Konstanz und mich auszuüben, um die Tägermoos-Verhandlungen in Gang zu setzen?" Warum in drei Teufelsnamen ziehe ich logische Schlüsse für ihn, die für mich nachteilig sind? Das muss an der Marschrichtung liegen, ihn als attraktiven Kunden zu betrachten. Da möchte ich natürlich demonstrieren, dass ich mitdenke. Ich gebe mir in Gedanken eine Kopfnuss und sehe aus dem Augenwinkel, wie Charles minimalistisch den Kopf schüttelt. Kein Augenrollen immerhin.

„In der Tat", sagt er.

„Sie stehen unter Mordverdacht – weiterhin. Für Ihre Geschäfte, auch für Ihre Geschäftspartner wäre es doch äußerst förderlich, wenn Sie wieder frei agieren könnten. Es wäre doch äußerst förderlich, wenn die offenen oder latenten Beobachtungen Ihrer Person eingestellt werden. Was meinen Sie?"

Roger Merian scheint wirklich nicht in Form. Er bleibt erneut stumm und wartet ab, was ich Prickelndes zu vermelden habe. Hat ihn der überfallartige Besuch, nein, nennen wir es beim Namen, hat ihn der Überfall in seinen eigenen vier Wänden stärker aus der Bahn geworfen, als man ihm ansehen konnte? Bisher hatte ich in ihm einen wesentlich agileren, stärkeren Gesprächsgegner. Oder die Haft hat ihn wirklich beschädigt.

„Wenn es so wäre, wie Sie versichert haben. Wenn Sie mit Herrn Schroffs Tod wirklich nichts zu tun haben. Dann wäre doch schon viel für Sie erreicht, wenn an Ihrer statt der wahre Mörder im Scheinwerferlicht stünde, nicht wahr? Wäre es nicht Lohn genug, dass Sie wieder in Ruhe Ihrer Wege ziehen könnten? Ich meine, anstatt jederzeit damit rechnen zu müssen, dass man Ihre Aktivitäten, Transaktionen, Geschäftskontakte, womöglich gar Ihre Konten unter die Lupe nimmt?"

Ich lege eine kleine Pause ein und nehme all meinen Mut zusammen. „Ich könnte mir vorstellen, dass durchaus die Möglichkeit besteht, dass Herr Blinow es ähnlich bewertet", sage ich vage und in beiläufigem Tonfall.

Roger Merians Teint gleicht von Natur aus Porzellan. Ich muss schon genauer hinschauen, um festzustellen, dass er kreidebleich wird. Erstaunlich, was? Und das, obwohl er keine Angst empfindet und sich möglicher Risiken tendenziell unbewusst ist. Vielleicht ist er nur zu 80 Prozent ein Psychopath? Vielleicht ist den verbleibenden 20 Prozent gerade richtig schlecht geworden? Die Vorstellung, was der mächtige Herr Blinow und seine Mannen mit ihm anstellen würden, wüssten sie, dass die Polizei ein Auge auf ihre gemeinsamen Transaktionen wirft, ist sicher keine angenehme.

„Woher kennen Sie Herrn Blinow?“, fragt er tonlos.

Sieh mal einer an. Wladimir Blinow alias Sumo hat mit mir Kontakt aufgenommen, ohne seinen Spezi hierüber zu informieren? Trau schau wem!

Ich entscheide, Roger Merians Frage einfach zu übergehen und blicke ihn lächelnd an. „Über welche sachdienlichen Hinweise verfügen Sie, Herr Merian, die uns bei der Aufklärung im Fall Schroff weiterbringen könnten?“, frage ich schwer im Tonfall von Aktenzeichen XY ungelöst.

Er mustert mich. Seine dunklen Augen beginnen, kaum merklich zu funkeln. Ich weiß, was das heißt, und es gefällt mir nicht. Höflichkeit und Charme können wir dann vergessen. Es steht zu befürchten, dass er den Unbeherrschten rauslässt. Den will man nicht. Nicht, dass ich das schon erlebt hätte, aber ich kann es mir lebhaft vorstellen.

Das Funkeln ergreift Besitz von seinen Augen. Bereits bei einem früheren Treffen hatte ich bemerkt, dass es wirkt, als würde es mit einem Dimmer hochgeregelt. Es schwillt an, um sich zu einem wütenden Lodern auszuwachsen.

Krampfhaft versuche ich, mich nicht davon einschüchtern zu lassen. Es misslingt mir. Die Waffe, die auf seinen Kopf zeigt, trägt erstaunlich wenig zu meiner Beruhigung bei. Ich befürchte, wenn er ausflippen sollte, so richtig psychomäßig ausflippen würde, wäre ihm die Waffe schnurz.

Habe ich mir wirklich reiflich überlegt, wie das hier enden könnte? Ja, das habe ich – eigentlich. Offensichtlich bin ich zum falschen Schluss gekommen. Mein Gegenüber ist eine Zeitbombe, deren Timer ich nicht kenne. Was, wenn der Sprengkörper hochgeht, während ich hier sitze?

„Reißen Sie sich bitte zusammen, Herr Merian.“ Charles meldet sich überraschend zu Wort. Sie hat einen höflichen jedoch unverkennbaren Befehlston angeschlagen. „Frau Fox hat einen vernünftigen Vorschlag gemacht. Sie sind doch offen für Logik, Herr Merian?“ Dazu wedelt sie mit der Waffe herum, dass mir flau wird.

Roger Merian zwingt sich zu einem Lächeln. Es gelingt ihm nur halbherzig. Seine Augen spielen nicht mit.

Kapitel 51

Charles und ich sind zurück im Auto. Wir sind um ein paar Ecken und dann rechts rangefahren. Nun schenkt sie uns Tee ein.

„Wäre ja auch zu schön gewesen, wenn er geradeheraus gesagt hätte, wer's war", grummle ich vom Beifahrersitz aus.

Sie grinst und prostet mir zu. „Jetzt wäre ein guter Moment."

„Wofür?"

„Für deine Dankesrede."

„Nee echt jetzt?", frage ich. „Mein Körper ist gerade voll im Tief nach der Adrenalinausschüttung."

„Ja echt jetzt", beharrt sie.

„Okay." Ich wende mich ihr demonstrativ zu und räuspere mich. „Liebste Charles."

„Ernsthaft", unterbricht sie.

Ich seufze, verdrehe die Augen und bemühe mich um Seriosität, die sie ja nun auch verdient hat. „Ich danke dir von ganzem Herzen. Das war sensationell und ein echtes Erlebnis. Ich hatte ja keine Ahnung, dass du ein Ninja-Turtle bist", sage ich und kann mir ein Grinsen nicht verkneifen. „Nein im Ernst", schiebe ich schnell hinterher, als sich ihre Miene verfinstert. „Ich bin dir sehr dankbar, dass du mir nicht nur sofort geholfen hast, als ich dich um Hilfe gebeten habe, sondern dass du eine dermaßen professionelle Performance hingelegt hast. Ich hatte ja keine Vorstellung! Der Plan ist voll aufgegangen, weil er Hand und Fuß hatte. Die Vorbereitung war herausragend, deine Kampftechnik phänomenal. Was ist das, Ninjutsu, Karate? Egal. Ich bin dir sehr dankbar. Du hast mir den Hintern gerettet. Nicht nur den, auch alles, was so an dem dranhängt." Ich vollführe eine unbestimmte Geste um meinen Körper herum.

„Gern geschehen", sagt sie und verbeugt sich leicht. „Denk bitte daran, sollte ich mal deine Hilfe oder dein Wohlwollen brauchen. Soll die Rechnung an dich privat oder an Foxinet ausgestellt werden?"

Ich stutze kurz. Charles ist bei Foxinet angestellt und für Yata als Freelancerin zu meinem Schutze tätig, wird also bereits doppelt entlohnt. Der Unternehmerin in mir juckt es in den Fingern, zu verhandeln. Wäre das undankbar? Irgendwie schon. Abgesehen davon hatte sie Ausgaben.

„Kann ich die Rechnung mit deinem Gehalt verrechnen?“, frage ich trotzdem.

„So viel Dankbarkeit also.“ Sie nimmt dem Gesagten das Beißende, indem sie Grübchen grinst und sich durch die weiße Raspelfrisur fährt.

„Du kannst mir die Rechnung privat stellen“, sage ich nach einer Weile. „Das ist quasi mein Hobby.“ Ich produziere ein gequältes Grinsen.

Wir schweigen einen Moment.

„Amadeus also“, sagt sie.

„Amadeus also“, bestätige ich. „Nichts weiter. Nur dieses eine Wort. Und wie er das fies grinsend auf den kleinen gelben Post-it gekritzelt hat. Ich hätte ihm glatt …“

„Immerhin hast du deutlich zu verstehen gegeben, dass du mehr Stil erwartet hättest.“

„Na, das stimmt ja auch! Da hat er gelacht, der Psychopath. Im Nachhinein betrachtet hätte mir vorher klar sein müssen, dass er nicht einfach so mit dem Namen des Mörders rausrückt. Selbst, wenn ihm der Bundespräsident das ganze Tägermoos zur persönlichen Ausbeutung überschrieben hätte. Er kann nicht anders. Er muss seine Spielaufgaben stellen. Das ist ein Defekt.“ Ich tippe an meine Schläfe und nippe am Tee, mit dessen Zutun der Stresslevel zusehends sinkt.

Charles schaut mich einen Moment prüfend an.

„Was?“, frage ich.

„Nichts“, sagt sie und vollführt ein einseitiges Achselzucken, das mir irgendwie bekannt vorkommt.

Jede schaut eine Weile über die Teetasse hinweg vor sich hin. Auf der gegenüberliegenden Straßenseite tritt ein Gärtner auf den Gehweg, spannt eine Schnur und beginnt, eine makellose Hecke zu begradigen.

„Ich mag dich nicht, nimm's nicht persönlich. Du bist nur eine Zwischenbeziehung", sage ich wenig später zum Prepaid Smartphone. „Wollen wir mal sehen, was das Netz zum Thema Amadeus meint, Datenroaming hin oder her. Neben dem wohlbekannten Komponisten und Konzerten, die allerorten gegeben werden, haben wir den zugehörigen Film. In Stuttgart gibt es ein Waisenhaus dieses Namens. Jö, wusste ich gar nicht. Eine der Meeresschildkröten im Konstanzer Sealife heißt Amadeus und isst Brokkoli. Dann noch eine Reiseplattform für Reisebüros, ein Restaurant in Baden-Baden, eine Bar in Köln, ein Hotel, noch ein paar Hotels, noch ein paar Restaurants, ein Zeitarbeitsanbieter, eine Diskothek, ein Anbieter für Flusskreuzfahrten, eine Unternehmensdatenbank, ein Wordpress-Theme. Soll ich weitermachen? Unglaublich, wer sich alles den zweiten Vornamen eines verstorbenen VIPs auf die Fahnen schreibt, um damit Geld zu verdienen."

„Eine Schildkröte im Sealife?", fragt Charles.

„Ja, eine grüne Meeresschildkröte. Der einzige Toptreffer, der einen Bezug zu Konstanz hat. Amadeus und Clementine heißen sie. Bericht von 2014. Mal sehen. Beim Sealife selbst ist nur von Clementine die Rede, die mit Brokkoli, Salat und Gurken gefüttert wird. Gibt es keinen Amadeus mehr? Ist das der Schlüssel? Eine tote Meeresschildkröte namens Amadeus?"

Das Sealife in Konstanz liegt direkt am See nahe der Schweizer Grenze und ist der Anlaufpunkt für Eltern mit Kindern, vor allem, wenn es regnet. Es ist nicht nur bei Touristen beliebt. Das Aquarium beherbergt allerlei Wasserbewohner, die wenigsten haben etwas mit dem Bodensee zu tun. Es gibt sogar Haie, Rochen und die besagte Meeresschildkröte. Ein Grund, warum ich dort ungern hingehe, obwohl man viel zu sehen bekommt und etwas lernen kann: Pinguine. Verglichen mit dem, was Pinguinen in der Antarktis an Eisblick und Auslauf, Ausschwimm und Austauch geboten wird, ist es im Sealife doch recht beengt hinter der Glasscheibe. Diesen wesentlichen Umstand beiseitezuschieben fällt nicht leicht. Aber natürlich, die putzigen Pinguine sind die Stars der Einrichtung, vor allem bei kindlichen Besuchern.

Apropos putzig. Es ist wohl anspruchsvoll, den Abfluss eines Pinguinbeckens in Gang zu halten. So erzählte mir ein Kanalreiniger, während er das total verstopfte Knie meines Badezimmerwaschbeckens mit der Rohrzange aufschraubte. Außerdem wären die Pinguine im Sealife sehr eigen, wen sie in ihr kleines Reich ließen. Stolz verkündete er, sein Kollege dürfe nicht hinein. Nur ihn würden sie akzeptieren, aber auch nur, wenn er vorher ordnungsgemäß an die Scheibe klopfe und sich bewege, damit sie ihn an der Gestik erkennen könnten. Leider versäumte ich zu fragen, was die Pinguine mit seinem Kollegen angestellt haben.

Hier geht es um Anderes als Pinguine. Eine tote Meeresschildkröte? Charles und ich sehen uns ratlos an. Das erscheint doch recht abwegig. Allerdings, bei Roger Merian, da weiß man nie.

Charles blickt auf die Uhr. „Wir müssen fahren. Habe noch einen Termin."

„Einen Termin? Es ist reguläre Foxinet Arbeitszeit."

Sie grinst nur.

„Wohin?", frage ich. „Wir gehen zwar davon aus, dass Roger Merian seine Stürz-Konstanz-ins-Chaos-Reihe abgebrochen hat, aber die Konstanzer wissen noch nichts davon. Sie wollen mich weiterhin aus der Stadt jagen oder gleich lynchen."

„Und?"

Ich überlege, wackle mit dem Kopf hin und her. „Okay bring mich wieder zu Yata."

„So ist's recht. Nur nicht klein beigeben."

Wer weiß, wenn ich mehr Zeit mit ihr verbrächte, würde aus mir vielleicht noch eine ausgefuchste Draufgängerin. Ich seufze. Eher bleibe ich wohl eine fuchsige Chaosgängerin.

Dr. Frieder bekommt eine Nachricht, dass alles gut verlaufen ist und ich mich bald wieder in der Obhut von Good Girl befinde.

Er antwortet ‚Das man gut', garniert mit einem Herzchen. Ich kichere albern. Charles wirft mir einen kritischen, seitlichen Blick zu.

Ich zeige auf das Handy und strahle. „Dr. Frieder."

Sie schüttelt verhalten abfällig den Kopf.

Während der Fahrt durchforste ich das Internet und beginne mit einer Prioritätenliste der Webseiten, die mit Amadeus zu tun haben. Natürlich nehme ich nur auf, was nicht abwegig oder völlig blödsinnig erscheint.

So bekomme ich wenig mit von der Kulisse, die da außerhalb des Fahrzeugs an uns vorbeizieht, dabei gibt der Spätsommer sein Bestes, will heißen alles.

Zurück in Konstanz offenbart die Fahrt über die alte Rheinbrücke einmal wieder einen fabelhaften Blick auf einen glitzernden See. Man könnte auf Hochsommer tippen, würden nicht vereinzelt braune Blätter auf der Wasseroberfläche segeln wie kleine Boote.

Das Packen hätte ich mir sparen können. Dafür darf ich nun die Reisetasche unter den wachen Blicken von Charles aus dem Kofferraum zerren und die Treppe zu Yatas Loft hinauf wuchten. Vorbei geht es an meiner eigenen Wohnungstür, die inzwischen durch eine Bautür samt Holzverschalung ersetzt wurde. Das muss mein Vermieter Giovanni veranlasst haben. Ich rüttle an der Klinke. Verschlossen. Na prima. Ich komme nicht mal in meine eigene Ruine. Allein durch das Schleppen der Tasche und der baulichen Veränderung habe ich den Eindruck, ich müsste länger auf Reisen gewesen sein.

Charles verabschiedet sich stehenden Fußes und überlässt mich dem wohlgeordneten krügerischen Loft, das sie zuvor inspiziert und dessen Sicherheitstür sie eigenhändig schließt, nicht ohne vorher darauf zu deuten und mich mit profundem Wissen zu versorgen: „Nützt nur, wenn zu."

Aha.

Ich begrüße den Kaffeevollautomaten tätschelnd. Sagte ich noch nicht? Ein Traumgerät in einer Traumwohnung mit einem Traumblick. Fehlt nur noch? Richtig, der Traummann.

Während die Maschine Aufwärmgymnastik macht, springe ich unter die Dusche, denn ehrlich, eine Kevlarweste schafft tropisches Klima.

Aus dem Bad zurück sitzt Felin auf der Gangway vor dem Atelierfenster und maunzt. Sie muss über einen sechsten Sinn verfügen. Ich bin sicher, sie ist der festen Überzeugung, dies sei ihr Loft und wir Menschen seien dort nur zu Gast, um ihr zu dienen oder Gesellschaft zu leisten. Na, genau genommen bin ich hier wirklich nur zu Gast. Wenn ich mich noch länger an diesem Ort aufhalte, werde ich mir das einmal täglich sagen müssen. Es vergisst sich so leicht.

Streng nach Vorschrift mit der aktuell angesagten SIM-Karte im Prepaid Smartphone, wird ein Anruf im Büro abgesetzt. Ich schwindele, ich sei außerhalb von Konstanz in Sicherheit, müsste aber verschweigen, wo. Man müsse – einmal mehr – ohne mich auskommen.

Wenn ich das über die nächsten Tage ein paar Mal wiederhole, haben sich die Foxinets vermutlich daran gewöhnt und ich muss überhaupt nicht mehr auftauchen. Oder, wenn ich denn auftauchte, wäre ich überflüssig und in Bälde wenig willkommen. Mache ich es mir eben hier gemütlich.

Ein Pott Kaffee neben Yatas Computer und die Prioritätenliste am Wickel packt mich der Ehrgeiz. Ich will das Rätsel lüften, damit ich endlich mein normales Leben zurückbekomme. Obwohl ich, wenn ich es recht bedenke, seit Monaten ungeübt darin bin, es zu führen. Muss ich es neu erlernen? Gibt es mein normales Leben noch? Hat es ohne mich weitergemacht und ich springe einfach wieder auf?

Nach zwei Stunden konzentrierten Herumsuchens finde ich den ehemals wohlklingenden und nach Kreativität duftenden Namen ‚Amadeus' gar grauslich. Er wird tausendfach missbraucht, für alles und jeden. Meine Liste ist eingegrenzt, aber nicht soweit, als dass ich meine Recherche als Erfolg werten würde.

Natürlich ist mir bewusst, dass die Suchtreffer, die mir das Internet zuoberst präsentiert, nur die Spitze des Eisbergs sind. Unmöglich kann ich sämtlichen Treffern nachgehen. Ich muss daraufsetzen, dass das Netz schon weiß, was im Allgemeinen interessanter ist, auch bezogen auf meinen Standort. Dabei darf ich nicht vergessen, dass ich aus Sicht von Google Yata bin. Ihr werden andere Ergebnisse vorgelegt, als mir.

„Sagt dir Amadeus was?", frage ich Yata. Sie ist noch immer in New York, wenn ich recht verstanden habe. Die Verbindung ist lausig.

„Ama-was?", ruft sie.

„Ama-de-us. Wie in Wolfgang Amadeus Mozart", brülle ich zurück.

„Amadeus, Amadeus ... kommt mir bekannt vor."

Das hilft nicht weiter.

Also bei Mama melden und fragen, wie es ihr inzwischen geht. Auf mich macht sie den Eindruck, als wäre sie wieder ganz die Alte, voller Energie.

„Und wie geht's Susanne?", frage ich.

„Weiterhin ausgeflogen. Sie war noch nie der Handytyp, aber dermaßen schlecht erreichbar, das ist selbst für sie neu. Da sie sich nicht meldet, gehe ich davon aus, dass sie derzeit keinen Kontakt zu mir wünscht."

„Das tut mir leid", sage ich mit schlechtem Gewissen. „Immer noch ausgeflogen? Das ist seltsam." Mein Blick schweift über die Amadeusliste, die direkt neben der Liste der Anwärter auf den Posten von Schroffs Mörder liegt. Etwas in mir beginnt zu arbeiten. Das menschliche Gehirn ist ein Hort von Assoziationen der sinnvollen und unsinnigen Art. „Melde mich bald wieder", sage ich, schon gar nicht mehr so recht bei unserem Gespräch.

Ausgeflogen. Fliegen. Reisen. Reiseplattform für Reisebüros. ‚Amadeus entwickelt Produkte, um Reiseunternehmen wie Reisebüros, Hotels, Fluglinien, Flughäfen, Mietwagenfirmen, Bahngesellschaften etc. dabei zu unterstützen, Kunden besser bedienen zu können' steht da. Aha. Will heißen, hier geht es um Daten von Reisenden.

Erneut wechsle ich die SIM-Karte und sende kurz entschlossen eine SMS mit meinem Codewort an FrxT. Wenig später klingelt es, das Display meldet ‚Anonym'.

„Anderes Handy?", fragt FrxT.

„Jou", sage ich. „Das Alte ist an die Wand geflogen."

Es kichert in der Leitung. „Ganz die Alte."

„Amadeus Reiseportal?", frage ich.

„Immer hereinspaziert, sperrangelweit offen steht das Scheunentor. Ging doch auch durch die Presse."

FrxTs richtiger Name ist mir unbekannt. Ob es überhaupt jemanden gibt, der ihn kennt? Na, seine Mutter nehme ich an. Bei der Aufklärung von Bernds Ermordung konnte er mir wirklich weiterhelfen. Ich sollte ihn allerdings nicht zu oft bitten, sollte keine zu enge Verbindung zu ihm und seinen Kumpels in der Hackervereinigung Chaos Computer Clubs pflegen.

„Dann fasst du das hoffentlich nicht als Beleidigung auf."

„Jetzt lass schon hören."

Ich gebe ihm meine Liste der Anwärter durch. „Alles wäre interessant."

„Geht klar."

Keine zehn Minuten vergehen, bis das Handy wieder klingelt.

„Bist echt von der flotten Truppe, was?", kann ich da nur sagen.

„Keine Kunst. Sechsstelliges Passwort, keine Groß- und Kleinschreibung, keine Sonderzeichen. Lächerlicher geht es kaum. Also: Yata Krüger ist gebucht auf einen Flug nach New York, Rückflug noch nicht terminiert."

„Aha. Weiß ich schon."

„Okay. Susanne Schroff ist gebucht auf eine Kreuzfahrt auf der Crystal Cruises Serenity, ab Miami, halt dich fest, 95 Tage rund um Südamerika für schlappe 88 000 Euro."

„Nein", hauche ich. Mir wird schwindelig, buchstäblich schwindlig. Gut sitze ich bereits.

„Deluxe Kabine Seabreeze auf Deck 9 mit Veranda, zusammen mit einem gewissen Norbert Meschle."

„Ach, hör auf!", kreische ich und springe auf. „Die hat doch ein Alibi! Du verarschst mich doch!"

„Nei-hein“, flötet er und kichert in hohen Tönen. Er genießt diese Augenblicke. „Zieh dir das rein. Miami, Mexiko, Belize, Guatemala, Panamakanal und dann einmal bis runter zum Kap Hoorn, Abstecher in die Antarktis und die andere Seite über Brasilien und ein paar Karibikinseln wieder rauf.“

Ich starre völlig paralysiert aus dem Atelierfenster, versuche der inneren Verwirrung dort Halt zu geben. Ein Blick auf meinen See hilft oft, mich zu ordnen. Aber über meinen See blinkt immer noch ... Ich stöhne. Das kann mein überfordertes Gehirn nicht auch noch verarbeiten.

Wieso, um alles in der Welt, hat sich Susannes Schroffs Alibi so in mein Hirn gebrannt? Wieso habe ich es nicht zeitlich auseinandergenommen? Ich habe komplett außer Acht gelassen, dass sie ohne Probleme etwas vorbereitet haben konnte.

Bei der Erkenntnis stöhne ich laut auf.

„Hat's dich umgehauen?“, fragt FrxT vergnügt.

„Ha du“, japse ich deutlich kurzatmig. „Wann eigentlich?“

„Nonstop-Flug ab Zürich morgen 10:45 Uhr. Kreuzfahrt startet zwei Tage später.“

Ich schaue auf die Uhr. Der Nachmittag ist fast durch. „Na merci“, grummele ich.

„Bitte?“

„Das sagt man hier so für na danke auch“, übersetze ich. „Das gilt nicht dir, sondern den Umständen. Das ist der reine Wahnsinn, was du da erzählst. Aber nicht nur das. Jetzt eilt das auch noch, aber so was von. Danke dir! Ich bin dir sehr, sehr, sehr dankbar.“

„Gern geschehen. Gut, wenn mit meiner Hilfe echte Verbrecher dingfest gemacht werden. Dafür lebe ich. Ach, und bevor ich es vergesse, es gibt einen Flug auf Charlotte Ortburg. Sie fliegt morgen nach Moskau.“

„Hä?“ Zu mehr reicht es grad nicht mehr. „Moskau?“

„So sieht's aus.“

„Danke dir. Du hast mir super geholfen.“

Über Charles in Moskau nachzudenken muss warten. Vordringlicheres steht an. Flug ab Zürich morgen 10:45 Uhr. Der reine Wahnsinn!

Kapitel 52

„Erneut eine andere Nummer? Damit ich überhaupt noch abnehme?“, schleudert mir Arthur ohne Begrüßung entgegen.

Langsam nervt das. Das zuvorkommende 50er-Jahre-Schwarz-Weiß-Film-Gehabe ist völlig von ihm abgefallen. Auch anderen gegenüber? Ich fürchte nein.

„Ich mache das nicht zum Spaß“, stelle ich klar. „Es könnte mir egal sein, wer hier wen umbringt und Konstanz ins Chaos stürzt. Ich zieh einfach weg, muss nicht mal packen, ist eh schon alles kurz und klein gehauen.“

Schweigen. Das werte ich als Einladung, meine Ausführungen fortzusetzen.

„Aus gesicherter Quelle weiß ich, dass Susanne Schroff …“

Weiter komme ich nicht. Hat er doch einfach wieder aufgelegt?

„Du selten blöder …“, wettere ich.

Ich lote meine Optionen aus. Ganz ohne Kriminalpolizei wird es kaum gehen. Vielleicht sind Beweise nötig, die über eine gebuchte Luxusreise hinausgehen, um sie zu mobilisieren? Für mich ist der Fall zwar klar, aber ich kann nicht davon ausgehen, dass ein Arthur von und zu Leisfall die gleiche Fantasie entwickelt. Was einem bei Südamerika durch den Kopf flattert, ist doch offensichtlich: Womöglich will sich hier jemand absetzen und von einem fehlenden Auslieferungsabkommen profitieren.

Allerdings frage ich mich: Würde Schroffs Witwe dazu eine derart umfangreiche und teure Kreuzfahrt buchen, nur um sie auf der Hälfte abzubrechen? Das wäre pure Verschwendung und die passt nicht zu Susanne Schroff. Ist das überhaupt immer noch so, dass von einigen Ländern nicht nach Deutschland ausgeliefert wird?

Ich seufze, blicke wiederholt auf die Uhr, als könnte ich mich geirrt haben. Nein, es ist noch immer so: Die Zeit ist knapp, zu knapp, um die rechtliche Lage zu klären. Also seufze ich wieder, weil es irgendwie hilft.

Die Perücke der verruchten Isabelle landet mehr schlecht als recht auf meinem Wuschelkopf. Ich spare mir den Feinschliff. Ich will mal nicht davon ausgehen, dass mich jeder dahergelaufene feine Bürger, der die Petition unterschrieben hat, auf Anhieb identifizieren und lynchen wird.

Manchmal muss man alles auf eine Karte setzen. Sagte ich das schon? Ja sagte ich. Und manchmal muss man einfach das Beste hoffen.

Vor dem Haus scanne ich die Umgebung aus den Augenwinkeln, nur um nichts Ungewöhnliches zu entdecken. Schade, dass Charles ihren Babysitterjob für einen Termin hat sausen lassen. Würde ich sie überhaupt bemerken?

Meinem Rad fehlt weiterhin Luft in den Reifen, was mich wenig stört, denn die Wahnsinnsneuigkeit hat mich regelrecht aufgeputscht. So also fühlt sich Doping an.

Ein schöner Spätsommertag oder Frühherbsttag, wie immer man das sehen will, ein laues Lüftchen, das ideale Wetter für eine Bodensee-Radtour. Ich habe keinen Sinn für die schöne Szenerie, auch diesmal keine Muße, den Weg über die Seestraße zu wählen. Also wieder den Radweg der Mainaustraße entlang, am Klinikum vorbei, den Salzberg hinauf.

Wenig später schnaufe ich vor das Schroffsche Hexenhäuschen, in dem, wie sich nun herausgestellt hat, wirklich eine Hexe wohnt. Ha!

Weit und breit keine Menschenseele. Aus dem Briefkasten ragt Post. Ich steige über das Gartentor und gehe um das Haus herum in den verwunschenen Traumgarten. Na ja, Mord gibt Traumpunkteabzug.

Inzwischen liegt vereinzelt buntes Laub auf dem Rasen, darüber flattert das polizeiliche Absperrband sacht im Wind. Das ist keine Absperrung, nur ein belangloses Hindernis, unter dem ich mal eben durchkrieche. Handschuhe übergestreift und schon habe ich die Klinke des Gartenhäuschens in der Hand. Ja, ich bin ein kleines bisschen stolz auf mich, dass ich trotz Eile an Handschuhe gedacht habe, und will das nicht unerwähnt lassen.

Das polizeiliche Siegel zu entfernen tut nur kurz weh. Die Tür öffnet sich mit einem Knarzen, muffig-feuchte Luft schlägt mir entgegen. In der Mitte ein Raumteiler. Die eine Seite mit Regalen voller Blumentöpfe und Hängevorrichtungen mit Gartengeräten, einem Rasenmäher, und was eine Hobbygärtnerin so braucht, die andere Seite als Gartenlaube eingerichtet. Dort ein blank gescheuerter Tisch an einer Eckbank, ein altes Küchenbuffet und ein Schrank mit Spirituosen, Eingelegtem, Dosen, Büchern und einem Aschenbecher aus Granit. Der würde als Mordwaffe taugen. Aber es ist ja bekannt, erschlagen wurde hier niemand außer der Imperia.

Ich hätte erwartet, dass mir das Eindringen in Schroffs Privatsphäre, das Herumschnüffeln an dem Ort, an dem er den Tod gefunden hat, unangenehm wäre. Ich sollte wenigstens peinlich berührt sein. Nichts dergleichen. Ungeniert stöbere ich herum.

Dies ist der Zufluchtsort eines Mannes, der seiner Frau gelegentlich aus dem Weg ging. Keine Ahnung, wonach ich suche und warum ich meine, etwas zu finden, was der Trupp professioneller Spurensucher übersehen haben soll. So gesehen ist das etwas anmaßend.

Einen guten Eindruck vom Geschehen bekomme ich nur vor Ort, höchstpersönlich, mit allen Sinnen, und indem ich die Nase in alles stecke, wie zum Beispiel in diese Tabakdose.

Kindheitserinnerungen werden wach. Es duftet nach meinem Opa. Auch Schroffs Tabak befindet sich in einem Wildlederbeutel. Darunter ein Einsatz, der die überdimensionierte Dose unterteilt. Ein Fach für Pfeifenputzer? Ein Geheimfach? Ich klappe es auf. Leer bis auf ein kleines Zipfelchen Papier, das ich vorsichtig heraushebe und mir direkt vor die Augen halte. Es ist grün bedruckt mit zwei Nullen und einem Eurozeichen. Was ist das?

Ich kann regelrecht zusehen, wie es in meinem Gehirn dämmert, mir immer mehr ein Licht aufgeht. Mit zunehmender Helligkeit im Oberstübchen begreife ich langsam, was hier verwahrt wurde.

Ist das ein Stück einer Geldbanderole? Schroffs Schmiergeld! Irgendwo muss Susanne die 88 000 Euro für die Kreuzfahrt schließlich herhaben.

Und schon rastet ein Motiv ein. Ich kann das satte Klacken hören, das es dabei produziert. Sicher ist es nur ein Teilmotiv. Ich denke nicht, dass eine Susanne Schroff hauptsächlich dem Geld hinterher ist, selbst wenn ihr das neue Möglichkeiten eröffnet. Wenn Michael ihr Leben war, es außer ihm, Garten und Haus nicht viel gab, ging ihr womöglich beim Entdecken seiner fehlenden Redlichkeit der Hut hoch. Zuerst die Bestechung, schon alleine die Untersuchungen dazu und das Gerede darüber. Was, wenn sie dann von der Affäre erfuhr? Das brachte das Fass zum Überlaufen.

Bilder von hochgehenden Hüten und überlaufenden Fässern vermögen nicht im Entferntesten zu skizzieren, was in Susanne vorgegangen sein muss. Eine Wut, so umfassend und zerstörerisch, dass sie den Mann, den sie liebte, mit dem sie über dreißig Jahre unter einem Dach verbracht hatte, auf so qualvolle Weise das Leben nahm. Unvorstellbar!

Das Papierzipfelchen darf zurück in die Dose. Auch sonst hinterlasse ich alles sorgfältig so, wie ich es vorgefunden habe. Dann wende ich mich der Gartenabteilung des Häuschens zu. Wohlgeordnet, wie erwartet, keine Zwiebeln von Herbstzeitlosen, wohl aber ein paar Tulpenzwiebeln, die vermutlich noch diesen Herbst unter die Erde sollen. Ich studiere die Aufschrift diverser Packungen. Hornspäne, Kalk, Rasendünger, Rasensamen, Kompostbeschleuniger … Kein Unkrautvernichter, keine Insektizide. Eine Biogärtnerin, die hauptsächlich mit eigenem Kompost düngt, in den jeder abgeschnittene Grashalm, jedes zusammengeharkte Blatt und jede Kartoffelschale wandert.

Versuche ich mir hier gerade, eine Mörderin schön zu reden? Kompost. Kartoffelschalen. Meine grauen Zellen teilen sich behäbig vor sich hin. Einen Komposthaufen habe ich bisher nicht gesehen. Das wäre zu prüfen.

Draußen lässt die tief stehende Sonne erahnen, dass bald herbstliche Nebelfeuchte aufsteigen wird. Ich gehe um das

Gartenhäuschen herum. Unschwer zu entdecken, weil riesig, steht da eine Batterie aus drei Schnellkompostern.

Sechs Wochen etwa dauert es, aus Garten- und Küchenabfällen mithilfe von Beschleuniger frischen Kompost in die Welt zu setzen. Beschleuniger in Form von Enzymen oder lebenden Organismen machen der Verrottung Beine. Das weiß ich so genau, weil ich mich informiert und dagegen entschieden habe: Zuviel des Guten für mein Minigärtchen.

In diesem Traumgarten wird alle paar Wochen ein Behälter gefüllt, nach ein paar Wochen geleert und neu befüllt. Wer keiner geregelten Beschäftigung nachgeht, ist damit hinreichend beschäftigt.

Ich hebe den Deckel der einzelnen Abteile. Beim Zweiten schnappe ich nach Luft. Nicht weil es nach Moder riecht, das tut es, schließlich gammelt hier fröhlich vor sich hin, was einmal fruchtbare Erde werden will. Nein, weil obenauf Teebeutel und verblüffend viele Zwiebelchen und Zwiebelschalen thronen. Schalotten oder Herbstzeitlosenzwiebeln? Ich tippe ja schwer auf Letzteres. Also doch! Nicht Instantgift, sondern Naturkost. Wo hat Susanne Schroff denn die Dinger her?

Mit zitternden Händen zücke ich das Handy.

„Es ist mir unangenehm, gerade dich anzurufen, aber Arthur ist derzeit schlecht auf mich zu sprechen."

„Ah was, der auch", sagt David. War ja klar. Mir beginnt aufzugehen, dass mein schäbiges Verhalten ihm gegenüber an Arthurs Verhalten mir gegenüber nicht ganz unschuldig sein dürfte.

„Er mag seine guten Gründe haben, wenn auch weniger triftige als du. Aber", ich mache eine bedeutungsschwangere Pause, „ich habe Neuigkeiten, die im Mordfall Schroff sehr wichtig und obereilig sind".

„Ich bin raus aus der Kripo Konstanz. War nur vorübergehend."

„Oh."

„Ich habe mich für die Stelle in Stuttgart entschieden."

„Verstehe."

Schweigen.

„Es tut mir sehr, sehr leid, David. Wirklich. Ich habe mich völlig übel verhalten. Das hast du nicht verdient. Wirklich nicht."

„Ah was."

„Dr. Frieder meinte, ich habe das vermutlich gebraucht, um das Kapitel mit dir endgültig abzuschließen."

„Hat er das, dein Dr. Frieder", kommt sarkastisch.

„Ich bitte dich um Entschuldigung, und ich hoffe", ich muss schwer schlucken, „dass du mir irgendwann verzeihen kannst". Ich klinge gerade wie aus einem schlechten Film. Vielleicht bin ich ja in einem schlechten Film? Das würde vieles erklären.

„War's das?" Was soll er auch sagen.

Eine Entschuldigung ist nicht leicht. Davor klingt es nach einem guten Plan, um reinen Tisch zu machen und halbwegs geradezubiegen, was man verbogen hat. Danach stellt sich allerdings die Frage, was es gebracht hat. Die Beteiligten fühlen sich schlechter als zuvor und alles ist so schief und krumm wie eh und je. Der Schaden ist nicht behoben oder ausgedengelt wie beim Karosseriebauer. Er wird aufgewärmt und erstrahlt bestens ausgeleuchtet in seiner ganzen Pracht. Und trotzdem wurde uns beigebracht und ist es uns ein Bedürfnis: Haben wir einen Fehler gemacht, entschuldigen wir uns.

Ich versuche, zum Thema zu finden. Der Zeitdruck macht es nicht besser, aber ohne Stolpersteine wäre es ja einfach, stimmt's?

„Kannst du bitte Arthur anrufen und ihm etwas Wichtiges ausrichten?"

„Ich bin eh auf dem Präsidium dabei, mich zu verabschieden."

„Bestens. Susanne Schroff wird morgen mit Dr. Meschle das Weite suchen, Kreuzfahrt, drei Monate, finanziert mit dem Bestechungsgeld ihres verstorbenen Gatten."

„Ach du Scheiße!", raunt er.

Ein simples ‚Ah was' hat es angesichts des Irrsinns wohl nicht getan. Ich kann es ihm nachfühlen.

„Wann?"

„Flieger morgen 10:45 Uhr ab Zürich."

„Alle Achtung, da müssen wir schnell aktiv werden."

Man kann über David sagen, was man will, aber er schafft es stets, professionelle Sachfragen in den Mittelpunkt zu stellen. Kommt das jetzt irgendwie giftig rüber? Sollte es nicht, aber gut.

„Das hoffe ich. Ich stehe hier im Garten der Schroffs, beim Gartenhäuschen und Komposter. Drinnen, unter dem Tabakbeutel …"

Kapitel 53

Ich schaue auf drei Menschen hinunter. Eine Schwarzhaarige liegt ausgestreckt auf dem Rasen, halb im Schatten, halb in den letzten Sonnenstrahlen. Dr. Meschle und eine Frau stehen daneben und blicken auf die Liegende hinunter. Moment, die Schwarzhaarige, das bin ja ich, vielmehr Isabelle. Die Perücke verändert wirklich ungemein.

Ist das Susanne Schroff da neben Dr. Meschle? Offensichtlich war auch sie beim Friseur. Ihre praktische Naturfrisur ist einer rötlichen Extravaganz gewichen.

Wieso liege ich da? Sekundenschlaf? Schlechtes Timing in Gegenwart übler Leute.

Dr. Meschle hält einen Regenschirm an der Spitze, lässt den Holzgriff wiederholt in die Handfläche seiner linken Hand fallen. Er hat mir eine übergezogen? Ich frage meinen Kopf, ob er Schmerzen hat, erhalte jedoch keine Antwort.

Das ist neu. Ein Echttraum, während ich bewusstlos bin und in dem ich auf mich gemeinsam mit anderen Menschen hinuntersehe. Immer wenn ich denke, skurriler ginge nicht, legt jemand eine Schippe drauf.

Ich schwebe über dem Schroffschen Gartenhäuschen, wenig entfernt von bemoosten Dachziegeln, mithin mit tadellosem Gartenblick. Meine Aussicht endet beim Gartenzaun.

Das gefällt mir nicht. Das gefällt mir ganz und gar nicht, wie ich da so niedergestreckt und hilflos vor den Füßen dieses Gaunerpärchens liege. Nein, Gaunerpärchen klingt zu glamourös, zu sehr nach Bonnie und Clyde. Killerpärchen? Meuchelmörderpärchen?

„Wer isch denn des?“, fragt Susanne Schroff.

„Keine Ahnung. Du kennst sie nicht?“ Dr. Meschle blickt erstaunt zwischen uns beiden Frauen hin und her.

„Wart. Des ... ha, des isch de Veronika ihre Ines, mit Perück.“

„Stimmt“, bestätigt Dr. Meschle.

„Die blöd Kue! Muess die hier rumschnüffle? Scho als Kind war die eine, wo ihre Nase in alles gsteckt hot. Mer sott it meine, dass de Veronika ihre Tochter so nervig isch", schimpft Susanne unter voller Ausnutzung der alemannischen Grammatik. Sie stampft auf und ab, drei Schritte hin, drei Schritte zurück. „Und woher woss die vu unsere schöne Kreuzfahrt? Woher ka die des wisse?"

Dr. Meschle nickt und zuckt mit den Schultern, immer abwechselnd „Wieso hat sie den Kompost erwähnt?"

Sie starrt ihn an. „I wosses itte." Etwas betreten wandert ihr Blick auf ihre Hände.

„Sasa?"

„Scho möglich, dass i im Tran die Schale ..."

„Sasa!" Unverkennbar entrüstet.

„Isch doch etzt egal! Hole mer se halt widder." Der Tonfall eines trotzköpfigen Teenagers klingt aus dem Mund einer Mittfünfzigerin leicht befremdlich.

„Jetzt kennen wir uns schon seit der Sexta, aber so viel haarsträubenden Unsinn wie in dieser Woche hast du noch nie verzapft."

Unsinn nennt er das? Also ich nenne das Mord.

Sasa alias Susanne zieht einen Schmollmund, den ich besser kaum hinkriegen würde.

Nicht ohne Wirkung. Sein Blick wird weich. In einer zärtlichen Geste legt er seine Hand auf ihre Wange und sieht ihr in die Augen. „Holen wir sie halt wieder raus", seufzt er lächelnd.

Kein Zweifel, Susanne Schroff und Dr. Meschle. Wie lange das wohl schon geht mit den beiden? Auf jeden Fall weiß sie ihn bestens um den kleinen Finger zu wickeln.

Trüge ich die angedachte Anglerweste, bestückt mit einem Aufnahmegerät, das prophylaktisch alles mitschneidet, was kommuniziert wird, hätte das eine gewisse Beweiskraft. So aber geht womöglich in Kürze der Kardinalsbeweis über den Jordan. Mal abgesehen davon, dass in Kürze ich selbst über den Jordan ...

Da kann ich doch nicht einfach zusehen! Aber soll ich es wagen, den Echttraum manuell abzubrechen? Wenn ich mir die Nase zuhielte, würde ich aufwachen? Möglich, dass ich in die Bewusstlosigkeit abtauche, hilflos wie jetzt, zudem noch blind und taub.

„Wir sollten uns beeilen. Dieser David ist vermutlich bereits auf dem Weg, schließlich wurde ihr Gespräch unterbrochen. Wir sollten sie schnell versorgen“, sagt Dr. Meschle sachlich.

Versorgen? Das klingt nicht gut. Ich meine, er ist Mediziner, das könnte auch etwas Führsorgliches bedeuten, aber in diesem Kontext klingt das gar nicht gut.

Susanne Schroff starrt auf mich hinab und nickt stumm vor sich hin. Dann schüttelt sie energisch den Kopf, gleichsam ihre Apathie ab. „Mir dürfet uns unsere Plän vu niemand kaputtmache losse. Wo mir so lang verzichtet hont. Wo mir solang uf die Rücksicht gnomme hont, wo es garit wert waret. Scho gar it lasset mir uns unsere Plän vu derre da zerstöre!“ Den letzten Satz spuckt sie geradezu in meine Richtung.

Er legt den Arm um ihre Schultern. „Bald haben wir das alles hinter uns, Sasa.“ Ein zärtlicher Kuss auf die rötliche Extravaganz. „Dann haben wir unsere zweite Chance.“

Sie sieht lächelnd zu ihm auf und lehnt den Kopf an seine Schulter. „Jo, endlich. Du hosch mer so gholfe, du Lieber. Hosch de Michael überzeugt, dass des en vierezwanzig Stunde Mage-Darm-Infekt war. Des wär doch saumäßig schad, wenn des alles für de Katz wär.“

Das sind mir zwei Früchtchen! Sie vergiftete ihren Mann und der Herr mit dem Hippokratischen Eid an ihrer Seite belog seinen totkranken Patienten, was dessen Ende zur Folge hatte. Damit erklärt sich, warum Schroff keine ärztliche Hilfe bekam. Nicht weil er ein harter Knochen war, wie vermutet, sondern weil er den falschen Arzt konsultierte.

„Was hot se gsagt? Tabakbeutel? Do war's Geld drunter“, sagt Susanne.

Oh nein, nicht auch den zweiten Beweis vernichten!

„I geh sofort gucke. Denn fisch i die Zwiebleschale usem Komposchter und denn ...“ Spricht‘s, deutet in einer sparsamen Geste auf mich und verschwindet im Inneren des Gartenhauses. Ich bin nicht gerne Teil einer To-do-Liste, weder an erster noch an letzter Position.

Dr. Meschle bleibt unverändert stehen und schaut auf mich hinunter, schüttelt leicht den Kopf. „Norbert, Norbert, wo bist du da nur hineingeraten." Das schlechte Gewissen, das da murmelt, meldet sich ein bisschen spät. „Und was machen wir jetzt mit dir, Schnüfflerin?"

Zumindest hat er die besorgniserregende Gebärde gestoppt, den Griff des Schirms wie einen Baseballschläger wiederholt in die Handfläche sausen zu lassen. Der Regenschirm hängt kraftlos an seiner Seite und berührt den Rasen.

Durchdringendes Scheppern und schrille Flüche aus dem Inneren des Gartenhäuschens veranlassen Dr. Meschle und mich, kurz den Blick von mir abzuwenden.

„Alles in Ordnung, Sasa?"

Jetzt oder nie! Ich halte mir die Nase zu. Beim nächsten Atemzug richte ich mich auf und reiße Dr. Meschle den Schirm aus der Hand. Gleichzeitig springe ich auf. Schirmspitze voran verpasse ich dem Pathologen einen Schlag. Nun fast. Dr. Meschle zeigt sich reaktionsschneller und wendiger als ich ihm zugetraut hätte. Er pariert meinen Angriff gekonnt, dreht sich einmal um die eigene Achse, holt Schwung und hebt gleichzeitig das Bein in einer geschmeidigen Kreisbewegung in verblüffende Höhen. Das hat er nicht zum ersten Mal gemacht.

„Mischt! S' halbe Buffet isch runter", dröhnt Susanne Schroff dumpf aus dem Inneren.

Ich könnte mich rausreden, ihr Zwischenruf sei daran schuld, dass ich schmählich versage. Aber ich will ehrlich sein, der hat rein gar nichts damit zu tun. Dr. Meschle weiß einfach, was er tut. Ein wohl platzierter, beschuhter Fuß landet mit viel Kraft auf meinem Brustbein. Das gibt den Aufprall direkt an die Lunge weiter, die urplötzlich ihre Luft entlässt. Mir verschlägt es im wahrsten Sinne des Wortes den Atem. Der Schirm entgleitet mir. Ich fliege einige Meter durch die Luft, so zumindest fühlt sich das an. Dann lande ich unsanft, sehr unsanft, am Komposter.

Kapitel 54

Ich sehe auf mich hinunter, wie ich auf dem Boden liege. Mein Kopf ist am Schnellkomposter abgestützt, als würde ich, von der Gartenarbeit müde, ein kleines Nickerchen machen. Immerhin erkenne ich mich diesmal auf Anhieb, die Perücke ist mir beim Flug vom Kopf gerutscht.

Ich bin enorm erleichtert über diesen Echttraum. Die Wucht, mit der ich an den Container aus Hartplastik gedonnert bin, hätte mir ebenso gut das Genick brechen können. In Ermanglung von Erfahrungswerten gehe ich einfach mal davon aus, dass ich im Falle eines Genickbruchs nicht mehr auf mich hinunterschauen könnte. Obwohl, das würde bestens zur aktuellen Steigerung der Absurditäten passen, wenn ich nun als fragwürdiger Engel … Aber lassen wir das. Hier steht Konkretes an.

„Alles gut mit dir da drin, Sasa?“, ruft Dr. Meschle kopfschüttelnd, seinen Blick weiterhin auf mich gerichtet.

Susanne stößt wieder zu ihrem Spießgesellen. „Hosch se scho …?“

„Sie ist zu sich gekommen und hat mich angegriffen. Das ging in einer Bewegung, als wüsste sie genau, was sie tun würde, noch bevor sie die Augen aufschlug. Erstaunlich.“

„Derre hosches zeigt“, freut sich da eine. „Isch se scho …?“

Na, die ist mir die Richtige. Morden, was das Zeug hält aber die Wörtchen ‚umgebracht‘ und ‚tot‘ nicht aussprechen können.

Er fühlt meinen Puls. „Nur bewusstlos.“

Soll ich spontan die Chance nutzen? Nein, denk zur Abwechslung mal erst nach, Frau Fox!

Dr. Meschle ist einer Kampfkunst mächtig, Kickboxen, Taekwondo oder etwas in der Art. Das bin ich definitiv nicht. Soll ich besser warten, bis die Kavallerie anrückt? Das wäre wenig ehrenvoll. Jede noch so chaotische Hobbyermittlerin träumt doch davon, die Bösewichte alleine dingfest zu machen und fertig verschnürt der Polizei zu übergeben, Siegerlächeln inklusive. Die Kavallerie abzuwarten hätte aber auch seinen Charme. Etwas Bescheidenheit stünde mir gut, man kann nicht alles haben. Pure Lebenszeit zum Beispiel gefällt auch ohne große Ehre.

Ich gehe schwer davon aus, dass David inzwischen alle Hebel in Bewegung gesetzt hat. Allerdings könnte Arthur ein Hebel sein, der sich gegenwärtig ungern für eine Ines Fox in Bewegung setzen lässt, und wenn, dann nur gemächlich.

Ich wäge die Alternativen ab und überlege, wie meine Chancen stehen, aus einem weiteren Handgemenge mit Dr. Kickbox als Siegerin hervorzugehen. Schlecht. Und wenn Susanne Schroff noch mit anpacken würde? Sauschlecht. Aber alles ist besser, als aus dem ersten Rang bei der eigenen Ermordung zuzusehen, richtig?

Gerade will ich mir die Nase zuhalten, um mich erneut auf ihn zu stürzen, da hebt Dr. Meschle die Hände, ganz langsam, wie in Zeitlupe. Seine anfängliche Verwunderung weicht Resignation.

Die Komplizin neben ihm schaut zunächst wie vor den Kopf geschlagen. Als sie sieht, was ich sehe, flucht sie.

Ah, die Kavallerie, will heißen ein Einsatzkommando strömt in den Traumgarten, darunter Arthur und David.

Susanne Schroff dreht den Polizeikräften den Rücken zu und rennt beachtlich behände auf den Maschendrahtzaun zu, der die Grenze zum Nachbarsgarten bildet. Schüssel samt Zwiebelschalen und Tabakdose landen in hohem Bogen auf der anderen Seite. Nun, ich nehme an, dass sie das tun, denn wie gesagt, mein Blickfeld endet mit dem Gartenzaun. Aus meiner Perspektive lösen sich die Gegenstände in Nichts auf.

Susanne Schroff selbst ist ebenfalls so gut wie drüben, als sie rittlings auf dem Zaun hängen bleibt. Ich muss kichern. Diese Art von lächerlicher Figur hatte ich befürchtet, als Charles und ich Roger Merians Grundstück eroberten. Elegant ist anders. Sie zappelt herum, bekommt einen Wutanfall und schimpft wie ein Rohrspatz. Vermutlich tue ich dieser Vogelart Unrecht. Unmöglich, dass die derart schimpfen.

Beamte hängen sie ab, während Susannes Herzbube allerlei Beschwichtigungen zu ihr hinüberruft. Das hätte doch keinen Sinn, sie solle besser aufgeben, bevor sie sich ernsthaft verletze.

David grinst kurz, wendet sich dann mit besorgter Miene meinem Körper am Komposter zu. Er blickt nach oben, wo er mich vermutet, sucht mit leicht geneigtem Kopf.

„Es tut mir wirklich sehr, sehr leid", flüstere ich. Kurz hoffe ich, er könne mich sehen und hören, sein Blick aber geht durch mich hindurch.

Er fühlt meinem Körper-Ich den Puls, kontrolliert die Atmung, bringt mich in stabile Seitenlage und weist einen uniformierten Polizeibeamten an, Rettungswagen und Notarzt anzufordern.

Wenig später redet er mit weit ausholenden Gesten auf Arthur ein. Er deutet auf die Tabakdose, die inzwischen als Beweismittel eingetütet ist, und gibt diverse Überlegungen in Sachen Zwiebelschalen und Kompost zum Besten. Das alles gibt erstaunlich viel Sinn. Weit ausholende Armbewegungen sind völlig untypisch für David, was bei Arthur nicht ohne Wirkung bleibt. Der lauscht und staunt und nickt und wirft gelegentliche Blicke in meine Richtung.

In meinem Kopf brabbelt Dr. Frieder beharrlich von Kälteidiotie, und dass ich eine weitere Unterkühlung aus gesundheitlichen Gründen tunlichst vermeiden solle.

Ab hier dürften David und Arthur es alleine hinkriegen, will heißen ohne eine Ines Fox in der Schroffschen Gartenluft. Ich halte mir die Nase zu und es wird schwarz um mich.

Kapitel 55

Das kenne ich, nur die Perspektive stimmt nicht. Ein Krankenzimmer im Klinikum Konstanz wie zuletzt, seitenverkehrt diesmal, was mir aber leidlich egal ist. Was mich stört ist, dass ich auf mich hinunterschaue, wie ich in einem Krankenbett liege. Aus meinem Körper ragen Schläuche und Kabel, ein Monitor zeigt Herzschlag und allerlei sonstige Werte. Regelmäßiges Piepsen hallt durch den Raum. Immerhin produziere ich Vitaldaten. Das ist doch was.

Wollen wir mal sehen, ob ich aufwachen kann. Ich halte mir die Nase zu. Es wird schwarz um mich.

***

Erneut schaue ich auf mich hinunter, wie ich im Krankenbett liege. Diesmal ist das Zimmer nahezu dunkel, bis auf den klar abgegrenzten Lichtkegel, den eine kleine Leselampe wirft. Dr. Frieder sitzt auf der Bettkante und hält meine Hand. Ich habe ihn noch nie so traurig gesehen.

„Kriegen wir wieder hin“, murmelt er.

Das klingt, als glaube er nicht, dass ich ihn hören kann oder als bezweifle er, dass wir das wieder hinkriegen.

Soll ich versuchen, den Echttraum abzubrechen und aufzuwachen? Die beiden letzten Male hat es nicht funktioniert. Nur ungern möchte ich ihn in dem Zustand allein lassen. In Kürze aber, nach zwölf Sekunden, um genau zu sein, bin ich sowieso weg.

„Was ...?“ Dr. Frieder steht auf und tritt an den Monitor. Einmal wieder hänge ich unter der Zimmerdecke zu weit weg, um zu erkennen, was da geboten wird.

„Die Temperatur fällt“, sagt er lächelnd und blickt nach oben, mir direkt ins Gesicht und doch durch mich hindurch.

„Ich kann dich hören“, sage ich so vor mich hin und lächle ihn an. „Sei nicht traurig, ich kann dich hören.“

Natürlich weiß ich, dass unsere Verbindung nur in eine Richtung funktioniert, aber irgendwie setze ich darauf, dass er meine Botschaft spürt. Nachdem ich etliche Wochen in esoterischem Kram gesteckt habe, an den ich nicht glaube, bin ich durchaus bereit, Unerklärbarem eine Chance zu geben.

Er lächelt. „Das wird wieder."

„Bist du da, wenn ich wiederkomme?", frage ich. Ich hatte Dr. Frieder einmal von den zwölf Sekunden erzählt, die ich jeweils vor und nach der Reise über mir schwebe. Ob er sich daran erinnert?

Er blickt auf den Monitor, dann wieder lächelnd nach oben durch mich hindurch. „Zwölf sind gleich um. Besser schnell abbrechen, ne? Ich warte."

Es wird dunkel um mich und ich fühle, wie ich beschleunige, sehr kurz wieder einmal.

Ein karger Raum mit einem Tisch, an dem Arthur sitzt, ein Uniformierter und Susanne Schroff. Sie trägt einen Ausdruck im Gesicht, irgendwo zwischen Aufmüpfigkeit, Entrüstung und Resignation.

„Kei Chance hot er ghet de Michael. Hosch dem Krüger sei Tochter mol gsähe? Aber ebbe, des isches. Er het müesse stark sei, de Michael. Mei ganzes Lebe hon i ihn umsorgt, ihm alles gopfert, war stark, au wemmers it immer leicht gfalle isch. Des mit de Kinder isch nix worre, mir hont's versucht, johrelang. S'war trotzdem it schlecht, so als Frau vum Kriminalhauptkommissar. Au, wenn er wenig dehom war. Aber denn, die Grücht mit derre Bestechung. Die Blick hetsch sähe solle, beim Beck, beim Metzger, die hont sichs Maul verrisse, mi gschnitte. Und denn des mit derre Krüger, des hot mer de Rescht gäbe."

„Wie hast du dafür gesorgt, dass Michael die Herbstzeitlosen in deiner Abwesenheit zu sich nimmt?", fragt Arthur.

„I hon ihm für die ganz Woch alles vorkocht. Der hot en ganze Stapel Tupper im Kühlschrank ghet, alles nummeriert. Die Herbstzeitlose hon i usem Nachbar sein Garte gmopst. "

Arthur hat sichtlich Mühe, das zu verdauen. Er setzt sich betont aufrecht hin und rutscht auf dem Stuhl nach vorne.

„Dr. Meschle und du, ihr kennt euch schon lange?", fragt er dann.

Ein Lächeln huscht über ihr Gesicht. „Jo, der Norbert. Mir sind zamme ind Schul gange, war mein erschte Freund, mei erschte Liebe. I het bei ihm bleibe solle. Aber de Michael hot so gut ausgsähe, in derre Uniform. I hon mer des so schön vorgstellt. S'isch denn ganz andersch kumme."

Mir reicht's! Ich halte mir die Nase zu und bin dann mal weg, zurück zu Dr. Frieder, für weitere zwölf Sekunden.

Der starrt wie gebannt auf den Monitor, wirft gelegentlich einen Blick zur Zimmerdecke. Er weiß nicht, dass ich zurück bin. Woher sollte er auch?

„Ich weiß nicht, ob du da bist. Der Einfachheit halber Zwölf Sekunden hier, 120 Sekunden dort, zwölf Sekunden hier." Das wiederholt er noch ein paar Mal, wohl um sicherzugehen, dass ich es auch mitbekomme, dann wird es dunkel um mich.

***

Als ich das nächste Mal auf mich hinunterblicke, dämmert es. Dr. Frieder ist auf dem Besuchersessel eingeschlafen, Jeansbeine von sich gestreckt schnarcht er kaum vernehmlich. Ich würde ihm gerne eine Decke überlegen.

Die Tür öffnet sich. Eine Schwester tritt auf leisen Sohlen ein und breitet eine Decke über ihn.

„Danke, das ist nett", sage ich.

Sie wirft einen Blick auf den Monitor und stutzt. Dann berührt sie ihn sacht an der Schulter. „Dr. Frieder?"

„Hmm?", brummt er schlaftrunken.

„Sie wollten wissen, wenn die Temperatur fällt."

Sofort ist er hellwach. „Danke, ich übernehme." Verdutzt blickt er auf die Decke auf seinem Schoß, dann zur Schwester und schenkt ihr ein Lächeln.

Sie lächelt ihn auf eine Weise an, wie sie meinen Freund besser nicht anlächeln sollte, aber noch bevor sie die Tür hinter sich zugezogen hat, habe ich ihr verziehen.

Er sieht hoch zu mir. „Moin", sagt er gedehnt und streckt sich demonstrativ. „Gut geschlafen? Mir geht's blendend."

Ich kichere. „Du siehst furchtbar aus."

„Ich würde dir ja Frühstück anbieten, so nach gemeinsamer Nacht. Aber du bist ein Schluckspecht", sagt er auf die Infusion deutend.

Er nimmt ein Lämpchen vom Nachttisch, hebt eines meiner Lider und leuchtet hinein. „Merkst du was?"

Ich frage mein Auge, erhalte aber keine Antwort. „Nein", sage ich.

„Brich besser ab", sagt er.

Ich halte mir die Nase zu und verschwinde ins Nichts.

***

Die Geräusche sind eindeutig andere, als die letzten Male. Wind drückt unruhig gegen das Fenster, Regen prasselt. Irgendetwas klappert gehörig, dass man Angst haben muss, das Unwetter, das da draußen wütet, kommt ins Krankenzimmer herein. Entweder es dämmert oder es herrscht Weltuntergangsstimmung. Keiner da, außer der da unten im Bett.

Pünktlich nach zwölf Sekunden werde ich weggezogen und lande unter freiem Himmel, wenn auch unter einem sehr verhangenen, ungestümen und nassen Himmel. Kein Zweifel, hier wütet ein Sturm. Das ist vermutlich der ehemalige Hurrikan, der wie angekündigt in die nordatlantische Tiefdruckrinne gezogen wurde. Ob die Sturmwarnung noch blinkt, kann ich nicht beurteilen. Ich hänge zwar outdoor, bin aber mit wenig Rundumblick gesegnet. Zum Glück werde ich nicht nass.

„Zieh sie hoch, nun zieh doch endlich!", schreit ein Wasserschutzpolizist seinem Kollegen zu. Gemeinsam zerren sie an der vom Sturm gebeutelten Besatzung einer Jolle und hieven sie an Bord. Der Regen klatscht ihnen ins Gesicht, der Wind zerrt an ihrer Kleidung, der Seegang erschwert jede Handlung. Rund um das Boot brodelt es grün mit weißen Kämmen. Hier geht es richtig ab.

Das hat wohl nicht so recht geklappt, mit dem Aufruf im Südkurier, man möge besonnen die Wetterlage prüfen. Zumindest nicht bei diesen beiden Wassersportlern, die nun entkräftet und schlotternd auf Deck sitzen.

„Drinnen sind Wolldecken. Versucht nicht alles nass zu machen. Wir müssen sofort weiter. Da drüben sind die Nächsten!“, brüllt der Wasserschutzpolizist sichtlich gestresst.

Nach den zwei Minuten, die Dr. Frieder vorgeschlagen hat, halte ich mir die Nase zu. Dann blicke ich auf mich hinunter, wie ich alleine in diesem Krankenzimmer liege, bevor mein Geist meinem Körper in der Dunkelheit Gesellschaft leistet.

***

Das Zimmer ist voll. Neben Dr. Frieder stehen bestimmt sieben Weißkittel um mein Bett herum, die alle durcheinander fachsimpeln. Nicht einmal annähernd bin ich in der Lage dem zu folgen, was da unten Thema ist.

Mein Norddeutscher wirft gelegentlich einen Blick auf den Monitor und merkt sofort, dass meine Temperatur fällt. Ein kurzer Seitenblick an die Decke, während er sich an der Nase kratzt und gleichzeitig den Mund abschirmt, um mir ein flüchtiges Grinsen zu schicken. Dann fährt er sich mit der Hand über die Kehle und deutet ein Durchtrennen derselbigen an. Ich sehe ein, dass es besser ist, die Mediziner nicht mit einem unerklärlichen Temperaturabfall aus dem Konzept zu bringen.

Ich halte mir die Nase zu und tauche in der Versenkung ab.

***

Zur Abwechslung ist mein Zimmer mit Sonne geflutet, sonst aber leer. Na ja, bis auf die da, die unverändert verkabelt in diesem Bett liegt. Wie lange wohl nun schon? Ich fühle mich ausgeliefert und eingesperrt zugleich. Als mich die Einsamkeit unvorbereitet trifft, breche ich spontan in Tränen aus.

Den aktuellen Echttraum lasse ich aus, zähle aber bis zwölf in der Hoffnung, dass Dr. Frieder noch rechtzeitig erscheint. Dann halte ich mir die Nase zu, um wieder in die Finsternis zu steigen.

***

Ähnlicher Sonnenstand aber Dr. Frieder sitzt vor einem Tablett und isst.

Ich seufze erleichtert auf. Er ist da! „Was ist das? Mittagessen?", frage ich.

Ganz mit dem Essen beschäftigt, lässt sein Blick auf den Monitor etwas auf sich warten. Kurz befürchte ich, die zwölf Sekunden könnten verstreichen, ohne dass er meine Anwesenheit mitbekäme.

„Du bist aber schnell zurück diesmal." Er lächelt zu mir hoch, adressiert die falsche Stelle, was putzig aussieht, als ob er schielen würde.

„Deswegen so schnell zurück?" Er deutet grinsend auf den Schokoladenpudding und hält ihn meinem Körper-Ich vor die Nase.

„Oh Schokopudding", schwärme ich schnüffelnd, kann aber nichts riechen.

„Aufgrund ...", beginnt er. Offensichtlich fällt ihm schwer zu sagen, was immer er mir sagen will.

„Es ist okay, was immer es ist", tröste ich ins Blaue hinein.

„Aufgrund eines Schädel-Hirn-Traumas hast du eine Hirnschwellung davongetragen. Du musstest in ein künstliches Koma versetzt werden und befindest dich jetzt in der Aufwachphase, die etwas länger dauert, als vorgesehen."

„Oh."

„Das muss dich nicht beunruhigen", sagt Dr. Frieder, was mich beunruhigt. "Du bist von der künstlichen Beatmung weg, das ist gut. Alles andere findet sich."

„Okay", sage ich. „Wie lange war ich ..."

Schon werde ich wegbewegt.

Wenn ich so schwer verletzt bin, soll ich den Echttraum vielleicht besser abbrechen, bevor er überhaupt beginnt? Aber außer den zweimal zwölf Sekunden mit Dr. Frieder ist der Echttraumausflug das einzige Leben, das ich derzeit habe. Alles andere besteht aus undurchdringlicher, tiefer Finsternis. Okay, von der bekomme ich nicht wirklich etwas mit, aber die Vorstellung ist keine angenehme. Kann man es mir verdenken, dass ich die Helligkeit ausdehnen möchte, Vernunft hin oder her?

Die Reise ist recht lang. Ich befürchte, die anvisierten 120 Sekunden, die ich wacker mithilfe beider Hände hochzähle, könnten aufgebraucht sein, während ich mich noch durch unbestimmten Raum bewege.

Im Nachhinein wäre es wahrhaftig besser gewesen, ich hätte diese eine Erfahrung ausgelassen. Der Anblick von Blinow mit Charles hätte nicht sein müssen. Sie sprechen russisch miteinander, wirken vertraut, sie lächelt Grübchen. Selbst wenn mein Handy mit dabei wäre, um das Gespräch aufzuzeichnen, ich würde nicht wissen wollen, was die beiden so Unterhaltsames austauschen. Ich habe es so satt, so über alle Maßen satt. Keinem ist zu trauen. Dabei hatte ich mich schon dabei gesehen, wie Charles mich in Angriffs- und Abwehrtechniken unterrichtet und ich mich zu einer coolen Socke entwickle. Wieder nichts.

Trotzig halte ich mir zur rechten Zeit die Nase zu, verfluche die beiden und lasse sie sich allein in ihre miesen Machenschaften verstricken.

Dr. Frieder lächelt bereits, als ich wieder an der Zimmerdecke ankomme.

„Schöner Ausflug? Musst dir keine Sorgen machen. Kam vorhin büschn blöd. Der Heilungsprozess verläuft gut."

„Dann mach du dir auch keine", sage ich.

„Santo und Fila geht's gut", berichtet er gerade noch, als ich mich schon wieder unfreiwillig verabschiede.

***

Erneut taucht die kleine Funzel das Krankenzimmer in Zwielicht. Die spitzmausige Frau, die da unten im Bett ruht, kommt mir unbekannt vor. Bin ich das? Ich habe keinen Bezug zu der da.

Auf beiden Backen kauend öffnet Dr. Frieder die Tür, tritt ein und wirft sofort einen Blick auf den Monitor, grinst und sagt: „Ich muss nur was essen, dann kommst du."

Wärme erfüllt mich. Es ist wunderbar, wie er mich mit wenigen Worten aufzuheitern vermag.

„Es gibt gute Neuigkeiten. Deine Werte sind insgesamt gut. Der Spezialistenauflauf neulich. Beim MRT deines Gehirns wurde ein Parasit gefunden. Es könnte eine bisher unbekannte, mutierte Art von Toxoplasmose sein, die von Katzen übertragen wird. Der Mensch ist nur Zwischenwirt für den Erreger. Hast du vielleicht schon mal gehört. Toxoplasmose ist sonst nur für Schwangere vielmehr für Ungeborene problematisch. Du wirst analog behandelt. Morgen geht's los. Wenn alles nach Plan läuft, bist du die Echtträume bald los. Nur, dass das keiner der Kollegen weiß, außer mir." Der Gedanke, den Spezialisten etwas vorauszuhaben, macht ihm sichtlich Freude.

„Aber ...", sage ich.

Die Echtträume loswerden? Das wollte ich, seit ich sie habe. Stellenweise habe ich mich richtiggehend danach gesehnt, wieder ohne sie zu sein. Wegen der außerkörperlichen Reisen habe ich gefroren wie noch nie in meinem Leben zuvor. Ich war lebensgefährlich unterkühlt. Ja, ich habe auch Interessantes erlebt und Wichtiges erfahren. Alles in allem aber war ich mir immer sicher, dass ich diesen esoterischen Kram loswerden wollte, sobald sich die erste Gelegenheit böte. Aber gerade jetzt? In dem Zustand, in dem ich im Moment bin? Ohne Echtträume gäbe es nur noch Finsternis, keinen Kontakt zu Dr. Frieder. Diese knappe halbe Minute, so kurz sie auch sein mag, ist unschätzbar wertvoll. Sie ist zurzeit alles, was ich habe.

„Genieße deine vielleicht letzte außerkörperliche Erfahrung. Bis gleich. Ach ja …“ Mr. Tiefenentspannung ist wieder in Form. In einer dramatischen Geste hält er mir ein Ding mit vier Propellern entgegen, streckt es hoch, wie eine Trophäe.

Mir fallen fast die Augen aus dem Kopf.

„Die Drohne lassen wir zusammen fliegen, mit Seeblick, wenn du willst. Superhochauflösende Kamera.“

Ich wische mir eine Träne der Rührung aus dem Augenwinkel. Dieser Mann ist unglaublich.

Bei Ablauf der zwölf Sekunden überschattet die Erfahrung des letzten Echttraums mein Gemüt: Charles und Blinow. Ich wäge ab. Informationen, die ich nicht haben will, die schmerzen und verletzten, gegen deprimierendes Dauerdunkel ohne Dr. Frieder noch einmal zu sehen.

Ich flenne nur so vor mich hin. Eine andere Ines, eine frühere Ines hätte das vielleicht besser weggesteckt. Der heutigen Ines aber läuft es in Strömen die Wangen hinunter. Ich kann mich nicht entscheiden. Natürlich nicht. Es wäre auch das erste Mal. Ich kann nicht, aber ich muss.

Schluchzend halte ich mir die Nase zu.

Epilog

Am Tag nach dem Orkan ging beim Südkurier eine anonyme Nachricht ein. Darin hieß es, man solle die Ansaugstelle des Wasserwerks im Bodensee kontrollieren, vorausgesetzt, die Bevölkerung wolle den Genuss des Trinkwassers unbeschadet überstehen. Die Nachricht wurde durchaus ernst genommen, enthielt sie doch den Hinweis, das Hacking der Sturmwarnung hätte auch dem Zweck gedient, die Einsatzkräfte der Wasserschutzpolizei anderweitig zu beschäftigen. So war der ungestört, der Böses im Sinn hatte.

Es verwundert wenig: Durch die Nachricht, das Trinkwasser sei kontaminiert, brach blanke Panik aus. Der Schwarze Samstag klang noch nach. Deshalb legte die neue Folge aus der Chaos-für-Konstanz-Reihe einen wahren Blitzstart hin.

Nicht mal dem Wasser aus dem Hahn kann man mehr trauen? Für die meisten Konstanzer brach eine Welt zusammen. Es hatte schon etwas von purem Luxus, wenn die Qualität des Badewassers für die Zubereitung von Babynahrung ausreichte – normalerweise.

Nach der ersten Nachricht war innerhalb weniger Stunden keine Flasche Wasser mehr zu kriegen. Selbst Softdrinks und alkoholische Getränke wurden knapp.

Derjenige, der für diese Bedrohung verantwortlich zeichnete, hatte zielsicher den Nerv der Stadt getroffen.

Ein kostenloses Extrablatt des Südkuriers, ein eigens eingerichtetes Bürgertelefon und die städtischen Seiten in den sozialen Medien klärten auf. Das Wasserwerk verstärkte die Trinkwasserkontrollen. Man zog Spezialisten zurate und fuhr einen Labortest nach dem anderen, um die Gefahren für die Bevölkerung so gering wie möglich zu halten. Kurz nach der ersten Meldung hieß es, man hätte einen Sicherheitszustand hergestellt.

Das Technische Hilfswerk stellte trotzdem Tankwagen bereit. In langen Schlangen standen die Einwohner an, um eimer- und kanisterweise Wasser abzufüllen. Bei der Gelegenheit konnte man sich informieren und Gerüchte in Umlauf bringen.

Nachdem ein mit Unterwasserkameras ausgestattetes Polizeiboot nach intensiver Suche einen einzelnen gelben Behälter in der Nähe der Ansaugstelle gesichtet hatte, wurde der ursprüngliche Plan verworfen, spezialisierte Berufstaucher für die Bergung hinunter zu schicken.

Zwei endlos lange Tage dauerte es, bis ein unbemanntes Tauchboot zur Stelle war, das zur Ansaugstelle in 40 Meter Tiefe hinabstieg. Die Verantwortlichen erklärten sich tatsächlich bereit, den Tauchgang und was immer einen dort unten erwartete, live zu senden.

Während der Übertragung kam das öffentliche Leben in der Bodenseeregion praktisch zum Erliegen. Die Menschen ließen alles stehen und liegen und trafen sich vor Fernsehgeräten und Computern.

Dort sah man, wie das Tauchboot in den Bodensee eintauchte, der wunderschön blaugrün schimmerte und so unschuldig und rein wirkte, wie eh und je. Die Sonne schien und eine leise Brise erzeugte kleine Wellen. Der Tag hätte schöner nicht sein können.

Wenig später näherte sich das Unterwasserboot der Ansaugstelle. Ein Raunen ging durch die Zuschauer. Denn im Lichtkegel war ein gelbes Fass aufgetaucht, das im Schlick lag. Die Kamera fuhr näher heran. Die Augenzeugen an den Bildschirmen schnappten geräuschvoll nach Luft. Deutlich war zu erkennen: Der Behälter trug ein Flügelrad und einen Totenkopf. Die Gefahrensymbole für Radioaktivität und Gift.

Nach den Tagen der Anspannung konnten viele Zuschauer der Schreckensbotschaft nicht mehr standhalten. Sie brachen in Tränen aus oder zusammen. Viele verließen fluchtartig die Übertragung, setzten sich und ihre Lieben ins Auto und verließen auf dem kürzesten Weg die Stadt. Der kürzeste Weg führte geradewegs in einen Stau.

Unter denjenigen, die blieben, entflammten Diskussionen. Was wäre wohl schlimmer, Radioaktivität oder Gift?

Wilde Spekulationen schossen ins Kraut, worum es sich konkret handelte.

Der erste Schock wich Erleichterung. Soweit die Unterwasserkamera es korrekt eingefangen hatte, sah das Fass verschlossen aus. Dieses Bild mit der zugehörigen Erklärung wurde wieder und wieder in den Medien gezeigt und im Extrablatt in Umlauf gebracht: Der Behälter ließ keine Öffnung erkennen. In seiner näheren Umgebung war keine Radioaktivität zu messen.

Trotzdem wurden weitere Experten eingeflogen. Wertvolle Zeit verstrich, fand die Bevölkerung. Zeit, die mit Reden statt mit Taten verschwendet wurde. „Holt es rauf! Sofort!", skandierten Sprechchöre vor dem Rathaus. Dabei war die Stadtverwaltung mit dem Oberbürgermeister an der Spitze schon lange nicht mehr zuständig.

Die Medienwirksamkeit war enorm. Landes- und bundesweit, selbst international schaute man auf das kleine Konstanz. Weltweit staunte man über die neuerliche Welle, die auf die Stadt zurollte, die noch immer dabei war, sich vom Schwarzen Samstag zu erholen. Als hätte sich das Chaosmeer nur kurz zurückgezogen, um als Tsunami wiederzukehren.

Es verging ein weiterer Tag. Dann wurde das Fass endlich geborgen. Zwei weitere Tage vergingen, bis man es unter strengen Sicherheitsmaßnahmen öffnete, nachdem in geschlossenem Zustand allerlei Untersuchungen angestellt worden waren. Die Wichtigste klärte darüber auf, dass es sich bei dem Inhalt nicht um radioaktives Material handelte.

Erneut wurde live gesendet, und das, obwohl die erste Live-Übertragung dazu geführt hatte, dass Einzelne mit Kreislaufproblemen ärztlich versorgt werden mussten.

Der Inhalt des Fasses entpuppte sich als Gülle. Die war allerdings so stark verdünnt, dass zu keiner Zeit Gefahr für die Qualität des Trinkwassers bestanden hätte, wäre denn etwas davon ausgetreten. In der übel riechenden Flüssigkeit schwamm eine Flaschenpost, in der wiederum eine Papierrolle steckte. Die Nachricht darauf lautete:

Der letzte Spielzug ist stets der meine, Frau Fox!

Also gut, noch ein Epilog

Ich trete an die Terrassentür, meinen heiligen Morgenkaffee in Händen, und beobachte gedankenverloren einen Amselmann, der da draußen herumstochert, dass die Erdklümpchen nur so fliegen. Er hat Heißhunger auf Regenwürmer und zeigt das auch.

Sonnenstrahlen finden vereinzelt ihren Weg durch das blattlose Geäst der alten Buchen und Eichen. Wo die Strahlen auf Steinplatten treffen, haben sie den Raureif vergrault.

Was ist das? Die Ahnung eines blauen Schimmers zieht sich in einem Bogen von einer Ecke des graubraunen Gärtchens bis an den Rand des Sitzplatzes. Meine Kaffeetasse landet schwungvoll auf dem Küchentisch und schwappt über. Ich greife nach meinem Handy, öffne die Terrassentür und renne nach draußen, ignoriere den eisigen Sandstein an den Fußsohlen.

„Die sind ja wunderschön! Wann hast du denn die Blausternchen gesteckt?"

„Na im Herbst." Er lächelt durchs Telefon.

Mein Herz klopft wie wild. „Du bist verrückt. Danke dir."

„Da nich für."

„Wofür dann?"

„Wirst du sehen."

Ich kichere. „Wann kommst du?"

„Bald da."

„Du, Dr. Frieder?"

„Hmm?"

„Ich liebe dich."

Nichts.

Mir stockt ganz natürlich der Atem. Immer noch nichts. Mist! Die Pause ist viel zu lang. Wieso konnte ich mal wieder die Klappe nicht halten?

„Sag jetzt nur nicht einfach Danke", brumme ich.

Er lacht heiser. Seine Stimme gelangt nicht nur durchs Handy zu mir. Santo und Fila wuseln auf mich zu. Im nächsten Augenblick erscheint Dr. Frieder in der Terrassentür. Er steckt das Handy in die Jeans und kommt, die Arme ausgebreitet, auf mich zu.

Ich fliege ihm entgegen.

„Du hast recht“, sagt er, nachdem er mich ausführlich im Kreis herumgewirbelt und mit einem seiner Wir-haben-alle-Zeit-der-Welt-Küsse bedacht hat.

„Ja sicher. Aber womit?“

„Büschn kitschig sind wir.“

„Hast du nicht gesagt, das hieße romantisch?“

Er lacht wieder, nimmt in einer unglaublich zärtlichen Geste mein Gesicht in seine Hände, schaut mir tief in die Augen und lässt mich noch ein bisschen zappeln. Dann erlöst er mich.

Ende.

Aber nur vorerst.

Danksagung

Viele liebe Menschen haben mir als Testleser bei meinem zweiten Buch geholfen. Sie haben mir aufmunternd auf die Schulter geklopft, mich angefeuert, den Finger auf die Wunde gelegt, offen ihre Meinung gesagt oder schlichtweg Fehler gefunden. Durch Euch, meine Lieben, ist „Seeblick kostet extra“ von höherer Qualität. Ich danke Euch von Herzen!

Vielen Dank an alle Leser von „Seezeichen 13“, die immer wieder nachfragten, wann es weitergeht, und die mir in Rezensionen und Rückmeldungen gezeigt haben, dass ich weitermachen soll. Die Kontakte zu Euch sind mindestens so schön, wie das Schreiben selbst.

Peter, der beste Schriftstellerinnengefährte aller Zeiten, hat sich wohl erfolgreicher weiterentwickelt, mich zu unterstützen, als ich darin, eine gute Schriftstellerin zu sein. Von „Ein Autorenweinchen?“ über das Bestärken als Erstleser bis zum letzten kritischen Blick ... Ohne Dich ist alles nichts! Bis zur Unendlichkeit und weiter <3

Herzlichen Dank an meine liebe Autorenkollegin Karoline Dichtl, die weit mehr für mich geleistet hat, als ich je erwartet hätte. Du bist umwerfend!

Ein liebevolles Dankeschön an Rica Sautter alias Erika S. Sautter, meine Ziehmutter im Schreiben. Ohne Dich gäbe es kein erstes und kein zweites Buch. Keine versteht es so wie Du, mich zu ermutigen.

Danke auch an: Christina Abert, Jochen Bartlau (Mr. Logic), Brigitte Böhrer (So schwätz i halt), Jana Frank, Constanze Gabele (Zitronentarte forever!), Sandra Knoche, Johannes Kördel, Patrick A. Lorenz, Marianne Magulski, Rainer Magulski, Anne Mohl (packt mit einem einzelnen Satz Wind unter meine Schwingen), Lauren Radimirsch (Input Queen), Renate Schieß (Krimikönigin), Alex Schroff und last but not least meine liebe Autorenfreundin Susanne Zeitz.

Ein spezielles Dankeschön an Frau Dr. Yug Len Hien, die ihre Doktorarbeit über akute Colchicinintoxikation geschrieben und mir bereitwillig alle meine Fragen zur Vergiftung mittels Herbstzeitlosen beantwortet hat.

Bevor Du gehst …

Danke, dass Du „Seeblick kostet extra“ gelesen hast. Ich hoffe, ich habe es geschafft, Dich abtauchen und erfrischt wieder auftauchen zu lassen. Das würde mich freuen!

Als Selfpublisherin habe ich keinen schlagkräftigen Verlag hinter mir, der sich um die Vermarktung meiner Bücher kümmert und die Werbetrommel rührt. Wenn Dir gefällt, was ich schreibe, dann unterstütze mich! Du kannst das auf viele Weisen tun, die Dich nichts kosten, außer ein paar Minuten.

Am meisten hilfst Du mir, wenn Du eine Bewertung bei Amazon hinterlässt. Wenn Du nicht gerne schreibst: Die kann auch recht kurz sein. Ich freue mich aber auch, wenn Du von meinem Buch weitererzählst, es verleihst oder verschenkst, mir schreibst …

Wenn Du nichts verpassen möchtest, dann sende mir doch Deine Mailadresse an

kontakt@christiane-koerdel.de

oder melde Dich auf meiner Website

www.christiane-koerdel.de

zu meinem Newsletter an. Dort findest Du auch weitere Informationen über mich und meine Bücher.

Oder kontaktiere mich einfach nur so. Ich freue mich darauf, Dich kennenzulernen!

Bis hoffentlich demnächst,
Deine Christiane

Buch

Wenn der Drahtzieher des letzten Mordes freikommt und wenig später der leitende Kripoermittler tot im Gartenhaus liegt, kann das kein Zufall sein. Ines Fox wittert die Chance, ihren persönlichen Moriarty endlich hinter Gitter zu bringen. Allerdings hat sie mit Irrungen in Liebesdingen und Chaoswellen zu kämpfen, die gegen Konstanz branden. Als die Imperia, das Wahrzeichen, erschlagen und Ines samt Einwohnerschaft verflucht wird, soll sie die Stadt verlassen. Doch Ines trotzt. Wie lange noch? Und zu welchem Preis?

„Seeblick kostet extra" ist ein humoristischer Roman, locker mit Freude am Wortwitz erzählt, der sich nicht immer wie ein Krimi anfühlt. Liebevoll gezeichnete Charaktere spielen in einer Traumkulisse. Die ideale Urlaubslektüre.

Dies ist der zweite Fall von Ines Fox, Jungunternehmerin, rothaariger Dickkopf und leicht einen an der Waffel. Ihre außerkörperlichen Erfahrungen, im ersten Teil „Seezeichen 13" durchaus hilfreich, haben Fehlzündungen. Schnell wird klar: Hier ist rein gar nichts ernst zu nehmen.

Die Folgen können unabhängig voneinander gelesen werden, mehr Genuss verspricht die Autorin jedoch, wenn man bei „Seezeichen 13" beginnt.

Mehr Informationen zur Autorin und zu ihren Büchern unter
www.christiane-koerdel.de

Seeblick kostet extra
Eine Bodensee Krimikomödie
von Christiane Kördel